現代俳句の鑑賞事典

宇多喜代子・黒田杏子【監修】

東京堂出版

「現代俳句」——今という時の俳句

宇多喜代子

『現代俳句の鑑賞事典』を前にして、「現代俳句」はどう定義されているのかを思い返してみました。縷々思いつつ、いまさらと思うのは、本書で取り上げられた俳人一五九人の句を鑑賞した編集委員一二名が俳句を始めたとき、また黒田杏子や私が俳句に馴染んだとき、「現代俳句」という呼称はもはや「俳句」と同じ感触、同じ認識で、ごく当然のような親しみをもって定着していたからです。実際、私がなにかにつけて頁を繰る山本健吉の著書名は『現代俳句』でしたし、太平洋戦争敗戦直後の昭和二一年に発表された桑原武夫の論文「第二芸術」に付された副題は「現代俳句について」でした。石田波郷によって編集された敗戦後最初の総合俳誌名も「現代俳句」でした。

現代の二字には、つねに新しみをまとって昨日より明日を展望する力があります。俳句を鑑賞するのですから、とくに現代を冠することなく「俳句鑑賞事典」でもことすむところ、この鑑賞事典には現代の二字が付いており、ただの俳句鑑賞事典ではないということを一つの特徴としています。

ここで「現代俳句」の用語の来歴や内容の解析を言い尽くすことは、とても難しいことです。昭和に入って総合俳誌や出版社がこの語を用いて特集をしたり、アンソロジーを出したりした経緯はありましたが、この語をより身近なものにしたのは、やはり昭和二一年の石田波郷編集による総合俳誌の誌名を「現代俳句」としたことであったように思います。

伝統俳句、花鳥諷詠と呼ぶ俳句に対立する概念をもつ俳句を現代俳句と呼んで区別する二項対立的な納得の仕方はいまも根強くありますが、それだけでは賄いきれないほどに、俳句は既成の垣根を越えて可能性に挑み、多様な表現方法を探り当て、さらなる可能性を模索しつつ現に在ります。時間の帯に沿って流れてゆく今という時、前にしか進まない、とどまることをしない今という時。そこに生まれた俳句。「現代俳句」とは、そんな「時の俳句」であり、さらに大事なことは、幾年も前につくられた「かの日の時の俳句」が、いまも褪せずに命脈を保って「今という時の俳句」として生きているということです。

私たちは、俳句が重ねてきたさまざまな変遷に、新傾向俳句、伝統俳句、花鳥諷詠、自由律俳句、口語俳句、新興俳句、社会性俳句、前衛俳句などなどと特別な名を冠して呼んだり、4Sとか4Tなどと呼ぶことで、あの傾向の俳句だナ、あの時代の俳句だナ、あの四人だ、などと一応の理解で納得してきました。ですが、いずれも当初からそのような呼称を言挙して句作していたわけではありません。いずれも先人たちの、俳句形式による表現可能な領域への模索と試行の軌跡であり、先人たちの「現代」の成果です。そこにナニナニを冠することは、様相を判りやすく知るための、一種の便宜だと思えばいいでしょう。多くの俳人の句を鑑賞した本書の編集委員の執筆内容にも、これらの呼称は当然のこととして用いられています。

本書は、古今の多くの俳人の中から主に昭和期以後を「現代」として活動した俳人を選び、それぞれを担当する編集委員が選んだ対象俳人の一句とその鑑賞を柱に、採用俳人自選による自選句三〇句（物故俳人については担当編集委員選）と、簡単な俳歴などを添えた内容をもちます。明治一五年生まれの種田山頭火が、それまでの小句集をまとめて編んだ一代句集『草木塔』を出したのが昭和一五年、同じく明治生まれの尾崎放哉の句集『大空』が出たのが没年の大正一五年という昭和元年にかかる年であったことなどの例外を加えつつ、作家活動の期間を昭和期以降と特定した一五九名を対象にしています。

また、一足先に出版された『現代短歌の鑑賞事典』と同じく、編集委員のほとんどをこれからの俳句を牽引してゆく昭和二〇年（一九四五）以降生まれの女性のみに限ったことも本書の特徴でしょう。すぐれた俳人たちの句を鑑賞するのも楽しいことですが、とりあげた俳人の一句を鑑賞する編集委員すなわち鑑賞者の目の置きようを知ることもまた楽しみです。だれが、だれの、どの一句を取り上げて、どう鑑賞しているか。これを鳥瞰(ちょうかん)することにもおおいなる楽しみが潜んでいます。けっしてよく知られた代表句が選ばれているとは限りませんが、どの執筆者も照準をあてた一句を基にしてその俳人の作風や特徴を簡潔に書いていて、よき読み物になっています。

「収録俳人目次」にあきらかなように、配列はア行の赤尾兜子に始まり、ワ行の渡邊白泉に終るという五〇音順です。したがって冒頭から順に頁を繰れば、阿部完市の次に阿部みどり女が並ぶというスリリングなことに出くわすことになります。

遠方とは馬のすべてでありにけり　　阿部完市
九十の端(はした)を忘れ春を待つ　　阿部みどり女

阿部完市の句の時間、阿部みどり女の句の前後にある時間。〈時間〉をとらえるための表現が、かくも異なる面白さ。この振幅の内側で眼をぎらぎら輝かせている俳人もあれば、外へ向けた眼を輝かせている俳人もいるのです。

師系、作風、年代に関係のない配列なので、作品を年表式にみたいとするところを補う意味で、大正から昭和にかけての俳句の変遷を、時代の見出しに沿って振り返ってみることにしましょう。

＊

いろいろな俳句を残した昭和俳句の礎となったのは、たとえば、大正期の俳誌「ホトトギス」に残る次のような句です。

雪晴れて蒼天落つるしづくかな　前田普羅
風に去る失意の友や丘落葉　渡辺水巴
花影婆娑と踏むべくありぬ岨の月　原　石鼎
蔓踏んで一山の露動きけり　同
鹿の子のふんぐり持ちて頼母しき　村上鬼城
生きかはり死にかはりして打つ田かな　同
芋の露連山影を正うす　飯田蛇笏
死病得て爪美しき火桶かな　同

いずれも大正初期の「ホトトギス」の虚子選で世に知られ、今に残っている句です。近代俳句の扉を開いた正岡子規をはじめとする高濱虚子、河東碧梧桐など明治期の俳人たちにつづくこれら大正期の俳人たち。この時代の俳人たちが、めいめい形の異なる石を一つ一つ積み重ね、堅牢な山を築いてきた——そんな感のする野に、さらなる山を並べたのが大正の終わりから昭和初年に台頭してきた人たちでした。たとえば、次のような句です。

春惜むおん姿こそとこしなへ　水原秋櫻子
方丈の大庇より春の蝶　高野素十
葛城の山懐に寝釈迦かな　阿波野青畝
滝の上に水現はれて落ちにけり　後藤夜半
加太の海の波のり舟ぞ若布刈り　藤後左右
谺して山ほととぎすほしいまゝ　杉田久女

水仙や古鏡の如く花をかかぐ　松本たかし
夜濯ぎにありあふものをまとひけり　森川暁水
金剛の露ひとつぶや石の上　川端茅舎
風に落つ楊貴妃櫻房のまゝ　杉田久女
玫瑰や今も沖には未来あり　中村草田男
祖母山も傾山(かたむくさん)も夕立かな　山口青邨

よく知られた句ばかりです。少し俳句に関心をもった人なら、どの句も知っていて当り前という親しみを感じる句ばかりでしょう。これらの句を諳んじる際に、この句の生まれたのは八〇年も前だ、なんと古臭い句だろうと思う人はいないでしょう。

　これらの句が「ホトトギス」に発表されたのは、昭和元年から同八年くらいまでの間、「ホトトギス」の虚子選に選ばれた句です。多くは巻頭に据えられた句ですが、たとえ雑詠欄にあっても、だれかに見つけられて今もいきいき生きている句です。高濱虚子という一人の選者の選を目指して、俳句を愛好する人たちが自作を投句して一位から最下位までを記録にとどめるというシステムから生まれた句です。

　これらと同時期に、次のような自由律俳句の代表といえる句が生まれています。

啄木が死んだ、この頃の白つゝじ　中塚一碧楼
墓のうらに廻る　尾崎放哉
うしろすがたのしぐれてゆくか　種田山頭火

伝統のある「ホトトギス」一誌の力がつよく、時に瑣末(さまつ)な客観句が多くなってきたことから、水原秋櫻子

の、主観を叙情的なしらべに託して表現したいとする行き方との間に差が生じたのが昭和六年一〇月。秋櫻子は虚子の「ホトトギス」を批判する「自然の真と文芸上の真」という一文を書き、「ホトトギス」から離脱しました。この事件をはじめとして俳句の近代化、それまでにない俳句を目指した俳句運動が進み、新興俳句といわれる俳句運動に発展していきました。この件を口火としたのは確かだと思われますが、参加した多くの青年層の動向を窺うにつけ、いつ興ってもおかしくないような素地が萌芽状に潜んでいたことがわかります。口語を使った俳句、季語にこだわらない俳句、素材の拡張、連作の試みなどが、初期の「馬酔木（あしび）」「天の川」をはじめ、中期から後期にかけて「京大俳句」「土上（どじょう）」「句と評論」「旗艦（きかん）」「天香」などの俳誌を実作の場、議論の場として広がっていき、のちの俳句に多大の影響を及ぼすさまざまな方法を実践していきました。

その先駆的、象徴的な作品としてあげられるのが次のような作品です。「馬酔木」の作家として活躍を始めていた加藤楸邨や石田波郷らは、季語保持の立場から、新興俳句とは距離を置くところで、人間凝視の作品を残していくことになります。

頭の中で白い夏野となつてゐる　高屋窓秋
しんしんと肺碧きまで海のたび　篠原鳳作
水枕ガバリと寒い海がある　西東三鬼
蝶墜ちて大音響の結氷期　富澤赤黄男
戦争が廊下の奥に立つてゐた　渡邊白泉

＊

隠岐やいま木の芽をかこむ怒濤かな　加藤楸邨
雁やのこるものみな美しき　石田波郷

新興俳句は、初期から後期にかけて、たとえば季語にたよらない無季俳句の是非、文語と口語をめぐる問題、また戦争への関心などを論じつつ多くの斬新な作品を残しましたが、治安当局による治安維持法違反で検挙された昭和一五年にやむなく終息しました。実質活動期間は一〇年、その間に勃発した日中戦争を主題にした句、兵士として前線に赴いた句、銃後にあって戦場を想望した句などが俳誌に多く見られます。

みいくさは酷寒の野をおほい征く　長谷川素逝
落日をゆく落日をゆく真赤(あか)い中隊　富澤赤黄男
なにもない枯野にいくつかの眼玉　片山桃史
老兵の銃口動くものに向く　西東三鬼
飢うる日の天の弾道に眼を瞠る　三橋敏雄

沖縄での激戦、広島・長崎への原爆投下などの悲劇を重ね太平洋戦争が終息。そののち、それまでの制約から解かれた俳句は、主体を自己の内面におき、俳句の文学性を探る意識をもって活動を始めました。

次の句は、戦前、戦中に苦渋の日々を過ごした俳人たちの戦後の句です。

切干やいのちの限り妻の恩　日野草城
炎天の遠き帆やわがこころの帆　山口誓子
焼跡に遺る三和土や手鞠つく　中村草田男
鮟鱇の骨まで凍ててぶちきらる　加藤楸邨
おそるべき君等の乳房夏来(きた)る　西東三鬼

鳥わたるこきこきこきと罐切れば　秋元不死男
綿蟲やそこは屍の出でゆく門　石田波郷
雁や市電待つにも人踞み　大野林火

これらの世代に次ぐのが、戦時中に青年期、少年期を過ごした俳人たちです。澤木欣一の「風」、中村草田男の「萬緑」、山口誓子の「天狼（てんろう）」などの俳誌や、ガリ版刷りの同人誌が多く創刊され、戦時中に出された加藤楸邨の「寒雷（かんらい）」の若手らのエネルギーを加えて、多くの俳句を残していきました。戦後俳句、人間探求、根源俳句、社会性俳句、前衛俳句などの呼称で呼ばれる俳句です。

春月に妻一生の盥置く　平畑静塔
いなびかり北よりすれば北を見る　橋本多佳子
夢の世に葱を作りて寂しさよ　永田耕衣
大木のうしろの寒さ身をつたふ　上村占魚
仰ぎたるところにありし返り花　清崎敏郎
松の花何せんと手をひらきたる　佐藤鬼房
暗闇の眼玉濡らさず泳ぐなり　鈴木六林男
鉄板路隙間夏草天に噴き　澤木欣一
紺絣春月重く出でしかな　飯田龍太
大阪の夜霧がぬらす道化の鼻　石原八束
冬空や猫塀づたひどこへもゆける　波多野爽波
強し青年干潟に玉葱腐る日も　金子兜太

家に時計なければ雪はとめどなし　森　澄雄
駅前に茄子苗売りのこぼせし土　田川飛旅子
ぬばたまの黒飴さはに良寛忌　能村登四郎
船焼き捨てし
船長は
泳ぐかな　高柳重信
音樂漂う岸侵しゆく蛇の飢　赤尾兜子

＊

短夜や乳ぜり泣く児を須可捨焉乎（すてつちまをか）　竹下しづの女
雨やんで日の当りきし野分かな　星野立子
無憂華の木蔭はいづこ仏生会　杉田久女
肉皿に秋の蜂来るロッヂかな　中村汀女

「ホトトギス」に実質的な巻頭として名を出した女性は、大正九年の竹下しづの女でした。掲句はその時の句です。次いで昭和六年の星野立子、七年の杉田久女、八年の中村汀女が巻頭を得るまで、「ホトトギス」に女性が巻頭作家として登場することはありませんでした。

葉柳に舟おさへ乗る女達　阿部みどり女
阿武隈に向けたる簷を夏燕　長谷川かな女

月光にいのち死にゆくひとと寝る　橋本多佳子
しやが咲いてひとづまは憶ふ古き映画　三橋鷹女
初凪やものゝこほらぬ国に住み　鈴木真砂女
そら豆はまことに青き味したり　細見綾子
夕やけの大きな山に迎へられ　及川　貞

明治に生まれ、長く句作をつづけた女性たちの初期の句です。家事、育児などをこなしながらの投句や句会がどれほどにむつかしかったか。婚後二年にして寡婦（かふ）となり、以後を自活自立の歳月を生きて句作に生きた大正三年生まれの桂信子が、晩年に七〇年の俳句生活を振り返って「女の身で俳句をつづけることは、句作と同じくらいしんどいこと」であったと述懐したのを聞きましたが、まことにそうであったろうと察します。次の句は大正生まれの女性たちの初期の句です。

ひとづまにゑんどうやはらかく煮えぬ　桂　信子
夜濯ぎの水に涙ははばからず　文挟夫佐恵
十六夜の桑にかくるゝ道ばかり　馬場移公子
春昼の指とどまれば琴も止む　野澤節子
青田青し父帰るかと瞠るとき　津田清子
泉の底に一本の匙夏了る　飯島晴子
野にて裂く封書一片曼珠沙華　鷲谷七菜子

現在のように俳誌の巻頭を女性の作品がしめるようになったのは、昭和四〇年頃からだったでしょうか。

かねてよりあった俳誌に、藤田湘子の「鷹」が加わり、以後十年の間に、桂信子の「草苑」、森澄雄の「杉」、能村登四郎の「沖」、鈴木六林男の「花曜（かよう）」、田川飛旅子の「陸」、佐藤鬼房の「小熊座」、野澤節子の「蘭」など、結社誌が次々創刊されて俳壇が賑やかになりました。岡本眸の「朝」や鷹羽狩行の「狩」などがこれにつづきます。各地のカルチャーセンターに俳句教室が開設され、手軽に俳句を学ぶことができるようになったことも、俳句の野を広くに開放する一因となりました。新聞に愛好者のための短歌・俳句の欄があり、テレビやラジオに俳句番組があります。

愛好者という絶対数が多くなければ少数の才能の立つ土壌は育ちません。まやかしを見抜いたり本物を育むのはけっして特別の人ではなく、多くの人の慧眼（けいがん）です。国民のほとんどに識字能力があり、多くが俳句という形式文芸をたのしむという現象は、おそらく日本が誇りとして恥ずかしくないことば文化の一端だといえるでしょう。

目次に、当然あってしかるべき俳人幾人かの名を入れることが出来なかったことは残念でしたが、「現代の俳句」を鳥瞰する手がかりにはなるでしょう。

『現代短歌の鑑賞事典』と同様、詩歌を愛好する多くの方々のよき手引書一対として重宝されることを願っています。

◉現代俳句の鑑賞事典——目次

❖収録の「秀句選」は、原則として現存俳人は自選によった。物故俳人の場合は担当編集委員が選句した。詳しくは巻末の編集委員担当一覧に示す。

❖作品は、原則としてルビその他表記・漢字を自選原稿に従った。

◉収録俳人目次

◉収録俳人生年順目次

現代俳句の鑑賞事典

赤尾兜子

音樂漂う岸侵しゆく蛇の飢

（『蛇』昭34）

あかお　とうし　大正一四年、兵庫県生まれ。学生時代から「火星」参加。「太陽系」「薔薇」を経て、三五年「渦」創刊。「俳句評論」にも参加。句集『歳華集』ほか。昭和五六年没。

鑑賞　昭和二四年頃から現出する、それまでの俳諧系譜の俳句からは全く異なる新たな手法で書かれた作品。「前衛俳句」の出現は大きく分けると、詩的構造によって抽象性を追う高柳重信を中心とする流れと、主体の個的手法を模索した金子兜太を中心とする流れがあり、赤尾兜子は重信を中心とする「俳句評論」に於いて中心的役割を担った。

当時にあって、掲句が読者に切りこんでくる力は、発展する都市と、そこから追いやられる自然や地方という存在までも想起させ得た。ここで「蛇」は季語としての働きを意図されてはいないのだ。「音樂漂う」の見事な設定も見逃せない。〈鐡階にいる蜘蛛智慧をかがやかす〉〈廣場に裂けた木鹽のまわりに鹽軋み〉も、当時の前衛俳句の収穫と言えよう。硬質で、心を軋ませるような力で読者へ迫ってくる。いわゆる「異化作用」による意識世界の覚醒を促し、新たな俳句地平を切り開いたと言えよう。前衛の旗手の残したものは大きい。

ノート　前衛俳句というと、まず指を折る存在であった赤尾兜子。昭和三六年第九回現代俳句協会賞受賞。その頃より「第三イメージ論」を展開。これは二物衝撃やモンタージュ法ではなく、二つのイメージから新たなイメージを生じさせることを意図するというもの。その代表作としては〈機關車の底まで月明か　馬盥〉が揚げられよう。後年兜子は作風の転換を図り、表記も歴史的仮名遣いへと転じた。中国文学を専攻し、古典にも造詣の深かった兜子の本質は、やわらかな抒情性を核としている。その上で、前衛俳句の旗手としての厳しい戦いを続けたのである。最晩年の〈俳句思へば泪わき出づ朝の李花〉には、その兜子の姿を重ねることが出来るであろう。

秀句選

蟵(かや)に寝てまた睡蓮の閉づる夢
（『稚年記』昭52）

背に亡母われは征く身ぞ冬日中

牡蠣くうやその夜うすうすと人逝けり
（『蛇』昭34）

痩せてしまえば鏡がうごく冬の壁

鐵階にいる蜘蛛智慧をかがやかす

頸より霧の網目に浮ぶバレリーナ

音樂漂う岸侵しゆく蛇の飢

廣場に裂けた木鹽のまわりに鹽軋み

ささくれだつ消しゴムの夜で死にゆく鳥
（『虚像』昭40）

轢死者の直前葡萄透きとおる

空(から)井戸あり繃帯の鶏水色に

会うほどしずかに一匹の魚いる秋

寒雷すぎ乳母車の後匂いだす

硝子器の白魚　水は過ぎゆけり

犀のような手相わが野に流れる酢

黒帯の鶴夜の高階へ高階へ
（『歳華集』昭50）

機關車の底まで月明か　馬盥

花から雪へ砧うち合う境なし

帰り花鶴折るうちに折り殺す

盲母いま盲児を産(う)めり春の暮

ぬれ髪のまま寝てゆめの通草かな

男來て天暗くなる著莪の花

空鬱々さくらは白く走るかな

大雷雨鬱王と會うあさの夢

葛掘れば荒宅(こうたく)まぼろしの中にあり

急ぐなかれ月谷蟆(たにぐく)に冴えはじむ
（『全句集』昭57中未刊句集『玄玄』）

俳句思へば泪(なみだ)わき出づ朝の李花

さらばこそ雪中の鳰(にほ)として

心中にひらく雪景また鬼景

ゆめ二つ全く違ふ蕗のたう

秋元不死男

鳥わたるこきこきこきと罐切れば

（『瘤』昭25）

あきもと ふじお　明治三四年、神奈川県生まれ。戦前、新興俳句弾圧事件で投獄。「氷海」創刊、主宰。現代俳句協会、俳人協会設立に参画。句集『瘤』『万座』ほか。昭和五二年没。

鑑賞　昭和二一年作。終戦直後の句である。戦争ですっかり広くなってしまった日本の空を、鳥が渡る。秋である。何もかも無くなってしまった空は明るい。それは忌わしい過去が消えて明日だけがあるからである。その明日へ向けて、作者は一心に小さな罐を切る。「こきこき」ならば単なる擬音語だが、三つ連なった「こきこきこき」は擬態語でもあるだろう。今からひとつひとつ新しく積み重ねていく、再び一歩一歩踏みしめていく、と生きることへの意欲と覚悟のこもった動作を表している。作者は戦前、新興俳句弾圧事件で検挙され、二年余りを獄に過ごしたが、終戦によって罪名も汚名も消えたのである。このリセットは、作者にとっては零まで減ることではなく、零まで増えて再スタートできることを意味した。「敗戦のまだなまなましく匂う風景の中で、私は、解放された明るさを噛みしめながら、渡り鳥を見あげ、コキ、コキ、コキと罐を切った」との自解がある。

ノート　初期は詩と小説を志したが、昭和五年以降、嶋田青峰の「土上」に拠って俳論と俳句実作の両面にわたり執筆活動を展開。西東三鬼、渡辺白泉らと交遊しつつ新興俳句作家として活躍する。戦火想望俳句も試みたが一切を「嘘の俳句」として排除し、第一句集『街』刊行（昭15）。当時の筆名は東京三（あずま）。新興俳句弾圧事件に連座（昭16）、二年間の獄中生活を送る（この時期の作品は『瘤』（昭25）所収）。戦後、山口誓子の「天狼」に同人参加、「氷海」創刊、と生涯の拠り所を作る。「俳句もの説」を発表し（昭29）、俳句の即物性を強調した。が、不死男作品の最大の魅力はその抒情性にある。人間性を俳句形式の中に強く反映させる作家であったと言えるだろう。

秀句選

寒(さむ)や母地のアセチレン風に欹(な)き　（『街』昭15）
厨房に貝があるくよ雛祭
子を殴(う)ちしながき一瞬天の蟬
降る雪に胸飾られて捕へらる　（『瘤』昭25）
手を垂れし影がわれ見る壁寒し
青き足袋穿いて囚徒に数へらる
借りて読む獄書のくさき十二月
獄の湯に寒き顎漬け息しをり
顔入れて冬シャツは家の匂ひする
友らいづこ獄窓ひとつづつ寒し
蝿生れ早や遁走の翅(はね)使ふ
幸(さち)さながら青年の尻菖蒲湯に
吸殻を炎天の影の手が拾ふ
鳥わたるこきこきこきと罐切れば
今日(けふ)ありて銀河をくぐりわかれけり

明日(あす)ありやあり外套のボロちぎる
へろへろとワンタンすするクリスマス
冷されて牛の貫禄しづかなり　（『万座』昭42）
引く波に貝殻鳴りて実朝忌
売文や夜出て髭のあぶらむし
縛されて念力光る兜虫
豊年や切手をのせて舌甘し
ライターの火のポポポポと滝涸るる
三月やモナリザを売る石畳
晩節やポッと藻の咲く硝子鉢
煌々と夏場所終りまた老ゆる
梅雨雀父母(ふぼ)に遺言なかりけり
終戦日妻子入れむと風呂洗ふ
滝鳴らずなりたり鳴らずなりにけり　（『甘露集』昭52）
ねたきりのわがつかみたし銀河の尾

安住　敦

てんと虫一兵われの死なざりし

（『古暦』昭29）

あずみ　あつし　明治四〇年、東京生まれ。富安風生、日野草城に師事。戦後、久保田万太郎を選者に「春燈」創刊、のち主宰。句集『古暦』『午前午後』ほか。昭和六三年没。

鑑賞　「八月十五日　終戦」と前書がある。作者の兵としての戦争体験は二か月ほどであったが、入隊した対戦車自爆隊は、上陸した敵の戦車の下に一人一〇キロの爆弾を背負って飛び込むという任務を帯びていた。老兵ばかりで、三八歳の作者が最年少の部類だったという。同年八月八日の長男の誕生日には〈蟬しぐれ子の誕生日なりしかな〉の句がある。喚き立てる部隊長を前にしてこんなことを思っていた、と自ら書いているが、暑く虚しい日々であったことだろう。「冒頭の『てんとむし』というのは、そのときたまたま、兵隊であるわたくしの眼の前に、その虫が羽をひろげて飛んできたから、ここに置いたのだが、そのちょっと指で弾けば死んでしまうような可憐な虫が、兵隊たちのはかない生命の象徴のようにもおもえた」と自解にある。「てんと虫」は死なずに飛び立った。終わりであり始まりの句である。この句の成立は、実際には終戦の翌年であったそうだ。

ノート　職場の縁で富安風生の「若葉」に投句を始めるが、日野草城の作風に惹かれ、昭和一〇年「旗艦」に投句を開始。またたく間に「旗艦」の代表作家となる。当時の句集に『まづしき饗宴』（昭15）『木馬集』（昭16）がある。戦後、久保田万太郎を選者に擁して「春燈」創刊。草城門から万太郎門への転身を新興俳句系から非難されるが、万太郎の厳選を受けて新境地を開く。万太郎門下として刊行した『古暦』（昭29）を以て自ら第一句集（俳歴の出発）と目す。市民生活や身辺日常に題材をとる私小説風な作品は「敦の嘆き節」と揶揄されることもあったが、人生と自然が深く関わりあう俳句世界を作りあげた。散文にもすぐれ、第一五回日本エッセイストクラブ賞を受賞している（昭41）。

秀句選

相寄りしいのちかなしも冬ごもり
（『まづしき饗宴』昭15）

てんと虫一兵われの死なざりし
（『古暦』昭29）

雁啼くやひとつ机に兄いもと

兄いもとひとつの凧をあげにけり

しぐるゝや駅に西口東口

ランプ売るひとつランプを霧にともし

昼の月あはれいろなき祭かな

啄木忌いくたび職を替へてもや

片みちは歩いて春を惜みけり

春昼や魔法の利かぬ魔法壜
（『歴日抄』昭40）

啄木忌子に知らすべき貧ならず

およそあはれに猫の子の啼きにけり

鳥帰るいづこの空もさびしからむに

あたゝかに枯れてゐるなり芙蓉の実

亀鳴くや事と違ひし志

美貌なる鱵の吻（くち）は怖るべし
（『午前午後』昭47）

夕爾忌やあがりて見えぬ夏ひばり

うららかに朝の麵麭など焦がしゐむ

誰が触るることも宥さず牡丹の芽

恋文のごとく書き溜め牡丹の句

秋風や麵麭の袋の巴里の地図

山雨急牡丹くづるることも急
（『柿の木坂雑唱』昭55）

牡丹囲ひていのちの冬を愛しまむ

宇陀郡室生村蝶生れけり

凡朝顔のあと駄鶏頭育てけり

月の句は月明りもて書き留めむ

浮御堂鳰の浮巣を秘中の秘

花あふちあはあはと眼を病めりけり

草ひばり悲流離悲流離と鳴きつるよ

しんかんとあめつちはあり寒牡丹
（『柿の木坂雑唱以後』平2）

阿部完市

遠方とは馬のすべてでありにけり

（『純白諸事』昭57）

あべ　かんいち　昭和三年、東京生まれ。「青玄」等を経て、「俳句評論」に参加後、「海程」入会。「未完現実」「海程」同人。句集『絵本の空』『にもつは絵馬』ほか。平成二一年没。

鑑賞　たとえば夢の中で、ものごとは時間の流れにしたがって動いていかない。そこでは現在と過去と未来が渾然一体となっている。ときどき、夢の中でもリアルに驚いたりすることがあるけれど、どこかで、このことは前からわかっていた、と思っていたりもする。

　この作品の時間の感覚は、夢の中とよく似ている。ここでは、馬は通常の時間の流れの中にはいない。この馬は、生きている馬であると同時に、記憶の中のさまざまな物語でもある。それは頬に当たる風、疾走する力、未知なる場所である。そしてそれは、音であり、匂いであり、手触りでもある。

　俳句は、しばしば時間の流れを省略し、定型と季語の力によって、描かれていないそれらを表現しようとする詩である。阿部完市の俳句は多くを語らないが、決して省略ではない。独自の、特別な時間世界を作り出しているのだ。まるで眠りの中で見る夢のように……。

ノート　日野草城「青玄」等を経て、金子兜太「海程」に参加した阿部完市の俳句は、終始、そのどちらとも、そして他のどんな俳人ともまったく違う個性に満ちていた。一度読めば忘れられないほどの独特なリズム感と片言のような音韻によって構成されているその俳句世界は、いつのまにか目の前で起こっている出来事の奥深く、神話や伝承の物語のように遥かな場所へとつながっていく。彼の作品を読むことで、その詩的な感性を共有することのできた読者は、俳句はここまで来ることができるのだ、という驚きを感じたに違いない。俳句形式と方法論を常に省察し続けた俳人でもあったが、作品そのものには、いつも天性のひらめきとしか思えない伸びやかさがあった。得がたいことである。

秀句選

冬鳥よ飛んで帰郷かも知れず
鰯雲人を死なせてしまひけり
寒暁を起きて一家の火をつくる
（『無帽』昭33）

少年くる無心に充分に刺すために
風の故郷が見える一日莫蓙にいて
（『絵本の空』昭44）

ローソクもつてみんなはなれてゆきむほん
栃木にいろいろ雨のたましいもいたり
（『にもつは絵馬』昭49）

Aへやまみち葉と葉と花子ちりながら
十一月あつまつて濃くなつて村人
にもつは絵馬風の品川すぎている
木にのぼりあざやかあざやかアフリカなど
草木より病気きれいにみえいたり
静かなうしろ紙の木紙の木の林
この野の上白い化粧のみんないる
たとえば一位の木のいちいとは風に揺られる
（『春日朝歌』昭53）

ゆきひらという器ながれて春一夜
一よりあかるきわれの長女は浜木綿
中国地方へ一点夏馬かすかであつた
沙河にゆきたし六月私は小馬
（『純白諸事』昭57）

遠方とは馬のすべてでありにけり
海猫群集大ぶりの島でありけり
妹の手が鮎になるそして鮎ゆく
（『軽のやまめ』平3）

昼顔のか揺れかく揺れわれは昼顔
われ四万十川のその川面を打擲す
豊旗雲の上に出てよりすろうりい
八月の船おちついていることよ
ばると海という海がみたくておよぐ
（『地動説』平16）

撒水車らぷそでい・いん・ぶるう撒く
夜存在す山刀伐峠と言うぞ
水色は滋賀県の水の色なり

阿部みどり女

九十の端を忘れ春を待つ

鑑賞 掲句は、ふと頭をよぎった思いをそのまま詠まれたのだろう。「九十の端を忘れ」にはいくらか寂寥感を伴った感じがしないでもないが、「春を待つ」という季題によって句全体が自然な明るさに包まれている。

作者ほどの年齢になると、冬の厳しさは年々身体にこたえる。若いころには気にも掛けなかったことに身を締め付けられるのである。しかしそんな昔を振り返ってみても始まらない。それよりはいっそのこと歳など忘れて、春の来るのをじっと待つことにしよう。それも避寒の一法だと開き直ると、冬籠りの毎日にも何となくゆとりのようなものが生まれてくる。年の端など忘れて暖かな春を待とう、そういう決意は人に打ち明けるほどのことではないが、作者の心をささやかな幸福感で満たすのである。

気弱な気配を少しも見せないところに、作者の上を通りすぎた九十何年という歳月の稔りが感じ取れる。

（『月下美人』昭52）

あべ　みどりじょ　明治一九年、北海道生まれ。高浜虚子に師事。長谷川かな女らと婦人句会で活躍後、「駒草」を創刊、主宰。句集『笹鳴』『陽炎』『月下美人』ほか。昭和五五年没。

ノート 大正元年、阿部みどり女は療養先の鎌倉で、薬剤師小笹徐長郷（おざさじょちょうぎょう）の勧めで俳句を始めた。同三年、同じ地に住む高浜虚子を知って「ホトトギス」に投句するようになる。やがて始められたばかりの女性だけの俳句会「婦人俳句会」へ参加する。当時は女性俳句の草創期で、みどり女は長谷川かな女、高橋淡路女、室積波那女らとともに切磋琢磨しながら近代女性俳人の先駆けとして活躍した。

昭和八年になると、みどり女は「駒草」を創刊し、素描の鍛錬から学んだ独自の写生観を深めながら俳誌の発展と後進の指導に力を尽くした。

また、みどり女は九二歳で句集『月下美人』を上梓したが、この句集は女性で初めて蛇笏賞を受賞した。

秀句選

秋風や石積んだ馬の動かざる
引抜けば土塊踊る野蒜かな
戸一枚刈田に開けてかまど焚く
打ちあけしあとの淋しさ水馬
葉櫻にかな女が窓の開け放し
遅々と歩す雪解の道の我ありぬ
青空のちゞめられゆき雪もよひ
白つゝじ小さきはたごに夕べ来ぬ
浅利掻く二人三人風に伏し
菊の雨菊をうつしてたまるのみ
七夕の見ゆるところに朝餉する
初蝶の流れ光陰流れけり
貝殻に遅日の砂を底にため
嚙み合へる犬に一瞥十二月
虚子百句遅日に偲びまゐらする

（『笹鳴』昭22）（『微風』昭30）（『光陰』昭34）（『定本 阿部みどり女句集』昭41）

虫ばかり野々宮闇となりにけり
梅林へ梅林へ私は裏山へ
雲とゆく草の径は秋早く
目の覚めるきのふの時刻虫の月
五指重く秋の月日を折りて見る
たんぽぽや日向日陰の三角形
クローバーにしづしづ癒えて老いてゆく
ハンカチに忽ち蟻の跳ねのぼる
陽炎の見えぬ齢に順じけり
月下美人力かぎりに更けにけり
九十の端を忘れ春を待つ
春めくといふ言の葉をくりかえし
短日をほどよく動き日記書く
人佇ちてはたと枯菊暗くなる
握手してこぶしに秋の涙かな

（『雪嶺』昭46）（『陽炎』昭50）（『月下美人』昭52）（『石蕗』昭57）

飴山 實

大雨のあと浜木綿に次の花

（『次の花』平元）

あめやま みのる 昭和元年、石川県生まれ。発酵微生物学者。「風」入会、のち無所属。安東次男に兄事。句集『少長集』『花浴び』ほか。著作『芝不器男伝』ほか。平成一二年没。

鑑賞 浜木綿は海岸に自生する万年青に似た大型植物。ヒガンバナ科で、夏の盛りに芳香のある白い花を十数個、花茎の先に傘のように開く。浜辺を散歩すれば必ず見かけるような植物である。大雨の日は海も荒れ、浜木綿は少なからぬ被害を受ける。嵐が去ったあとには敗残の落武者のような姿でとり残されている。が、よく見ると、すでに新しい花が咲き出しているのである。花の蔭には、さらにその次に咲く花の用意も整っていることだろう。

この句は、大雨で失ってしまったものについては触れていない。が、作者がそれを見据えてひとかたならず心を痛めていることは、読み手にも伝わってくる。「次の」と言えばおのずと「前の」ことにも思いは至るのだから。作者の詩精神は「次の花」を見出すことにより発動した。そして「次の」ことだけを表現した。この世にあるもの、更に言えばこの世に残ったものの、次へのつながり方を詠った句、と言えるだろう。

ノート 旧制高校時代に芭蕉や蕪村の七部集をテキストとして作句を始める。古格にのっとった實俳句の原点である。戦後、「風」に投句を開始。初期は社会性俳句に惹かれ、論理に支えられた抒情を主張した。当時の句集に『おりいぶ』（昭34）がある。一度俳句から遠ざかった後、季語を生かした句作を志し、句集『少長集』（昭46）で鮮やかな変貌ぶりを示す。〈小鳥死に枯野よく透く籠のこる〉。世評の高いこの句は、季語としての枯野に芭蕉の枯野〈旅に病で夢は枯野を駆け廻る〉が重なるだろう。また、世におもねることをせず、歯に衣を着せぬ持論を展開する作家でもあった。俳句にいたずらに新奇な言葉を使うことをよしとせず、すでにある言葉を使い方によって新しくすることの大切さをよく語った。

秀句選

掌によしきりの卵のせて来ぬ
赤ン坊を尻から浸す海旱り
（『おりいぶ』昭34）
小鳥死に枯野よく透く籠のこる
（『少長集』昭46）
うつくしきあぎととあへり能登時雨
釘箱から夕がほの種出してくる
花の芯すでに苺のかたちなす
金魚屋のとどまるところ濡れにけり
飯粒のこぼるゝことや大暑の子
手にのせて火だねのごとし一位の実
比良ばかり雪をのせたり初諸子
（『辛酉小雪』昭56）
湖の霞の底を鋤きはじめ
花杏汽車を山から吐きにけり
目をあぐるたびに石見の花辛夷
なめくぢも夕映えてをり葱の先
法隆寺白雨やみたる雫かな

あを〳〵とこの世の雨の箒草
とびついてとるあをぞらの熟れ棗
木から木へこどものはしる白雨かな
（『次の花』平元）
湯豆腐のかけらの影のあたゝかし
いとけなき手がふれてさへ餅の花
大雨のあと浜木綿に次の花
骨だけの障子が川を流れだす
夕空を花のながるゝ葬りかな
（『花浴び』平7）
青竹に空ゆするゝ大暑かな
出雲から紙来て障子あらたまる
あかんぼにはや踏青の靴履かす
残生やひと日は花を鋤きこんで
どの山のさくらの匂ひ桜餅
（『飴山實全句集』平15）
石にのり秋の蜥蜴となりにけり
子雀はまこと子の顔大きな目

有馬朗人

光堂より一筋の雪解水

（『天為』昭62）

ありま　あきと　昭和五年、大阪生まれ。物理学者、元東大総長。山口青邨に師事。「夏草」「子午線」同人。平成二年「天為」創刊、主宰。句集『母国』『知命』『天為』『不稀』ほか。

鑑賞　この句の下敷きになっているのが〈五月雨の降り残してや光堂　松尾芭蕉〉であることは、言うまでもない。芭蕉の句は中尊寺金色堂の燦然と輝く様子を称え、有馬朗人の句は絢爛たる光堂から輝いて流れ出る雪解水の美しさを繊細な感受性をもって詠みとめている。

　簡潔な表現の中に春の訪れを感受した喜びがこめられているが、その春は何も今年だけのものではない。藤原清衡によって多くの堂塔伽藍が建立されてから芭蕉が訪れるまで六百年近く、そこから更に約三百年を経て朗人がこの句を授かるまで、春は毎年訪れた。戦乱の世であろうと泰平の世であろうと、循環する季節の中で人々は生き死にを繰り返し、歴史を残してきた。そのありさまを光堂はじっと見つめてきたのである。芭蕉の句に繋がることによって朗人の句には膨大な時間が取り込まれ、十七音の小さな詩型に無限の大きさが内包されている。

ノート　有馬朗人の俳句は自在に国境を越える。物理学者として海外に長く居住し、七十代後半の現在も世界各地を飛び回り、国際俳句交流協会会長を務めているという経歴もあって、その作品は〈ジンギスカン走りし日より霾れり〉（中国）〈金の靴一つ落ちゐし謝肉祭〉（ブラジル）といった海外詠から〈獣声（けものごゑ）あげて山鉾動くかな〉〈はばたける鳳凰堂の夕立かな〉のような伝統的事物を対象にした国内詠まで多彩である。

　朗人の句は〈天狼やアインシュタインの世紀果つ〉といった科学者としての視点や洋の東西を問わない深い教養に支えられ、キリスト教の影響も受けているが、近年は〈ひざにゐて猫涅槃図に間に合はず〉のように小動物を扱ったユーモア溢れる句も見受けられ、幅が広い。

水中花誰か死ぬかもしれぬ夜も　（『母国』昭47）
母の日が母の日傘の中にある
イエスより軽く鮟鱇を吊りさげる
妻告ぐる胎児は白桃程の重さ
草餅を焼く天平の色に焼く
茄子の苗一天の紺うばひ立つ　（『知命』昭57）
新涼の母国に時計合せけり
殷亡ぶ日の如く天霾れり
ジンギスカン走りし日より霾れり　（『天爲』昭62）
金の靴一つ落ちゐし謝肉祭
朱欒割りサド侯爵の忌を修す
光堂より一筋の雪解水
冬眠の蛇をおこして蛇遣ひ　（『耳順』平5）
空也忌の鉦打ち廻る腰のばね　（『立志』平10）
漱石の脳沈みゐる晩夏かな

なまけものぶらさがり見る去年今年
雪女来る頃ぎしと鳴る簞笥
我もまたころびたらむか大南風
いづこにも龍ゐる国の天高し　（『不稀』平16）
一遍が踊ればころぶ団栗も
長崎の坂動き出す三日かな
浅草の赤たつぷりとかき氷
菜の花や西の遙かにぽるとがる
逃げ水の逃れきつたる日本海
ひざにゐて猫涅槃図に間に合はず　（『分光』平19）
紀の国の炭かんかんと響きけり
世に合はぬ歯車一つぼろ市に
ひよつとこがすいと竿灯受取りぬ
生も死もひよいと來るもの返り花
孑孑のふらふら沈む力かな

阿波野青畝

狐火やまこと顔にも一くさり

（『萬両』昭6）

あわの　せいほ　明治三二年、奈良県生まれ。原田浜人に学ぶ。のち「ホトトギス」に入会、高浜虚子に師事。「かつらぎ」を創刊、主宰。句集『萬両』『甲子園』ほか。平成四年没。

鑑賞　狐火というものを、私はまだ見たことがない。掲句を読んで、狐火を見た人がそのことについて炉端などでまことしやかに一くさり話をしている、という光景が目に浮かんだ。話を聞いている人は半信半疑。そうすると、話し手はますますもっともらしく話をして聞き手を納得させようとする。そのような場面である。

　ところで、狐火は「王子の狐火」から派生した季題であるらしい。王子の狐火とは、一二月の晦日の夜に江戸の王子村稲荷ほとりに出現する狐火のことである。この狐火の連なり具合から付近の農民は翌年の豊凶を占ったという。要するに狐火の灯り方が肝要なのである。すると掲句は、狐火がもっともらしい顔つきで一連なりになって灯っている、と解釈した方が狐火の本来持っている意味に即しているし、「狐火や」の切字が生きてくる。しかしながら、狐火という不思議なものに惑わされてしまう炉端の場面も捨て難い。

ノート　阿波野青畝は、水原秋櫻子・山口誓子・高野素十とともに四Sと呼ばれ、「ホトトギス」第二次黄金時代を築いた主軸の一人である。

　青畝は初学の頃、虚子に客観写生に対する不満の手紙を出すが、虚子の返信で写生の修練を諭され、写生をひたすら勉強する。青畝の写生は単に眼前の写生をするだけではなく、対象物に自己を投影し、その投影された生命を具体的に描くというものに発展してゆく。青畝自身は後年「私は生まれつき主情の人間である」とも述べている。

　青畝の俳句はやわらかい関西の言葉が醸し出すユーモアと滑らかな調べに特徴があり、大らかな人柄としみじみとした人間性を漂わせている。

さみだれのあまだればかり浮御堂　（『萬両』昭6）
閑かさにひとりこぼれぬ黄楊の花
秋の谷とうんと銃の谺かな
白酒やなでゝぬぐひし注零し
しろ〳〵と畠の中の梅一木
狐火やまこと顔にも一くさり
葛城の山懐に寝釈迦かな
けふの月長いすゝきを活けにけり
蟻地獄、とゐる蠅によろこばず　（『國原』昭17）
来し方を斯くもてらてら蛞蝓
大空に長き能登ありお花畑
朝夕がどかとよろしき残暑かな　（『春の鳶』昭27）
端居して濁世なかなかおもしろや
水ゆれて鳳凰堂へ蛇の首
マーガレット東京の空よごれたり　（『紅葉の賀』昭37）

月の山大国主命かな
寒波急日本は細くなりしまま　（『甲子園』昭47）
山又山山桜又山桜
びびびびと天の声かも凧つたふ
二十六聖人の如波の雛
黄塵に痩せたる牛を牧しけり　（『旅塵を払ふ』昭52）
舟と舟ぶつかる瓜の市場かな
悔いなしと嘘つく女芥子の花　（『不勝簪』昭55）
をりをりに消えをりをりに雪女郎
南都いまなむかんなむかん余寒なり　（『あなたこなた』昭58）
一点は鷹一線は隼来
鮟鱇の涎出すぎてすべりけり　（『除夜』昭61）
ひんがしへ膝をにじれば寝待月
月も湖も西施の涙晴るるかな　（『西湖』平3）
十字切る別の我あり冬日射　（『宇宙』平5）

飯島晴子

八頭いづこより刃を入るるとも

（『八頭』昭60）

いいじま　はるこ　大正一〇年、京都生まれ。「馬酔木」に入会。昭和三九年、藤田湘子に師事、「鷹」創刊に同人参加。句集『蕨手』『儚々』評論集『俳句発見』ほか。平成一二年没。

鑑賞　八頭は、同じくらいの大きさの芋が幾つも寄り集まって一塊を成し、何処が上とも中心ともつかない、過剰な畸形と呼ぶのにふさわしい形をしている。他のいろいろな野菜であれば、自ずから初めに庖丁を入れる場所が決まるのだが、八頭の場合は確かに、何処から刃を入れてもかまわない混沌とした無秩序が存在している。その意味では、この作品は、八頭の本質を捉えた鋭い写生句となっている。

しかし同時に、いまにも庖丁が入ろうとする俎板の上の芋という実景の奥に、太古からの神話空間もまた、なまなましく招喚されるのだ。誰もが知っている出雲の怪物退治、『古事記』にも『日本書紀』にも記されている八岐大蛇（やまたのおろち）の伝説では、素戔鳴尊（すさのおのみこと）は、大蛇の八つの頭を、次々に剣で斬り落としてゆく。神話の世界での八岐大蛇もまた、滅ぼすべき混沌とした無秩序に他ならない。たった十七音の俳句は、この作品において、文化の深淵を抉る機鋒と化している。

ノート　三九歳で「馬酔木」に投句を始め、四三歳の時に、「鷹」創刊に参加。「鷹」の理念「俳句のあらゆる可能性の追求」に弟子としてもっとも応え、具象を通じて抽象にまで到達するような斬新な作品を生み出してゆく。必ず自らの眼で確かめ、足で歩いて摑んだものを、詩となるまで掘り下げてゆく方法は、言葉と物が存在として切り結び、意味としての作品に終わることなく、日本語の根底にある文化をも抉り出す、深遠な時空を成立させている。後期には諧謔味も加わって、より自在な句風を獲得していく。高柳重信に評論の才を見出され、多くの作家論や俳句論を著して女性の俳句評論の先駆者となった。特に『俳句発見』に収められた「言葉の現れるとき」は、詩としての言葉の本質を衝く名評論である。

秀句選

泉の底に一本の匙夏了る　（『蕨手』昭47）
旅客機閉す秋風のアラブ服が最後
うすうすと稲の花さく黄泉の道
これ着ると梟が啼くめくら縞
螢とび疑ひぶかき親の箸
さるすべりしろばなちらす夢違ひ　（『朱田』昭51）
天網は冬の菫の匂かな
孔子一行衣服で赭い梨を拭き
氷水東の塔のおそろしく
百合鷗少年をさし出しにゆく
空はみささぎ花鶏（あとり）など居させむ　（『春の蔵』昭55）
わが末子立つ冬麗のギリシヤの市場
鶯に蔵をつめたくしておかむ
月光の象番にならぬかといふ
いつも二階に肌ぬぎの祖母ゐるからは　（『八頭』昭60）

金屛風何んとすばやくたたむこと
でで虫の繰り出す肉に後れをとる
八頭いづこより刃を入るるとも
螢の夜老い放題に老いんとす　（『寒晴』平2）
白緑の蛇身にて尚惑ふなり
寒晴やあはれ舞妓の背の高き
漲りて一塵を待つ冬泉
十薬の蕊高くわが荒野なり　（『儚々』平8）
さつきから夕立の端にゐるらしき
昼顔は誰も来ないでほしくて咲く
穴惑刃の如く若かりき
昼顔のあれは途方に暮るる色
気がつけば冥土に水を打つてゐし　（『平日』平13）
かくつよき門火われにも焚き呉れよ
葛の花来るなと言つたではないか

飯田龍太

一月の川一月の谷の中

（『春の道』昭46）

いいだ　りゅうた　大正九年、山梨県生まれ。飯田蛇笏の四男。戦後「雲母」編集を担当。蛇笏没後、主宰を継承。平成四年、九百号を以て終刊。句集『百戸の谿』『忘音』ほか。一九年没。

鑑賞　一月、川、谷という単純化された言葉に喚起され、抽象化され、連綿とした時間の流れ、自然という大きな存在へと詩的に集約されていく。在るものを在ると表現した。そのような現実の景に依拠し、季感以外のものを排除した、人類誕生以前の光景ともいうべきものとしてとらえる見方に対して、一月に力点を置き、その原初性を象徴するものとして川と谷を普遍的に理解しようとする解釈もある。その場合は虚構の川であり谷であってよいとする立場である。そこからさらに発展して、この句の無内容性に着目して、俳句形式の典型、構造の呈示に価値を見出す立場もある。この作品を最初に高く評価したのは伝統派ではなく、新興俳句・前衛系俳人の雄、高柳重信であったが、物と言葉の議論を呼び、膾炙（かいしゃ）され、戦後を代表する名句として圧倒的存在を得たのである。しかし、この真の評価は、これからの俳句表現の発展が、時間という坩堝（るつぼ）を通しておのずと答えを出すものと考える。

ノート　第一句集『百戸の谿』の自序に「自然に魅惑されるといふことは恐ろしいことだ」とある。「第二芸術論」に抗するように俳句に思想性が濃くなった昭和二十年代後半、蛇笏を父に、青年俳人龍太は時代の風に乗ることなく、郷里甲斐の自然、風土を基盤にした瑞々しい句を発表した。ヒューマニズム溢れる自然観に培われた自然詠を終生追求し、龍太調といわれる簡潔で張りのある調べを特徴とする。虚構や季題趣味による類型を否定し、山間の季節のめぐりが見せる実なる風土を詠み、指導し、昭和俳壇に「龍太の時代」を築いた。平成四年「雲母」を終刊とし、以後自作の発表も断った。最終号に収録の句〈またもとのおのれにもどり夕焼中〉には安堵の中にも、孤高の意を定めた厳しい姿が見える。

春の鳶寄りわかれては高みつつ　（『百戸の谿』昭29）
紺絣春月重く出でしかな
露草も露のちからの花ひらく
鰯雲日かげは水の音迅く
春すでに高嶺未婚のつばくらめ
大寒の一戸もかくれなき故郷　（『童眸』昭34）
雪の峯しづかに春ののぼりゆく
秋冷の黒牛に幹直立す
雪山のどこも動かず花にほふ　（『麓の人』昭40）
手が見えて父が落葉の山歩く
燕去る鶏鳴もまた糸のごと
父母の亡き裏口開いて枯木山　（『忘音』昭43）
子の皿に塩ふる音もみどりの夜
どの子にも涼しく風の吹く日かな
一月の川一月の谷の中　（『春の道』昭46）

雪の日暮れはいくたびも読む文のごとし
かたつむり甲斐も信濃も雨のなか　（『山の木』昭50）
白梅のあと紅梅の深空あり
貝こきと噛めば朧の安房の国
水澄みて四方に関ある甲斐の国
かるた切るうしろ菊の香しんと澄み　（『涼夜』昭52）
梅漬の種が真赤ぞ甲斐の冬
去るものは去りまた充ちて秋の空
鹿（か）の子にもものの見る眼ふたつづつ　（『今昔』昭56）
鳥帰るこんにやく村の夕空を
鏡餅わけても西の遙かかな　（『山の影』昭60）
龍の玉升（のぼ）さんと呼ぶ虚子のこゑ
白雲のうしろはるけき小春かな　（『遅速』平3）
千里より一里が遠き春の闇
百千鳥雌蕊雄蕊を囃すなり

池田澄子

初恋のあとの永生き春満月

（『ゆく船』平12）

いけだ　すみこ　昭和一一年、神奈川県生まれ。三橋敏雄に師事。「船団」「豈」同人。句集『空の庭』『ゆく船』『たましいの話』ほか。散文集『休むに似たり』『あさがや草紙』。

鑑賞　おませな女の子ならば、幼稚園の頃にはもう好きな相手の一人くらいはいる。どんなに奥手でも、十代の後半には初恋のときめきを知っているだろう。遠くから見かけただけで胸が熱くなり、ほんの一瞬言葉を交わしただけでその日が特別な一日となってしまう、不思議な感情。初恋という魔法。初恋の殆どは実らない。だからこそ、思い出の中でいつまでもきらめき続ける。

歳月はいつの間にか流れ、気がつくと、別の人と結婚してすっかり落ち着いた自分がいる。考えてみると随分長く生きてきた。初恋のときめきからすっかり遠ざかった平凡な生活で、もうこの先どれだけ生きてもあんなに純粋で幸福な思いを味わうことはないだろう。

とりようによっては随分現実的でシニカルな句で、読み手もどきりとさせられる。だが、春満月の微笑むように柔らかい光は、青春期を過ぎた後の人生も肯定しているようだ。

ノート　初期の〈じゃんけんで負けて蛍に生まれたの〉や〈ピーマン切って中を明るくしてあげた〉以来、池田澄子は口語を用い、現代の軽さと戯れるように意表を突く発想を詠んできた。〈いつしか人に生まれていたわ　アナタも？〉など広告宣伝のコピーのようだが、しらけて無責任なようでいて、見事に人生の本質を突いている。

表現は軽いが、その句にはかなりの毒が含まれており、〈青嵐神社があったので拝む〉はナアナアで引きずられがちな日本人を揶揄したものともとれる。〈前ヘススメ前ヘススミテ還ラザル〉や〈戦場に近眼鏡はいくつ飛んだ〉といった戦争を批判した句もあり、なかなかの硬派である。〈目覚めるといつも私が居て遺憾〉にも、遺憾ながら共感させられる。

秀句選

未だ逢わざる我が鷹の余命かな

（『空の庭』昭63）

じゃんけんで負けて蛍に生まれたの

生きるの大好き冬のはじめが春に似て

ピーマン切って中を明るくしてあげた

逢わぬ日を地つづき霞つづきかな

月の夜の柱よ咲きたいならどうぞ

春風に此処はいやだとおもって居る

（『いつしか人に生まれて』平5）

屠蘇散や夫は他人なので好き

産声の途方に暮れていたるなり

蚊柱の傍に居させていただきぬ

号泣やたくさん息を吸ってから

腐（いた）みつつ桃のかたちをしていたり

春は名のみの三角巾をどう干すか

（『ゆく船』平12）

異常発生したる元気のない羽蟻

ＴＶ画面のバンザイ岬いつも夏

人生に春の夕べのハンドクリーム

カメラ構えて彼は菫を踏んでいる

椿咲くたびに逢いたくなっちゃだめ

初恋のあとの永生き春満月

青嵐神社があったので拝む

太陽は古くて立派鳥の恋

前へススメ前へススミテ還ラザル

フルーツポンチのチェリー可愛いや先ずよける

（『たましいの話』平17）

目覚めるといつも私が居て遺憾

人類の旬の土偶のおっぱいよ

茄子焼いて冷やしてたましいの話

先生の逝去は一度夏百夜

人が人を愛したりして青菜に虫

戦場に近眼鏡はいくつ飛んだ

お湿りや水仙に香を有り難う

石川桂郎

虫のこゑいまなに欲しと言はるれば

（『四温』昭51）

いしかわ　けいろう　明治四二年、東京生まれ。石田波郷の「鶴」に投句、のち同人。「馬酔木」同人を経て、「風土」編集長、後に主宰。句集『含羞』『高蘆』ほか。昭和五〇年没。

鑑賞　食道癌で入院中の最晩年の作。従って「いまなに欲し」という問いかけは軽い興味ではない。しかも仮定形であるから自問自答にほかならない。

『今昔物語』にこんな話がある。旅に病んだ貴公子がいよいよ臨終という時、駆けつけた僧は中有（ちゅうう）の旅では仏の力にすがれと説いた。

「その中有の旅の空には嵐に散る紅葉、風に靡く尾花などの下に松虫の声は聞こえぬか」と問う貴公子。仏法よりも虫の声に魂が慰められる、と息も絶え絶えに言ったので、僧は「狂気の沙汰じゃ」とあきれて帰ってしまった。

そんな風狂の系譜に連なる作といえよう。肉体の苦痛に耐えつつも精神は虫の声を求める。句ごころを求める。いまわの際の希求に生涯の価値観は表われる。虫の音に耳を傾けることは故人の心に近づくことでもある。

辞世の覚悟をもって詠まれた一句として味わいたい。

ノート　「帰（けえ）ろう」と言うべらんめえ口調から「桂郎」の俳号が生まれたという。東京の下町の理髪業の家に生まれ、家業を継いだ職人気質は、潔い句風にも表われている。「てめえの面（つら）のある句を作れ」と弟子達に説いた通り、誰の句にも似ない自在な作風は、無頼でありながら俳句の格を芯のところで保っている。

直木賞候補となった短篇集『妻の温泉』、読売文学賞随筆紀行部門受賞の『俳人風狂列伝』など、文章も軽妙洒脱。

中村草田男は句集『含羞』に寄せた長文の跋の中で、「私は職人の出だから勘一本が頼りだ。これが鈍ったら、大本（おほもと）が消えてしまふ」という桂郎の言葉を伝えている。工房の秘密に触れた一文といえよう。

秀句選

一片の炭無し
あまり寒く笑へば妻もわらふなり　（『含羞』昭31）
入学の吾子人前に押し出だす
我鬼忌はや羽あをき虫枕べに
昼蛙どの畦のどこ曲らうか
太宰忌の螢行きちがひ行きちがひ
尺蠖虫尺とりうせて酒剰さず
ゆめにみる女はひとり星祭
柚子湯して妻とあそべるおもひかな
霜降やねむりぐすりを酒で嚥み　（『竹取』昭44）
新宿に会ふは別るる西鶴忌
夕市や地べたの華の海老栄螺
雪しろや棚田千枚読む目して
土ふまず痩せて夏来る今年かな
高蘆のなかゆく道や桃青忌　（『高蘆』昭48）
塗椀に割つて重しよ寒卵

あぢさゐや軽くすませる昼の蕎麦
三寒の四温を待てる机かな
新蕎麦や着馴れしものをひとつ着て
哀れ蚊やねむりぐすりも気安めに
流氷を青と見白と見独り酒
花冷えや矢立の銀のくもるさへ　（『四温』昭51）
洗ひたる独活寝かしたる目笊かな
門火焚く父母より友の面輪かな
友好のどんでんがへし秋袷
一輪挿けふ茶の花をほしと思ふ
おもはざる病をもらひ古暦
粕汁にあたたまりゆく命あり
大事なり七種籠に水やるも
裏がへる亀思ふべし鳴けるなり
虫のこゑいまなに欲しと言はるれば

石田郷子

うごかざる一点がわれ青嵐

（『木の名前』平16）

いしだ　きょうこ　昭和三三年、東京都生まれ。六一年「木語」に入会、山田みづえに師事。平成一六年「椋」創刊。句集『秋の顔』『木の名前』ほか。

鑑賞　青嵐は青葉のころに吹きわたるやや強めの風をいう。薫風よりも男性的なイメージだ。この句も世界に向かって自分の存在を宣誓するような強さを持っている。

吹き流れる草の中に立つのだろうか。緑の樹木の間に立つのだろうか。風に応えて揺れる青い背景。口を一文字に結びその広さに耐える少年のようでもあり、季節を感じ得た心の弾みも静かに伝わってくる。

座標の中心のように動かない一点。それがわれであり、そのときわれは世界の基点になる。ことばはとても簡単で他に変えようがない。視点がふいに自由になり、空高くから別の自分が眺めているようだ。大きな景色がどこまでも広がる。われを受け容れ、われが受け容れる世界。

「あなたと世界は誰にも邪魔されない信頼によって結ばれている」とは句集『木の名前』に寄せた長谷川櫂の言葉。

ノート　石田郷子は季節によく和する。草木や鳥や虫に親しむ。〈さへづりのだんだん吾を容れにけり〉など本来見えないものの中心に接近する直観がある。第一句集『秋の顔』の序文で「非常に浄らかな緻やかさ、撓やかな骨格が一本通っているようにも見え、そこがなんとも言えぬ魅力なのだろうと思われる」と山田みづえは書いた。以後その骨格は逞しさを加え、清潔で真摯なる存在感を増している。

表現されたものが素直に世界を肯定し、こちらの内にふくらむものを自覚させる。その俳句はおおらかでありながら、味わったあと実はその奥にある繊細なものにこそ感応したことに気づくのだ。

来ることの嬉しき燕きたりけり
（『秋の顔』平8）

立ち上り立ち上りくる枯木かな
冬銀河時間過ぎゆくときの音
背泳ぎの空のだんだんおそろしく
大粒の涙のやうに木の実落つ
人影をひきよせてゐる冬畳
春の山たたいてここへ坐れよと
花菖蒲どんどん剪つてくれにけり
にはとりの鶏冠しづくや冬の雨
凩のとほくを攻めてゐたりけり
思ふことかがやいてきし小鳥かな
あたらしき鹿のあしあと花すみれ
さびしいかさびしくなくもなき青野
（『木の名前』平16）

うごかざる一点がわれ青嵐
ここに母佇ちしと思ふ龍の玉

枝打ちの谺返しに始まりぬ
堅香子にまみえむ膝をつきにけり
踏青やはばたきやすきものまとひ
さへづりのだんだん吾を容れにけり
ことごとくやさしくなりて枯れにけり
一枝のはしりなりける梨の花
音ひとつ立ててをりたる泉かな
家々に古りたる写真稲の花
めぐりては水にをさまる百合鷗
撥ね強き枝をくぐりて一の午
秋水がゆくかなしみのやうにゆく
掌をあてて言ふ木の名前冬はじめ
向ひゐる水の平らや寒旱
木枯の大きな息とすれ違ふ
朝焼の美しかりし干大根

石田波郷

霜柱俳句は切字響きけり

鑑賞　上五「霜柱」での詠嘆が深い句である。句集『風切』のあとがきで波郷は「俳句は今日のやうな時代にはひたすらその格調を厳しくすべきで、素材だけの便乗は奉公の根本性格を喪うことになるであらう。『風切』はそれを失わない努力に終始した句集といへようかと思ふ」（文中の「奉公」ということばは、戦時中だったという事情のためと思われるので、そのまま「俳句」と置き換えてよいだろう。）と書いているが、根本性格とは俳句の韻文性であり、それを支える措辞の一つが切字である。掲句は、作者の俳句への思いの丈を言い切って、「ほかに何も言うべき事はない」と断言した一句だと思う。霜柱が象徴したのは俳句の「根本性格」すなわち本質そのものであろうし、また、言葉の響きそのものも高らかだ。この句が示した韻文性の追求は、生活詠としての瑞々しさをたたえた新しい叙情世界を切り開いたといえるのではなかろうか。

（『風切』昭18）

いしだ　はきょう　大正二年、愛媛県生まれ。五十崎古郷、水原秋櫻子に師事。「馬酔木」編集を経て、昭和一二年「鶴」創刊、主宰。のち「現代俳句」創刊。句集『鶴の眼』ほか。四四年没。

ノート　石田波郷は、作品五句が、水原秋櫻子主宰の「馬酔木」で巻頭になったことのみを契機に、故郷・松山から単身上京した。一九歳だった。定職もないままに、三年後には第一句集を刊行し、貧しいながらも大勢の句友たちとともに青春時代を謳歌して、三〇歳で主宰誌「鶴」を創刊している。一方、戦争末期に応召して、戦地で病を得、その病と闘いながら家族との生活を支えなくてはならず、あくまでも死と隣り合わせの生を実感しながら、その日々の生活を季節の中で見つめ、諷詠し続けた。作風は句集ごとに新らたな展開を見せ、描かれた景色が古びてしまっても、なお瑞々しさは失われていない。そしてどの句集にも人口に膾炙（かいしゃ）した代表句があることに、私達は目を瞠らざるを得ない。

バスを待ち大路の春をうたがはず　（『鶴の眼』昭14）
プラタナス夜もみどりなる夏は来ぬ
吹きおこる秋風鶴をあゆましむ
初蝶やわが三十の袖袂　（『風切』昭18）
雀らも海かけて飛べ吹流し
萬緑を顧みるべし山毛欅峠
朝顔の紺のかなたの月日かな
寒椿つひに一日のふところ手
霜柱俳句は切字響きけり
留別
雁やのこるものみな美しき　（『病鴈』昭21）
妹の便、石竹の花を挿みたり
石竹やおん母小さくなりにけり
百方の焼けて年逝く小名木川　（『雨覆』昭23）
立春の米こぼれをり葛西橋
はこべらや焦土のいろの雀ども
おもかげや二つ傾く瓜の馬

西日中電車のどこか掴みて居り
栗食むや若く哀しき背を曲げて
稲妻のほしいまゝなり明日あるなり
霜の墓抱き起されしとき見たり　（『惜命』昭25）
春夕べ襖に手かけ母来給ふ
たばしるや鵙叫喚す胸形変
雪はしづかにゆたかにはやし屍室
七夕竹惜命（しやくみよう）の文字隠れなし
泉への道後れゆく安けさよ　（『春嵐』昭32）
草木瓜や故郷のごとき療養所
鰯雲甕担がれてうごき出す
秋いくとせ石鎚（いしづち）山を見ず母を見ず　（『酒中花』昭43）
春雪三日祭の如く過ぎにけり
螢籠われに安心（あんじん）あらしめよ　（『酒中花以後』昭45）
今生は病む生なりき鳥頭

石橋秀野

短夜の看とり給ふも縁かな

（『櫻濃く』昭24）

いしばし　ひでの　明治四二年、奈良県生まれ。高浜虚子に俳句を学ぶ。横光利一の「十日会句会」に入会。のち「鶴」同人。山本健吉は夫。句文集『櫻濃く』ほか。昭和二二年没。

鑑賞　石橋秀野の句を鑑賞するときには、どうしてもその短かった生涯に思いが到ってしまう。病を得る前の〈木犀にとほき潮のみちにけり〉〈眦に紅決したる踊りかな〉などの句にさえも、無常感に裏打ちされた静謐な叙情や、一途な激しさを見出すことができるかもしれない。

この句は昭和二二年、作者が肺結核のために亡くなった年の作。「家人に」という前書きがある。病状の篤い妻を看病する夫への感謝のこもったしみじみとした句だが、この世での夫婦の絆もまた、一期一会の縁であることを悟った句であるとも言える。苦しい息の中で、このように端正で格調高い作品を生み出したことは、まさに「いみじくも既に芭蕉の俳諧に到り着いてゐる」と西東三鬼が絶賛したとおりではなかろうか。芭蕉の俳諧には、ことごとく森羅万象への挨拶がこもっていると思うが、秀野のこの句にもそんな挨拶の精神が感じられると思えるのである。

ノート　秀野自身の随筆にも書かれているが、秀野は一四歳で文化学院に転入し、絵画などのほか、与謝野鉄幹、晶子らに短歌を、高浜虚子に俳句を学んだ。客観写生を実践したことにより、その豊かな感性はすぐれた作品へと昇華したのだと思う。虚子主宰の「ホトトギス」に投句し、婦人句会で虚子の次女・星野立子らと同席したこともあるという。二〇歳で石橋貞吉（山本健吉）と結婚、夫とともに左翼運動の活動にかかわり、句作は中断するが、間もなく活動から離脱して句作も再開した。石田波郷や西東三鬼らと知り合うのは二六歳の時で、このときから真剣に句作、波郷主宰の「鶴」にも作品を投じた。叙情性に満ちた作品群は、その骨格の確かさと格調の高さをもって、今も輝きを失わない。

木犀にとほき潮のみちにけり

病中
あけくれの布団重たし冬の蠅

凍鶴に忽然と日の流れけり

烈風の戸に柊のさしてあり

花いばらどこの巷も夕茜

新涼やこちらむくとき鳰のとり

湯にゆくと初冬の星座ふりかぶる

墨堤
櫻濃くジンタかすゝ夜空あり

安見子生れて十ヶ月余となる
その子いま蜜柑投ぐるよ何を言はん

桂郎さんへ返りごと
初袷やせて美しとは絵そらごと

大年の笹鳴る闇となりにけり

眦に紅決したる踊りかな

秋立つと仏こひしき深大寺

松江大橋畔
鳶の貌まざと翔けつゝ冬ざるゝ

起きてゐる咳や深雪となりにけり

（『櫻濃く』昭24）

立春やあけたてあらき障子うち

子を守るや雨のあなたのメーデー歌

留別
青嵐いづこに棲むもひもじけれ

鳴滝といふに一時の宿りを得て
斑猫や松美しく京の終（はて）

病葉の渦にのりゆく迅さかな

風冴えて魚の腹さく女の手

子や待たん初買物の飴幾顆

病中子を省みず自嘲
衣更鼻たれ餓鬼のよく育つ

ひるの蚊を打ち得ぬまでになりにけり

家人に
短夜の看とり給ふも縁かな

妻なしに似て四十なる白絣

裸子をひとり得しのみ礼拝す

西日照りいのち無惨にありにけり

大夕焼消えなば夫の帰るべし

七月廿一日入院
蟬時雨子は担送車に追ひつけず

稲畑汀子

一枚の障子明りに伎芸天

（『障子明り』平8）

いなはた ていこ　昭和六年、神奈川県生まれ。祖父高浜虚子、父年尾に俳句を学ぶ。「ホトトギス」同人、雑詠選者を経て、五四年、主宰を継承。句集『汀子句集』『障子明り』ほか。

鑑賞　季節は冬、所は奈良の秋篠寺。澆季溷濁（ぎょうきこんだく）の俗界を離れた堂の中はしんと静まりかえって暗く、一枚の障子を透き通って来る冬日が、ほのかに伎芸天を浮かび上がらせているだけである。その前に一人佇むと、薄明かりは慈悲ともいうべきなにか深い安らぎのようなものが含まれているのを感じる。やや左に首を傾けて微笑みを湛えるその像を仰いでいると、兎角外に向かいがちだった作者の心が次第に沈潜して内側に向かって働き始めるのである。

掲句は、その沈潜した心が捉えた伎芸天像である。伎芸天のことは具体的に語らず、一枚の障子明りによって伎芸天の魅力はこれぞと示した切口は見事である。秋篠寺に行った人には思い出を、行ったことのない人には憧れを誘うような作品である。

因みに伎芸天像は、中国には多く見られるが、日本では秋篠寺に現存しているだけだといわれる。

ノート　稲畑汀子は高浜虚子を祖父に、高浜年尾を父にもち、生れながらにして俳人となるべき運命と天分を受け継いだ人、といえる。

現在は日本伝統俳句協会の会長として、また「ホトトギス」の主宰者として、「花鳥諷詠」「客観写生」の啓蒙にひたすら邁進している。その取り組み方は、エネルギッシュであり、真摯である。こういう真剣に事をなす姿勢は敬虔なクリスチャンとしての生き方に通じるところがあり、俳句への志の高さと謙虚さがうかがわれる。

また、平成一二年に開館した「虚子記念文学館」の理事長として日々虚子の顕彰に努めている。

とらへたる柳絮を風に戻しけり

幸せの待ち居る如く初暦

風きれい赤き薔薇にふるるとき

山荘の霧深き夜は音なき夜

さそり座を憶えし吾子に星流れ

夏潮に道ある如く出漁す

コスモスの色の分れ目通れさう

落椿とはとつぜんに華やげる

長き夜の苦しみを解き給ひしや

空といふ自由鶴舞ひやまざるは

地吹雪と別に星空ありにけり

光る時ひかりは波に花芒

薄氷に透けてゐる色生きてをり

初蝶を追ふまなざしに加はりぬ

万葉の月に集へば月の友

（『汀子句集』昭51）

（『汀子第二句集』昭60）

（『汀子第三句集』平元）

一山の花の散り込む谷と聞く

踊り抜き阿波の旅寝の深かりし

棲むものの孤独月牙の泉あり

霧氷ならざるは吾のみ佇みぬ

一枚の障子明りに伎芸天

三椏の花三三が九三三が九

堂内の明暗霧の去来かな

がたと榾崩れて夕べなりしかな

曲家の火伏の神も爐火埃

福笑よりも笑つてをりにけり

さゆらぎは開く力よ月見草

よるべなき草をよるべとして蜻蛉

花の旅吉野の狐嫁入す

一枚の闇をおぼろにする桜

庭桜峰よりつゞきをりにけり

（『障子明り』平8）

（『さゆらぎ』平13）

（『さゆらぎ』以降）

茨木和生

水替の鯉を盥に山桜

（『遠つ川』昭59）

いばらき　かずお　昭和一四年、奈良県生まれ。右城暮石主宰「運河」に入会後、「天狼」山口誓子に師事。「運河」主宰。「晨」「紫薇」同人。句集『木の國』『遠つ川』『往馬』ほか。

鑑賞　池の水替えをするために、その主（ぬし）である鯉をしばらく盥（たらい）に入れておく。山には山桜が満開のころ。それだけの情景だが、山桜の前に置かれた盥の鯉は、あたかも捧げもののように見えてくる。立派に花ひらいた山桜に対するばかりでなく、山神に、さらには地霊に対する捧げもの。

山中のとある春の一日の一景に、美と畏敬の念を感ずることができるのは、季題に寄せる深い思いと、自然、地霊に対する感受性のゆえである。

山桜もみぢのときも一樹にて（『野迫川』昭63）

死人（しびと）焼く火加減上げて山桜（『丹生』平3）

ひかり降るごとく雨来て山桜（『往馬』平13）

山河に深く分け入って、四季の賜物として句を詠みつづける茨木和生には、山桜の諸相を描いた作も多い。赤く燃えたつ孤独、禍々（まがまが）しい様相、明るい雨に祝福される姿……。鯉が身をくねらす盥の水に、やがて落花も浮いたことだろう。

ノート　その人柄もそうだが、句柄はあたたかく懐かしい。古典の世界に精通し、自然と風土に親しむところから作品が生まれているからだ。奈良県郡山に生まれ、大阪で学び、大阪で教鞭をとった。俳人協会評論賞を受賞した『西の季語物語』は、関西の季語探索にとどまらず、日本文学の源を示唆し、五感を通じて体験する意欲的著作。それはそのまま俳句作品を支える基盤でもある。

十代の頃から師事した右城暮石からは自然讃仰の信念を、「天狼」青年句会で指導を受けた山口誓子からは即物具象の作句姿勢を学ぶ。さらに独自の体温と熱い血が通い、野性と知性の融合した句風を確立。そのエネルギッシュな活動は、後進の育成にも努力を惜しまない。

秀句選

傷舐めて母は全能桃の花　（『木の國』昭54）
雪渓の汚れて堅き象皮なす
干魚の眼が抜けゐたり熊野灼く
水替の鯉を盥に山桜　（『遠つ川』昭59）
拝みたる位置退きて滝仰ぐ
裏山はせかせかと暮る餅配
きらきらと吉野の寒さ木に空に　（『野迫川』昭63）
まあなあと問へば応へて密猟す
山桜もみぢのときも一樹にて
雉の子も屈み走りに畦を逃ぐ　（『丹生』平3）
死人（しびと）焼く火加減上げて山桜
恋歌のごとく降りゐる春の雪
山高く働く人に青嵐　（『三輪崎』平5）
父よりも祖父に親しみ柿ばくち
荒壁のぶよぶよとせる雑喉寝かな

のめといふ魚のぬめりも春めけり　（『倭』平10）
祝電を漆の盆に紅葉の賀
青空の流れてゐたる氷柱かな
お火焚の炎摑んで身に塗れり　（『往馬』平13）
ひかり降るごとく雨来て山桜
目の並ぶまでに扁平蛇轢かる
正月の地べたを使ふ遊びかな
ばつたんこ水余さずに吐きにけり
雛の日の柱祝となりにけり　（『畳薦』平18）
あらたまのちからあめつちより貰ふ
猪肉のかたまりふたつ年の贄
畳薦平群の若菜摘みにけり
もの書いて棲まむ半裂とならば　（『椣原』平19）
狐火の話もまこと尽くさるる
金堂の空に日のある雪雫

上田五千石

万緑や死は一弾を以て足る

（『田園』昭43）

鑑賞　見渡す限り草木が生い茂り生命力ある真夏の景と、たった一発の銃弾によって襲われる突然の死の想念との対照が、俳句という短さの力によって増幅され、完成され、強烈な印象を与える。昭和三三年、二五歳の作だが、死の誘惑に真剣に向き合った青年五千石の孤独と、俳句に生涯を賭けようとする一途な自負が大胆に言わしめた措辞だったのであろう。中村草田男の句〈万緑の中や吾子の歯生え初むる〉に描かれた、緑と白の対比による命の明るさに対して、一面をおおった木々の下にある日陰の暗さがこの句の万緑にはある。緑なす世界に響く一発の銃声、そして残響のあとに訪れる無限の静けさ。はかなくも重い死というもののアンビヴァレンスにあってこそ、今ある生を自覚する。そうした若さというものが抱える屈折感と危険性。〈渡り鳥みるみるわれの小さくなり〉など、句集『田園』の西洋詩の影響を感じさせる、抒情とかげりを含んだ象徴性の濃い作品は一世を風靡した。

うえだ　ごせんごく　昭和八年、東京生まれ。秋元不死男に師事。「氷海」「天狼」に投句。「氷海」同人を経て、「畦」創刊、主宰。句集『田園』『風景』『琥珀』ほか。平成九年没。

ノート　大学在学中、上田五千石は重症の神経症に苦しむが、秋元不死男の句会に出席したその夜をもってたちまち快癒。この運命の出会いが彼を死の恐怖から救い、俳句に生涯を賭す決意をさせることとなった。第一句集『田園』は、第八回俳人協会賞を受賞。同じ不死男門下の鷹羽狩行とともに、昭和世代俳人の期待の新鋭が五千石だった。若く観念的な作品が多い『田園』時代以後、歩くということを通じて、その後の支柱となる「もの」の有り様を写す俳句論を打ちたてていく。その時期の苦悩は、誓子の「ブツ」からもののあわれの「物」に出会うための必然のプロセスであり、やがて「ものの見へたるひかり」を「眼前直覚」とすることにより俳句作品に昇華させる方法論の確立にいたった。

秀句選

ゆびさして寒星一つづつ生かす　（『田園』昭43）
告げざる愛雪嶺はまた雪かさね
オートバイ荒野の雲雀弾き出す
万緑や死は一弾を以て足る
もがり笛風の又三郎やあーい
見えぬ手がのびて螢の火をさらふ
秋の雲立志伝みな家を捨つ
渡り鳥みるみるわれの小さくなり
水鏡してあぢさゐのけふの色
水透きて河鹿のこゑの筋も見ゆ
いちまいの鋸置けば雪がふる　（『森林』昭53）
（東寺）いつせいに春落葉塔はばたくか
雁ゆきてしばらく山河ただよふも
竹の声晶々と寒明くるべし
暮れ際に桃の色出す桃の花

牡蠣といふなまめくものを啜りけり　（『風景』昭57）
六道のどの道をいま春の泥
これ以上澄みなば水の傷つかむ
太郎に見えて次郎に見えぬ狐火や
啓蟄に引く虫偏の字のゐるはゐる
早蕨や若狭を出でぬ仏たち
白扇のゆゑの翳りをひろげたり　（『琥珀』平4）
梟や出てはもどれぬ夢の村
涅槃会や誰が乗り捨ての茜雲
あたたかき雪がふるふる兎の目
たまねぎのたましひいろにむかれけり
貝の名に鳥やさくらや光悦忌
旅とても孤りかなはず都鳥　（『天路』平10）
ふりかへるとき夜桜のはばたける
さびしさのじだらくにゐる春の風邪

あかあかと天地の間（あひ）の雛納

（『秋収冬蔵』昭50）

うさみ　ぎょもく　大正一五年、愛知県生まれ。橋本鶏二、高浜虚子に師事。「桐の花」を経て、「年輪」に参加。野見山朱鳥に兄事。「晨」創刊、代表同人。句集『崖』『秋収冬蔵』ほか。

鑑賞　悲痛な景色である。それはこの雛納の景が「天地の間」という暗闇に、明るく鮮やかに孤絶しているからだろう。この句は、「悼香月泰男先生六句」の一つ。香月泰男はソ連での抑留の日々を戦後描き続けた版画家である。芸術への傾倒は知られているが、中でも香月は特別な存在であった。悼句六句は〈人悼む冷たき板間うち敲き〉という直情的な句に始まり、掉尾である掲出句はその生の昇華へと深まりを見せる。

戦後を自らに問い続けた画家の死によって、かの「シベリアシリーズ」は終わった。大正一五年に生まれ、終戦を二〇歳で迎えた作者の中にも断念を抱えつつ戦後を耐える思いがあったろう。「あかあかと」は、心中の真闇を燃えさかる火であり、極限の中で友の死顔を描き続けながら、太陽や満天星の美しさを見つめていた画家のたまきはる命である。「掲出の一句は私の描いた『埋葬』である」との自解がある。

ノート　宇佐美魚目は書家の顔を持つ。筆を持つときそうであるように、その俳句にも息をつめて書ききったような緊張がある。高浜虚子、橋本鶏二に師事したが、野見山朱鳥との交わりも深い。

その俳句からは、芭蕉、虚子の求め続けた写生を自らに問い続ける心を強く感じる。熱情と潔癖をもって己の信じるところを追い続けること。それこそが作家というものであろう。弟子である中村雅樹は、魚目論の始まりに「宇佐美魚目は俳人である」（『俳人 宇佐美魚目』）という一行を掲げる。〈最澄の瞑目つづく冬の畦〉など独自で重厚。描かれた世界にはいずれもいのちが宿る。

空蟬をのせて銀扇くもりけり　（『崖』昭34）
八月や息殺すこと習字の子に
月の雨棗に色の来つつあり
箱眼鏡みどりの中を鮎流れ
白魚やなみだが紙に落ちし音　（『秋収冬蔵』昭50）
馬もまた歯より衰ふ雪へ雪
悼むとは湯気立てて松見ることか
日々水に映りていろのきたる柿
すぐ氷る木賊の前のうすき水
きさらぎの針に絹糸母のこゑ
あかあかと天地の間(あひ)の雛納
良寛の天といふ字や蕨出づ
最澄の瞑目つづく冬の畦
冬の日の川釣の竿遺しけり
石をつつむ氷もありぬ鬼やらひ　（『天地存問』昭55）

白昼を能見て過す蓬かな
炉に一夜あと西東夏木立
雪吊や旅信を書くに水二滴
東大寺湯屋の空ゆく落花かな
顔につく大きな雪や能のあと
人間五十年うきくさのまた水を閉ぢ
初あらし周防に一つつらき墓
雪兎きぬずれを世にのこしたる　（『紅爐抄』昭60）
昼の酒蓬は丈をのばしけり
波倒れたる音一つ夏蓬
初夢のいきなり太き蝶の腹　（『草心』平元）
巣をあるく蜂のあしおと秋の昼
紅梅や謡の中の死者のこゑ
月を引く糸あらば紅年の暮　（『薪水』平8）
薪水の労秋風に口むすび

右城暮石

いつからの一匹なるや水馬

（『上下』昭45）

うしろ　ぼせき　明治三二年、高知県生まれ。松瀬青々を師と仰ぎ「倦鳥」入会。「青垣」「風」を経て「天狼」同人。「運河」創刊、主宰。句集『声と声』『上下』ほか。平成七年没。

鑑賞　今、作者の目の前にはただ一匹の水馬がいる。が「いつからの一匹」と言うのだから、以前はたくさんの水馬が群れていたことが察せられる。さわさわと水を弾く幻の音に耳を澄ましつつ、眼前の景の静謐さに強く惹かれているのである。句集には〈大出水引きたる水に水馬〉と並んで収められている。出水に仲間が流されてしまったのか、一匹だけがここへ流されて来たのか。生きのびた一匹に命の重さを見出している句だ。また、自解に「谷川の袋水にいた。出水に仲間からはぐれたのだろう。『いつからの』は、同時に『いつまでの』につながるつもり」とある。いつまでの一匹なるや、と。再び仲間と相まみえることができるのだろうか、それともこのままその生を終えるのだろうか。吹けば飛ぶような体に宿る小さな命に、思いの丈をこめた句である。作者の一匹の水馬の来し方行方をめぐる思いは、そのまま人間や自然に対する思いに通じている。

ノート　土佐山中の寒村に生まれ、自然や小動物とともに少年時代を過ごす。大阪に出て社内句会で松瀬青々を知り、「倦鳥」に入会。廃刊（昭19）まで所属。戦後、西東三鬼、平畑静塔、橋本多佳子らと奈良日吉館で鍛錬句会を持つ。人間重視の三鬼と自然重視の暮石はしばしば議論になったという。「風」を辞して「天狼」へ同人参加（昭24）した暮石を、誓子は『倦鳥』と『天狼』の接木作家」と呼び「『倦鳥』に『古』を求めて、それを『新しき古』として『天狼』に生かした」と評した（句集『声と声』昭34、前書）。創刊（昭31）主宰した「運河」は、三五周年を期に茨木和生に託し、名誉主宰となる（平2）。平成四年、かねてよりの願いをかなえて土佐に帰郷。

火事赤し義妹と二人のみの夜に　（『声と声』昭34）

牛肉の赤きをも蟻好むなり

集れば泣く子が一人麦の秋　（『上下』昭45）

炎天を来て大阪に紛れ込む

猟鳥の血潮ころころころげ落つ

秋晴の口に咥へて釘甘し

柔き藁藁塚の内充たす

紀の川を吹きてくもらす青嵐

手に触るゝものを毟りて春惜しむ

終電の寒さ新聞拡げ合ふ

海に出て伸縮自在鴨の列

毛糸編むまだ水母なす形にて

いつからの一匹なるや水馬

人に馴れず人を怖れず船虫は

芋虫の何憚らず太りたる　（『虹峠』昭55）

死に絶ゆるまで手を触れず螢籠

螢火のほかの燈忘れゐたりしよ

万緑の宇陀郡ぬけて吉野郡

悴みていよいよ頑固顔となる

意のままに飛びて飛び去る揚羽蝶

妻の遺品ならざるはなし春星も

囀りの翔ちて小さき鳥なりし

わが句碑に来て棲め蟻もげじげじも　（『天水』昭60）

万緑のところどころに志士の死所

溺れゐる蟻に光のつきまとふ

空と山ばかりの冬を見て住めり

一芸と言ふべし鴨の骨叩く　（『一芸』平元）

風の日のつづきて赤し藪椿　（『散歩圏』平6）

口に入れてより熱くなる葛湯かな

散歩圏伸ばして河鹿鳴くところ

宇多喜代子

死に未来あればこそ死ぬ百日紅

（『象』平12）

うだ　きよこ　昭和一〇年、山口県生まれ。十代で俳句を始め、桂信子の「草苑」創刊に参加、同誌編集長を務める。句集『りらの木』『半島』『夏月集』ほか。

鑑賞　平成四年、「熊野とその思想の顕在化をめざす」として活動していた〈熊野大学〉の中心であった中上健次を喪った。第三句集『半島』は熊野のある紀伊半島をイメージの原点とし、健次の死の年に刊行された第四句集『夏月集』には健次の栞を得ている。

　掲句は「悼　中上健次　六句」の中の一句。〈八月の窓の辺にまた象が来る〉を六句の最後に置く。「象」は健次その人であり、その魂に捧げられた句集である。〈粽結う死後の長さを思いつつ〉の句も収められているが、「死に未来あればこそ死ぬ」には、健次という一人の死への「思い」が宇多喜代子の「生死」の摂理へと強く豊かに膨らんでゆく様を見る。厳しい暑さの百日をたわたわと咲く紅の花の中、生死の世界が繋がり拡がってゆく。未来を生きている死者を信じ、その思いをわが力とする……宇多喜代子の仕事を見ていると、そう思わせる。

ノート　「獅林」の遠山麦浪、前田正治の許での俳句出発、後に桂信子に師事という歩みは、宇多喜代子のその後に大きな意味を持つ。俳句の骨法の姿勢と、新興俳句の伸びやかさという「俳句の骨法と詩的創造」の二つながらの巾を自身のものとして融合させている。又、少女時代の戦争体験を責務とし、「俳句」の場から時代を見る評論の仕事を多く成している。『片山桃史集』に始まる昭和初期から戦時・戦後の作家たちの掘り起こしは今も続き、一方では『わたしの歳事ノート』など、季語を農事や暮らしの現場で見直す仕事、又、女性俳人の仕事の検証も活発に行う。現代俳句協会初の女性会長に就任という多事の中、論作両面に自在な活動を展開する。

初夏の眼前の闇一騎飛ぶ
晩禱の退屈に蟹が出てきたよ
横文字のごとき午睡のお姉さん
サフランや映画は昨日人を殺め
（『りらの木』昭55）

麦よ死は黄一色と思いこむ
魂も乳房も秋は腕の中
死螢夜はうつくしく晴れわたり
（『夏の日』昭59）

天空へ自讃の朴の花を放ち
一念の亀の子亀の子海に入る
兵の死に砂一握を奉る
半身は夢半身は雪の中
（『半島』昭63）

天皇の白髪にこそ夏の月
白でなし透明でなし那智の滝
松の芯ときに女も車座に
懸り藤年寄りかくもうつくしや
（『夏月集』平4）

他界とは桜に透ける向う側
午前より午後をかがやく春の泥
書くうちに覚悟となりぬ葱坊主
粽結う死後の長さを思いつつ
いつしかに余り苗にも耳や舌
髪洗うまでの優柔不断かな
死に未来あればこそ死ぬ百日紅
大きな木大きな木蔭夏休み
八月の窓の辺にまた象が来る
天空は生者に深し青鷹
冬座敷かつて昭和の男女かな
熊の出た話わるいけど愉快
（『象』平12）

月と日の位置あいまいに花菜畑
水甕に罅の一筋じわりと夏
甕底にまだ水のある夕焼かな
（『象』以降）

榎本好宏

十二月八日よ母が寒がりぬ

（『方寸』平7）

えのもと　よしひろ　昭和一二年、東京生まれ。四五年「杉」創刊に参加、森澄雄に師事。四九年より編集長を務める。句集『寄竹』『素声』『方寸』『会景』ほか。

鑑賞　昭和十六年（一九四一年）十二月八日、太平洋戦争勃発の日。それから何年経っても、この日は母が寒がる。母の人生のうちで決して忘れられぬ日だからだ。この日を境に人々は戦争に巻き込まれ、多くの人々の運命が暗転した。作者は父をなくした。この句の「寒し」は気温や体感温度ばかりでなく、あの戦争で最愛の人を奪われ、戦争によってその後の人生の苦労が始まったという記憶の寒さでもある。

金亀虫アッツに父を失ひき　（『四序』平9）

の作が語るように、作者満六歳の年、父は戦死。母にとっての十二月八日は、幼児だった自分にも影を落としている。「よ」の一語にこめた思いは重い。

この句の不思議な暖かさ、温もりは、寒がる老母に寄せる作者の思いから来ている。母が寒がる、という事実をつき放して述べているのではなく、「寒がる母よ」と思いやっている心が伝わってくる。

ノート　己れの中に顕つ不思議の具現と、豊かな日本語の復元を信条とする。その言葉通り、句集のほかに『俳句この豊かなるもの』『季語語源成り立ち辞典』『季語辞典』『季語の来歴』など、日本語に関わる著作も多い。言葉ばかりでなく味覚に対する好奇心も旺盛で『食いしん坊歳時記』における郷土料理の考察は、食の面からの日本文化論となっていて興味深い。「杉」創刊に参加、森澄雄ひと筋に師事、同誌編集長を一八年間務めた謹厳実直な人間性は、そのまま作風となって一貫している。

滝さらに自在に落ちてよかりしに　（『三遠』平13）

実景から得た実感であることは言うまでもないが、どこかみずからの生き方を顧みての感慨にも通じるのではないか。

一寸のうれしき春の物の影
（『素声』昭62）

結び目のかたさの冬のきたりけり

隅田川月から冬の蚊喰鳥

雪の上の桃の影から花のこゑ

あをあをと雪に伽せよ阿賀野川

枕絵といふ菜の花のごときもの

新涼の胸の高さに最上川

人恋ひの切山椒の香でありぬ
（『方寸』平7）

朧夜や美男に生れ来もせずに

囀の夢に入りけり紅かりし

鎌倉へ抜ける春田のありにけり

鰯雲会はずにをりて師弟たり

十二月八日よ母が寒がりぬ

足音も鯖街道の夜長かな

畳屋とおしろい花が暮れにけり
（『四序』平9）

金亀虫アッツに父を失ひき

妻・道子、五十二歳の生涯を閉づ

大榾のはじけるやうにそのやうに

花大根その明るさに遺されし

兵たりし父外套を残しけり

脇句この秋の茄子のごときもの
（『三遠』平13）

追分といふ別れあり麻暖簾

滝さらに自在に落ちてよかりしに

業平に誰が付添ひし春の川

南座におくれて川床に灯の入りぬ

蒸鰈ギリシヤ神話に船の星
（『会景』平16）

首級（しるし）とる夜にふさはしき朧かな

躾糸のやうに鴛鴦流れて来

冬の星よりコサックの子守唄

月よりも星に匂ひぬ麦の秋

藁焼いて伊吹けぶらす冬隣

及川 貞

木の芽あへ女たのしむこと多き

（『夕焼』昭42）

おいかわ　てい　明治三二年、東京生まれ。昭和八年、水原秋櫻子の俳句会を知り「馬酔木」に参加。のち同会に婦人句会を起こす。句集『野道』『榧の実』『夕焼』ほか。平成五年没。

鑑賞　「女」と殊更に言っているのは、男には味わえない楽しみを女はたくさん持っている、知っているということだろう。例えば旬のものを家族のために買って来ること。庭で育てた山椒の芽をつむこと。喜んで食べてくれる顔を思い描いて料理すること。当り鉢で木の芽の香を引き出し、まっ先にその香を味わうこと。ふさわしい器を選ぶこと。食卓にのぼせること。おいしいのひと声を聞くこと。満ち足りた家族の顔を見ること。

　季題から思いつくだけでもこれだけある。さらに連想すれば、編むこと縫うこと着せること、すべて家族のためになすことは女のたのしみだ。甘いものを食べること、おしゃれすること、買い物、おしゃべり。男にはわからない「たのしむこと」は、ささやかな喜びでもある。

　夫に先立たれ、三人の子供の逆縁にあい、孤独な晩年を過ごした作者に、この句があることは救いだ。

ノート　みずからも子育て最中に俳句と出会った体験を生かして、戦後の「馬酔木」に婦人句会を起し、後進の女流を育てた功績は大きい。東京に生まれ育ち、府立第三高等女学校（現、都立駒場高校）卒業の年に海軍士官の及川鐵五郎と結婚、一男二女を育て上げたが、成人ののち三人とも逆縁で失う。夫にも先立たれ、九四歳の生涯を連れ添ったのは俳句であった。淋しい境遇を詠んだ句も当然多いが、

　この齢で何をおそるゝ虎落笛　（『終始』昭57）

　過ぎし皆可とうべなはむ新茶汲む　（「馬酔木」）

といった作に、悲嘆を胸に秘めて凛と生きた気概を見る思いがする。悲しみも苦しみもすべて肯定しようという強靭な精神力、前向きの生命力が光を放つ。

およぎつゝうしろに迫る櫓音あり　（『野道』昭16）
八ヶ岳仰ぐやわらび手にあまり
夜半のおちば夜明のおちば風邪ごゝち
ある時はものおもふまじと麦を踏む　（『榧の実』昭30）
年月やおち葉焚きてもおもふこと
噴煙や花野に坐して花摘まず
子を失ひし母われ今日を実朝忌
初蛙ひるよりは夜があたゝかき
栗むきぬ子亡く子遠く夫とふたり
空澄めば飛んで来て咲くよ曼珠沙華
嫁ぐ子と野に坐しわかつ夏みかん
冗費とも当然とも初わらび買ふ　（『夕焼』昭42）
夫とふたり籠の鈴虫鳴きすぎる
こころにも野分来て立つ岬の果
木の芽あへ女たのしむこと多き

除夜の鐘きき堪へぬらし夫寝ねぬ
もの言へば世に倦むばかり蚊遣香　（『終始』昭57）
さびしさの冬菫買ふ墓参帰途
花のもとひとりとひとり静かなり
生涯に看とり幾たび水中花
麦酒つぐや胸中の子も齢五十
ひとひらのおくるゝしじま花吹雪
この齢で何をおそるゝ虎落笛
まさしくも子らの星夫の星寒の空
もうあらぬひとを呼ぶ匆と寒夕焼
梅雨の月大きくあかき星連れて　（『馬酔木』）
些の音もなし元日が暮れてゆく
初ひぐらし一声足らぬおもひかな
過ぎし皆可とうべなはむ新茶汲む
やや飽きて少しは期して年迎ふ

47　及川　貞

大石悦子

てふてふや遊びをせむとて吾が生れぬ

（『群萌』昭61）

おおいし　えつこ　昭和一三年、京都生まれ。高校入学後、石田波郷と「鶴」を知る。三一年頃、「鶴」に初投句。五六年「飛鳥集」同人となる。句集『群萌』『聞香』『百花』ほか。

鑑賞　後白河法皇の撰になる今様歌謡集『梁塵秘抄』巻第二に、

遊びをせんとや生れけむ、戯(たはぶ)れせんとや生れけん、遊ぶ子供の声きけば、我が身さへこそ動(ゆる)がるれ

がある。遊ぶ子供の声に我が身も浮き浮きして来る、というわけだが、その一節を生かして、童女が名乗り出たような句に詠いあげた。「てふてふ」の季題は、旧仮名づかいで表記すると、その飛び様をも表しているようだ。蝶々の軽やかな動きにつれて、本音を明かしたような句でもある。ただ浮かれて遊ぶというわけではなく、遊び心がないと人生はつまらない、俳句もあそびのうち、だからこそ真剣に遊ぶ。そんな声も聞こえて来るようだ。

純粋無垢な遊び心を変質させないことは文芸に携わる者の才能のひとつだ。この宣言にも似た初期の一句は、その後の大石悦子の作句姿勢を貫くものとなった。

ノート　高校時代に作句を始めたものの、結婚、子育てによって一時中断、三〇歳の頃「鶴」への投句を再開。こんな前書の句がある。「鍛錬会に出席叶はば、向かう一年句会にでずともよしと夫に言ひたれば」

今日よりは汝が専ら妻韮の花　（『群萌』）

主婦であり母親である身で、句会や旅行のために家をあけることの心理的困難が窺える作である。それがかえって俳句への情熱を確かめることにもなった。師との初めての出会いが柩に眠る波郷との対面となってしまったことも又、師系の俳句精神を深く学ぶことにつながった。古語から口語調まで表現は幅広く、技巧的でありながら句柄は大らか。女性的しなやかさと男性的迫力の両方を有する作家である。

十七となりぬ芽に出て黄水仙　（『群萌』昭61）
てふてふや遊びをせむとて吾が生れぬ
くちなはのながながと意を述べゐたる
ゆりかもめ白刃となりて吾に降り来
みづうみへゆらりと抜けし茅の輪かな
あはうみに鯉の吐きたる朧かな　（『聞香』平元）
聞香に一本の松しぐれけり
雪吊のはじめの縄を飛ばしけり
蘆刈の音より先を刈りてをり
五つゐて子燕の息甘からむ　（『百花』平9）
彳亍（てきちょく）と渚の雪に千鳥かな
桔梗や男に下野の処世あり
初湯殿母をまるまる洗ひけり
晩景のととのつてきし冷し酒
こころざし青き粽を結ふときも　（『耶々』平16）

朱雀来る日のために竹植ゑにけり
昔男ありけり雪の墓なりけり
斧噛ませたるまま春の樹となりぬ
百日草奪ひたるもの嵩張りぬ
浦の子に秋の初風吹きにけり
母よ月の夜は影踏みをしませうか
口論は苦手押しくら饅頭で来い
こののちは秋風となり阿修羅吹かむ
先生の名を言うてみよ葱坊主
海溝を目無きものゆく今年去年
まひるまを断念の鮎落ちゆけり
かりがね寒き切札をどう使はうか
虹の根を千年抱いて霓（げい）となるか
友になりたし石榴十ではどうだらう
抽斗をからつぽにして百合鷗

大木あまり

亡き人にあたらぬやうに豆を撒く

（『火球』平13）

おおき　あまり　昭和一六年、東京生まれ。四六年「河」入会。角川源義に師事。五四年、進藤一考主宰「人」に参加。のち「夏至」「古志」等同人。句集『山の夢』『火のいろに』ほか。

鑑賞　そんなことを思いながら節分の豆を撒く人もいるのだなと、まずは軽い驚きを感じる句だと思う。けれど、時を違え所を違えて、何度かこの句に出会うたびに、目には見えない存在をつよく感じ、亡き人とともに日々を送っているであろう作者の生活感覚に、自分自身も同化してゆくような気がして、それと同時に、この句が今までにない生々しさで迫ってくるのを覚える。句集『火球』は、作者の母への鎮魂の思いがこもっていて、この句もその中の一つとして鑑賞すべきものなのかもしれないが、読めば読むほど、遥かな時をさかのぼっていってしまいそうな思いがしてしまう。考えてみれば、追儺の風習が、そもそもそういうものなのだろう。大木あまりの作品には、出会いから心に灯り、その火影があるときふっと揺らいで、思いがけない幻影をみせてくれるような不思議さがある。それは、俳句の本質を物語ってもいるのではないだろうか。

ノート　詩人を父に持つ作者は、その血をしっかり引いて、さぞかし風変わりな少女であったろうと想像している。作者自身が書いた年譜を読むと、幼い頃疎開した栃木県田沼町の秋山川やたばこ畑や麦畑を原風景に持ち、小学生の時には時代劇に傾倒し、挿絵入りの捕物帖を書いていたというから、夢見がちで、想像力の豊かな子どもだったことは間違いない。やがてブリューゲルの画集に出会い、美術学校に入学した。俳句に出会うのは二十代の終わりごろで、オーソドックスな俳句の骨法を早くから身につけている。俳句における取り合わせの技法は、季語の持つ象徴性を最大限に生かすものだと思うが、絵画などの芸術に造詣の深い作者のそれは、格段に飛躍のあるものだと思う。

星屑の冷めたさに似て菊膾　（『山の夢』昭55）
雪踏んで光源氏の猫帰る
蝦蛄売のふらり来る街稲妻す
西行の耳は魔形や桜東風　（『火のいろに』昭60）
若葉冷え罪を問はれてゐたるかに
寒きかなエデンの園を追はれしより
牡丹鍋みんなに帰る闇のあり
夫にして悪友なりし榾を焚く
ことごとく裂け月の出の青芭蕉　（『雲の塔』平5）
雲の峰もう奪ひあふもののなし
秋風や射的屋で撃つキューピッド
秋の馬水にかこまれゐて寧し
せんべいの瘤のさびしき日永かな
青空の雨をこぼせり葛の花　（『火球』平13）
水銀のながるるごとし川の蛇

わが柩春の真竹で作るべし
折れ葱のなかの白濁春の霜
野村万蔵蹴つて袴の涼しけれ
春愁や箱こはしてもこはしても
月光の畳のほかは欲しくなし
亡き人にあたらぬやうに豆を撒く
短日や塔のごとくに銀杏の木　（『火球』以降）
洛北のこの枯れざまをとくと見よ
見つめあふことかなはざる雛かな
雛よりもさびしき顔と言はれけり
涼しさを力にものを書く日かな
夏蝶や折れさうに足曲げてをり
仏花より揚羽の似合ふ父の墓
昼顔をかぞへて雨の離宮かな
刺草の根を張る母の日なりけり

耕人に傾き咲けり山ざくら

（『朝の舟』昭53）

おおぐし　あきら　昭和一二年、佐賀県生まれ。在学中に「京大俳句」に参加。大野林火に師事。平成六年「百鳥」を創刊、主宰。句集『朝の舟』『山童記』『百鳥』『大地』ほか。

鑑賞　この句の季語は「山ざくら」。植栽された木でなく山野に自生する。はなびらとともに赤や褐色や若緑の葉が同時に開き美しい。耕しは種や苗をおろす前に土をやわらかく鋤き返すこと。春の農の仕事はこれに始まり、耕人はそれに従事する人をいう。冬の寒さに締まった土を黙々と起こしてゆく。日差しにはもう春の輝きがあるだろう。山桜の一樹は毎年その頭上をたかく飾るのだ。

「山ざくら」と桜をひらがなに開いた表現の細心がはなびらを降らせる。「『傾き咲けり』に山桜のやさしさが出ていればよいと思う。一句全体に生きるよろこびが出ていればさらによいと思う」（自註現代俳句シリーズ『大串章集』）という作者の言葉もやさしい。

労への慈しみ生への真摯なまなざしが、傾く山桜に寄り添う。簡潔な表現ながら懐かしい一景をむすび、時の流れに擦り減らない定型の格を湛えている。

ノート　大野林火の抒情を受継ぎ、大串章もまた「情」を基とする作家といえるだろう。「〈俳句〉という極小の器で〈人生〉に味到する」（「百鳥」創刊号）ということばは自身の俳句の根拠であり覚悟でもある。

俳句との出会いは学生時代。その初期における波多野爽波、宇佐美魚目ら独自な写生を展開する俳人との交わりは、その自然観照を深める一助となった。同じく「創刊のことば」にはその追究の旗として抒情とともに写生を掲げる。

第一句集『朝の舟』の序で林火は「句は年齢を加えるとともに多彩にひろがるが、純粋さ、透明さの変わらぬのがよい」と讃えた。〈酒も少しは飲む父なるぞ秋の夜は〉は家族愛を詠った代表句。おおらかさと余情が一貫する。

水打つや恋なきバケツ鳴らしては　（『朝の舟』昭53）

青田中信濃の踏切唄ふごとし

家郷の夕餉始まりをらむ夕桜

秋雲やふるさとで売る同人誌

耕人に傾き咲けり山ざくら

花嫁を見上げて七五三の子よ

青あらし神童のその後を知らず　（『山童記』昭59）

花合歓の夢見るによき高さかな

浜の子の凧あげしあと春の月　（『百鳥』平3）

野遊びの終り太平洋に出づ

青嶺あり青嶺をめざす道があり

数へ日を旅して橋の上にあり

春の空いきなり虹の流れけり

山笑ふみづうみ笑ひ返しけり

灯台の灯の回りくる涼しさよ　（『天風』平11）

水平線大きな露と思ひけり

元旦や分厚き海の横たはり

兜虫湖ひつさげて飛びにけり

巌割つて生れし如き蜥蜴かな

天の川素直になれば見えてきし

白日傘幼き児を諭しゐる

水涼し木があれば木の影を容れ　（『大地』平17）

みづうみに舟の出てゐる白障子

蝮の頭砕きし石を畏れけり

迎火を焚けば生者の寄りきたる

家鴨から春の拡がる水辺かな

流星は旅に見るべし旅に出づ

今年竹空をたのしみはじめけり

捕虫網かたちなきもの追ふごとく

討入りの日は家に居ることとせり

大野林火

ねむりても旅の花火の胸にひらく

（『冬雁』昭23）

おおの　りんか　明治三七年、神奈川県生まれ。臼田亜浪に師事し、「石楠」入会。飛鳥田孋無公、原田種茅に兄事。昭和二一年「濱」創刊、主宰。句集『冬雁』ほか。昭和五七年没。

鑑賞　旅先で偶然目にした揚花火の美しさがあまりにも印象鮮烈で、床に入って目を閉じても、闇の中に鮮やかな色彩を持って滴るように花火がひらく。旅情や旅愁といった思いが根底にたゆたっていればこそ、思いがけない花火との出会いがいっそうの感情の高まりを呼びおこす。

昭和二二年、大野林火は戦後初めての旅として舞鶴に向かったが、この句はその途次の作品である。戦時中目にすることのなかった、はかなくも華麗な打ち上げ花火。作者はそこから受けた並々ならぬ感動を、花火の光景を直截に詠出するのではなく、やや時を経て、曳行された花火の残像が、胸の内にひらくという、たわみのある、繊細でたおやかな表現方法をもって描き出している。花火の音は静まり、色彩のみがひときわ輝かしくあえかに、闇に降りしきる。

みずみずしく新鮮な詩情を豊かにたたえ、懐かしみのある哀切な余情をしみじみと生む、林火を象徴する一句である。

ノート　一七歳で臼田亜浪主宰の「石楠」に入会した林火の俳句は、出発時から繊細でみずみずしく、結晶度の高い抒情に満ちていた。『現代の秀句』、『高濱虚子』などの評論も幅広い読者に迎えられ、昭和二一年「濱」を創刊主宰。また、ハンセン病療養所草津楽泉園を訪問して俳句の指導を続け、さらに総合誌「俳句」編集長を務めて俳壇をリードした。

作家としては、真摯で温かなヒューマニズムに立脚した、香気溢れる流麗で清新な抒情の句境を確立する。『飛花集』以降、林火は日本各地の暮らしや年中行事を精力的に探訪。季語の発掘や日本人の自然観の探求を重ねつつ、自らの死生観を錬磨、深耕し、晩年は澄明、清廉にして懐の深い、自在無碍の境地を持つ世界に立った。

あけがたやうすきひかりの螢籠　（『海門』昭14）

燈籠にしばらくのこる匂ひかな

白き巨船きたれり春も遠からず

子の髪の風に流るる五月来ぬ

梅雨見つめをればうしろに妻も立つ　（『早桃』昭21）

あをあをと空を残して蝶別れ

こがらしの樫をとらへしひびきかな

冬雁に水を打つたるごとき夜空　（『冬雁』昭23）

蝸牛虹は朱（あ）ヶのみのこしけり

豊川鳥山美水居にて四句（のうち一句）

ねむりても旅の花火の胸にひらく

つなぎやれば馬も冬木のしづけさに　（『青水輪』昭28）

セルを着て手足さみしき一日かな

鳥も稀の冬の泉の青水輪

いくさなきをねがひつかへす夜の餅

風立ちて月光の坂ひらひらす　（『白幡南町』昭33）

雪の水車ごつとんことりもう止むか

伊賀上野五句（のうち一句）

こがらしのさきがけの星山に咲く　（『雪華』昭40）

人の行く方へゆくなり秋の暮

あはあはと吹けば片寄る葛湯かな　（『潺潺集』昭42）

山ざくら水平の枝のさきに村

鴨群るるさみしき鴨をまた加へ

岐阜県根尾、淡墨桜

淡墨桜風立てば白湧きいづる　（『飛花集』昭49）

余花明り溯る魚ありにけり

吉野にて

落花舞ひあがり花神の立つごとし　（『方円集』昭54）

大綿や昔は日ぐれむらさきに

あけぼのや花に会はむと肌着換へ

いのち長きより全きをねがふ寒　（『月魄集』昭58）

鳴き過ぐを雁といひ湯に立ちあがる

八月十七日朝三句（のうち一句）

みほとけの前ふくいくと残る雪

残る露残る露西へいざなへり

大峯あきら

柿接ぐや遠白波の唯一度

（『鳥道』昭56）

おおみね　あきら　昭和四年、奈良県生まれ。「ホトトギス」に投句し、高浜虚子に師事。波多野爽波の「青」創刊に参加。五九年「晨」創刊、代表同人。句集『吉野』『宇宙塵』ほか。

鑑賞　どの波も寄せるのはただ一度だけだ。ただ一度の波がくりかえし生まれては寄せてくる。高台から穏やかに見える海はひといろに続いているのだろう。そしてはるか遠くで一度きり波が白く輝く。

農の一作業と波。なんでもないように言葉は置かれているが、この波は書かれたことによってこの世にあり、そうでなければ存在しない。

眼前から海原へ視界は不意にひろやかな空間へ連れ出される。柿を接ぐ指先を起点にこの世界はひろがり、くだける波とともに時間が流れだす。自然諷詠の相ではあるが、改めて読めば「ただ一度」には作者の詠嘆がある。

白波が立つとき、こちらの内側へ倒れ込む世界がある。読み下ろすたびにあたらしく、くりかえされるこのひとときは永遠となる。ただ一度きりであるために。読むたびに生命が生まれるように。

ノート　宗教哲学をおさめフィヒテやハイデッガーを研究する哲学者でもある。同郷の歌人前登志夫は彼をして「親鸞の弟子」また「哲学者詩人」と呼んだ。吉野山に近い浄土真宗の寺が生まれた家であり現在もそこに暮らす。

文学の一形式という意味でない詩というものを意識すること。それを句づくりの根にとらえている作家は多くない。俳句という詩型の存在理由とは、「ひとが生の根源とのつながりを取り戻す以外のなにものであろうか」（『月讀』）と書く。

流れさり移り過ぎてゆくこの世の中に永遠なるものを感知し言い留めること。それは困難な道であり、自らを追う手をゆるめないということであるだろう。その意志は古き詩人の系譜に繋がっている。

更衣爪はするどき山の鳥　（『紺碧の鐘』昭51）
夏菊や山からのぼる土佐の雲
冬支度鷗もとほる村の空
神発ちて水中の岩みな長し
顔老いし鞍馬の鳶や竹の秋　（『鳥道』昭56）
梟の月夜や甕の中までも
柿接ぐや遠白波の唯一度
虫干や子規に聞きたき事ひとつ　（『月讀』昭60）
よき毬を吉野の奥の奥につく
難所とはいつも白浪夏衣
つちふるや大和の寺の太柱
ふろしきの紫たたむ梅の頃
高浪をうしろにしたり暦売
雪女郎真北へ伸びる岬かな
餅配大和の畝のうつくしく　（『吉野』平2）

みづうみに四五枚洗ふ障子かな
大阪に来て夕月夜近松忌
人は死に竹は皮脱ぐまひるかな
切干も金星もまだ新しく
茶が咲いていちばん遠い山が見え
虫の夜の星空に浮く地球かな　（『夏の峠』平9）
竹植ゑて一蝶すぐに絡みけり
花どきの峠にかかる柩かな
初風はどんぐり山に吹いてをり　（『宇宙塵』平13）
秋風やはがねとなりし蜘蛛の糸
青空の太陽系に羽子をつく
一瀑のしづかに懸り山始　（『牡丹』平17）
朝日子の押し寄せてゐる牡丹かな
日輪の燃ゆる音ある蕨かな
全集のフィヒテは古りぬ露の家

大屋達治

捨てし田を豊葦原へ還しけり

（『寛海』平11）

おおや　たつはる　昭和二七年、兵庫県生まれ。東大ホトトギス会にて山口青邨に師事。「俳句評論」を経て、「豈」同人。平成二年「天為」創刊に参画。句集『繍鸞』『寛海』ほか。

鑑賞　豊葦原とは青葦が豊かに広がったようすの意で、日本国の美称。「豊葦原の瑞穂の国」と続いてくる。現在は湿地帯で繁殖にまかせている葦原だが、青々と伸び広がる水辺の景色は、米作りという日本人のルーツをなしている、瑞々しい稲穂の実る地の象徴であったのだろう。近年の米の消費減や農業政策によって、耕作されないまま捨て置かれた田。人手が入らない田が再び葦原に戻ってしまった、という目の前の現状をただ嘆いているのではなく、それは神代の昔の美しい瑞穂の国に還ったのだと、アニミズムのような大らかな自然観をもって表現している。「豊葦原」の言葉自体は季語ではないが、ここでは緑なす葦原の姿を夏の季感として背景に据えていると考えたい。「還しけり」の詠嘆に、達治調とも呼ぶべき独自の美意識がダイナミックに凝縮された、格調の高い句である。第五句集『寛海』で俳人協会新人賞を受賞。その実力の高さは新人賞というものの基準を越えていた。

ノート　小学生の時、父にねだって平凡社五分冊の俳句歳時記を買ってもらったという早熟な少年は、大学入学後の本格的俳句の出発において二つの道を歩んだ。一つは、東大ホトトギス会や「夏草」において山口青邨から教えられた当意即妙の写生であり、もう一つは、当時の若い俳人の登竜門であった「俳句研究」五〇句競作の場で見出され、高柳重信に学んだ「言葉の表情」を重んじる俳句である。二つの道は収斂し、写生によって会得したリアリティを繊細に言葉を選び再構築する。しかし、年を経て描かれる叙景の世界は、やはり山口青邨の味わいが深く、高雅で教養深い。二つの道の先には、青邨も有馬朗人も超えた前人未踏の境地が待っているであろうが、その困難な道を進むべき現代俳句の精鋭である。

波のうへに花浮き花や遠ロシヤ　（『繡鸞』昭57）
一滴の天王山の夕立かな　（『絢鸞』昭60）
天守より月に投げたる絵皿かな　（『絵詞』昭62）
扇より風がゆくなり畝傍山
泳ぎつつ夢を見むとてうらがへる
飲食の鯨を沖に日蓮忌　（『龍宮』平6）
海に出てしばらく浮かぶ春の川
われもゐし妻の若き日桜貝
早苗いま雨より細くそよぎをり
心経の蜜多乱れし夏書かな
舟揚げてより草の音夏の月
神在す月の出雲へ寝台車
大山（だいせん）に脚をかけたる竈馬かな
法華寺の里に玉苗余りけり
囀りのこぼるる海の桜鯛　（『寛海』平11）

東海の初日を刻む波の数
寒月や猫の夜会の港町
捨てし田を豊葦原へ還しけり
岬（さき）山（やま）の蝶の恋ひたる妹が汗
魴鮄のつばさに瑠璃の斑を隠す
北国や花に急（せ）かるる田ごしらへ
能登七尾越中八尾金狐
遠州に一島も無き秋がすみ
花嫁に真帆に堅田の片時雨
洛中の大寺にこそ永き日を
耕して利根に到れり下総は
潮騒の絶え間なき野の土筆かな　（『江上（未刊）』）
常節（とこぶし）が若布を舐（ねぶ）る月夜かな
母死して大（おほ）禍（まが）時（とき）の潮干かな
ぬばたまの闇に衣通る海月かな

岡本　眸

雲の峰一人の家を一人発ち

（『母系』昭58）

おかもと　ひとみ　昭和三年、東京生まれ。富安風生に師事、のち岸風三楼に学ぶ。「若葉」「春嶺」同人を経て、五五年「朝」創刊、主宰。句集『朝』『母系』『午後の椅子』ほか。

鑑賞　一人暮らしの家を出て、一人旅立つ時、前方に雲の峰が隆々と育っていた。難解な言葉は何ひとつ使われていない。情景も一読して伝わる。単純明快なこの句の潔さはどうだろう。まっ白に輝く雲の峰に真向かって、一歩踏み出す決然たる姿が見えて来る。四十代で夫と死別、その後の半生を一人で生きて来た岡本眸の生きる姿勢が表われた一句といえよう。家にいても一人、旅立つ時も一人。これは作者の日常に過ぎないが、二度くり返される「一人」に、あるがままを受け入れて前に進む覚悟のようなものがこめられている。「雲の峰」は働き盛りの緊張感、眩しい生命力、高い志の象徴だ。

日盛りに出て行く自分を励ます句であると同時に、読む者を勇気づける句でもある。「一人」は淋しいことではあるが、受け入れて覚悟を決めてしまえば身軽なことでもある。一人であることを嘆いたり訴えたりしていないことは、エネルギッシュな季題が語っている。

ノート　「俳句は日記」を信条として、日常をこまやかに詠む。主宰誌「朝」に毎月発表される作品の題名は、創刊以来「身辺抄」。日常から詩を掬い上げることができなければ、真の詩人ではないという主張が聞こえて来るようだ。三十代で子宮癌の手術、四十代で夫の急逝といった痛切な体験が、一日一日を精一杯生き、日常を大切に詠むという姿勢を確かなものにした。身辺を愛し、些事をおろそかにしない作品は、多くの女性たちの共感を呼ぶ。

温めるも冷ますも息や日々の冬（『午後の椅子』平18）

誰もがしていることの意味や価値を、もう一度確かめ自覚させてくれる。詩は特別なところにではなく、足元にあるのだと教えてくれる。

入学すイエスの渇き壁に見て　（『朝』昭46）
水餅を取り出すに灯は要らざりき
雲の峰一人の家を一人発ち　（『母系』昭58）
浅草へ仏壇買ひに秋日傘
黄落の干戈交ふるごとくなり　（『十指』昭60）
汗拭いて身を帆船とおもふかな　（『矢文』平2）
秋風や柱拭くとき柱見て
生きものに眠るあはれや龍の玉
炎昼のきはみの櫛を洗ひけり
飲食のことりことりと日の盛
戦争中はと話し出す草の餅　（『手が花に』平3）
子に五月手が花になり鳥になり
母方の祖母より知らず麦こがし　（『知己』平7）
枯深し光と見しは遠会釈
父も母も家にて死にき吊忍

近すぎて自分が見えぬ秋の暮
湯気立てて大勢とゐるやうに居り
をみなにも着流しごころ夕永し
病めば家の僅かを歩く素跣かな　（『流速』平11）
寒林に夾雑物のごとく居る
鳥雲に指さすことを今もする
黒手套嵌めたるあとを一握り
ゆふやけに夕日が溶けて蝸牛
本当は捨てられしやと墓洗ふ
温めるも冷ますも息や日々の冬　（『午後の椅子』平18）
幼きへ木の実わかちて富むごとし
藪巻の新しければ翔つごとし
子探しに似て黄落の木より木へ
身を包む紺の深さも帰燕以後
初電車待つといつもの位置に立つ

小川軽舟

泥に降る雪うつくしや泥になる

（『手帖』平20）

鑑賞　数えきれないほどある季語にも、日本文化のどれだけ深いところに位置するのかによって、序列が存在する。最頂点に位するのが、和歌の時代から重んじられていた「雪・月・花・紅葉・時鳥」のいわゆる「五箇の景物」で、評論家の山本健吉によって提唱され、共通の認識となっている。その何れも、盛りはたいへん美しくも華やかであるが、時と共に速やかに衰えてゆき、「もののあはれ」を十二分に感じさせる存在である。掲句の「雪」も、その例に洩れない。

天空から落ち始めた雪は、この上なく美しい。純白の一片は、「五箇の景物」の中でも最も無垢なるものといえるだろう。その雪が、泥土にまみれて、あっという間に汚れてゆく。清らかなものが穢れてしまうのは、雪が融けて無くなってゆくよりも、さらに強く「無常」を感じさせる。元々、わが国の文芸の大事な役割のひとつは、無常を肯（うべな）い、受け入れることにあった。掲句は、その本道をみごとに受け継いでいる。

おがわ　けいしゅう　昭和三六年、千葉県生まれ。六一年、藤田湘子に師事、「鷹」に入会。同誌編集長を経て、平成一七年「鷹」主宰を継承。句集『近所』評論集『魅了する詩型』ほか。

ノート　昭和六一年、二五歳で「鷹」に入会、藤田湘子に師事。鷹新人会で、古今の名句を熱心に読み込む。平成一一年より「鷹」編集長となり、湘子の薫陶のもと、広い世界の原稿の依頼に心を砕いて誌面の充実を図った。一三年に上梓された、二十代後半から三十代全ての作品を収めた『近所』は、若さ特有の青臭さを少しも感じさせない点で、良い意味で老成といえる第一句集で、決して気負わない、しなやかで明瞭な言葉遣いによって多彩な俳句世界を展開し、高い評価を得た。評論においても、副題を「現代俳句私論」とする『魅了する詩型』を平成一六年に刊行、活躍が著しい。一七年、湘子の遺言により「鷹」主宰を継承。多忙にめげず、抒情を底に秘めた「細み」の境地へ俳句を深めている。

秀句選

冬雲や竹のまなかに担ぐ人
長崎道鳥栖に分かるる暮春かな
白鷺のみるみる影を離れけり
銀漢の結氷の音すゝむなり
春待つや鈴ともならず松ぼくり
灯を点けて顔驚きぬ秋の暮
名山に正面ありぬ干蒲団
蝌蚪の国黄(くわう)厚き日をかゝげたり
年の市煙を昇る火の粉疾し
宮城野の草のつららを見にゆかん
天気雨かはをそうををまつりけり
肘あげて能面つけぬ秋の風
揚雲雀大空に壁幻想す
白樺の花岳人に独語なし
渡り鳥近所の鳩に気負なし

（『近所』平13）

かもしかの睫毛氷れり空木(うつぎ)岳
雪女鉄瓶の湯の練れてきし
岩山の岩押しあへる朧かな
泥に降る雪うつくしや泥になる
夢見ざる眠りまつくら神の旅
夕日なきゆふぐれ白し落葉焚
俎に切るとんかつや春隣
春の昼聞香の耳紅潮す
灯を消せば二階が重しちちろ鳴く
老鹿の闘はぬ角伐られけり
闇寒し光が物にとどくまで
ことば呼ぶ大きな耳や春の空
秋の風豆腐四角き味したり
鼠ゐぬ天井さびし寝正月
平凡な言葉かがやくはこべかな

（『手帖』平20）

小川双々子

風や　えりえり　らま　さばくたに　菫

（『囁囁記』昭56）

おがわ　そうそうし　大正一一年、岐阜県生まれ。本名二郎。「馬酔木」入門。「天狼」同人。昭和三八年「地表」創刊、主宰。『幹々の聲』『小川双々子全句集』他。平成一八年没。

鑑賞　小川双々子は、戦後復興期の七年を胸部疾患により臥し、昭和三四年にカソリックの洗礼を夫妻で受けた。〈蒼白のキリスト水餅に映りて〉〈洗礼式寒き重たき焔もつ〉〈耕運機の轍の歯凍つ洗礼とは〉〈空罐焚火わが霊名「コスメ・竹谷」灼く〉がある。「えりえり　らま　さばくたに」は、イエスが十字架上で叫んだという「我が神、我が神、何ぞ我を見棄てたまいし」の意である。「風や」と宙を仰ぎつつ、そのイエスの声を聞く。「何ぞ」の思いを繰り返し繰り返し重ねる。そして「沈黙」。足許に咲く菫は「小さき者」の姿か。人間存在の深いところに視点を置き続けた双々子は、単純にキリスト教思想に拠ったのではない。いささか複雑な程に様々な思想を混在させ、彼の求めた「暗喩」を深くしてもいる。中で、掲句は、深い哀しみを蔵しながらも伸びやかである。それは、休止の表記からくるものであろうか。周到な表記への意識と共の、考えられた美しい韻律も指摘出来よう。

ノート　「馬酔木」入門から出発し、加藤かけい、そして山口誓子に師事したという歩み。その「天狼」での力走。そして誓子が「双々子が変貌した」という昭和三二年以降。第一句集『幹幹の聲』序文で、三三年の〈暑き街虚無僧が来て絶壁なす〉の一句を挙げて、「この句に見えるメタフォア（暗喩）が誓子の路から離れた双々子の路である」と誓子は書いた。「双々子は私の提言を聞きつつ、自分の路を歩きつづけた」とも。「個」や、その「存在」を深く思うことは、混沌の世界を見つめることである。以後双々子は、更にこの「暗喩」の路を求め続け、一つの孤峰として屹立した。絵の個展もしばしば行った双々子には、「暗喩」や「抽象性」というものは、より身近なものでもあったであろう。

秀句選

わが生ひたちのくらきところに寒卵
（『幹幹の聲』昭37）
後尾にて車掌は広き枯野に飽く
生の側死の側寒月の幹太し
暑き街虚無僧が来て絶壁なす
月明の甘藍畑に詩は棄つべし
（『くろはらいそ』昭44）
噴水へ赤きめしひの鯉はしる
結氷しものも言はずに愛しあふ
霧を行く頭蓋のがらんどう一つ
黄落に机がつよく固くなる
蟻すすむ眞赤な箱を假想して
木の股に顔はさみをり秋祭
てのひらより飛行雲伸び水不足
凧くろはらいそを見にゆかんと
（『命命鳥』昭45）
だらりの揚羽沖縄のすがたする
紅葉のはらいそははらはらはらはら

にぎりこぶしで踊る山中なみだつぼ
水の中から鎖がのぼる秋の暮
（『憂鬼帖』昭50）
芭蕉布を織る惨惨と燦燦と
曜変やあたまを猫の恋が踏む
かうやくを貼りゆふがほを貰ひにゆく
（『あゐえ抄』昭48）
木耳のらんるのなかを吃りけり
（『囁囁記』昭56）
げんげんばらばらや哭くすがた踊る
風や　えりえり　らま　さばくたに　菫
薔薇立つてゐる下半身は百尋
この沈丁に沈むべく足の裏は肉や
杜若から鉄条網までを測る
俺の尾骶骨の地下室のあ、柿
一人一人来いといふ黒い鉄橋が
蟻すべてうごくを普遍とは言ひつつ
（『水片物語』平元）
汗の広島わたくしのからだはあり

奥坂まや

地下街の列柱五月来たりけり

（『列柱』平6）

おくざか まや　昭和三五年、東京都生まれ。神田神保町に育つ。六一年「鷹」入会、のち同人。藤田湘子に師事。句集『列柱』『縄文』。俳句入門書（共著）ほか。

鑑賞　昭和六二年作。多分に感覚的なこの句を、句集『列柱』の第一句目においた試みを、序文を寄せた藤田湘子は「度胸のよろしさ」と指摘している。地下街という言葉の現代性、五月が来たという明るい青春性が、真っ直ぐに読者の心に映像となって飛び込んでくる。都会の駅の下に無機質に広がる地下の街。その街を支え並んでいる柱は、まるでエーゲ海の日差しに耀く白いエンタシスのように錯覚し、過去へ未来へと意識を往来させる。人工の街に吹くはずのない風は吹き、いきいきと若葉の季節の到来を伝えている。日常と非日常の狭間をつなぐ永遠の「列柱」。「〝我思うゆえに我あり〟で結局我から抜け出せずにいたところ、俳句をつくるようになって、世界が実は先にあって、私は後からそれに加えて貰ったんだ、と実感できた」（「鷹」平成2年）と語る。俳句に出会い、季語に出会ったことで、奥坂まやを形作ってきた内なる我は目覚め、大胆に共振したのである。

ノート　昭和五十年代後半から六十年代始めにかけては、いくつもの新鋭特集やアンソロジーの出版など、若手俳人の大きな流れが作られた時代であった。その潮流の中で、奥坂まやは藤田湘子の秘蔵っ子として彗星のように俳壇に登場した。作句は、昭和六一年に「鷹」に入会したことに始まる。入会して一年で鷹新人賞を、三年にして鷹賞を受賞し、その勢いのまま第一句集『列柱』にて第一八回俳人協会新人賞を受賞した。「胸底にたくさんの花種をたくわえている。それらは実験的新種だから、あるときは大輪の花となり、あるときは不思議な花苑を現出する」（『縄文』湘子帯文）。湘子の句に見える情感ある美とは異なる、鮮烈な美が瞬発力をもって構成され、季語を肌で捉えた、独自の心象的宇宙を描写する。

秀句選

地下街の列柱五月来たりけり
(『列柱』平6)
喉袋ふくらみしのみ夜の蟇
玉虫や熊野の闇のどかとあり
蹼(みづかき)の吾が手に育つ風邪心地
文旦を割るみんなみに噴火口
どんよりとまんばうのゐる春の風邪
嫁の座といふ冬瓜のごときもの
身のうちに鮟鱇がゐる口あけて
一山の凍死の記録棚にあり
つばくらめナイフに海の蒼さあり
万緑の山高らかに告(の)りたまへ
(『縄文』平17)
兜虫一滴の雨命中す
万有引力あり馬鈴薯にくぼみあり
蛇口あり菊人形の傍らに
にんげんは滅び海鼠は這ひをりぬ
渦巻くはさみし栄螺も星雲も
芒挿す光年といふ美しき距離
すいつちよん暢気がちやがちや早合点
擂粉木のぶらさがり冬来たりけり
国讃のやがて人恋ふ手毬歌
死後の景電話ボックス雪に点る
五感衰へ陽炎となる母か
炎天の無音の巌育つなり
樹下の椅子偶数なれば風死せり
蘭鋳の爆発寸前のかたち
手がありて鉄棒つかむ原爆忌
真中より揺らぎいそぎんちやく展く
(『縄文』以降)
坂道の上はかげろふみんな居る
山桜人間が来て穴を掘る
みんなみは歌湧くところ燕

尾崎放哉

咳をしても一人

（『尾崎放哉句集』平19）

おざき　ほうさい　明治一八年、鳥取県生まれ。十代より作句。大正四年より荻原井泉水「層雲」に拠り、自由律作品発表。小豆島の堂守として、大正一五年没。没後『尾崎放哉全句集』ほか。

鑑賞　尾崎放哉の作品の特徴は、「一日」「一人」「一つ」などに見られる「一」の思い。その中でも代表句とされる掲句、結核性肋膜炎から肺結核に病状がすすんだ晩年、一人住む堂の中の生きている証の唯一の音としての咳。「まだ生きている」「一人」の思い。自由律作品中、〈墓のうらに廻る〉と共に最も短い句の代表で、九音というぎりぎりまで削ぎ落した骨格のような作。咳が止んだ後の孤絶がひたひたと読み手に伝わる。

放哉は、大正四年荻原井泉水の「層雲」に拠ってより自由律に転じた。その後の、社会的エリートコースの前半生から一転した孤独の暮らしの中で、「死を生きた」晩年の二年半に秀句が集中する。最後の句といわれる〈春の山のうしろから烟が出だした〉は、まるで死後の目で我が屍が焼かれる様を見ているような、不思議な明るさを持つ。

ノート　東大卒業、東洋生命から朝鮮火災海上への転職、京城支配人としての赴任、そして退社。帰国、妻との離別、一燈園から須磨寺の堂守、福井県小浜から香川県小豆島の小さな堂守として没した生涯。

放哉は旧制中学の頃より俳句に親しんだが、その約一四年間は〈つめたさに金魚痩せたる清水哉〉などの定型俳句を作っていた。その頃すでに名が知られていたと言える。

大正四年、一高時代一年先輩であった荻原井泉水の「層雲」に拠り自由律に。大正一二年、社会的エリートコースから転落した後の孤独の中、同時期の種田山頭火と共に、「自由律」の魂とでもいう作品を多く遺した。

一日物云はず蝶の影さす
こんなよい月を一人で見て寝る
あるものみな着てしまひ風邪ひいてゐる
わが顔ぶらさげてあやまりにゆく
のら犬の脊の毛の秋風に立つさへ
笑へば泣くやうに見える顔よりほかなかつた
馬が一疋走つて行つた日暮れる
夜中の襖遠くしめられたる
夕の鐘つき切つたぞみの虫
淋しいからだから爪がのび出す
すばらしい乳房だ蚊が居る
足のうら洗へば白くなる
わが顔があつた小さい鏡買うてもどる
すさまじく蚊がなく夜の痩せたからだが一つ
雨の椿に下駄辷らしてたずねて来た

（『尾崎放哉句集』平19）

壁の新聞の女はいつも泣いて居る
風音ばかりのなかの水汲む
ぴつたりしめた穴だらけの障子である
乞食日の丸の旗の風ろしきもつ
お祭り赤ン坊寝てゐる
障子あけて置く海も暮れ切る
火の無い火鉢が見えて居る寝床だ
漬物石がころがつて居た家を借りることにする
入れものが無い両手で受ける
咳をしても一人
汽車が走る山火事
なんと丸い月が出たよ窓
月夜の葦が折れとる
墓のうらに廻る
春の山のうしろから烟が出だした

小澤 實

帰るべき山霞みをり帰らむか

（『立像』平9）

鑑賞　懐かしい世界だ。「帰去来の辞」を思い起こす人も多いだろう。だが「帰りなん、いざ」と高らかに謳いあげる対象は、陶淵明が実際に生い育った田園に他ならない。この賦のなかで淵明は帰郷を果たすし、第二段以下では家での暮らしや周りの自然が具体的に描写されている。そこに展開されるのは、人生の実感に満ちた人間界の裡の出来事である。

それに比べ、掲句の「帰るべき山」は、作者のふるさとに留まるものではない。折口信夫の歌集名『海やまのあひだ』が象徴的に表明しているように、われわれの文化は「他界」を「海」と「山」の双方に認めた。掲句の「山」は、そのような他界としての山、神も遠つ祖（おや）たちも、其処から下りて、田に稔りをもたらしたり、盂蘭盆のひとときを過ごした後に還ってゆく山、なのである。生きとし生ける物の命を融かしこんだかのような霞に包まれた「山」に本当に帰るのは、「死」を以てでしかない。

おざわ　みのる　昭和三一年、長野県生まれ。五二年「鷹」入会、六〇年同誌編集長。平成一二年「澤」創刊、主宰。句集『砧』『立像』『瞬間』評論集『俳句のはじまる場所』ほか。

ノート　信州大学在学中に藤田湘子に師事し「鷹」に入会。〈かげろふやバターの匂ひして唇〉〈さらしくぢら人類すでに黄昏れて〉などの、季語の本意を充分にふまえた上での斬新な作品群によって「鷹」の新人賞を獲得、たちまち頭角を現し、昭和五九年、二八歳で編集長となる。〈くわゐ煮てくるるといふに煮てくれず〉のような俳諧味豊かな句も多く見られた第一句集『砧』上梓の後、湘子より立句を目指すよう指導を受け、第二句集『立像（りゅうぞう）』には〈水晶の大塊に春きざすなり〉〈帰るべき山霞みをり帰らむか〉、第三句集『瞬間』には〈林中にわが泉あり初茜〉など、おおらかな風格の作品が載る。平成一二年、「澤」主宰として独立。「俳句の根本は挨拶」という信念に基づき、評論でも活躍している。

秀句選

本の山くづれて遠き海に鮫　（『砧』昭61）
初夢や林の中の桜の木
さらしくぢら人類すでに黄昏れて
馬の眉間の白ひとすぢや山始
ゆたんぽのぶりきのなみのあはれかな
ざりがにあまた中の二匹の争へり
浅蜊の舌別の浅蜊の舌にさはり
胡麻かける胡麻のおはぎを積めるうへ
涅槃図の貝いかにして来たりけむ
ふはふはのふくろふの子のふかれをり
子燕のこぼれむばかりこぼれざる　（『立像』平9）
夏芝居監（けん）物（もつ）某（なにがし）出てすぐ死
窓あけば家よろこびぬ秋の雲
橙朱欒鏡のなかの橙朱欒
貧乏に匂ひありけり立葵

是是非非もなき氷旗かかげある
冴返る袋に透けて買ひしもの
帰るべき山霞みをり帰らむか
水晶の大塊に春きざすなり
大寺のいくつほろびし日向ぼこ
林中にわが泉あり初茜　（『瞬間』平17）
蜩や男湯にゐて女の子
わが細胞全個大暑となりにけり
寒鴉老太陽を笑ふなり
神護景雲元年写経生昼寝
洛中に居るが肴ぞ春の暮
有明山大鬱塊や春の風
秋の風七面鳥を鶏仰ぐ
こがね打ちのべしからすみ炙るべし
諸佛諸天かつ雪嶺の加護なせる

折笠美秋

なお翔ぶは凍(い)てぬため愛告げんため

（『君なら蝶に』昭61）

おりがさ　びしゅう　昭和九年、神奈川県生まれ。「早大俳句研究会」から「俳句評論」創刊同人。句作、論共に活躍。後、「騎」。筋萎縮性側索硬化症の中、句を作り続け、平成二年没。

鑑賞　この一集の帯には〈全身不随／自発呼吸ゼロ／発声不能／しかし……〉とある。新聞記者として活躍していた四十代後半に筋萎縮性側索硬化症という原因不明の難病を発症。そのような中、以後七年余りを妻の助けを借り、目と唇の動きで俳句、文章を書き続けた。闘病中に「俳句の父」である高柳重信が急逝。その痛恨の中、「騎」の創刊に加わったのも、学生時代に選び取った「俳句」形式への思いの深さであろう。〈天體やゆうべ毛深きももすもも〉や、鬼気迫る病中の〈俳句おもう以外は死者か　われすでに〉など忘れ難い作は多い。掲句は、『君なら蝶に』の最後に置かれた一句である。頭脳鮮明なのに、一切の身動きが成らぬという状況の中で、「なお翔ぶ」思い。それは「凍てぬため」「愛告げんため」であるという。過酷な闘病を支えた家人、友人、そして「俳句」。その俳句形式をもって記した、「生きる」ことの清冽・凄烈なオマージュの一句である。

ノート　「早大俳句」を編集、その折に先輩である高柳重信に出会い、「俳句評論」創刊に参加、編集委員となる。活躍中の五十年代に難病を発症。以後、全身不随の中で、多くの俳句作品を残した。重信の急逝後、中村苑子を中心とした俳友の力で句集『虎嘯記』が刊行された。病中随筆『死出の衣は』は、作品と共に病中随想の形を取りつつ、深い精神が窺われる一集である。

「言葉」の持つ力を模索し、言語によって新たに構築された言語空間、そこでの詩的現実を目指した。「俳句評論」「俳句研究」に於いて、明晰且つ独自の華麗な修辞と文体で批評にも活躍した。彼の評論集は、死去八年後の平成一〇年『否とよ、陛下』として友人達の手によって刊行された。

満月のうらへまわつて消えしかな
柩らが　まつすぐたつてみるという
鬼無里という半鐘の鳴る村があつた
くらげ浮き水にもあらず母にもあらず
杉林あるきはじめた杉から死ぬ
あはれとは蝶貝二枚を重ねけり
天體やゆうべ毛深きももすもも
身の穴に闇はしゃぎ立つあやめ草
夢(ぼう)夢(ぼう)と湯舟も北へ行く舟か
わが美林あり檜葉杉葉言葉千葉
棺のうち吹雪いているのかもしれぬ
月光写真まずたましいの感光せり
杉たり　一本杉たり　倒れて銀河と称ぶ
ああ大和にし白きさくらの寝屋に咲きちる
志と詞と死と日向ぼこりの中なるや

（『虎嘯記』昭59）

俳句おもう以外は死者か　われすでに
春暁や足で涙のぬぐえざる
空谷や　詩いまだ成らず　虎とも化さず
山月嗚呼　妻子まず思うべきや　詩思うべきや
微笑(ほほえみ)が妻の慟哭　雪しんしん

（『君なら蝶に』昭61）

大雨を妻は来つ　胸中さらに豪雨ならむ
七生七たび君を娶(めと)らん　吹雪くとも
わがための喪服の妻を思えば雪
かくも長き長き臨終　また夏の詩
海嘯(かいしょう)も激雨もおとこの遺書ならん
ととのえよ死出の衣は雪紡ぎたる
ひかり野へ君なら蝶に乗れるだろう
海嘯(しょう)と死んじゃいやよという声と
なお翔ぶは凍(い)てぬため愛告げんため
海の蝶最後は波に止まりけり

（随筆集『死出の衣は』平元）

櫂　未知子

雪まみれにもなる笑ってくれるなら

（『蒙古斑』平12）

かい　みちこ　昭和三五年、北海道生まれ。平成二年「港」入会、大牧広に師事。一〇年「銀化」創刊とともに入会、中原道夫に師事、のちに同誌同人。句集『貴族』『蒙古斑』ほか。

鑑賞　掲句は、作者の句風からすれば、やや淡い印象かもしれない。〈春は曙〉などの代表句と比較してみると句意も通りやすいだろうか。しかし、この句は、俳句の定型・韻文性というものが、現代の私達の口語表現でも十分可能だという事を示してくれている。それを喜ぶのは、私自身が何かに出会って詩を発したいという衝動にとらわれたとき、借り物でない自分のことばで自分の声で表現するのには、口語がいちばんふさわしいと感じることが多いからである。俳句は十七音の定型詩であり、散文ではあり得ない。この句は句またがりの調べで、作者の肉声を響かせている。響くのはすなわち韻文の特質である。この人の、或いはこの子の、笑った顔を見たい、笑い声をききたいという切実な思いは定型の結晶となって読者の共感をよび、普遍性を得た。この句に感じられる温もりは、作者の作品世界のすみずみに感じられる。

ノート　復本一郎が、「櫂未知子は、表現のオリジナリティーに心血を注ぐ俳人である。」（『櫂未知子集』）と言っている。その通りだと思う。俳句の表現でオリジナリティーを追求し続けることの意味は、この作者においては、さまざまな場面で人より抽んでるというようなこととも、ちょっと違うように思う。知や情に遊ぶ粋人としてではなく、現代に生きる人間であり、「個」であるということを見つめている、そういうことなのではないか。〈ぎりぎりの裸でゐるときも貴族〉という初期の作品にも、その気魄が感じられる。そしてその時、自ずから他者を尊重する気持ちも生まれてきたはずだ。作者が評論の書き手としても認められ、活躍している所以だろう。

秀句選

冷やかに海を薄めるまで降るか　（『貴族』平8）
鶏頭が生まれ変はつてフラメンコ
草の実はどこにも行けぬ味がする
春は曙そろそろ帰つてくれないか　（『蒙古斑』平12）
佐渡ケ島ほどに布団を離しけり
白梅や父に未完の日暮あり
空回りせよかざぐるまかざぐるま
菜の花を挿すか茹でるか見捨てるか
香水を分水嶺にしたたらす
ゆつくりと水這ひのぼる水着かな
いきいきと死んでゐるなり水中花
ストーブを蹴飛ばさぬやう愛し合ふ
雪まみれにもなる笑つてくれるなら
火事かしらあそこも地獄なのかしら　（『権未知子集』平15）
わたくしは昼顔こんなにもひらく

ああ今日が百日草の一日目
雪催陸封されてわれありぬ
雪激しピアノ売りたる夜のごとし
月光の指より洩れ出づる悩み
経験の多さうな白靴だこと
南風(みなみ)吹くカレーライスに海と陸
簡単な体・簡単服の中　（「銀化」平15・9）
よし子万事済んだ安心して凍れ　（「銀化」平16・3）
さまよへる湖に似てビヤホール　（「銀化」平16・9）
ハンカチを小さく使ふ人なりけり　（「俳句」平17・8）
風呂敷は布に還りて一葉忌　（「里」平17・12）
海流のぶつかる匂ひ帰り花　（「俳句」平18・1）
地吹雪や蝦夷はからくれなゐの島
木枯や脂ののつた赤ん坊　（「銀化」平20・1）
東京や遠火事は一輪の華　（「銀化」平20・2）

柿本多映

蛇(くちなは)と赤子の歩く天気かな

（『蝶日』平元）

かきもと　たえ　昭和三年、滋賀県生まれ。五一年、赤尾兜子に師事。「渦」に入会、のち同人。兜子没後、桂信子、橋閒石に師事。「草苑」「白燕」同人。句集『夢谷』『蝶日』『白體』ほか。

鑑賞　天気はいいのである。この場合、「歩く」という一言がどこか楽しげで、雨で地面がぐずぐずしていたり、強い風が吹いていたり、というのはまず思い浮かばない。でも、もちろん普通というわけではない。そう、狐の嫁入りぐらいはあっても不思議はない。

たとえば雨が降っているのに誰も濡れない。そんな強い日の光の中では、すべてのものがエネルギーに満ちている。足のない蛇や、まだ這うことがやっとの赤ん坊だって歩き出す。蛇と赤ん坊とは意表を突く組み合わせだが、それが歩き始めるというさらに意外な展開に、蛇は不気味で赤ん坊は可愛い、などと思うのは、もともと私たちのばかばかしい既成概念だった、と気づかされる。この作者には死や情念を描いた作品も数多いが、その根底に、実はこのような強いエネルギーがある。生きる喜びに溢れたこの句には、同時にかすかな死の予感があり、そういうところが重層的な魅力となっている。

ノート　赤尾兜子主宰「渦」に入会し、俳人としてスタートを切った柿本多映は、兜子亡き後、橋閒石、桂信子という個性的な俳人に師事し、精力的に作品を作り続けてきた。俳人としてはやや遅めのスタートにもかかわらず、「趣味の範疇」を超えた作品を生み出すことになったのは、その生来の恵まれた資質とともに、彼女が当初から持ち続けていた、作家としての強い自意識によるものだ。滋賀県大津市の園城寺（三井寺）に生まれ育った柿本には、独自の風土に育まれた感性と、この現代的な自意識が共存していて、それが作品の大きな力になっている。第一句集『夢谷』から現在に至るまで、キャリアを重ねながら、より鮮烈な作品を志向しているという、貴重な作家である。

秀句選

真夏日の鳥は骨まで見せて飛ぶ　（『夢谷』昭59）
国原の鬼と並びてかき氷
烏瓜引けば男の傾ぎけり
十戒や日落ちるまでをいかのぼり
綿菓子の顔して歩く春のくれ
出入口照らされてゐる桜かな
鳥帰る近江に白き皿重ね　（『蝶日』平元）
人体に蝶のあつまる涅槃かな
我が母をいぢめて兄は戦争へ
美術館に蝶をことりと置いてくる
八月の空やしづかに人並び　（『花石』平7）
辻があり輓馬と螢入れかはる
結界へ昏睡の蛇かへしけり
わたくしが昏れてしまへば曼珠沙華
月光はコクヨの罫に及びけり

日に一度日当る柱黄落す
音楽のはじめは月光菩薩かな　（『白體』平10）
寒卵死後とは知らず食べてゐる
海市より戻る途中の舟に遭ふ
人を容れ笑ひころげる天の壺
春うれひ骨の触れあふ舞踏かな　（『粛祭』平16）
一痕は大空にあり鵙の贄
太古より月は翳りて飯茶碗
蕨狩微光の蕨採りのこす
入念にあやめを解く日暮かな
箪笥長持どこからが螢の火
こつあげやほとにほねなきすずしさよ
馬を見よ炎暑の馬の影を見よ
次の世へ蠅取蜘蛛を連れて行こ
一空人景色に桃を落としけり

鍵和田秞子

生まざりし身を砂に刺し蜃気楼

（『光陰』平9）

かぎわだ　ゆうこ　昭和七年、神奈川県生まれ。大学在学中、井本農一に学ぶ。三八年「萬緑」入会、中村草田男に師事。「未来図」創刊、主宰。句集『未来図』『飛鳥』『胡蝶』ほか。

鑑賞　砂浜、あるいは砂漠に立って遥かに蜃気楼を見ている作者。空中に浮かぶのは風景か、人物か、それとも船か。いずれにしても幻の像がゆらゆらと茫漠と立ちのぼる。

ついに子を生むことのなかった己が身。「身を砂に刺し」という激しく身を苛むような卓越した表現に、痛切な慨嘆と寂しさが凝縮され、同時に冷静な自己客観視が込められている。彼方の蜃気楼の中に、母となった自分の姿が一瞬立ちのぼったかもしれない。生むということ、女であるということはどういうことか……思いはただ子にまつわることのみに終わらず、自身のこれまでの人生のあゆみを振り返り、生きるということについての深い思索へと巡ってゆく。

身を刺しているとはいえ、足元はさらさらとした砂の中、そして遠く望んでいるのは蜃気楼。自分自身の存在ももろくあやうく感じられ、この世に生きてあることのはかなさや寂寥がひたひたと身に迫ってくる。

ノート　大学時代俳文学の研究を志し、俳句実作も始めた鍵和田秞子は、三一歳のとき、草田男俳句に魅せられて「萬緑」に入会。豊かな学識を踏まえた明晰な知性のプリズムを透し、のびやかで温かく闊達な感性をもって、現代に生きる女性としての実感に深く根ざした、生きている証としての、真摯で結晶度の高い作品を生み続けている。

さわやかに知的抑制が利き、俳句という潔癖な器に涼しく言葉を盛る秞子だが、その核にあるのは艶なるもの、浪漫的な情念である。それは写生論を超えて秞子の悲願であろうか。

さらに近年、西行ゆかりの大磯鴫立庵庵主となった秞子は、風雅の誠の継承への鮮烈な覚悟とともに、透徹した詩境の深まりを感じさせる世界を展開している。

すみれ束解くや光陰こぼれ落つ　（『未来図』昭51）
未来図は直線多し早稲の花
晩学や絶えず沖より春の波
朝顔が日ごとに小さし父母訪はな
羽子板や実家(さと)の押入れ深かりき　（『浮標』昭57）
鏡餅こころの海の光るなり
鳥渡る北を忘れし古磁石
父恋ひの色の噴き出すかきつばた
時雨忌の片寄りて濃き近江の灯　（『飛鳥』昭61）
炎天こそすなはち永遠(とは)の草田男忌
夕雲のふちのきんいろ雛納め
曼珠沙華蕊のさきまで意志通す
寒の鯉身をしぼりつつ朱をこぼす　（『武蔵野』平2）
硝子戸を人の過ぎゆく古雛
雷連れて白河越ゆる女かな

鶴啼くやわが身のこゑと思ふまで
少年の瞳して阿修羅のしぐれをる　（『光陰』平9）
春三日月近江は大き闇を持つ
凩にこころさすらふ湯呑かな
かの夏や壕で読みたる方丈記
生まざりし身を砂に刺し蜃気楼
生きるもの闇に影なす虫送り　（『風月』平12）
姥ひとり盆路を刈る怒濤かな
火も水も星もありけり年新た　（『胡蝶』平17）
白鳥といふやはらかき舟一つ
みちのくの踊りつつ皆過ぎゆけり
晩年や棘もたふとき冬薔薇
くれなゐといふ重さあり寒椿
夕波のさねさし相模初つばめ
黒葡萄いささか渋き昭和かな

片山由美子

まだもののかたちに雪の積もりを

（『風待月』平16）

かたやま　ゆみこ　昭和二七年、千葉県生まれ。五四年、鷹羽狩行に師事し、作句開始。翌年「狩」入会、平成二一年、副主宰。評論の分野でも活躍。句集『天弓』『風待月』ほか。

鑑賞　作者によると、この句に描かれた景は、車窓から見たものだという。ある時目にした景が、完成されたこの一句として人の目に触れるようになるまで、実に数年の月日が流れた。鷹羽狩行門下の俳人達は、具象物ではあるが、それが何であるかを特定したくない場合に、「もの」という措辞をよく用いる。この句は、その中でも最も成功した例だろう。積もって一面、雪に覆われた野原、もしくは田圃や郊外の町。積もってはいるのだが、まだ真冬にはなっていないこともあり、雪の下にあるものが何なのか、かろうじてわかるぐらいの積雪量である。「もの」は墓でも自転車でも遊具でもよい。読者がそれぞれ、好みのものを思い描き、そこに純白の雪を積もらせることで、この句は真の意味において完成する。雪の名句は数々あるが、既に詠まれていそうで誰も詠んでいなかった世界を見せてくれた点において、平成の雪の名句の筆頭に数えるべき作品だろう。

ノート　もともと音楽家だった片山由美子は、俳句という言語芸術に身を置くことによって、音感のよさとことばに対する鋭さを無理なく一句にすることに成功した。由美子の句を音読してみるとよくわかるように、全ての句がなめらかに読めるように構成されており、耳で聴いただけでも句意がすぐに読者に伝わる平明さを有している。また、平凡な素材や具象性を重視しつつも、その句の描く世界が一切私生活を感じさせないのは、俗に一人称文芸といわれる俳句においてごく珍しいことである。これは、由美子自身が書いている通り、現実には存在しない美を生み出すことが芸術の目的であり、作者はその美を通してのみ自らを語るという高い意識のあらわれだろう。

葉ざくらや振りては覗く万華鏡

発車ベルにもある余韻花ぐもり（『雨の歌』昭59）

ここまでは来ぬはずの波さくら貝

髪よりも吹かれやすくて愛の羽根

落石の余韻を長く山眠る

黒板のつくづく黒き休暇明け

こめかみに柝のひびきけり初芝居（『水精』平元）

ばさと落ちはらはらと降り松手入

品書の鱈といふ字のうつくしや

葉ざくらや白さ違へて塩・砂糖

数ふるははぐくむに似て手毬唄

みなどこか歪む球根植ゑにけり（『天弓』平7）

新書版ほどの秋思といふべしや

流されて花びらほどの浮氷

まだ声に出さざる言葉あたたかし

一本のすでにはげしき花吹雪

青空に触れし枝より梅ひらく（『風待月』平16）

幹の影踏む一瞬の寒さかな

まだもののかたちに雪の積もりをり

白鳥の引きし茂吉の山河かな

カステラに沈むナイフや復活祭

一面に咲き向日葵は個々の花

朝ざくら家族の数の卵割り

坂道は人をとどめず夕桜

しぐるるやほのほあげぬは火といはず

空蟬やいのち見事に抜けゐたり

鯉の背の水を割りゆく五月かな

仰ぐとは称ふることぞ銀杏散る

松よりも高きところを初松籟

思ふこと雪の速さとなりゆけり

桂 信子

地の底の燃ゆるを思へ去年今年

（『樹影』平3）

鑑賞 地球は、原始惑星が幾度かぶつかり合って生まれたという。衝突のたびに激しく燃え上がる、荒ぶる火の玉であった地球は、今でも灼熱のマグマを裡に抱いている。その熱は、水の存在と共に、生命が誕生し持続していくための絶対条件であり、火山活動がなくなれば、地球は死の星と化す。地底深く秘められた熱塊を眼にすることは通常はありえないが、この作品は季語「去年今年」によって、不可視のマグマをなまなましく感知させてくれる。

「去年今年」は、季語のなかでも不可思議な特別の時間である。除夜の鐘の音に乗って旧年が去り、あらたまの年が訪れる時、なにもかもが真っ新（さら）になる。新旧の「時」の様相は、まったく異なっているのだ。時間の断層がくっきりと姿を現す瞬間、この世に存在するものすべてが新しい輝きを帯び、ちからが充ちてくる。その時、たしかに私たちは、時を滅ぼし再生させる地底の火の存在を感じることができる。

かつら のぶこ 大正三年、大阪生まれ。日野草城に師事。「青玄」創刊に参加、同人。昭和四五年「草苑」創刊、主宰。句集『月光抄』『女身』『樹影』『花影』ほか。平成一六年没。

ノート 日野草城の連作「ミヤコ ホテル」の鮮しさに心を打たれて師事し、新興俳句の拠点であった「旗艦」に所属する。結婚二年後に夫が急逝、以後、職業婦人として自立。山口誓子の句集『激浪』にも魅了され、「『激浪』ノート」を著わす。草城からは柔らかな抒情を、誓子からは硬質な即物性を受け継ぐ。初期の『月光抄』や『女身』では寡婦となった肉体と向き合い、女性特有の情感をみごとに謳い上げた。草城亡き後、「草苑」を主宰した頃から句の世界が拡がり、「句は平明に内容は深く」の信条のとおり、明快な言葉によって自然の深遠な世界を描いた。特に七〇歳を過ぎてからはガイア的とでも呼びたいような広大無辺な宇宙を獲得し、九〇歳で亡くなる寸前まで精気に充ちた句を作り続けた。

ひとづまにゑんどうやはらかく煮えぬ　（『月光抄』昭24）
夫逝きぬちちはは遠く知り給はず
ゆるやかに着てひとと逢ふ螢の夜
やはらかき身を月光の中に容れ
ふところに乳房ある憂さ梅雨ながき　（『女身』昭30）
衣をぬぎし闇のあなたにあやめ咲く
窓の雪女体にて湯をあふれしむ
手袋に五指を分ちて意を決す　（『晩春』昭42）
鯛あまたゐる海の上　盛装して
男の旅　岬の端に佇つために
母の魂梅に遊んで夜は還る　（『新緑』昭49）
遠く去るものへ風吹き蕗の薹　（『初夏』昭52）
水の上を水が流れて春の暮
夜空より大きな灰や年の市
蓬摘む一円光のなかにいて　（『緑夜』昭56）

一木のうしろ百木夏の暮
母のせて舟萍のなかへ入る　（『草樹』昭61）
ごはんつぶよく嚙んでゐて桜咲く
草の根の蛇の眠りにとどきけり　（『樹影』平3）
地の底の燃ゆるを思へ去年今年
虚空にてかすかに鳴りし鷹の腹
春潮の幾重も夜に入らむとす
たてよこに富士伸びてゐる夏野かな
忘年や身ほとりのものすべて塵
冬滝の真上日のあと月通る　（『花影』平8）
寒暁や生きてゐし声身を出づる
青空や花は咲くことのみ思ひ
雪たのしわれにたてがみあればなほ　（『草影』平15）
亀鳴くを聞きたくて長生きをせり
冬真昼わが影不意に生れたり　（『草影』以降）

加藤郁乎

一満月一韃靼の一楕円

（『球体感覚』昭34）

かとう　いくや　昭和四年、東京生まれ。父・紫舟主宰「黎明」を通して俳句を学ぶ。「俳句評論」「縄」「ユニコーン」などに参加。詩、評論、俳諧考証に及ぶ。句集『球体感覚』ほか。

鑑賞　この不思議な作品では、言葉はただ並んでいるだけ、論理的な意味などまったく成していない。でも物語は、そこからちゃんと始まっている。今は昔、ではないけれど、意味があろうがなかろうが、人は、そんな呪文のような言葉から「どこか」へ行く。

満月・韃靼と言葉が目に入った瞬間、まず思い浮かべるのは、夜の砂漠を照らす月と、美しい韃靼の男。雄大な砂漠は楕円の局面を見せて切れ上がり、くっきりと漆黒の影を落とす。それから決然と並ぶ「一」の文字に見とれ、畳み掛けるようなDの音を預言のように聞く。そして、そのころになって、ようやくこの作品に充満する、前へ、前へと向かうエネルギーを、すでに全身で受け止めていたことに気づく。

詩人は、画家が絵の具を塗るように、音楽家が音を響かせるように、この定型に言葉をちりばめる。私たちは、ただその言葉とともに、「どこか」へ行けばいいのだ。

ノート　加藤郁乎は句集『球体感覚』や『えくとぷらすま』などの衝撃的な作品で登場し、俳句は「記憶され、捨てられ、混乱させるにはもってこいのロマンス」、「どこかがおかしいからこそ『俳』の趣」などといった挑発的な発言と、俳壇の内外での華やかな活動で、俳人としては異端者のイメージが定着している。その活躍の多くをリアルタイムで体験していない読者にとっては、まるで往年のダダイスト、といった趣である。熱狂的な支持者も反発する俳人も多いが、私の知る限り、誰に聞いても「この作品は好き」という句がかならずある、というのが加藤郁乎の俳句である。巧みな俳人なのだ。そんな彼の近年の関心が江戸俳諧というのも、一筋縄ではいかないこの人らしく、面白い。

冬の波冬の波止場に来て帰す
（『球体感覚』昭34）

昼顔の見えるひるすぎぽるとがる

切株やあるくぎんなんぎんのよる

天文や大食（タージ）の天の鷹を馴らし

一満月一韃靼の一楕円

雨季来りなむ斧一振りの再会

落丁一騎対岸の草の葉
（『えくとぷらすま』昭37）

楡よ、お前は高い感情のうしろを見せる

とりめのぶうめらんこりい子供屋のコリドン
（『形而情学』昭41）

栗の花のててなしに来たのだ帰る

句とは何か概念の小をんなの青空

まだレクラムの星のどれみふぁ空すみれ

情事サンドは川端やなぎこの水を見よ

夏至てむささびしてゐるなんせ宵しき
（『牧歌メロン』昭45）

牡丹ていっくに蕪村ずること二三片

異化なるFin againも恋茄子に音ちる

春しぐれ一行の詩はどこで絶つか
（『出イクヤ記』昭49）

この山の手の道をしへ大カトーたりき

祇や鑑や鷹もとんびも只のとり

枯木見ゆ作品こはしつゝゆける
（『黴句抄』昭49）

さびさびとステテコくはへ昼狐
（『佳気颪』昭52）

杉焼にこげついて鴫うっぽっぽ

このひととすることもなき秋の暮
（『秋の暮』昭55）

素袷やそのうちわかる人の味
（『江戸桜』昭63）

ひやし酒その日その日のさびしをり

別嬪の降って来さうなゆだちかな
（『初昔』平10）

伊勢るまで待ちて業平蜆かな

送り火や女で苦労してから来い
（『實』平18）

大川や世に求めずの寒に入る

藍みぢん三社祭を渡りけり

加藤楸邨

天の川わたるお多福豆一列

（『怒濤』昭61）

鑑賞　シュールレアリスムも顔負けの驚くべき作品であると同時に、破顔一笑を誘う。「天の川」は、一年のうちで晩夏から秋にかけて最も輝いて見えるので秋の季語になっており、七夕伝説の舞台装置でもあるが、その広大無辺な宇宙の川を、織姫・彦星ならぬ「お多福豆」が、しかも集団登校の小学生みたいに行儀良く一列に並んで、渡る！

お多福豆は、大形のふっくらとした空豆だが、茹でたものは楸邨の好物であったという。「お多福」の言葉が、とてもよく効いて、読み手をなんだか幸せな気持にしてくれる。季語と心の一体化を目指した楸邨の俳句作品の頂点のひとつといえる。晩年の楸邨の魂も、お多福豆のひとつとなって、列の中にいるにちがいない。何千億もの星の深沈としたひかりをたたえる天の川を、お多福豆たちは嬉々として飛び渡ってゆく。この作品の途方も無い楽天性は、われわれ人間の存在をも、力強く肯定してくれるかのようだ。

かとう　しゅうそん　明治三八年、東京生まれ。昭和六年頃から作句、水原秋櫻子に師事。「馬酔木」同人。一五年「寒雷」創刊、主宰。句集『寒雷』『雪後の天』ほか。平成五年没。

ノート　六〇年以上の句業を通じて、その作品世界を常に果敢に深化せしめた。初期の代表句〈棉の実を摘みゐてうたふこともなし〉や〈鰯雲人に告ぐべきことならず〉などは、昭和の経済恐慌から戦争という暗鬱な時代相を背景に、人間の生を核心に据えて詠まれており、中村草田男・石田波郷と共に「人間探求派」と呼ばれた。その後、芭蕉に傾倒し、対象と表現者と言葉が一体となる「真実感合」の俳句観にたち、〈鮟鱇の骨まで凍ててぶちきらる〉〈しづかなる力満ちゆき螇蚸（はたはた）とぶ〉のように、豊かな季語の世界に作者の人間性が深く沈潜してゆく。晩年は季語の宇宙のなかに魂が遊戯するような、茫々と自在な時空間を形成するに至る。主宰誌「寒雷」で多彩な個性の弟子を育て、「楸邨山脈」と称えられた。

棉の実を摘みゐてうたふこともなし　（『寒雷』昭14）
降る雪が父子に言を齎しぬ
かなしめば鵙金色の日を負ひ来（く）
鰯雲人に告ぐべきことならず
寒雷やびりりびりりと真夜の玻璃
蟇誰かものいへ声かぎり　（『颱風眼』昭15）
灯を消すやこころ崖なす月の前
長き長き春暁の貨車なつかしき　（『穂高』昭15）
さえざえと雪後の天の怒濤かな　（『雪後の天』昭18）
隠岐やいま木の芽をかこむ怒濤かな
十二月八日の霜の屋根幾万
さえざえと水蜜桃の夜明かな
火の奥に牡丹崩るるさまを見つ　（『火の記憶』昭23）
雉子の眸のかうかうとして売られけり
死ねば野分生きてゐしかば争へり　（『野哭』昭23）

凩や焦土の金庫吹き鳴らす
夾竹桃しんかんたるに人をにくむ
鮟鱇の骨まで凍ててぶちきらる　（『起伏』昭24）
木の葉ふりやまずいそぐないそぐなよ
霜夜子は泣く父母よりはるかなものを呼び　＊『加藤楸邨全集』昭55の表現に従った
落葉松はいつめざめても雪降りをり　（『山脈』昭30）
しづかなる力満ちゆき螇蚸（はたはた）とぶ
葱切つて潑剌たる香悪の中　（『まぼろしの鹿』昭42）
寒卵どの曲線もかへりくる
蟻の顔に口ありて声充満す　（『吹越』昭51）
おぼろ夜のかたまりとしてものおもふ
ふくろふに真紅の手毬つかれをり　（『怒濤』昭61）
天の川わたるお多福豆一列
百代の過客しんがりに猫の子も　（『雪起し』昭62）
春の雷しばらく海の底近づく　（『望岳』平8）

角川春樹

向日葵や信長の首斬り落とす

（『信長の首』昭57）

かどかわ　はるき　昭和一七年、富山県生まれ。角川源義の長男として「河」継承、主宰。句集『カエサルの地』『信長の首』『流され王』『夢殿』『花咲爺』『海鼠の日』ほか。

鑑賞　この一句を思う時、常に父角川源義の〈ロダンの首泰山木は花得たり〉を重ねて思う。「父と息子」という関係、同じ仕事の分野を選び、歩くという関わりは、親とは関わりのない道を歩く親子とは違う相克があるであろう。父の鋳造を思わせる「ロダンの首」に対して、息子のあくまでも生々しくも血塗られた「信長の首」、「泰山木」という端正な白い花に対しての、黄の大輪の「向日葵」。異なった個性や時代と片付けるのは容易い。しかし、それだけではこの一句に籠るエネルギーは解けないであろう。父を視野に置いて、それを常に超えようとする子の心。源義の絶唱〈花あれば西行の日とおもふべし〉に対して、後年、春樹は〈花あればこの世に詩歌立ちあがる〉と詠んだ。根底に父を置きつつ、山本健吉、森澄雄、中上健次などとの多くの人の関わりの中、春樹は増殖し続けた。第一句集『カエサルの地』から一年後に出版した『信長の首』の鮮烈な印象は今も衰えない。

ノート　角川書店を父源義から引き継ぎ、書籍というメディアと映像というメディアを両手に握った寵児……新たに時代を変え、新たな時代を作った一人である。俳句においても句集『信長の首』で芸術選奨文部大臣新人賞を得てより、次々と多くの賞を得た。源義は戦後俳句の抒情性喪失を嘆き、抒情性回復を標榜して「河」を創刊した。春樹に於いても〈明け六つも暮れ六つも鐘冬に入る〉〈補陀落といふまぼろしに酔芙蓉〉〈高千穂の大根（だいこ）を引きに猿田彦〉〈いま過ぎしもののひかりや猫柳〉これらの静かな抒情と伸びやかなおかしみ、鮮烈な映像美の句群の底に流れる哀しみ。獄中生活、病を経て、今、春樹は「魂の一行詩」を提唱する。「俳句抒情」を超えるものとしての希求がもたらすものに注目したい。

黒き蝶ゴッホの耳を殺ぎに来る　（『カエサルの地』昭56）
少年期晩夏の海に銃を撃つ
向日葵や信長の首斬り落とす　（『信長の首』昭57）
いにしへの花の奈落の中に坐す　（『流され王』昭59）
明け六つも暮れ六つも鐘冬に入る　（『補陀落の径』昭59）
桜前線泊まるときめてけむり雨
補陀落といふまぼろしに酔芙蓉
高千穂の大根を引きに猿田彦　（『猿田彦』昭60）
どの山も霞みてをれば大和かな　（『一つ目小僧』昭62）
見てをりぬいのちしづかに寒牡丹
あをあをと滝うらがへる野分かな　（『夢殿』昭63）
霜月や京の小蕪の美しさ　（『花咲爺』平元）
声なくて月夜を渡る鳥のかず　（『月の船』平4）
将門の関八州に野火走る　（『関東平野』平4）
そこにあるすすきが遠し檻の中　（『檻』平7）

ぶらんこに老人のゐる年の暮
いつからのこころの錆や寺山忌　（『存在と時間』平9）
存在と時間とジンと晩夏光
年ゆくや天につながるいのちの緒　（『いのちの緒』平12）
満月やマクドナルドに入りゆく　（『海鼠の日』平16）
青空のままのいちにち原爆忌
獄を出て花の吉野をこころざす
流れつつ遠く日の差す秋の水　（『ＪＡＰＡＮ』平17）
亀鳴くやのつぴきならぬ一行詩
にんげんの生くる限りは流さるる　（『角川家の戦後』平18）
ゆく年のバスはもう行つてしまつた
抽斗の中から亀の鳴きにけり　（『朝日あたる家』平18）
花あればこの世に詩歌立ちあがる
銀河にも飢餓海峡のありにけり　（『飢餓海峡』平19）
いま過ぎしもののひかりや猫柳

金子兜太

曼珠沙華どれも腹出し秩父の子

（『少年』昭30）

かねこ　とうた　大正八年、埼玉県生まれ。加藤楸邨に師事し「寒雷」入会。「海程」創刊、のち主宰。句集『少年』『東国抄』ほか。著作『小林一茶』ほか。現代俳句協会名誉会長。

鑑賞　初期の代表句の一つである。この句を読むといつも、作者自身が腹を出して秩父の野山を駆け回る図が思い浮かぶ。秋の彼岸のころになってもまだそんな格好で遊び回る子らの姿に、作者は自らの子ども時代を重ね、幻の子となって群れに交じって駆け出しているのであろう。曼珠沙華は、秩父の広やかで色彩に富む秋の景の象徴であるが、あの花茎のみが土からにょっこり伸びた姿には、どこか「腹出し」に通じるものがあるような気がする。

作者の作品は〈銀行員ら朝より螢光す烏賊のごとく〉〈人体冷えて東北白い花盛り〉〈わが世のあと百の月照る憂世かな〉のような、都会の匂いのする知的な句群を経て、〈夏の山国母居てわれを与太（よた）と言う〉〈酒止めようかどの本能と遊ぼうか〉といった原初的な境地に環流してきているようだ。秩父生まれの肉体の深いところを流れる血の色は、終生曼珠沙華のような濃い紅の色をしているのであろう。

ノート　一九歳のとき、旧制高校の先輩出沢珊太郎に誘われて作句を始め、竹下しづの女、加藤楸邨、中村草田男に惹かれる。楸邨を師とし「寒雷」に投句を始める（昭16）。戦時トラック島にあったことが、金子兜太の指針「非業の死者に報いる」につながる。戦後、「風」に参加（昭22）。第一句集『少年』（昭30）で現代俳句協会賞を受け、関西の同世代俳人と交わるうち俳句専念に踏み切る。「造型俳句六章」を書き（昭36）、「創る自分」を設定することの大切さを主張して草田男と論争。同人誌「海程」創刊（昭37）、のち結社誌として主宰（昭60）。草田男の情熱と楸邨の自己研鑽の姿勢の総合を理想とし、「荒凡夫で生きる」をモットーとする。四十代の終わりより、一茶研究が生涯のテーマに加わっている。

富士を去る日焼けし腕の時計澄み
曼珠沙華どれも腹出し秩父の子
水脈の果炎天の墓碑を置きて去る
墓地も焼跡蟬肉片のごと樹々に
暗闇の下山くちびるをぶ厚くし
原爆許すまじ蟹かつかつと瓦礫あゆむ　　（『少年』昭30）
銀行員ら朝より螢光す烏賊のごとく
朝はじまる海へ突込む鷗の死
彎曲し火傷し爆心地のマラソン　　（『金子兜太句集』昭36）
華麗な墓原女陰あらわに村眠り
黒い桜島折れた銃床海を走り
どれも口美し晩夏のジャズ一団　　（『蜿蜿』昭43）
霧の村石を投(ほう)らば父母散らん
三日月がめそめそといる米の飯
人体冷えて東北白い花盛り

谷に鯉もみ合う夜の歓喜かな　　（『暗緑地誌』昭47）
二十のテレビにスタートダッシュの黒人ばかり
暗黒や関東平野に火事一つ
わが世のあと百の月照る憂世かな　　（『狡童』昭50）
霧に白鳥白鳥に霧というべきか　　（『旅次抄録』昭52）
梅咲いて庭中に青鮫が来ている　　（『遊牧集』昭56）
猪(しし)が来て空気を食べる春の峠
麒麟の脚(あし)のごとき恵みよ夏の人　　（『詩經國風』昭60）
麦秋の夜は黒焦げ黒焦げあるな
夏の山国母居てわれを与太(よた)と言う　　（『皆之』昭61）
冬眠の蝮のほかは寝息なし
酒止めようかどの本能と遊ぼうか
よく眠る夢の枯野が青むまで　　（『東国抄』平13）
おおかみに螢が一つ付いていた
長寿の母うんこのようにわれを産みぬ　　（『日常』平21）

川崎展宏

かたくりは耳のうしろを見せる花

（『観音』昭57）

かわさき　てんこう　昭和二年、広島県生まれ。加藤楸邨に師事、「寒雷」に投句。森澄雄の「杉」創刊に参加。五五年「貂」創刊。句集『葛の葉』『義仲』『観音』ほか。平成二一年没。

鑑賞　加藤楸邨門下ながら、花鳥諷詠に強い関心を寄せる作者らしい句である。花を詠んだ他の作品に〈鶏頭に鶏頭ごつと触れゐたる〉がある。「鶏頭」の場合には、花の持つ重量感や、塊で迫ってくる力強さが描かれていた。あるいは〈赤黄白まつすぐだからチューリップ〉〈喇叭水仙のぞくものではありません〉などのように、稚気に満ちた花の句などもある。それらに対し掲出句は、「かたくりの花」のありようを、改めて読者に伝えてくれた句である。いや、改めてというよりも、新たに認識させてくれた句かもしれない。花びらが外側に反り、うつむきがちに咲く可憐な花を、「耳のうしろを見せる花」と詠んだことで、たとえば髪を束ねた清楚な女性を思わせることに作者は成功している。力のある俳句作品は、一度読んだら忘れられないものであり、この句はまさしくその典型だろう。かたくりの花を目にするたびに、この句がいかにすぐれているかを、読者は認識させられることとなる。

ノート　人間探求派の加藤楸邨に師事し、「寒雷」に所属していたにもかかわらず、川崎展宏は、その第一句集『葛の葉』の跋文において、人間探求派からの離別を書いた。実は、展宏の場合、多くの俳人と異なり、句集よりも先に高浜虚子の花鳥諷詠の研究評論集『高浜虚子』を刊行している。虚子研究を続ける中で、人間探求派の息苦しさから脱却しようとする決意が固まったものと思われる。もっとも、花鳥諷詠といっても、展宏の場合はかなり実験的であり、「ホトトギス」に拠る俳人達とは大いに趣を異にしている。また、当然出征するものと思っていたのが敗戦を迎えたことで、太平洋戦争の戦没者の鎮魂が作者のテーマとなり、花鳥諷詠と並ぶ二本の大きな柱になった。

天の川水車は水をあげてこぼす　（『葛の葉』昭48）
道端の犬起きあがる梅の花
仏生会鎌倉のそら人歩く
秋しぐれ上着を銀に濡らしける　（『義仲』昭53）
うしろ手に一寸（ちよつと）紫式部の実
戦艦大和
「大和」よりヨモツヒラサカスミレサク
押し合うて海を桜のこゑわたる
日に焦げて天平勝宝のひばり消ゆ
人間は管（くだ）より成れる日短（ひみじか）　（『観音』昭57）
かたくりは耳のうしろを見せる花
やごの貌一切を見て見てをらぬ
鶏頭に鶏頭ごつと触れゐたる
高波の夜目にも見ゆる心太　（『夏』平2）
籐椅子が廊下にありし国敗れ
一葉忌とはこんなにも暖かな

熱燗や討入りおりた者同士
桜貝大和島根のあるかぎり
うぐひすといふには拙まだ一寸（ちよつと）拙　（『秋』平9）
赤い根のところ南無妙菠薐草
加藤楸邨先生
夏座敷棺は怒濤を蓋ひたる
炎天へ打つて出るべく茶漬飯
白桃の皮引く指にやゝちから
箸置に箸八月十五日
祀ることなくて澄みけり十三夜
冬と云ふ口笛を吹くやうにフユ
綿虫にあるかもしれぬ心かな　（『冬』平15）
残花なほ散りしきることありと知れ
昭和の子食うても食うてもそら豆
パイプから戦後のけむりサングラス
洒落ていへば紅葉かつ散る齢にて

金剛の露ひとつぶや石の上

鑑賞　茅舎の第二句集『華厳』に掲げられた高浜虚子の序文は、ただ一行「花鳥諷詠真骨頂漢」であったが、掲句もまた花鳥諷詠の真骨頂そのものといってよい。この「露ひとつぶ」の充実ぶりは、凄い。真空のただなかに、一箇の石と一粒の露しか存在していないかのような緊迫感がある。

茅舎の俳句の方法は、「対象の凝視」によって、そのものの本質に迫ることにあった。ほとんど水気の無い石に露が宿るのはきわめて稀なことらしいが、その景を凝視し続けた茅舎は「金剛」という言葉を得た。「露」はもっとも儚い存在のひとつなので、平安時代以来「もののあはれ」を感じとる対象として、さまざまな文芸に登場してきた。その露が「金剛」の言葉によって、不壊不滅の存在と化してしまう。実際には日が射せばすぐに消え失せてしまう束の間の状態が、永遠として感じられる奇蹟のような空間が、金剛の輝きと硬さを以て、ここに確然として在る。

（『川端茅舎句集』昭9）

かわばた　ぼうしゃ　明治三〇年、東京生まれ。「ホトトギス」「渋柿」「雲母」等に投句。高浜虚子に師事。昭和九年「ホトトギス」同人。句集『華厳』『白痴』ほか。一六年没。

ノート　洋画家を志し岸田劉生に師事したが、劉生の急逝と脊椎カリエスのため断念。以後、高浜虚子の薫陶の下「ホトトギス」で俳句に専心、四S以後の有力俳人として活躍した。虚子の唱えた「花鳥諷詠」を深く信奉し、格調高い調べの上に、水晶のように純粋な透徹した季語の世界を謳いあげた。特に「露」を詠んだ一連の作品は、茅舎の特徴をよく現しており、〈ひら〳〵と月光降りぬ貝割菜〉〈ぜんまいののの字ばかりの寂光土〉などの神々しくも繊細な作品と並んで「茅舎浄土」と呼ばれた。〈露の玉蟻たぢ〳〵となりにけり〉〈蜂の尻ふわ〳〵と針をさめけり〉〈蛙の目越えて漣又さゞなみ〉などの小動物への深い愛情が感じられる作品も多い。〈朴散華即ちしれぬ行方かな〉を辞世として、病のため四四歳で逝去。

白露に阿吽の旭さしにけり　（『川端茅舎句集』昭9）
ひろ〳〵と露曼陀羅の芭蕉かな
白露に鏡のごとき御空かな
金剛の露ひとつぶや石の上
露の玉蟻たぢ〳〵となりにけり
新涼や白きてのひらあしのうら
蚯蚓鳴く六波羅蜜寺しんのやみ
自然薯の身空ぶる〳〵掘られけり
寒月や穴の如くに黒き犬
たら〳〵と日が真赤ぞよ大根引
蛙の目越えて漣又さゞなみ
一蝶に雪嶺の瑠璃ながれけり
金輪際わりこむ婆や迎鐘
翡翠の影こん〳〵と溯り
水晶の念珠に映る若葉かな

ひら〳〵と月光降りぬ貝割菜　（『華厳』昭14）
土不踏ゆたかに涅槃し給へり
河骨の金鈴ふるふ流れかな
ぜんまいののの字ばかりの寂光土
まひ〳〵や雨後の円光とりもどし
寒凪の夜の濤一つ轟きぬ
潰（つ）ゆるまで柿は机上に置かれけり　（『白痴』昭16）
また微熱つくつく法師もう黙れ
冬晴をすひたきかなや精一杯
約束の寒の土筆を煮て下さい
咳暑し茅舎小便又漏らす　（『定本川端茅舎句集』昭21）
花杏受胎告知の翅音びび
烏蝶けはひは人とことならず
朴の花猶青雲の志
朴散華即ちしれぬ行方かな

岸本尚毅

健啖のせつなき子規の忌なりけり

（『健啖』平11）

鑑賞　俳句と短歌の革新を行ない、その後の短詩型文芸に多大なる影響を与えた正岡子規は、明治三五年の九月一九日、三十代の若さで亡くなった。その最晩年の病床日記が『仰臥漫録』である。病状が相当悪化していた死の前年から書き続けられたその日記は、日々の出来事や俳句や絵と共に、食事についてことこまかに書かれているのが特徴で、百年以上を経た今も愛読者が多い。たとえば九月廿四日の日記では、

「朝飯　ぬく飯三わん　佃煮　なら漬　牛乳ココア入　餅菓子一つ　塩せんべい二枚

午飯　粥三わん　かじきのさしみ　芋　なら漬　梨一つ　お萩一、二ケ…」というように、健康な人でも食べられるかどうかという品数と量の食事や間食の記述が続く。子規忌の句は数あるが、死に瀕していた時の彼の「健啖」ぶりをこう詠んだ例はほとんどない。長いこと病床にありながら健筆を揮った子規と、その夭折を思う時、その健啖はまさしく「せつなき」ものとして読者の胸に迫る。

きしもと　なおき　昭和三六年、岡山県生まれ。赤尾兜子、波多野爽波に師事。有馬朗人「天為」、斎藤夏風「屋根」、田中裕明「ゆう」（終刊）に所属。句集『鶏頭』『舜』『健啖』ほか。

ノート　「第三イメージ論」を提唱し、前衛俳句の旗手となった赤尾兜子と、「俳句スポーツ説」を唱え、題詠と写生を重視した波多野爽波に師事した岸本尚毅は、作品の幅が広い。写生句の場合、見ただけの写生にとどまらず、五感、特に皮膚感覚を駆使した作品にすぐれた技量を発揮する。たとえば何かをつかんだ時のものの温度、ものがぶつかる時の量感・質感、液体もしくは液状化したものの感触など、独特の感覚を作者は句で表現する。傍観者として対象を作品にするのではなく、ものの持つ本質を自らの皮膚を通して作者は検証する。子規忌の句のように境涯に思いを馳せた句も詠める一方で、写生に皮膚感覚を取り入れつつ、発展させているのは、ごく若い頃より俳句で研鑽を積んできたからだろう。

秀句選

冬空へ出てはつきりと蚊のかたち
甘藍の畑に犬の顔高し
墓に来て日傘の太く巻かれけり
蟷螂のひらひら飛べる峠かな
金網に吹きつけらるる野菊かな
四五人のみしみし歩く障子かな
てぬぐひの如く大きく花菖蒲
河骨にどすんと鯉の頭かな
虫時雨猫をつかめばあたたかき
なきがらの四方刈田となつてゐし
手をつけて海のつめたき桜かな
墓石に映つてゐるは夏蜜柑
土間に人畳の上に羽抜鶏
鰭酒の鰭を食べたる猫が鳴く
西行に憧れてゐる焚火かな

（『鶏頭』昭61）

（『舜』平4）

月山の頂にある夏炉かな
青大将実梅を分けてゆきにけり
なきがらに逢ひにゆくなる冬木かな
先生やいま春塵に巻かれつつ
盆の波ゆるやかにして響きけり
また一つ風の中より除夜の鐘
春なれや歌舞伎これより死出の旅
さらに細く水引草に絡むもの
月祀るそれぞれ髭の野菜かな
健啖のせつなき子規の忌なりけり
実朝の如くに若し磯遊
赤富士や蜂の骸を掃きながら
風が吹く海鼠に旬の到りけり
月光は石に明らか冬ざるる
ぬかるみのあれば吸ひつく落花かな

（『健啖』平11）

京極杞陽

美しく木の芽の如くつつましく

（『句集くくたち』上巻　昭21）

きょうごく　きよう　明治四一年、東京生まれ。高浜虚子に師事、昭和一五年「ホトトギス」同人。戦後「木兎」を再刊、主宰。『句集くくたち』『但馬住』『花の日に』ほか。五六年没。

鑑賞　句意は、美しくてつつましい人の、そのつつましい様を木の芽のようだと讃えている。対象は仏像でも絵画の中の婦人像でもよいが、この場合女性と見るのが一般的であろう。一読して触りがよい。が、その割に景がぱっと浮かばない。浮かんでくるまで少々時間を要する。この不思議な感じは、この句が目前の対象をストレートに詠むというのでなく、対象を見るとなく見ながら、作者の中に生まれてきた思いに焦点を合わせているところからくるのであろう。つまり客観的な描写ではなく、つぶやきのような、主観が強く出ている句である。だから「ああそうですか」といった、そっけない感想をもらす人もいるに違いないし、作者と同じ光景に浸って面白いと感じる人も沢山いるだろう。

作者はこの句を「つつましく木の芽の如く美しく」とは詠まなかった。やはり人間の第一印象は外観なのだなあという気がする。

ノート　京極杞陽は明治四一年、元豊岡藩主一四代当主として生まれた。一五歳のときに関東大震災で姉以外の家族を全て喪うという悲劇に遭遇した。昭和八年、元大和郡山藩主柳沢保承の長女昭子と結婚、翌年東京帝国大学を卒業。昭和一〇年から一一年にかけて欧州に遊学し、この遊学中に渡欧していた高浜虚子と初めて会ったのである。先に挙げた〈美しく木の芽の如くつつましく〉の句はベルリンで開かれた虚子歓迎句会での作品である。

帰国後、虚子に就いて俳句生活を送ることになる。作品の中には〈香水や時折キッとなる婦人〉〈性格が八百屋お七でシクラメン〉など、いかにもお殿様らしいおおらかさで女性を捉えた句もある。

美しく木の芽の如くつつましく　（『句集くくたち』上巻　昭21）
よきことの一つ日脚の伸びしこと
都踊はヨーイヤサほほゑまし
汗の人ギューッと眼つぶりけり
香水や時折キッとなる婦人
春雨を枕に耳をあてて聞く　（『句集くくたち』下巻　昭22）
リラと彳つ式部長官式部官
靴を穿く今が一番寒い時
父の命（みこと）母の命や震災忌
子供らに雪ふれ妻に春來れ
詩の如くちらりと人の爐邊に泣く　（『但馬住』昭36）
蠅とんでくるや簞笥の角よけて
はしりすぎとまりすぎたる蜥蜴かな
野菊にも雨ふりがちの但馬住
犬ふぐり好む心を好まずや

春風の日本に源氏物語
秋風の日本に平家物語
ががんぼのタップダンスの足折れて
一本の竹となりゆく今年竹　（『花の日に』昭46）
うまさうなコップの水にフリージヤ
立ちどまるたびに近づき雪女郎
さめぬなりひとたび眠りたる山は
夏山の立てば鴨居にかくれける
花鳥諷詠虚子門但馬派の夏行　（『露地の月』昭52）
スケートのすべり出したる足の裏
一期かな彼岸櫻に一會かな
BONNE・NUIT（おやすみ）といふ名の薔薇は散終り
影法師萩の若葉を離れたる　（『さめぬなり』昭57）
短夜や夢ほどはやき旅はなく
ちゝろむしわが一生の永かりし

清崎敏郎

蹤いてくる その足音も 落葉踏む

（『系譜』昭60）

きよさき　としお　大正一一年、東京生まれ。富安風生、折口信夫、高浜虚子に師事。「若葉」「ホトトギス」同人。「若葉」を継承、主宰。句集『安房上総』『島人』ほか。平成一一年没。

鑑賞　落葉を踏んで歩いている。静かで、歩けば歩くほど孤独感が深まる。やや離れて蹤（つ）いて来る人がいる。その足音が聞こえるほどの距離を置いて、明らかに自分に蹤いて来る。二人の間は縮まりもしないし、離れもしない。言葉をかけ合うでもない。蹤いて来るのは誰か、読者の想像に委ねられているが、友達や夫婦、恋人なら並んで歩くだろう。親子か師弟か、そんな関係が思い浮かべられる。

この句には、隣り合う孤独というような静けさを感じる。ふり向いて声をかけるでもないが、ずっとつき従っている心を感じ取っているのだ。落葉を踏む音だけが、そのつながりを表わしている。

平明でありながら句の心は深い。人の胸の奥深くへ沁み込んでゆく落葉踏む音である。先ゆく人の後ろ姿を見て歩む存在。蹤いてくる者がどこまでも同じ道を歩むことを疑わぬ信頼。そんなことまで思われる句だ。

ノート　虚子、風生の系譜を継いで「花鳥諷詠」「客観写生」の道を信念をもって貫いた。その強靭な精神は、東京府立第一中学校（現、日比谷高校）在学中に結核性股関節炎にかかり療養生活を余儀なくされたことと無縁ではあるまい。この間に句作を始め、見ること、待つこと、耐えることを身につけた。学生時代、楠本憲吉、大島民郎らと「慶大俳句」を発足、幅広い俳句観を得た。一方で「ホトトギス」新人会に加入、虚子最晩年の弟子として論作共に指導を受けた。

虚子没後も俳壇の流行に右顧左眄することなく、一途に信ずるところを深め、後進の指導にも力を尽した。その作風は平明にして心深く、単純化と抑制のきいた作品は決して声高ではないが読んだ者の心に甦る。

コスモスの押しよせてゐる厨口
春燈の衣桁に何もなかりけり
夏山に向ひ吸ひよせられんとす
柴垣の溶けんばかりに陽炎へり
卒業といふ美しき別れかな
かな〱のかな〱となく夕かな
（『安房上総』昭29）

長男直彦誕生
口曲げしそれがあくびや蝶の昼
仰ぎたるところにありし返り花
稚子舞の息白々と流れをり
島人の盆の晴着は簡単着
能登の海春田昃れば照りにけり
一天の玉虫光り羽子日和
（『島人』昭44）

立ち上りくる冬濤を闇に見し
日当りて花新しき椿かな
手袋の手を重ねたる別れかな
（『東葛飾』昭53）

雪解けて力抜けたる伽藍かな
束なして山の雨降る竹煮草
犬ふぐり咲くよと見ればかたまれる
うすうすとしかもさだかに天の川
日盛りの海の一碧波を見ず
山門を掘り出してある深雪かな
（『系譜』昭60）

高々と引きゆく鶴の声もなし
枯木立どの幹となく揺れはじむ
螢火と水に映れる螢火と
前山に日の当り来て時雨けり
鮟鱇鍋人の運命をはかりゐる
一握りとはこれほどのつくしんぼ
蹤いてくるその足音も落葉踏む
滝落としたり落としたり落としたり

故直彦
身につきし汝の遺品の外套も
（『凡』平9）

草間時彦

足もとはもうまつくらや秋の暮

（『櫻山』昭49）

くさま　ときひこ　大正九年、東京生まれ。「馬酔木」に投句。水原秋櫻子、石田波郷に師事。昭和二八年、復刊した「鶴」入会。句集『中年』『淡酒』『瀧の音』ほか。平成一五年没。

鑑賞　「心なき身にもあはれは知られけり鴫立つ沢の秋の夕暮　西行」「寂しさはその色としもなかりけり槙立つ山の秋の夕暮　寂蓮」「見わたせば花も紅葉もなかりけり浦の苫屋の秋の夕暮　定家」の、いわゆる三夕の歌に代表されるように、「秋の暮」は、四季の中でも特別な感慨をもたらす季語である。「春の暮」の優艶な感じ、昼間の猛暑が過ぎた「夏の暮」の安堵感、あるいは昼が短く寒いままに一日の終わりを迎えようとしている「冬の暮」の厳しさとは異なり、「秋の暮」は日本の詩歌の伝統的美意識を背負っている。その歴史ある季語に、作者はきわめて単純かつ写生的なアプローチを行なった。「足もと」が「もうまつくら」だということは、他にまだいくぶん暮れ残っている場所があるということ。平明すぎるぐらいに平明な作品ではあるが、季語の本質を考えるうえで重要な作品である。「足もと」という小さな場所から、読者の心を空の大きさへといざなう句ともいえる。

ノート　教育界、あるいは政界で活躍した祖父、父を持つ草間時彦は、近代的な名家に生まれ育った人ならではの作風の変遷を見せてくれた。すなわち、自分がその時置かれていた状況の中で、気負うことなく、平明な言葉をもって、俳句でしか描き得ない軽快で洒脱な作品を発表しつづけてくれたのである。「馬酔木」に拠っていた頃の高原俳句に始まり、三〇歳を過ぎてからのサラリーマン生活から生まれた勤め人としての作品の世界、そして退職し、俳句結社を離れてから後の食の俳句など、その句の内容は多彩である。平明な言葉遣いと一句一句の持つ都会的な繊細さに加え、死や人生の翳りに目を向けた点で、久保田万太郎を現代的に発展させた作家だといってもよい。

秀句選

冬薔薇や賞与劣りし一詩人　（『中年』昭40）
捨菊や非常階段裏見えて
運動会授乳の母をはづかしがる
畳屋の肘が働く秋日和　（『淡酒』昭46）
とろけるまで鶏煮つつ八重ざくらかな
鉄橋を夜汽車が通り鮭の番
年越や使はず捨てず火消壺
さうめんの淡き昼餉や街の音
菊なます口中冷えて来たりけり
足もとはもうまつくらや秋の暮　（『櫻山』昭49）
寒鰈箸こまやかに食うべけり
しろがねのやがてむらさき春の暮
牡丹に息を濃くして近寄れる
顔入れて顔ずたずたや青芒
大粒の雨が来さうよ鱧の皮

甚平や一誌持たねば仰がれず
みなぎりて水のさみしき植田かな　（『朝粥』昭54）
牡丹鍋よごれし湯気をあげにけり
まつすぐに落つ雨の日の朴落葉
飛竜頭のなかのぎんなん冬ごもり
葛切やすこし剰りし旅の刻　（『夜咄』昭61）
行年を膝のあたりで見失ふ
色慾もいまは大切柚子の花
雁過ぎしあとむらさきの山河かな
こだはらず妻はふとりぬシクラメン
冬濤の打込んでくる机かな　（『典座』平4）
顔見世や百合根ふつくらお弁当
とんとんと年行くなないろとんがらし
かりそめの膝くづしたる居待かな　（『盆手前』平10）
一本の道両側の秋の暮　（『瀧の音』平14）

久保純夫

鵜の真似をして濡れている少年よ

（『熊野集』平5）

くぼ　すみお　昭和二四年、大阪生まれ。四六年、鈴木六林男に師事。六林男主宰の「花曜」を代表する俳人の一人。句集『瑠璃薔薇館』『水渉記』『熊野集』『比翼連理』ほか。

鑑賞　川遊びに来た少年が、傍らで餌を取っている鵜を真似てみようと思いつく。水中を、獲物に向かって突き進む野生の鵜の姿。それはごく普通の、夏休みの風景になるはずだ。

ここで少年が「鵜の真似を」した、とだけ書くのと、真似をした結果、「濡れている」と書くのでは、まったく世界が違う。濡れそぼっている少年は、頼りなげで悲しい。「少年」という言葉はさまざまなイメージを内包しているが、この作品からもっとも強く喚起させられるのは、喪失感だ。彼は、もうすぐ少年である自分を失い、大人になっていく。鵜という鳥からはすぐに鵜飼が連想され、少年の濡れた体に、ずぶ濡れで魚を吐き出している、鵜の姿が重なる。

「少年よ」という呼びかけは、なによりも作者自身に向けられているものだ。彼の中に今も眠る少年、ためらいもなく水中に飛び込み、一心に水底を目指す少年に。

ノート　十代で俳句同人誌「獣園」に参加した久保純夫は、ほぼ同時期に鈴木六林男に出会い、「花曜」を代表する作家の一人となった。初期から文学志向の強い、意欲的な作品を多く書いているが、句集『熊野集』以降、作品はより力強く、スケールの大きな世界へと向かっている。具象に対する強いこだわりと、高い芸術性を同時に志向しているところが、その作品の魅力である。近年は官能的なテーマにも意欲的に取り組んでいるが、男性的な句風を感じさせるところが久保純夫らしく、数の上では女流全盛の現俳壇で、際立った存在感を示している。「花曜」終刊後、雑誌「光芒」を経て、さらに精力的に創作活動を進めている久保は、次の展開が楽しみな作家の一人である。

秀句選

木蓮よ「その白い魔女を風葬に」　（『瑠璃薔薇館』昭47）
みんな毛深い男裸でするナワ飛び
ゆれる帆柱海に傘降る十二月
夕顔のいちにち水に憑かれおり　（『水渉記』昭53）
四五人の鬼みて帰る葱畑
死にぎわの髪逆立つは薔薇の午前
麦秋の船を出てゆく眩暈かな
眼の玉のほかは重なり鰈の夜　（『聖樹』昭60）
抱擁のあと問いしこと日雷
隊列を離れし一人青みどろ
噴水に現れし神おちにけり
水際に兵器性器の夥し　（『熊野集』平5）
麦踏むと天皇制が立ち上がり
鶏頭のうちなる色を問われけり
水甕の水の深さの国家かな

青熊野精虫騒ぐところかな
思想より喬くヒマラヤ杉の在り　（『比翼連理』平15）
十戒のひとつふたつは桃のこと
帝国の梯子しずかに朽ちゆけり
あまがみのあぶなえのあとあまるがむ
かたちから忘れゆくなり露の玉
手でつつむかたちを選び蓮の花　（『光悦』平17）
鬼やんま孤りというは愉しかり
どこからもとんがってくるなめくじら
水中を青猫とゆく秋の暮
光悦の方へ傾き杜若
肉体を水の途中と想いけり　（『光悦』以降）
ぷよぷよの女で終わるマンゴー
帚木に天地なくなり始めけり
真夜中の至高のカンナ孤高の薔薇

久保田万太郎

湯豆腐やいのちのはてのうすあかり

（『流寓抄以後』昭38）

鑑賞　辞世の句、生前最後の作であると誤って伝えられたが、実際には死の半年前、前年の一二月に詠まれた句である。「一子の死をめぐりて」という前書のある十句の後に、この句が置かれている。「湯豆腐」という淡白な鍋物を上五に置き、中七下五は平仮名のみ、かつ具象性に乏しい内容となっている。この句が人生の慨嘆で終らなかったのは、湯気にけぶる豆腐という温かな食べ物と、作者の心象である「うすあかり」が、互いに欠くべからざる存在となっていることが挙げられるだろう。この句が生まれた背景には、晩年を共に過ごすつもりで同棲していた愛人三隅一子が彼の帰りを夜寒の中で待ち、脳出血で急逝した重い事実がある。文壇では若い頃から寵児としてもてはやされ、功成り名を遂げたというにふさわしかった万太郎であったが、家庭的には孤独であった。そういった事情を考慮せずとも、この句の持つしみじみとした味わいは、多くの人の心にしみこみ、今でも愛されている。

くぼた　まんたろう　明治二二年、東京生まれ。松根東洋城、飯田蛇笏と親交。「俳諧雑誌」に参加。「春泥」主宰、のち「春燈」を創刊、主宰。句集『流寓抄』ほか。昭和三八年没。

ノート　久保田万太郎は、戯曲や小説、脚色、演出、放送など、若い頃から文壇・劇壇で広く活躍し、文化勲章も受章している。本業では華々しい活躍をし、つねに演劇界の第一線にいた人であったが、家庭的には恵まれない一生を送った。最初の妻の自殺、再婚した妻との不和、一人息子の病死を経験し、最晩年を共に過ごすはずであった愛人の急逝にも遭っている。そして、自身も会食中の誤嚥下による窒息で急逝している。万太郎は浅草に生まれ育った人ならではの洗練された陰翳に富む作風を示したが、一方で「俳句は余技」といってはばからなかった。しかし、その本質からいってかたちとして残りにくい本業＝演劇よりも、余技とした俳句が残り、今でも多くの人に愛されているのは興味深い。

神田川祭の中をながれけり
（『草の丈』昭27）

竹馬やいろはにほへとちり〴〵に
したゝかに水をうちたる夕ざくら
時計屋の時計春の夜どれがほんと
パンにバタたつぷりつけて春惜む
あきくさをごつたにつかね供へけり
親一人子一人蛍光りけり
日向ぼつこ日向がいやになりにけり
（『流寓抄』昭33）

いまは亡き人とふたりや冬籠
春浅し空また月をそだてそめ
あはゆきのつもるつもりや砂の上
セル着れば風なまめけりおのづから
短夜のあけゆく水の匂かな
走馬燈いのちを賭けてまはりけり
四万六千日の暑さとはなりにけり
とりわくるときの香もこそ桜餅
花菖蒲たゞしく水にうつりけり
夏じほの音たかく訃のいたりけり
石蹴りの子に道きくや一葉忌
手毬唄哀しかなしきゆゑに世に
いづれのおほんときにや日永かな
古暦水はくらきを流れけり
ばか、はしら、かき、はまぐりや春の雪
叱られて目をつぶる猫春隣
獺に灯をぬすまれて明易き
箸涼しなまぐさぬきのきうりもみ
連翹やかくれ住むとにあらねども
とぢ絲のいろわかくさやはつ暦
（『流寓抄以後』昭38）

なまじよき日当りえたる寒さかな
湯豆腐やいのちのはてのうすあかり

黒川悦子

いつ雪に変はる雨やも東山

（『ホトトギス―虚子と一〇〇人の名句集』平16）

鑑賞　「東山」といえば、京都の東山。京都の東方に連なる、北は比叡山から南は稲荷山までを指す。東山三十六峰といわれる山並みが、今、冬の雨に煙っている。その雨が「いつ雪に変はる」か、と思われる寒さ。係助詞「や」と詠嘆の助詞「も」が添った「やも」が、寒々としたその薄墨の世界をやわらかく纏めて、京の底冷えがしんしんと伝わってくる一句である。

つい服部嵐雪の〈蒲団着て寝たる姿や東山〉を思う。嵐雪の詠んだ東山のこんもりとした姿は、冬景色の東山。悦子の眺める東山の景は、更に寒さを深くしている。何かしら、平成を生きる一俳人と江戸期の俳諧師との思いが、「東山」という同じ場に在って、ふいに三百年という時空を超えて一つに通う感がある。それは、「東山」という地の力と共に、「日常」を淡々と詠む姿勢から生ずるものであり、「俳句」というものの一つの魅力や力を感じさせる。

くろかわ　えつこ　昭和二二年、福岡県生まれ。六〇年、稲畑汀子に師事。平成七年、「円虹」創刊に参加。「ホトトギス」同人。分担執筆『よみものホトトギス』『鑑賞女性俳句の世界』など。

ノート　三十代後半に、稲畑汀子に師事して「ホトトギス」に学び、更に約十年後には山田弘子の「円虹」創刊に加わるという俳歴は、資質に加え、恵まれた環境を歩んできたことを意味する。

〈いつしかにただの休日子供の日〉〈かというて大根ばかり食べられず〉〈松島の月は見たかと問はれけり〉〈メーデーを昨日としたる広場かな〉など、日常の景色の中にふと発見するものや、心に留まる微細な変化。それらが一句に掬い取られたことで、見過ごされがちなことどもが、やわらかく息づき始める。自身が「斯く見る」とか、言葉の力に頼るという無理が見受けられない。それは、対象への無垢な眼差しや、素直に対象へ添う力から生まれるものであろう。

その中の繰り返し読む避暑便り（『ホトトギス―虚子と一〇〇人の名句集』平16）
手伝はぬ子も加はりて落葉焚
萬緑や子ら食べ盛り伸びざかり
駆け出してゆきし子夏の匂かな
破れたる網戸にいつも行く視線
秋風も鴨越をしてきしか
惜しみなく豆を撒きたる後始末
いつしかにただの休日子供の日
いつ雪に変はる雨やも東山
まだ雪の暮しに慣れぬ子よいかに
ことさらに大きく見ゆる夜の蜘蛛
叡山に花火の音のぶつかりぬ
松は松欅は欅冬日和
かというて大根ばかり食べられず（「ホトトギス」平16・3）
炉を開き部屋に重心生まれけり

客間とは別の雛も御座します（「ホトトギス」平17・3）
黒南風や日本列島重くなる（「ホトトギス」平17・10）
松島の月は見たかと問はれけり（「ホトトギス」平18・1）
庭に出て子規忌の近き月仰ぐ
メーデーを昨日としたる広場かな（「円虹」平16・7）
町いまが一番きれい若葉風（「円虹」平16・8）
みよし野の花の呪縛の解けぬ日々（「円虹」平17・7）
吹く風にぐらりと動く花の山（「円虹」平18・7）
若いのに古風な女鉄線花（「円虹」平18・8）
船祭り終へしばかりの水の色（「円虹」平19・10）
裸子の井戸の周りを離れざる（「俳壇」平19・11）
山積の日干し煉瓦や赤のまま
チューリップしどろもどろに散りゆける（『俳句研究』平20・夏の号）
夏めくや電車一気に人を吐く
寒さうな脚が階段下りてくる（『俳句研究』平20・冬の号）

黒田杏子

涅槃図をあふるる月のひかりかな

（『花下草上』平17）

くろだ　ももこ　昭和一三年、東京都生まれ。山口青邨門。「夏草」終刊にあたり、「藍生」創刊、主宰。句集『木の椅子』『一木一草』ほか。著作『証言昭和の俳句』（聞き手）など。

鑑賞　高野山の常楽会に参じ、夜を徹して聴聞した暁方に詩嚢から溢れ出るように授かった句と聞く。常楽会とは涅槃会のこと。高野山金剛峰寺では二月一四日の夜半から一五日の昼にかけて、釈迦入滅の日の法要を常楽会声明を以て修する。作者の高野山常楽会体験のはじめは昭和五七年。〈百僧のたれかささやく常楽会〉他六句を『水の扉』（昭58）に収める。二度目は平成一五年であるが『花下草上』の該当年には収めず、冒頭の句を含む九句が平成一七年に載る。作者入魂の句群と見てよいだろう。このときの「こゑ」の句に次の三句がある。〈火のかたちこゑのかたちや涅槃通夜〉〈死者のこゑ熾となりゆく櫻榾〉〈水のこゑ木のこゑ石のこゑ冴ゆる〉。かつての僧のささやきは現世のものであったが、これらの「こゑ」は異界の声である。『花下草上』時代の作者は、幽明を分け隔てることなく耳を澄ますシャーマンのようである。高野山の宿坊のひとつ無量光院の庭園にこの句碑がある。

ノート　黒田杏子といえば「おかっぱ」に「もんぺ」スタイル。一度会えば忘れられない存在感である。多彩な企画力と旺盛な行動力で俳壇を席巻する杏子の原形は、疎開先の那須の山村での少女期に形成された。大自然の中で母に導かれた原初的な体験が、生涯の行動の源泉となっている。大学の俳句研究会で山口青邨に入門。就職と同時に句作を停止するが、三〇歳を目前にして再入門。古舘曹人らと研鑽を続ける。昭和五六年刊行の第一句集『木の椅子』で俳人協会新人賞と現代俳句女流賞をダブル受賞し、以後時の人となる。青邨逝去後、平成二年「藍生」創刊、主宰。三〇歳より発心の日本列島桜花巡礼を平成七年に打止とし、現在は残花巡礼を続行。白洲正子、鶴見和子等に続く山姥志願者。

稲妻の緑釉を浴ぶ野の果に　（『木の椅子』昭56）

かよひ路のわが橋いくつ都鳥

白葱のひかりの棒をいま刻む

暗室の男のために秋刀魚焼く

磨崖佛おほむらさきを放ちけり

人泊めて氷柱街道かがやけり　（『水の扉』昭58）

縄とびの子が戸隠山へひるがへる

雪国の闇に置きたる枕かな

かまくらへゆつくりいそぐ虚子忌かな

辣韮を漬けてころりと睡りけり

能面のくだけて月の港かな　（『一木一草』平7）

まつくらな那須野ヶ原の鉦叩

稲光一遍上人徒跣(かちはだし)

ガンジスに身を沈めたる初日かな

狐火をみて命日を遊びけり

寂庵に雛の間あり泊りけり

花に問へ奥千本の花に問へ

一の橋二の橋ほたるふぶきけり

あたたかにいつかひとりとなるふたり　（『花下草上』平17）

ねぶた来る闇の記憶の無盡蔵

飛ぶやうに秋の遍路のきたりけり

十薬を刈り干し一(いち)家族二人(にん)

流星の果てなる鸚鵡小町かな

この世にて稲妻に馴れ旅に馴れ

いちじくを割るむらさきの母を割る

螢くる兄のかなしみ提げてくる

花の闇お四國の闇我の闇

雪を聴くきのふのわれを聴くごとく

涅槃図をあふるる月のひかりかな

一介の老女一塊の山櫻

古賀まり子

今生の汗が消えゆくお母さん

（『竪琴』昭55）

鑑賞 二〇歳、将来の夢に向かって学生生活を送っていた作者は、結核という深刻な病を得て、療養生活に入り、三十代になるまで母の献身的な介護を受けた。その母が亡くなった時の句である。言葉に尽くせないというより、俳句という詩型には托しきれないほどの悲しみが、「お母さん」という肉声となってあらわれている。私はこの「お母さん」を死者への呼びかけとして聞くのである。生の声が詠み込まれた作品はいくらでもあるだろうが、俗や安易に傾き、名句は少ない。呼びかけとして受け取らなくても、つまり「母」として三人称で鑑賞したにしても、この句の価値は変わらないが、微妙に重さが違ってくるはずだ。「消えゆく」の絶唱は、ここで切って読まないと響いて来ない。そしてこの句の優しい余韻は、〈わが消す灯母がともす灯明易き〉と詠んだ、母との心安らかな日々をも回想させる。

こが　まりこ　大正一三年、神奈川県生まれ。昭和二〇年、水原秋櫻子の指導を受け「馬酔木」に入会、のち同人。秋櫻子死後、「橡」に同人参加。句集『洗禮』『竪琴』『名残雪』ほか。

ノート 当時、多くの人たちが、結核のためにかけがえのない月日を奪われた。しかし、その月日が病者としての生活であり日常なのだということを、けっして閉ざされたものではなく、輝きに満ちる瞬間も少なからずあったということを、当時の俳句作品に見出して、目を瞠ることも多い。現実のものとして死を見据えつつ、自身の生を肯（うべな）ったとき、「今」はもっとも輝くのだろう。多くの俳人が結核で亡くなってゆく中で、古賀まり子は、奇跡的な快復をとげて俳壇で活躍することになった。大きな困難を幾度も信仰と俳句の力で乗り越えてきた先達の「今」を、この混沌とした世をどのように生きるのかを、見つめ続けていたいと思う。

紅梅や病臥に果つる二十代　（『洗禮』昭28）
働きて忽と死にたし稲びかり　（『緑の野』昭45）
おぼろ一夜一夜と癌の手術待つ
音もなく母寝て卯の花月夜なり
空澄みて深まなざしの桔梗咲く
わが消す灯母がともす灯明易き
今生の汗が消えゆくお母さん　（『竪琴』昭55）
咲く前の姿幼し曼珠沙華　（『野紺菊』昭60）
水に身をまかす水草明易し　（『名残雪』平3）
弄翰に暮れて涼しき竹の影　（『暁雲』平7）
待春や雪折れ杉を畑に焚き
渚まで続く白砂や仏桑花
リラ咲けば誰も旅人港町
亀鳴きて安心立命ゆらぎけり
月光に触れて白玉椿落つ

いのち思ひをり新涼の青畳　（『源流』平13）
遠き日の雲流れゐる草矢かな
萩括り夜の風音一つ消ゆ
敷居吹く風を見てをり昼寝覚
暑気払とて集ふ間も癌育つ
春月に濡れて礫像愁ひ持つ
おほいなる春月マタイ受難曲
鮎焼く火上がり框を照らしをり
いつも誰か杖休めをり桐の花
はらわたは母に供へて秋刀魚食ふ
走り根に桜咲きをり昼の月
竹皮を脱ぎ晩年は足早に
今更と思へど欲しき菊枕
天の階見えゐて遠し夕花野
閂のことりと桜月夜かな

後藤比奈夫

虹の足とは不確に美しき

（『花匂ひ』昭57）

ごとう　ひなお　大正六年、大阪生まれ。父・夜半の下で俳句の道に入る。高浜年尾、星野立子に師事。昭和三六年「ホトトギス」同人。「諷詠」発行人、のち主宰。句集『初心』ほか。

鑑賞　夏の午後、激しく降った雨が上がり、空には鮮やかな虹。その七色の弧をたどっていけば、地上付近では虹の色、虹の行方も早はっきりとしない。消えかかる虹の足の様子に「不確」という語を発見し、さらに逆説的に「美しき」と言い切ったことで、虹というものの存在の本質を浮かび上がらせた。昭和五一年、後藤夜半逝去により「諷詠」を継承。この句は、昭和五二年九月号「ホトトギス」に発表された句で、作者によると、噴水のしぶきによって生じた不鮮明な虹の足を面白いと感じて詠んだという。凝縮され省略された表現からは虹の根元に広がる町並みが見え、そこに生きる人間一人一人の営みというものへと感傷を至らせる。物理学の不確定性原理を念頭に置き「不確」という言葉を大胆に使った。対象に虚心に向かい合う写生という姿勢から理知的に生み出された、真理の呈示がこの句にはある。そして、伝統の上に安住するのではなく、最先端を行こうとする志が表れている。

ノート　父を俳人に、二人の叔父は能楽師という環境の中で、伝統的な美に対する視点と、物理学科卒という科学的視点、さらに実業人としての思考を併せ持つ。花鳥諷詠を基本にしながら、客観を超えた五感を総動員した新しい写生の実践に努めている。俳句は文学を超えた言葉の造形美による「空間芸術」であると説き、夜半の世界とも違う、美的で上質な俳味のある句風を確立した。

修練を積んだデッサン力、余計な部分を削ぎ落とした切り口から生み出される余情は、自然に寄り添いながらも境涯性と渾然一体となった独特な境地を成している。「私は一介の花鳥諷詠の徒」であるとしながらも芭蕉、蕪村を超えた新しみの追及に対する情熱を失わない。

花おぼろとは人影のあるときよ
罌粟畠の夜は花浮いて花浮いて
齢にも艶といふもの寒椿
（『初心』昭48）
矢の如くビヤガーデンへ昇降機
睡蓮の水に二時の日三時の日
首長ききりんの上の春の空
風鈴の音の中なる夕ごころ
（『金泥』昭48）
捕虫網持たせておけば歩く子よ
顔見世のまねきの掛かる角度かな
水中花にも花了りたきこころ
つくづくと寶はよき字宝船
白魚汲みたくさんの目を汲みにけり
サングラス掛けて妻にも行くところ
鶴の来るために大空あけて待つ
秋思祭すみしやすらぎ月にあり
（『祇園守』昭52）

人の世をやさしと思ふ花菜漬
穂俵に乾ける塩のめでたさよ
花に贅落花に贅を尽したる
虹の足とは不確に美しき
（『花匂ひ』昭57）
東山回して鉾を回しけり
梅が香の中を流るる梅が香も
母のゐる限り仔馬に未来あり
化野に普通の月の上りたる
（『花びら柚子』昭62）
雲は行き懸大根はとどまれり
年玉を妻に包まうかと思ふ
遠足といふ一塊の砂埃
（『紅加茂』平4）
美しきものにも汗の引くおもひ
あたたかやきりんの口が横に動き
（『庭詰』平8）
縦に見て時代祭はおもしろし
ここへ来て佇てば誰しも秋の人
（『沙羅紅葉』平13）

小檜山繁子

鉄条網の長き残像蝶舞へり

（『紙衣』昭61）

鑑賞　この句は、生まれ故郷樺太の思い出に繋がるものであると作者本人が記す。幼い頃に見た延々と続く鉄条網の光景が、数十年後の今も網膜の底に留まり続けていて、眼前の蝶に触発され突然フラッシュバックする。鉄条網という非情で冷酷な物体に対比させて、しなやかに煌めいて舞う蝶。それは自由と生命の象徴である。蝶は鉄条網を容易く飛び越え、そのこちら側でもあちら側でも舞う。そして過去を舞い、現在を舞っている。

鉄条網と言えば、軍隊、基地、戦争、刑務所、強制収容所、難民キャンプ等々がすぐに思い起こされ、現在も地球上のあちこちに張り巡らされている現実がある。

二〇世紀は戦争の世紀、そして収容所の時代であったと言われる。この一句は広く二〇世紀を表象する普遍性を持っている。そして二一世紀。今世紀もまた、この句によって表象され続けてゆくことになるのであろうか。

こひやま　しげこ　昭和六年、樺太生まれ。加藤楸邨に師事。「寒雷」同人。現代俳句協会会員。六一年より「槌俳句会」代表。句集『流沙』『蝶まんだら』ほか。

ノート　旧樺太に生まれた小檜山繁子は、一六歳のとき父の郷里福島に引き揚げたが、二〇歳で肺結核と診断され、二十代のほぼすべてを死と向き合う闘病のうちに過ごした。二四歳のとき国立東京療養所内で加藤楸邨の〈木の葉ふりやまずいそぐないそぐなよ〉に出会い、衝撃と感動を受け楸邨に師事。

旅への憧れを「故郷喪失、青春喪失の反動」と自ら書く繁子は、四十代前半、楸邨を団長に四回のシルクロードへの旅を重ね、全く異質の風土に己が身を置いて、砂の海に自己の生命を確認しつつ、より深い自身の思考の掘り下げと、高い燃焼度での創作を我が身に課した。繁子の作品世界は、日本的湿潤の情緒とは隔絶して、スケール大きく気息太く、雄勁なまでに求心的姿勢を貫いている。

稲妻の夜の鏡中は彼岸かな　（『流沙』昭50）

たそがれの無縫の海を雁渡し

花火の夜少年の靴枝にささり

針・刃物・鏡・ひかがみ熱沙越ゆ

アテネにて
太陽を頂点に積みオレンジ売　（『蝶まんだら』昭59）

霜夜にて胡桃楸邨栗波郷

梅の香や没日に顔を消されつつ

母の日の破船に青藻房なせり　（『紙衣』昭61）

杉花粉核の世に噓充満す

俎を寒月に立てかけて寝る

鉄条網の長き残像蝶舞へり

朝顔の自然（じねん）小輪孔子の地

真暗な壺中の歓喜桃を挿す　（『乱流』平9）

父通り過ぎたるこの世虫時雨

流木の巨体の亀裂鑑真忌

山巓は雲に突込み山ざくら

一度くらゐは歩きたからう冬木たち　（『流速』平11）

初心ありとせば八月十五日

晴天の思はずこぼす桐一葉

黄落の大きな器火を焚けり

ごきぶりや氷河を滑り来たる艶

一行詩土筆を置けば隠れたり　（『流水』平17）

初夏の街角に立つ鹿のごと

楸邨忌立往生のざんざ降

桃の花川はひかりを流しをり

片付けぬから片付かず春の夢

ざつくりと夏大根を煮て日ぐれ

雲の峰ずずんずずんと音もなし　（『流水』以降）

孑孒とホモサピエンス水一重

鰯雲われもこの世を通過中

西東三鬼

ぱくと蚊を呑む蝦蟇お嬢さんの留守

（『変身』昭37）

さいとう　さんき　明治三三年、岡山県生まれ。昭和一五年「天香」創刊。山口誓子「天狼」発刊に尽力。二七年「断崖」主宰。「俳句」編集長。句集『旗』『夜の桃』ほか。三七年没。

鑑賞　ヒキガエルは昔から、お伽噺や童話に数多く登場する。ただ、どう見ても美しくないその容姿のせいか、あまりいい役回りではない。深層心理学的にいうと、なにやら性的な象徴にもなるようで、最後は王子様に変身するなり死んでしまうなり、とにかく姿を消してくれないと、ハッピーエンドにはならない。この作品にはそのヒキガエルと「お嬢さん」が登場し、しかもカエルは蚊を呑みこみ……というわけで、書きようによっては、かなり怖い作品になってしかるべきだ。けれども、「お嬢さんの留守」などという表現が軽妙で、「ぱく」と蚊を呑みこんでしまったヒキガエルも、なんだかあっけらかんとした感じ。

西東三鬼の作品は、たとえ実際のできごとをそのまま描いているという場合でも、どこか現実と離れているような違和感がある。物語めいているのだ。この作品のお嬢さんも、あの「不思議の国」の住人なのかもしれない。

ノート　西東三鬼は唯一無二、まれに見る痛快な俳人である。シンガポール帰りの歯科医であり、新興俳句の闘士であり、稀代の遊び人であった。仕事も家庭も顧みず俳句に没頭し、京大俳句事件では特高に検挙されたこの俳人はまた、すばらしい文章の書き手でもあった。短編『神戸』『続神戸』に描かれた戦時下の日常は、俳人三鬼を知らない人が読んでも掛け値なしに面白く、テレビドラマにもなった。描かれているほとんど嘘みたいな出来事は、どうやらみな真実であったらしく、そのせいで読者の心にも素直に響く。俳句も同様で、残された写真の、髭を蓄えたダンディなスーツ姿は、いかにも「アンクルサイトウ」だが、どこか気弱な雰囲気があり、その作品の根底にある、繊細さや優しさを彷彿させている。

秀句選

水枕ガバリと寒い海がある　（『旗』昭15）

不眠症魚は遠い海にゐる

白馬を少女瀆れて下りにけり

手品師の指いきいきと地下の街

算術の少年しのび泣けり夏

緑陰に三人の老婆わらへりき

昇降機しづかに雷の夜を昇る

兵隊がゆくまつ黒い汽車に乗り

北風（きた）はしり軽金属の街を研ぐ　（『空港』昭15）

少女指せば昼月ありぬ春の終

国飢ゑたりわれも立ち見る冬の虹　（『夜の桃』昭23）

中年や独語おどろく冬の坂

おそるべき君等の乳房夏来（きた）る

中年や遠くみのれる夜の桃

枯蓮のうごく時きてみなうごく

露人ワシコフ叫びて石榴打ち落す

まくなぎの阿鼻叫喚をひとり聴く

びびびびと死にゆく大蛾ジャズ起る

くらやみに蝌蚪の手足が生えつつあり　（『今日』昭27）

敗戦日の水飲む犬よわれも飲む

秋の航一尾の魚も現れず　（『変身』昭37）

寒夜明け赤い造花が又もある

ぱくと蚊を呑む蝦蟇お嬢さんの留守

つらら太りほういほういと泣き男

眼帯の内なる眼にも曼珠沙華

紙の桜黒人悲歌は地に沈む

五月の海へ手垂れ足垂れ誕生日

秋の暮大魚の骨を海が引く

人遠く春三日月と死が近し　（『西東三鬼読本』昭55）

広島や卵食ふ時口ひらく　（『西東三鬼全句集』昭58）

齋藤愼爾

籾(もみ)降らし降らし晩年泣かぬ父

(『夏への扉』昭54)

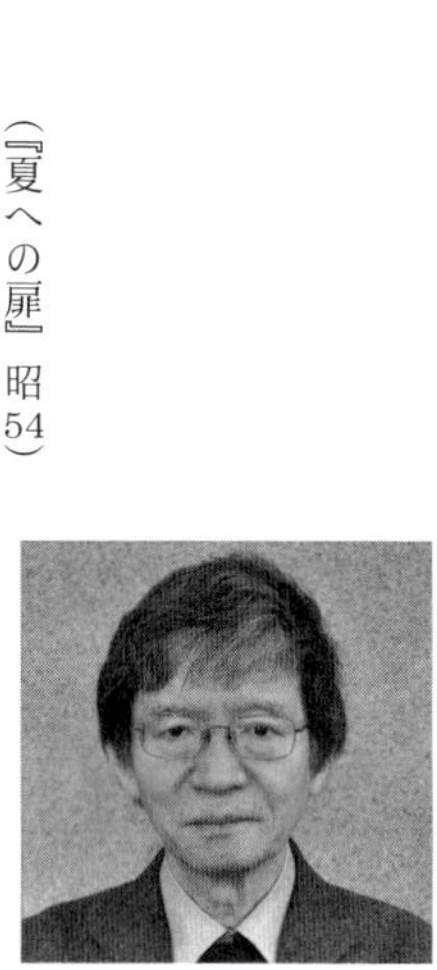

さいとう　しんじ　昭和一四年、京城（現ソウル）生まれ。秋澤猛、秋元不死男に師事。「氷海」に投句。のち「季刊俳句」創刊。五八年「雷帝」創刊のため句作再開。句集『夏への扉』ほか。

鑑賞　『夏への扉』は作句を始めた一六歳から、句作を中断した二〇歳までの作品が収められている。それは実に二〇年を経て上梓された第一句集であった。「ついに〝著者〟になってしまった、というある無念さがある。傲慢さからではなく正直のところそうなのだ。これはどうやら私の〈孤島体験〉のしからしむところらしい」（『夏への扉』覚書）とある。俳人齋藤愼爾の根底にある、どこまでも孤高たらんとする含羞を思う。京城で生まれ、敗戦の翌夏、七歳で一家は中国から引き揚げ飛島に移り住んだ。この句の「父」という言葉に象徴された人生の刹那。自然に向き合い、農耕に体を動かし、収穫に携わることで人は救われる。しかし、心象風景の中での父は、男泣きしているかのような切ない韻律が響く。愼爾俳句に繰り返し登場する「父・母」は、単に私小説的なものではない。それは自身の外界と内界をつなぎ、詩的時制を詠みこむ上で不可欠な情念を化体した存在なのである。

ノート　齋藤愼爾は、山形県酒田市の飛島に育ち「孤島のランボー」とも称される早熟な才能を発揮した。彼は俳句の出発において、風土的韻律の呪縛を、孤島の中で「日本の総体のヴィジョン」として認識しようとした。しかし二〇歳にして、俳句形式のデーモンを駆使した者が、惜しげもなく発表を中断。その後編集者、出版人として深夜叢書社を創立、詩的表現の世界に自由にかかわり、プロデュースし、その魂を鍛えていった。四〇歳で「早稲田文学」に俳句を連載し、作句を再開。俳句形式はその存続のために再び齋藤愼爾という俳人の無垢の魂を求めたと言えよう。俳壇というもの、俳句形式というものに深く絶望しながらも、現代俳句の可能性を真正面から追及してきた名伯楽であり、天才俳人である。

秀句選

旅ここまで燭煌々と精神科　（『夏への扉』昭和54）
ががんぼの一肢が栞（しをり）卒業す
織女星老婆一生の杖先に
晩霜やラスコーリニコフの斧の上
茱萸（ぐみ）ほどの智慧大切に昼蝙蝠
籾（もみ）降らし降らし晩年泣かぬ父
少年の髪白みゆく櫻狩　（『秋庭歌』平元）
百日紅死はいちまひの畳かな　（『冬の智慧』平4）
裏山の日暮が見えて雛祭
父の忌の空蟬母の忌の螢
青芒一痕として生まれしか
清拭や天の川より水もらひ　（『春の羇旅』平10）
産声や月下を汐さしのぼり
梟や闇のはじめは白に似て
鶏頭ののちのち父といふ病ひ

陸（くが）沈み寒の漣（さざなみ）ただ一度　（『未刊句集（抄）』）
白妙の産衣着しこと露無辺
かりそめに空蟬を置く山河かな
それ以後は螢袋の中の母
遊びをせんとや白椿白椿
涅槃西風水湛へたる星一つ
手毬つき身のうち暗くほの紅く
塵として男澄みたる大旦
現し身の白極まりし日向ぼこ
螢火のほか少量の光り欲し
村棄つる日の茫茫と蟬の穴
受胎してのちのち光りほろ苦き
白椿たましひの辺が冥すぎる
月明の畦を枕に延べてをり
蟬の穴もうこの世へは誰も来ぬ

佐藤鬼房

陰に生(な)る麦尊けれ青山河

鑑賞　一穂の麦の黄金色を際立たせ、讃美、祝福するかのごとく広がる夏野の一面の青。人間を養ってくれる大地の恵みへの、大胆不敵にして敬虔で根源的なオマージュである。

踏まえられているのは『古事記』にある五穀の起源説。大(おお)気津比売(げつひめ)という女神は素戔嗚尊(すさのおのみこと)のために鼻や口、尻から食物を取り出したが、穢らわしいとして素戔嗚尊に殺される。しかし、殺された大気津比売の身体の「頭に蚕生り、二つの目に稲種生り、二つの耳に粟生り、鼻に小豆生り、陰に麦生り、尻に大豆生りき」と『古事記』は記す。死を経た後の生命賛歌、あるいは死と再生の思想を、目の前に広がる広大な青山河という空間と、歴史や神話という長いスパンで捉えられた時間とを高い燃焼度をもって交錯させ、観念であると同時に己の身体や風土深くから発した十七音で鬼房は結晶させた。

殺されてなお陰や尻からまで穀物を生らせた女神への鬼房の無条件の崇敬は、時空を超えた永遠のテーマを孕む。

（『地楡』昭50）

さとう　おにふさ　大正八年、岩手県生まれ。西東三鬼に師事。「風」に参加。昭和三〇年「天狼」同人。六〇年「小熊座」創刊、主宰。句集『名もなき日夜』『瀬頭』ほか。平成一四年没。

ノート　戦争をはさんで一労働者として社会の基層を支えた佐藤鬼房は新興俳句から出発し、詩人である前に人間であろうと希求しつつ、苛烈かつ冷厳に人間の裸形を、自らの生きる地東北の原型を、俳句に刻み込んだ。鬼房の宇宙では、鬼房の個が発する悲傷の極みのトーンが多くの他者にとって力強い交響楽に転じ、土俗の生々しい手触りは濃厚に残されつつ不純物は捨象されて強靱で晴朗な観念が立ち上がり、重い想念の湛えられた深淵は鋭く澄明な光を反射し、生の絶対否定が即絶対肯定につながるような奇跡的な転回が起こる。

東北にこだわりぬいた鬼房は、それゆえにこそ縄文の古代や、いわば下から国境を超えてゆく広大な空間を自由に往還し、スケールの大きい浪漫をもって屹立しているのである。

かまきりの貧しき天衣ひろげたり　（『名もなき日夜』昭26）
毛皮はぐ日中桜満開に
切株があり愚直の斧があり
呼び名欲し吾が前にたつ夜の娼婦
縄とびの寒暮いたみし馬車通る　（『夜の崖』昭30）
怒りの詩沼は氷りて厚さ増す
戦あるかと幼な言葉の息白し
齢来て娶るや寒き夜の崖
馬の目に雪ふり湾をひたぬらす　（『海溝』昭40）
吾にとどかぬ沙漠で靴を縫ふ妻よ
蝦夷の裔にて木枯をふりかぶる　（『地楡』昭50）
陰に生る麦尊けれ青山河
ひばり野に父なる額うちわられ
鳥食のわが呼吸音油照り　（『鳥食』昭52）
吐瀉のたび身内をミカドアゲハ過ぐ

生きてまぐはふきさらぎの望の夜　（『朝の日』昭55）
艮に怺へこらへて雷雨の木
綾取の橋が崩れる雪催　（『何處へ』昭59）
いづこへか辛夷の谷の朝鳥よ
秋深き隣に旅の赤子泣く　（『半跏坐』平1）
半跏坐の内なる吾や五月闇
蝦蟇よわれ混沌として存へん
鳥帰る無辺の光追ひながら　（『瀬頭』平4）
やませ来るいたちのやうにしなやかに
白桃を食ふほの紅きところより
残る虫暗闇を食ひちぎりゐる
羽化のわれならずや虹を消しゐるは　（『霜の聲』平7）
帰りなん春曙の胎内へ　（『枯峠』平10）
棹さすは白壽の三鬼花筏　（『愛痛きまで』平13）
またの世は旅の花火師命懸

しんしんと肺碧きまで海のたび

（『篠原鳳作全句文集』昭55）

しのはら　ほうさく　明治三九年、鹿児島県生まれ。昭和六年鹿児島に「天の川」支部を創設、八年同人誌「傘火」を創刊して無季俳句を推進した。一一年没。

鑑賞　南国鹿児島に育った鳳作は、東京帝国大学卒業後帰郷。昭和六年より三年間沖縄県先島（さきしま）諸島の平良港にあった宮古中学校に赴任した。そして昭和九年に母校鹿児島県立第二中学校へ転任。郷里へ戻る船旅での作である。以後、それまでの雲彦の俳号を鳳作と改めたので、雲彦時代の最後の作となった。「天の川」の一〇月号に「海の旅」と題して掲載された〈満天の星に旅ゆくマストあり〉〈しんしんと肺碧きまで海のたび〉〈幾日はも青うなばらの円心に〉の三句を発表。同月の「傘火」には、〈船窓に水平線のあらきシーソー〉〈甲板と水平線とのあらきシーソー〉が加えられて発表された。この連作は、新興俳句運動の中で「無季俳句」の先駆けと言われ、鳳作の代表句となった。三日掛かりの船の旅。島影も見えぬ紺碧の大海原を航く。「しんしんと肺碧きまで」の把握は、見事な青春性の発露と言える。

自筆色紙や鹿児島県長崎鼻の句碑は「旅」と記されている。

ノート　新興俳句前期、「無季俳句」の先駆けと言われる篠原鳳作は三〇歳で没した。鹿児島生まれということもあり、加えて沖縄宮古島での暮らしの中で、「熱帯、亜熱帯の動植物を詠じた句は無季として排斥する事なく常夏の国のものとして、準夏季のものとして広く俳壇に於いて認めて戴ければよいと思います」と書いた鳳作は、その後「俳句は高翔する魂のはばたきでなければならない」と書き、「無季戦線に叫ぶ」と論を展開し、様々なテーマでの連作を試みた。鳳作の特質である鋭い詩的感性と抒情性、加えて生活感溢れる、命の躍動を目指そうとしていた中での成果が「赤ん坊」連作と言える。〈蟻よバラを登りつめても陽が遠い〉死の月に発表された一句に鳳作の思いを見る。

たどたどと蝶のとびゐる珊瑚礁(リーフ)かな
バナナ採る梯子かついで園案内
炎帝につかへてメロン作りかな
竜舌蘭(トンビヤン)の花のそびゆる城址かな
ふるぼけしセロ一丁の僕の冬
海の旅
満天の星に旅ゆくマストあり
船窓に水平線のあらきシーソー
しんしんと肺碧きまで海のたび
幾日はも青うなばらの円心に
園のもの黄ばむと莨輪に吹ける
くちづけ
くちづくるとき汝(な)が眉のまろきかな
そのゑくぼ吸ひもきえよと唇づくる
ルンペン晩餐図
ルンペンとすだまと群れて犬裂ける
ルンペンのうたげの空に星一つ
高層建築のうた
一塊の光線(ひかり)となりて働けり

（『篠原鳳作全句文集』昭55）

あぢさゐの花より懈(たゆ)くみごもりぬ
薄暮の曲
あぢさゐの毬より侏儒よ駆けて出よ
芥子と空間
ゆゑしらぬ病熱(ネツ)は芥子よりくると思ふ
噴煙の吹きもたふれず鷹澄める
爪紅のうすれゆきつつみごもりぬ
喜多青子を憶ふ
咳(せ)き入ると見えしが青子詩を得たり
青子長逝
詩に痩せて暈(かさ)もなかりし白き殻(から)
吊革にさがれば父のなきおのれ
「疲れたり故に我在り」と思ふ瞬間(とき)
赤ん坊
にぎりしめにぎりしめし掌に何もなき
赤ん坊を泣かしをくべく青きたたみ
赤ん坊の蹠(アウラ)まつかに泣きじやくる
移転
太陽に襁褓かかげて我が家とす
吾子たのし涼風をけり母をけり
蟻よバラを登りつめても陽が遠い

芝　不器男

あなたなる夜雨の葛のあなたかな

（「ホトトギス」大15）

しば　ふきお　明治三六年、愛媛県生まれ。大正一四年秋より「天の川」や「ホトトギス」などに投句。それまでの抒情俳句に近代性を加えた。昭和五年没。享年二六。

鑑賞　大正一五年「ホトトギス」の一二月号に掲載の一句。「仙台につく、みちはるかなる伊予のわが家をおもへば」という前書が付く。そして、翌年一月号の雑詠句評会で、次の様な、懇切丁寧な虚子の評を受けた。「（略）丁度絵巻物にでもして見ると、非常に長い部分は唯真つ暗で、一面に黒く塗つてある許りで、それから少し明るい夜雨の降つて居る葛の生ひ茂つて居る山がかつた光景が描き出されて、それから又非常に長い黒い所があると云つた様な者である。その黒い所といふのははる〴〵郷里を思ひやつた情緒である。（略）始めにあなたなると置き又終りにあなたかなと置いた大胆なる叙法が成功してゐる点は偉ひと思ふ。」

帰省していた四国宇和から、在学していた東北帝国大学のある仙台までは、当時船と列車を乗り継いで二昼夜余の日数が必要であった。〈陸奥の国と伊予の間の真葛かな〉に始まって、推敲に推敲を重ね続けた不器男のノートが残っている。

ノート　「新興俳句前夜」、昭和初期の俳壇を「彗星のごとく過ぎた」と評される芝不器男。愛媛県北宇和郡という豊かな土地と環境に恵まれた中で、観察力、言葉への洞察、飽くなき推敲の努力は、不器男の特質である。適確な写生の上に、近代的抒情、古語の使用、独自の詩的時空の把握によって、新しい俳句世界を求めた。「ホトトギス」での虚子の評を得、「天の川」課題選者ともなりおおいに注目されていた中で、病を得て福岡市の九大病院に入院、手術。横山白虹が主治医となり、最後の日々を吉岡禅寺洞や「天の川」の人々に見守られた。〈一片のパセリ掃かるゝ暖炉かな〉〈大舷の窓被ふある暖炉かな〉〈ストーブや黒奴給仕の銭ボタン〉は病床の不器男を慰める句会での最後の三句。

下萠のいたく踏まれて御開帳　（「天の川」大14・12）
新藁や永劫太き納屋の梁　（「天の川」大15・1）
柿もぐや殊にもろ手の山落暉
永き日のにはとり柵を越えにけり　（「天の川」大15・5）
汽車見えてやがて失せたる田打かな
人入つて門のこりたる暮春かな　（「天の川」大15・8）
麦車馬におくれて動き出づ
向日葵の蕊を見るとき海消えし
風鈴の空は荒星ばかりかな　（「天の川」大15・10）
ふるさとを去ぬ日来向ふ芙蓉かな
うちまもる母のまろ寝や法師蟬　（「天の川」大15・11）
あなたなる夜雨の葛のあなたかな　（「ホトトギス」大15・12）
凩や倒れざまにも三つ星座　（「天の川」昭2・1）
繭玉に寝がての腕あげにけり　（「ホトトギス」昭2・4）
まのあたり天降りし蝶や桜草　（「天の川」昭2・5）

沢の辺に童と居りて蜘蛛合　（「天の川」昭2・8）
ふるさとの幾山垣やけさの秋　（「天の川」昭2・10）
窓の外にゐる山彦や夜学校
寒鴉己が影の上におりたちぬ　（「天の川」昭2・12）
泳ぎ女の葛隠るまで羞ぢらひぬ　（「ホトトギス」昭3・1）
卒業の兄と来てゐる堤かな　（「天の川」昭3・2）
うまや路や松のはろかに狂ひ凧　（「天の川」昭3・3）
坐礁船そのまゝ暁けぬ蜜柑山　（「ホトトギス」昭3・3）
白藤や揺りやみしかばうすみどり　（「ホトトギス」昭3・7）
さきだてる鵞鳥踏まじと帰省かな　（「天の川」昭3・7）
秋の日をとづる碧玉数しらず　（「天の川」昭4・10）
山の蚊の縞あきらかや嗽（くちすすぐ）
かの窓のかの夜長星ひかりいづ　（「天の川」昭4・11）
野分してしづかにも熱出でにけり
一片のパセリ掃かるゝ暖炉かな　（「天の川」昭5・2）

澁谷 道

米袋ひらいて吹雪みせてあげる

（『鴉草紙』平16）

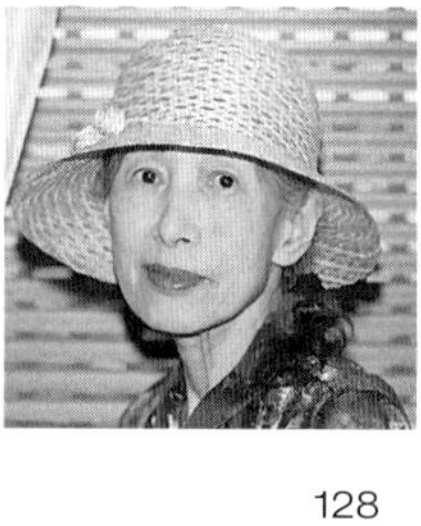

しぶや　みち　大正一五年、京都生まれ。平畑静塔に師事。「天狼」に投句。「雷光」「夜盗派」「縄」等を経て、「海程」同人。平成八年「紫薇」創刊。句集『嬰』『紫薇』『蘡』ほか。

鑑賞　「米袋」の中の米が「吹雪」に似ているというのではない。米袋を開くことで、中で繰り広げられている吹雪の激しさを見せてあげよう、というのである。読者は、つい覗き込みたくなる。そして、袋の中の闇を覗き込んだ時、息もつけぬほど吹きすさぶ雪の狂いようを目にすることになるのだろう。もちろん感覚の句であるが、この句は米袋という身近で、そして懐かしいものを用いることによって、幻想の世界に不思議な現実感を与えることに成功した。雪女がこの世にあらわれ、行ってはならない世界へと人間をいざなうような感覚すらおぼえる。この句とある程度似た作り方の句に〈折鶴をひらけばいちまいの朧〉がある。どちらも「ひらく」という行為によって、別の世界へと引き込まれそうな感覚を読者はおぼえるだろう。そして、どちらの句も、現実感を伴いつつ、この世のものならぬ美を獲得していることに、感動させられるのである。

ノート　平畑静塔に師事したこと、そして西東三鬼と縁の深い雑誌に拠っていたことなどだけで、澁谷道の作風を推し量ることは難しい。師やかかわった俳人達の直接的な影響を、その作品に見ることは稀だからである。道の作品は、言葉の選び方の緻密さ、そして用字の繊細さに特徴がある。音読してみると、言葉と言葉が絶妙な間合いでつながっていることに気付く。そして、字の持つ美しさや意味に目を留め、そこから発想したのではないかと思える作品が多いことにも気付く。虚の側に立っている句でも現実感を有し、現実の側に立っている句でも、どこかに幻想の匂いのあるのが作者の句の特徴。それは、言葉の持つ力への信頼感が、作品の底を流れているからだろう。

炎昼の馬に向いて梳る　（『嬰（えい）』昭41）
砂深く蛤彩られてあり
人去れば藤のむらさき力ぬく　（『藤』昭52）
臘梅や夢の山みな古墳型
鳥に死も鳥籠もなき月夜かな
灰のように鼬のように桜騒（さくらざい）　（『桜騒』昭54）
縞馬があそんで崩す夏景色
西行忌菓子のはなびら食うばかり　（『縷紅（るこう）集』昭58）
わが旅のうすぐもり良し群蜻蛉
触れがたしげんげ田に寝る四童女
弛（たゆ）むとき厚着の麗子壁にいる　（『紫薇（しび）』昭61）
初蟬のふと銀箔を皺にせる
山ゆるみ川あそぶなり郡上節
胸倉（むなぐら）という倉のつめたさ鉦叩　（『素馨（そけい）集』平3）
わたくしは辵（しんにゅう）に首萱野を分け

具足煮に梁（うつばり）ひくくしぐれけり
頬杖という杖ふくよかに沙羅の花　（『紅一駄』平6）
鬣（たてがみ）ふる夢に紅花一駄負い
お月見やたれも遊ばぬ遊園地
折鶴をひらけばいちまいの朧　（『蕣（あさがお）帖』平8）
渓蓀（あやめ）すっくと襖がすこしあいている
街道の門火にこどもひとりいる
蟬しぐれ難解の書を濯（すす）ぐなり　（『鴇草紙（ときそうし）』平16）
阿形吽形の間（ま）のあきかぜに吹かれたり
米袋ひらいて吹雪みせてあげる
うれしさは老いて春着る臙脂墨（えんじずみ）　（『蝦（えび）』平20）
蜃気楼衣詰まりたる蔵ならむ
風きては読むらしく繰る曝書かな
鰤分つ刃は薄ら氷をすべらせて
寒卵振ればちからのあるゆらぎ

清水径子

雲に鳥少しかなしき方(かた)にわれ

（『夢殻』平6）

鑑賞　「少しかなしき方(かた)」とはどういう方角なのだろう。同じ句集に〈鳥に雲北北西はさびしけれ〉という句があるが、この句ではぼかされている。「雲に鳥」も、遥かな世界へ思いを馳せた茫漠とした言葉である。明示しないことによって「少しかなしき」思いだけが残り、不思議な魅力が生まれている。写生だけに頼っていたのでは手の届かない世界だ。

この句を読むたびにそこはかとない寂しさを感じるが、それは、無常のこの世で束の間の命を生きる人間の根源に根ざす感情に触れているからだろう。季節こそ違うが、芭蕉の絶唱〈この秋は何で年寄る雲に鳥〉を思い出す。

『夢殻』を出したとき、清水径子は既に齢八十代に達していた。その世界は晩年に近づくほど、頭の芯が痺れそうになるほどの寂しさを加えていく。長命が必ずしもめでたいとは限らないが、この世の本質を見究めた上で句を詠むためには欠かせない時間であっただろう。

しみず　けいこ　明治四四年、東京生まれ。秋元不死男に師事、昭和二四年「氷海」に参加、同人。のち永田耕衣「琴座」入会、同人。「らん」創刊。句集『鶸』『雨の樹』ほか。平成一七年没。

ノート　六二歳で第一句集『鶸(ひわ)』を刊行してから九四歳で他界するまで、径子は、老い・死という万物に共通の定めから発する寂しさを独自の方法で詠み続けた。〈倒れたる板間の葱に似て困る〉のように諦念に裏打ちされたユーモアをこめたり、〈寒卵こつんと他界晴れわたり〉や〈われは草死ねばこの家のほうき草〉のように、この世とかの世、自分も含めたモノとモノとの境界を取り払おうとしたりした。〈魔女になりたくて月光浴びて居る〉のように変身願望を託した句もある。

「真実をより本質的に表現するため、現実的には嘘の如き表現方法がいろ〳〵用ひられます」と書いた通り、寂しさを土台に言葉の幻想を花開かせた作家であった。

乳房もつ白鷺か森に隠れたり　（『鶲』昭48）
墓洗ふいっぽん帰る道のこし
短き世ひたすらに白さるすべり
手足うごく寂しさ春の蚊を打てば
ひらひらと海の端踏む初秋かな
寒凪やはるかな鳥のやうにひとり
極楽はさびしからずや蓴生ふ
日没におどろきて寒卵生む　（『哀湖』昭56）
わが墓が立つたり水のうまき春
さびしさに押へられをる干潟かな
うしろ手をつきてかなかなかなと鳴く
ねころんで居ても絹莢出来て出来て　（『夢殻』平6）
生前の葦かしばらく話さうよ
倒れたる板間の葱に似て困る
雲に鳥少しかなしき方(かた)にわれ

寒卵こつんと他界晴れわたり
慟哭のすべてを蛍草といふ
乱菊と眠り薬を分ちあふ
鶴来るか夕空美しくしてゐる
ほのぼのと哀しや春を正座して　（『雨の樹』平13）
うたた寝の流れつきたる春の岸
夕暮れてひとり薺の花でゐる
手を入れて野川の春をそそのかす
てふてふに誘はれてゐて躓けり
戸を叩く水鶏(くひな)とも夢菩薩とも　（『清水径子全句集』平17）
もう少し生きてゐたくて寒がれり
羽ばたいてごらんと夏の夕まぐれ
仰向きに寝てクローバになりました
さびしいからこほろぎはまたはじめから
生きている限りは老婆秋ふかし　（『清水径子全句集』以後）

杉田久女

紫陽花に秋冷いたる信濃かな

（『杉田久女句集』昭44）

鑑賞　紫陽花には雨を吸ってしっとりと咲く梅雨の花といったイメージがある。しかし、掲句に詠まれているのは、ひと夏の激しい日差しにさらされて色褪せ、張りもなく、ところどころ花弁の剝げ落ちた紫陽花であろう。今、ひんやりとした秋の大気が労わるかのようにその咲きくたびれた紫陽花の花を包み込んでいる。作者はその光景に何となく淡い哀しみにも似た安らぎを覚え、そこに信濃らしい秋を感じとったのである。安らぐべくは豈紫陽花のみならんや、という感慨が込み上げてきたのかもしれない。因みに、この句は父の納骨のため長野県松本市を訪れたときの作品である。信濃の秋が濃縮されたような一句である。

久女の句は、掲句のような自然の機微を捉えて妙なる句、〈花衣ぬぐや纏る紐いろ〳〵〉のような女性の視点を表に打ち出した句、〈磯菜つむ行手いそがんいざ子ども〉のような万葉調の句など幅が広く、醇乎たる精神に満ちている。

すぎた　ひさじょ　明治二三年、鹿児島県生まれ。女性俳句の先駆け。昭和七年「花衣」創刊。同年「ホトトギス」同人。のち同人から除籍。句集『杉田久女句集』ほか。二一年没。

ノート　杉田久女は昭和七年三月に主宰誌「花衣」を創刊した。女性の主宰誌としては既に、「玉藻」（虚子の娘星野立子主宰）と「水明」（長谷川零余子の妻かな女主宰）があった。「玉藻」は立子が虚子に勧められて創刊し、雑詠欄は虚子共選など虚子に頼った俳誌であった。「水明」は夫の零余子が主宰していた「枯野」を没後「ぬかご」と改題した後、かな女は担ぎ出されて主宰となったといえる俳誌である。

これら二誌と比較すると、「花衣」は久女自らが女性俳人の連帯と育成を目指して創刊し、積極的に女性俳句の研究発表や俳句研鑽をしている。これらの点から考えると、実質的には「花衣」が女性による俳誌第一号といえるのではないだろうか。

秀句選

童話よみ盡して金魚子に吊りぬ
父逝くや明星霜の松になほ
春寒や刻み鋭き小菊の芽
花衣ぬぐや纏る紐いろ〳〵
夜寒さやひきしぼりぬく絹糸（きぬ）の音
傘にすけて擦りゆく雨の若葉かな
茄子もぐや日を照りかへす櫛のみね
紫陽花に秋冷いたる信濃かな
粥すゝる匙の重さやちゝろ蟲
蚊帳の中より朝の指圖や旅疲れ
足袋つぐやノラともならず教師妻
われにつきゐしサタン離れぬ曼珠沙華
寝返りて埃の雛を見やりけり
いつつきし膝の繪具や秋袷
露草や飯噴くまでの門歩き

（『杉田久女句集』昭44）

朝顔や濁り初めたる市の空
夕顔やひらきかゝりて襞深く
白萩の雨をこぼして束ねけり
雛市に見とれて母におくれがち
谺して山ほととぎすほしいまゝ
橡の実のつぶて颪や豊前坊
ぬかづけばわれも善女や佛生會
白妙の菊の枕をぬひ上げし
風に落つ楊貴妃櫻房のまゝ
萍の遠賀の水路は縦横に
うらゝかや斎き祀れる瓊の帯
磯菜つむ行手いそがんいざ子ども
牡丹やひらきかゝりて花の隈
張りとほす女の意地や藍ゆかた
新婚の昌子美しさんま焼く

鈴木真砂女

あるときは船より高き卯浪かな

（『生簀籠』昭30）

鑑賞　千葉県鴨川町（現、鴨川市）に生まれた真砂女は海を見て育った。「卯浪」は陰暦卯月の頃の波、卯の花が咲く初夏の白波が思い浮かぶ季題だ。浪に揉まれて進む船。その船よりも高く踊り上る時がある卯浪の一瞬の様相を切り取った句。あくまでも叙景句だが、船路が人生に喩えられることが多いことを思うと、卯浪は象徴性を帯びてくる。

丹羽文雄の小説『天衣無縫』や、瀬戸内寂聴の『いよよ華やぐ』のモデルとしても知られる真砂女の半生は、まさに波瀾に富んだものだった。夫の失踪。生家の老舗旅館を継ぐための義兄との再婚、海軍士官との恋、旅館の全焼と復興、家出、小料理屋開店……。

この句はそうした人生の高波が襲い来る以前の作だが、生涯の代表作といえよう。第二句集の名も、銀座裏の店の名も「卯浪（波）」である。船を揺さぶる卯浪は彼女の運命そのものだったのだ。

すずき　まさじょ　明治三九年、千葉県生まれ。昭和二一年「春燈」に投句、久保田万太郎に師事。没後は安住敦に師事。句集『生簀籠』『夕螢』『紫木蓮』ほか。平成一五年没。

ノート　故郷安房鴨川の温暖な風土と、運命の恋のゆくたて、後半生の生き甲斐となった小料理屋「卯波」のきりもり。真砂女の俳句はこれらのテーマが三つ巴をなして、一つの世界を作り上げている。人生の有為転変を顧みて、後悔したことがないと言った彼女の生きざまは潔い。烈しく捨て身で生き抜いた気骨が、作品を潔く濁りないものにしている。一句一句から小説的連想が誘われるのは、師、久保田万太郎ゆずりといえよう。表面はさらりと言ってのけていながら背後に愛憎の世界が渦を巻く。

戒名は真砂女でよろし紫木蓮

晩年に至りついた境地はからりとして無欲だ。完全燃焼をして九六歳の長寿を全うした。

秀句選

初凪やものゝこほらぬ国に住み
生簀籠波間に浮ける遅日かな
あるときは船より高き卯浪かな　（『生簀籠』昭30）
羅や人悲しますをして
冬の蝿病めばかろぐ抱かれもし
罪障のふかき寒紅濃かりけり
大夕焼わが家焼きたる火の色に
すみれ野に罪あるごとく来て二人
つきつめてものは思はじさくらもち　（『卯浪』昭36）
夏帯や運切りひらき切りひらき
アパートがつひの棲家か木の芽和
降る雪やこゝに酒売る灯をかゝげ
冬の夜の海眠らねば眠られず
白桃に人刺すごとく刃を入れて
夏帯や一途といふは美しく　（『夏帯』昭39）

黴の宿いくとせ恋の宿として
衣更へて小店ひとつをきりまはし
波郷忌や波郷好みの燗つけて
湯豆腐や男の歎ききくことも
鯛は美のおこぜは醜の寒さかな　（『夕螢』昭51）
愛憎のかくて薄るる単衣かな
花冷や箪笥の底の男帯
冬に入る己れ励ます割烹着
鍋物に火のまはり来し時雨かな　（『居待月』昭61）
今生のいまが倖せ衣被
人あまた泳がせて海笑ひけり
死なうかと囁かれしは螢の夜
戒名は真砂女でよろし紫木蓮　（『都鳥』平6）
曳くよりも曳かるる船の寒さかな
如月や身を切る風に身を切らせ　（『紫木蓮』平10）

鈴木六林男

天上も淋しからんに燕子花

（『國境』昭和52）

すずき　むりお　大正八年、大阪府生まれ。本名、次郎。俳句活動開始後、入隊、戦傷を得て帰還。西東三鬼に師事、「天狼」同人。「花曜」創刊、主宰。句集『荒天』ほか。平成一六年没。

鑑賞　「この句を六林男の代表句の一つとして鐘愛することには異見も多かろう。私自身すらひそかに逡巡するものがある」（塚本邦雄）としつつ、多くの作家が激賞した一句である。鈴木六林男は〈かなしければ壕は深く深く掘る〉〈ねて見るは逃亡ありし天の川〉〈かなしきかな性病院の煙突(けむりだし)〉など、「戦場」や「戦争」、「社会」と「個」の有り様や思いを硬質な作風で書き続けてきた。加えて〈夕月やわが紅梅のありどころ〉〈愛の如し大寒の青き空のこる〉など、五十代に入ってよりこの傾向の作品が書かれ始める。無季俳句に軸足を置く六林男なればこそ、見事な有季俳句への挑戦や希求の意識は旺盛であったと言える。鈴木六林男の本来内包する抒情性が、強固な構造を伴って書き切れた一句と言えよう。この一句の問題は助詞の「に」。この一字によって天上と地上、かの世とこの世が、見事に模糊とした世界が現出する。その中に咲く鮮やかな燕子花の哀しみ。

ノート　少年期に昭和十年代初期の新興俳句に触れ、「季の無い俳句」を膚で受け取った。従軍中の一句、〈遺品あり岩波文庫「阿部一族」〉を含む第一句集『荒天』の序に、西東三鬼は「私は六林男の風貌を見ながら、何ともいへぬ傷ましさを感じる事がある。彼の俳句はその様な彼の風貌に比すれば、まだまだほんものに成り得てゐない。それが私に多大な期待をもたせる。」と書いた。それはそのまま、以後の長い六林男の俳句生涯を言い得ていよう。戦後俳壇に於いて、硬質なリリシズムを基盤にした社会性俳句を書き、常に考え続け、「無季」のみならず「有季」の佳品を多く残した。「戦争」に執した俳人鈴木六林男は、「社会」と「個」、そして「愛」をテーマとして書き続けた作家であったと言える。

遺品あり岩波文庫「阿部一族」　（『荒天』昭24）
水あれば飲み敵あれば射ち戰死せり
射たれたりおれに見られておれの骨
かなしきかな性病院の煙突（けむりだし）
生き難く鶏見て居れば鶏も見る
僕ですか死因調査解剖機関観察医　（『谷間の旗』昭30）
貧しき師弟ともに躓く桜の根
暗闇の眼玉濡さず泳ぐなり
硬球を打つ青年の秋の暮
俳諧の鬱と激しや吹流し
五月の夜未来ある身の髪匂う
夕暮の欲望へ馬濡れてたつ
降る雪が月光に会う海の上　（『第三突堤』昭32）
いつまで在る機械の中のかがやく椅子　（『櫻島』昭50）
戰争が通つたあとの牡丹雪

三鬼亡し湯殿寒くて湯は煮えて
月の出や死んだ者らと汽車を待つ
夕月やわが紅梅のありどころ
女来て病むをあわれむ鷗外忌　（『國境』昭52）
殉死羨し西には松と中学校
天上も淋しからんに燕子花
寝ているや家を出てゆく春の道　（鈴木六林男全句集中『王国』昭54）
旱の夜こころせんわが定型詩
右の眼に左翼左の眼に右翼　（『惡靈』昭60）
影はすぐわが身にもどり春の月　（『雨の時代』平6）
短夜を書きつづけ今どこにいる
文学の虚しき刻を葭障子
身体をはげますために浮いて来い　（『一九九九年九月』平11）
白地に赤い丸だけの旗敗戦日
社会の方へ水取を観て歩きだす　（全句集中『未刊句集』平19）

攝津幸彦

幾千代も散るは美し明日は三越

（『鳥子』昭51）

せっつ　ゆきひこ　昭和二二年、兵庫県生まれ。四四年「日時計」創刊に参加。のち「黄金海岸」「未定」同人。五五年「豈」創刊、代表。句集『鳥子』『陸々集』ほか。平成八年没。

鑑賞　明治四四年頃から三越の広告として流行した「今日は帝劇、明日は三越」（浜田四郎作）のコピーを踏まえている。若く不条理に散った特攻隊、対して後半の有閑な気分が絶妙な距離感をもって融合し、日本人の死生観の基盤にある国家意識を諧謔的に浮かび上がらせている。無季語の句だが、桜散る季節を重層的に連想させる。昭和四八年に高柳重信が「俳句研究」にて始めた「五十句競作」は攝津を一躍スターにした。その入選作「鳥子幻景」のうちの一句。父が、兄が、息子が、恋人が、赤子（せきし）として出征していくという幻影的思想美。また人々を鼓舞し魅了した軍歌等が持つ詞の力は、戦後色の強い世に生まれ育った攝津にとって、一つの青春性を形作った。それらの言葉がもつ大きな時間感覚に導かれ、独特で軽やかな表現の中に、人間の生のあり方、個々が抱える懐疑、焦燥、頽廃、虚無といった感情へとつながっていく。その一連の句を「皇国前衛歌」と呼んだ。

ノート　攝津幸彦は団塊世代、学園紛争世代の作家である。この頃の俳壇では誓子も秋櫻子も草田男も、山本健吉も角川源義も健在で、虚子の権威は戦前ほどではなく、それに取って代わる権威は確立していた。その意味で俳壇の状況は大学紛争の時代世相とは大きく遅れていた。若き俳人は、第二芸術というレッテルに懐疑を持ちながらも否定できず、現代詩を仰ぎ見るような思いでいた。そうした時代潮流の中で、もう一つの権威として高柳重信の存在があった。攝津はこのような時代の俳壇における寵児であった。俳句というもの言えぬ詩形で、更にものが言いにくい時代にあって、俳諧の本義である「白を黒とも言いなす力」「否定の止揚」の表現に、己れのみが作り出せる新しみを見出す活動を展開した。

葱抜きて青き矛盾を捨つるなり　（『姉にアネモネ』昭48）
千年やそよぐ美貌の夏帽子
かくれんぼうのたまごしぐるゝ暗殺や　（『鳥子』昭51）
南浦和のダリヤを仮りのあはれとす
幾千代も散るは美し明日は三越
南国に死して御恩のみなみかぜ
物干しに美しき知事垂れてをり　（『輿野情話』昭52）
菊月夜君はライトを守りけり
わが昼を離れてありぬ梨の花
淋しさを許せばからだに当る鯛　（『鳥屋』昭61）
三島忌の帽子の中のうどんかな
太古よりあゝ背後よりレエン・コオト
階段を濡らして昼が来てゐたり
殺めては拭きとる京の秋の暮
生き急ぐ馬のどのゆめも馬

日輪のわけても行進曲（マーチ）淋しけれ　（『鸚母集』昭61）
野を帰る父のひとりは化粧して
天心に鶴折る時の響きあり
国家よりワタクシ大事さくらんぼ　（『陸々集』平4）
露地裏を夜汽車と思ふ金魚かな
黒船の黒の淋しさ靴にあり
夏墓にわつと無言の歓呼かな
それとなく御飯出てくる秋彼岸　（『鹿々集』平8）
またせうぞ午後の花降る陣地取
チェルノブイリの無口の人と卵食ふ
千年とひと春かけて鳥堕ちぬ
永遠に大紫は遅刻せり
日に雀月に雁過ぎゆけり　（『四五一句』平9）
蟬時雨もはや戦前かも知れぬ
桜餅ひとつの次のふたつかな

仙田洋子

父の恋翡翠飛んで母の恋

（『橋のあなたに』平3）

せんだ　ようこ　昭和三七年、東京都生まれ。五七年、石原八束の「秋」に入会、のち同人。平成二年「天為」の創刊に参加、のち同人。句集『橋のあなたに』『雲は王冠』『子の翼』。

鑑賞　第一句集に収められた句。新しい作品を取り上げるべきかとも思ったが、この句は、〈冬銀河かくもしづかに子の宿る〉〈眠る子の息嗅ぐ月の兎かな〉あるいは、〈この恋も金木犀のせいにせむ〉などの作を見ても、仙田洋子の作品の源流とも言えそうに思うのだ。いずれも奔放でありつつ端正で品格のある作品である。川を挟んで向かい合った男と女をつなぐように、翡翠が飛ぶ。その一瞬のきらめきは恋そのものだ。父母であり、遠い祖先であり、また作者自身でもある男女。見つめ合う眼差しは時を超えて普遍なのではないか。翡翠は俳句では夏季として詠まれる。水辺の緑がさかんな頃の景をこの句は描く。その名のとおり宝石に例えられる翡翠は、水面を擦るように低く飛翔する鳥だ。翼は短めで、羽ばたきは素早く、一直線に飛ぶ。その様子を知っている人なら、なおのことこの句は味わい深いに違いない。

ノート　作者は大学在学中に俳句を始めている。俳句を始めてから、恋をし、結婚をし、母となった。瑞々しくしなやかな叙情は、自らの性を見据えた知的なエロスに裏打ちされて、豊かな母性を感じさせるものだが、身辺を諷詠する俳句的な具象の世界とはやや異なった世界を築く。性は作品のテーマの一つであり、俳句はあくまでも創作であって文学作品なのである。作者が相対しているのは自らの生活ではなく、営々と繰り返される人間の生であり、その不思議であり、ひいては宇宙であって永遠であろう。そのことが俳句の新しい流れを生みだしてゆくのかどうかは、もっと時代を下ってみないとわからないが、力強い奔流であることはたしかである。

つんとせし乳房を抱く月朧
父の恋翡翠飛んで母の恋
鷹堕ちてゆく絶望の迅さもて
世に飽きしまなこみひらく干鰈
まくなぎをはらひ男をはらふべし
ふらここにとびのるミロの女かな
降参か歓呼か諸手おぼろなる
（『橋のあなたに』平3）

恍惚と亀鳴くアウシュビッツかな
黄昏のアンダルシアの焚火かな
夏蝶は砂漠の影に入らず舞ふ
神眠る蒼き氷河に雲の峰
雪渓に蝶くちづけてゐたりけり
夜桜と濡れてゐるなり恋ひつのり
（『雲は王冠』平11）

冬銀河かくもしづかに子の宿る
百年は生きよみどりご春の月
（『子の翼』平20）

をさなごに生ふる翼や桜東風
雲の峰水の子にしてひかりの子
眠る子の息嗅ぐ月の兎かな
さみだるる沖にさびしき鯨かな
はるかよりまたはるかより秋の蝶
その恋を断てと狐火あらはるる
記紀の山よろこぶごとくふぶきけり
鳥雲に入るや荒ぶる魂となり
海峡のてふてふ淋しくはないか
虹の根を探しにゆきし子供かな
この恋も金木犀のせいにせむ
ことのほかさびしき声ぞ亀鳴くは
太陽の一喝サーフィン崩れけり
凍蝶も焚いてしまったかも知れぬ
大干潟まぶたのごとく灼かれをり
（『子の翼』以降）

宗田安正

凍蝶のこときるるとき百の塔

（『百塔』平12）

そうだ　やすまさ　昭和五年、東京生まれ。二四年「天狼」に投句。「環礁」同人。以後三十数年句作を中断。五八年「雷帝」創刊のため再開。句集『個室』『巨眼抄』『百塔』ほか。

鑑賞　冬晴れの張りつめた青い空から冷たく冴え渡った大気を貫いて、透徹した日差しが蝶に降り注ぐ。もとより弱々しい動き、ほとんど仮死状態にあるかのごとく見えることもある蝶。しかし「凍蝶」という言葉は、「冬の蝶」とは決定的に異なる硬質のイメージ、日常性を打ち砕くような鋼の煌めきを具えている。やがてそのときが来て画面全体にクローズアップされた蝶は絶命する。その瞬間、天を突くばかりの尖塔が出現し、一瞬にして引いたカメラは地平に立ち並ぶ百もの尖塔を遠望するのである。

「凍蝶」の「凍」に誘発されるからであろうか、この尖塔は全体が氷でできているように思われる。氷で構築された、天への遥かな希求。それは作者の切なる憧憬であり、また凍蝶の転生でもあろうか。日の光を浴びて天上界の輝きを放つ百の尖塔。そして、氷の聖鐘が地の果てまで天上界の音色を永遠に響かせる。

ノート　結核療養中の昭和二四年、死と対峙する青年期の厳しい日々の中で俳句を作り始めた宗田安正は、山口誓子の「天狼」に投句。しかし大学入学とともに俳句から離れ、三十数年間句作を中断。傑出した編集者として活躍していたが、かつての俳句仲間・寺山修司が呼びかけた俳句同人誌「雷帝」創刊のために句作を再開した。

その孤高にして豊饒なイメージを持つ作品群は、対象を己が内側に捉えて造型し、一方で個の内面を具象化、受肉化することが図られた結晶体である。さらに安正は、俳句表現史と、最短詩型としての俳句の本質に関する明敏で深い洞察に満ちた評論も展開しており、それを踏まえた批評性が豊かにあることも、安正の句境の大きな魅力である。

秀句選

竹林を揚羽はこともなく抜ける　（『個室』昭60）
夜半目覚む雪に雪つむ音聴きて
菜の花や村ぢゅうの柱時計鳴る　（『巨眼抄』平5）
揚雲雀壜の中には入らざる
うすうすと天に毒あり朝桜
巨き眼の枯野となりて昏れにけり
YASUMASAと簞笥に呼ばる春の暮
滝ときに鬼相を見せることのあり
月明の山巓の舟降ろすなよ
月光に遭ひしことなし大脳は
腋らしきものあり冬の菫にも
鳥帰る母の黒髪怖ろしき
冬に入りもつとも欲しきもの嘴（くちはし）
日と月を穴と思へば白牡丹　（『百塔』平12）
水なりと突然椿のつぶやけり

王は琴弾きて雁を送りしとか
妙香のもとたづぬれば蟬の穴
蝶われをばけものと見て過ぎゆけり
馬なればわれ透明の馬ならむ
生前にもかかることしぬ更衣
冬波の冬波生めるこの平明
行雁や消えたるあとの消えつぱなし
仏間にて月光倒る音したり
厚氷なるこの遊びくりかへす
凍蝶のこときるるとき百の塔
この世にも薄氷ありてさすらふ人　（『百塔』以降）
鳥雲に入るを溺るるともいへり
山川に責められてをり空蟬は
たましひの明るくありぬ枯木山
銭湯にカフカ氏からだ洗ひをり

高田正子

かなたより空かげりくる山法師

（『花実』平17）

たかだ　まさこ　昭和三四年、岐阜県生まれ。黒田杏子に師事。平成二年「藍生」創刊とともに入会。句集『玩具』『花実』。『展望現代の詩歌』（共著）ほか。

鑑賞　日没が近いのだろうか。山際の空が暗んでくる。あるいは平らに広がる景色がとおくから雨の気配を告げている。晩夏の空の片隅を清潔に潤ませる山法師。白い四枚のはなびらに見えるのは、紫陽花のように萼ではなく、総包片と呼ばれる花全体を包み込む造形である。若葉が手のひらを広げるようにやや下向きに垂れ、枝は空に向かって水平なひろがりをつくる。花と呼ばれるものの白さは緑の葉の上に無数の蝶が舞い降りたよう。この頃の日差しにもとりわけまぶしい。

　空のかげりの下でかなたの景色はくっきりと近づいて見え、山法師の花は白さを増す。抑制の効いた描写がおのずと内への思いを誘う。やわらかな言葉の前に、くっきりとした輪郭で作者が顔を上げて立っている。不安定な空をこえて、その視線は遠くへ澄んでいる。かげりは、身のどこかに沈んでいるものと音低く響きあうようだ。

ノート　高田正子はことばの余白を知る人である。その知性は俳句以前に、長い日本の詩歌の歴史の中からことばに対する信頼を学び深めてきた。彼女が古典から学び得たものは、俳句という寡黙な詩型の持つ可能性である。そのことは、彼女を当初から女性には珍しい、ことばを惜しむ抑制的な詠み方へと導いた。

〈月光の扉は内へ開かれし〉は「唐招提寺」と詞書のある佳句。また〈流れたき形に水の凍りけり〉などその俳句は繊細で澄んだ光を放つ。また子どもを詠んだ句はあたたかく永遠に繋がる発見がある。

「時を経て、俳句は日常の深いところで脈打つものとなった」は第一句集『玩具』のあとがきによる。

秀句選

涼しさや赤子にすでに土踏まず
月光の扉は内へ開かれし
のりだして子も花びらを受けにけり
子のくるる何の花びら春の昼
くみおきて水に木の香や心太
亀の子のすつかり浮いてから泳ぐ
軽鳧の子の一羽は眠りきれずをり
瀧の影瀧におくれて落ちにけり
かなたより空かげりくる山法師
夕顔に月の光の襞生まれ
千枚の田を貫いて天の川
へうたんの形をなしてただしづか
遠くまで遊びに来しよ葭の花
一木の炎の形して枯るる
向きかへて梢に光る冬の鵙

（『玩具』平6）

（『花実』平17）

凍蝶のはねひからむとしてゐたり
流れたき形に水の凍りけり
足跡の乾いてをりぬ梅の花
土塊をちんとひねりし雛のかほ
日の帯のなかほどに虻とどまれる
花のうへ花湧き出でてひかりけり
剪定の一枝がとんできて弾む
囀の木に飛びこんでゆく一羽
朧夜の冷たき襟を合はせけり
花に冷えゆく石ころも雨粒も
雨の日の光のさくらしだれけり
はつなつの香や草の庭雨の庭
鉾の稚児雨の袂を重ねけり
夏の月みんな病んだり痛んだり
枯枝のちつと音して折れにけり

（『花実』以降）

高野素十

燃えてゐるところより芒折れ

（『雪片』昭27）

たかの　すじゅう　明治二六年、茨城県生まれ。大正一二年、「ホトトギス」に投句し、高浜虚子に師事。昭和三二年、「芹」創刊、主宰。句集『初鴉』『雪片』ほか。五一年没。

鑑賞　素十に「努めて客観的に自然を眺めて努めて客観的に表現する」という言葉があるが、掲句はその言葉を極めて忠実に実践した作品である。

こういう客観手法の利いた句を解釈する場合、読み手は多少心の余裕が必要となる。燃えて折れた芒がどうしたとかこうしたとかせっかちに考え出すと、全くつまらない。そうではなく、詠まれている光景を作者とともに味わう気持がなくてはこの句は物にならない。焚火かなにかにくべられた芒が白い煙を吐き、やがて炎がのぞき、茎を弓のように曲げながら這うかと思うと突然折れ、燃え残ったところがぱらぱらと崩れ落ちる。そういう光景を目前に浮かべて、これに耽るだけの余裕を持ち合わせていないと、少しも面白くないのである。掲句は一読して景がはっきり浮かぶところ、読み手が勝手な主観を重ねてもぶれないところ、何度読んでもあきないところ、など客観句のよさを備えた名句である。

ノート　高野素十は東大医学部を卒業後、同大法医学教室に入局。やがて同期の水原秋櫻子のてほどきで作句を始めた。素十の作品は約五五〇〇句あり、その俳句人生は次の四時代に分けることができる。虚子の下で躍進した「ホトトギス」時代（大正一二年～昭和二七年）、旅の多かった「野花集」時代（昭和二六年～二八年）、野村泊月の主宰誌で雑詠選をした「桐の花」時代（昭和二八年～三二年）、俳誌創刊から終刊までの「芹」時代（昭和三二年～五一年）である。

昭和の初頭、素十は秋櫻子、誓子、青畝と並んで四Sと呼ばれて活躍した。昭和六年、秋櫻子が「ホトトギス」を離れた後は虚子の唱導する「客観写生」、「花鳥諷詠」の実践者としてひたすら進んだ。

秀句選

ばらばらに飛んで向うへ初鴉　（『初鴉』昭22）
ゆれ合へる甘茶の杓をとりにけり
探梅や枝のさきなる梅の花　（『初鴉』昭22・『雪片』昭27）
野に出れば人みなやさし桃の花
小をんなの髪に大きな春の雪
揚雲雀時時見上げ憩ひけり
甘草の芽のとびとびのひとならび
朝顔の双葉のどこか濡れゐたる
方丈の大庇より春の蝶
ひるがへる葉に沈みたる牡丹かな
ひつぱれる糸まつすぐや甲虫
早乙女の夕べの水にちらばりて
づかづかと來て踊子にささやける
まつすぐの道に出でけり秋の暮
柊の花一本の香かな

漂へる手袋のある運河かな
大榾をかへせば裏は一面火
雪片のつれ立ちてくる深空かな
お降りといへる言葉も美しく　（『雪片』昭27）
燃えてゐる火のところより芒折れ
双鷹の次第に遠く舞ひ連る
玉解いて立ち並びたる芭蕉かな　（『雪片』昭27・『野花集』昭28）
柚一木山椒一木尼一人　（『野花集』昭28）
榾尻に細き焔のすいと出て
雪明り一切経を藏したる
僧死してのこりたるもの一爐かな
空をゆく一かたまりの花吹雪
山吹の一重の花の重なりぬ
女の子枯木に顔をあてて泣く
たんぽぽのサラダの話野の話

高野ムツオ

洪水の光に生れぬ蝿の王

（『蟲の王』平15）

たかの　むつお　昭和二二年、宮城県生まれ。十代から「駒草」にて研鑽。「海程」入会、同人。六〇年「小熊座」入会、のち同人。平成一四年、主宰。句集『陽炎の家』『鳥柱』ほか。

鑑賞　『蟲の王』には「金蝿」と名づけられた章があり、句集全体を通しても〈金蝿が来て夕焼の話する〉〈青空の匂いに蝿の生まれたる〉〈肉厚にして可憐なり冬の蝿〉など蝿を詠んだ句が散見される。中でもこの「蝿の王」の句は圧巻だ。

高野ムツオというとしばしばその風土性が指摘されるが、この句の一面水浸しになった土地は東北の田舎でもよいし、外国であってもよい。ムツオには、〈アフリカは雑魚寝の雑魚の目玉澄む〉や〈われ銀河生みたるなりと大海鼠〉のように国や惑星を超え、言葉の原初的なエネルギーで立ち上がる句がある。掲出句もそうだ。思い切り想像力をはばたかせて、ノアの洪水やナイル川の氾濫の後に光が充溢しているさまを思い浮かべてもよい。

洪水を引き起こす凶暴な力。氾濫する水を照らす強烈な光。洪水の光すなわち光の洪水、ぎらつく光の中で生まれた蝿の王は生命の輝きで読者を魅了する。

ノート　南北に長い日本列島は多様な風土に恵まれている。その中でも、荒々しい自然と過酷な生活のためか、中央と対立を繰り返した歴史のためか、みちのくに生を受けた人々は一際風土を意識しているようだ。

東北人のムツオにも、〈陸奥の国襤褸の中に星座組み〉や〈千代に八千代に吾は霜夜の夷狄なり〉のようにみちのくを意識した作品があるが、彼はそこにとどまらない。上述したように言葉の原初的なエネルギーで立ち上がる句から、〈一億年ぽっちの孤独春の雨〉のように繊細な抒情句、〈つまるところただの細胞寒を生く〉のような虚無感を漂わせる句まで作風は多彩であり、〈青空の暗きところが雲雀の血〉や〈白鳥や空には空の深轍〉のように幻を見据えた句もある。

秀句選

泥酔われら山脈に似る山脈となれず　（『陽炎の家』昭62）
子との間に騒然と白鳥が百羽　（『鳥柱』平5）
冬もっとも精神的な牛蒡食う
陸奥の国襤褸の中に星座組み
野に拾う昔雲雀でありし石　（『雲雀の血』平8）
女体より出でて真葛原に立つ
永遠の待合室や冬の雨
奥歯あり喉あり冬の陸奥の闇
青空の暗きところが雲雀の血
みしみしとみしみしみしと夜の万緑
白鳥や空には空の深轍
一億年ぽっちの孤独春の雨　（『蟲の王』平15）
尾にこもる魂のあり夏の月
われは粗製濫造世代冬ひばり
一枚の太平洋と冬の蜂

花の夜を塊り氷る無頭海老
いくたびも虹を吐いては山眠る
洪水の光に生れぬ蠅の王
うしろより来て秋風が乗れと云う
その奥に鯨の心臓春の闇
裸木となる太陽と話すため　（『蟲の王』以降）
光にも重力のあり麦の秋
やませ来るやませが来ると草の神
海鳴は体内にあり十二月
ことごとく火縄となれり雁の列
泥中に生まれるものに詩と燕
万の翅見えて来るなり虫の闇
黄落の万恒河沙の音がする
金砂降らし過ぎて骨のみ揚雲雀
細胞がまず生きんとす緑の夜

鷹羽狩行

天瓜粉しんじつ吾子は無一物

（『誕生』昭40）

たかは　しゅぎょう　昭和五年、山形県生まれ。二三年「天狼」入会。「氷海」に参加。山口誓子、秋元不死男に師事。「天狼」同人を経て「狩」創刊、主宰。句集『誕生』『平遠』ほか。

鑑賞　数十年にわたり、数々の名句を発表してきた作者だが、一句だけといわれたならば、やはりこの句を挙げなければなるまい。生まれて日の浅いわが子に「天瓜粉」をはたいてやる、それは若い親と幼子の美しい日課である。しかし、この句はそういった親子の情愛だけにとどまらない。この句の収められている鷹羽狩行第一句集『誕生』は、まさしく戦後と呼ぶべき明るさを持っていた。そして、青春性と技術の高さという、ふつうは共存し得ない二つのものを一冊にしたものだった。そこに多数収められている新婚俳句・吾子俳句の持つすこやかさは、それまでの俳人達が獲得しようとしてもできなかったものなのである。『誕生』はわが子の誕生であると同時に、戦後を代表する句集の誕生をも意味していた。時を経ても色褪せぬ句集を古典と呼び、輝きを失わない句を名句と呼ぶのなら、『誕生』と、そこに収められた掲出句は、まさにその名に値しよう。

ノート　出発から現在に至るまで、鷹羽狩行の作品は一貫して明快であり、無駄な翳りや不必要な深刻さを持たない。また、初期の頃から句の構成がしっかりとしており、技術的な完成度も高かった。まこと、稀有な俳人である。第一句集以後は、数々の海外詠や贈答句、あるいはそれまでの季語の本意を美しくくつがえす句など、狩行は進化と深化を遂げつつ、多彩な側面を見せてくれている。誓子の「剛」と不死男の「柔」を自らの中にあわせ持ち、しかし、両者とは全く違った新しく端正な句を作者は生み出すことに成功した。そして今、かつての青年俳人は七十代半ばを過ぎた。しかし、その俳句は老いや枯淡へは向かわず、青年の頃と同じように明るく、常に太陽へと顔を向けている。

スケートの濡れ刃携へ人妻よ　（『誕生』昭40）

畦を違へて虹の根に行けざりし

落椿われならば急流へ落つ

みちのくの星入り氷柱われに呉れよ

天瓜粉しんじつ吾子は無一物

つねに一二片そのために花篝　（『遠岸』昭47）

蓮根掘モーゼの杖を摑み出す

胡桃割る胡桃の中に使はぬ部屋

摩天楼より新緑がパセリほど

一対か一対一か枯野人　（『平遠』昭49）

虹なにかしきりにこぼす海の上

紅梅や枝々は空奪ひあひ　（『月歩抄』昭52）

鶯のこゑ前方に後円に

ひとすぢの流るる汗も言葉なり　（『五行』昭54）

湖（うみ）といふ大きな耳に閑古鳥　（『六花』昭56）

壁画とも天井画とも梅仰ぐ

流星の使ひきれざる空の丈

秋風や魚のかたちの骨のこり　（『七草』昭58）

枯野ゆく最も遠き灯に魅（ひ）かれ

太陽をOH！と迎へて老氷河　（『八景』昭61）

来世には天馬になれよ登山馬

赤きもの獅子舞となる山河かな　（『第九』平元）

麦踏みのまたはるかなるものめざす

生きすぎて忘れらるるな山椒魚　（『十友』平4）

地球またかく青からむ龍の玉　（『十一面』平7）

人の世に花を絶やさず返り花　（『十二紅』平10）

しづけさに加はる跳ねてゐし炭も　（『十三星』平13）

初富士の浮かび出でたるゆふべかな　（『十四事』平16）

露の夜や星を結べば鳥けもの　（『十五峯』平19）

秋風や寄れば柱もわれに寄り

高橋睦郎

草ものにつづく蟲の市風の市

（『賚』平10）

たかはし　むつお　昭和一二年、福岡県生まれ。詩人。中学時代からあらゆる日本語詩形を試みつづける。四九年、安東次男に師事。無所属。句集『稽古飲食』『賚』『遊行』ほか。

鑑賞　盂蘭盆の行事に用いるあれこれを売る市、草市の情景。読み進むにつれてゆっくり足を運んでいるような感覚が伝わってくる。

盆棚に手向ける蓮の葉やみそはぎや、花々などの草ものを求めつつ歩いてゆくと、市の果て近くにひっそり虫売りなども出ている。そこらの虫も鳴き初(そ)めた。そして市を出はずれると、そこには夜風がたっていて、気づけば風の中に佇んでいる我が身を見出す。それをあたかも「風の市」が立っているかのように表現したところがいい。昼間は残暑が続いていても、夜になれば紛れもなく秋が来ていることのわかる風だ。

視覚から聴覚へ、やがては体感で季節の「あはれ」を実感する句だ。たった一夜の、盆のためにのみひらかれる、ひと筋のはかない市である。中七の字余りはゆるやかな歩みを描いて効果的。「もの」という言葉は、漠然としているようで実に具体的な対象を思い浮かべさせる。

ノート　詩、短歌、俳句、それぞれのジャンルで実作を続けている現代では稀有な存在。それればかりではない。『倣古抄』（平成13年刊）には祝詞、催馬楽、旋頭歌、今様から謡曲、狂言、常磐津、祭詞まで、実に二一種の古體詩が収められている。我々の遠き祖(おや)たちが残してくれた言葉をもって創作する恩寵を、身をもって具現する。「死者の力を借りることで言葉はいやさらに生きてくるはずだ」という信念はゆるがない。その作品を味わっていると、我々が偶々この時代に生まれ個人的興味で言葉をもてあそんでいるのではなく、死者たちが磨き慈しんできた言葉を表現手段として受け継いだことの幸せを意識する。一語一字にこめられたこまやかな工夫を楽しみたい。

下萌ゆと鹿のまなこの炎ゆるかな
（『舊句帖』昭48）

秋艸の吹かるるひかりありにけり

貼りまぜも狂言綺語（きやうげんきぎよ）の屏風かな

なつくさの小驛や讀めば車折（くるまざき）
（『稽古飲食』昭62）

野火の舌舐め取らんとて隠し水

ふるさとは盥に沈着（しづ）く夏のもの

あらくさのみな木（ぼく）となる大暑かな

市振や雪にとりつく波がしら

炉明や食ふも談るも口もてす
（『金沢百句』平5）

溜塗の枡もて量れけふの雪

むらぎもゝ翠さすなり旅二日

螢消ゆ見せ消ちとこそいふべけれ

門川の水ゆたかなる祭かな

懐手瞋恚を玉と磨きゐる
（『賚』平10）

月よりの波なりわれに寄するなり

掌に載せてもの冷たさよ藤の房

空耳に宇陀の枯聞く葛湯かな

賚のごとく小雪や朝寝して

草ものにつづく蟲の市風の市

送火の消ゆれば消ゆる門一ッ

夕顔の白きより暮れ暮残る

もの煑るに武火や文火やそぞろ寒

わが几邊紙片四散やいなびかり

遊行忌や遊び遊びて捨て捨てん

月のぼる氣配つばらや雲の裏
（『遊行』平18）

しわしわと打つ柏手や山始

落椿籠に盛上げよ虚子忌なり

けぶらふや昔遊行が柳杖

花火果て闇の豪奢や人の上

人形よく人を遣ひぬ年つまる

高屋窓秋

頭の中で白い夏野となつてゐる

（『白い夏野』昭11）

鑑賞　昭和七年作。「馬酔木」の「ホトトギス」離脱以後の活発な新興俳句活動の中で、最も屹立する一句と言える。「頭の中で」という設定によって、読者を「非存在」である「白い夏野」へ誘う。「観念の具象化」でありながら、更にそこに拡がる澄明な「抽象世界」。この抽象化への方向を追い詰めた一句を、後年、作者自身「白い色が好きだった。絵でもなんでも「白」に関心をもっていた。そして「白」の追及。――「夏野」は、必然的に「白い夏野」でなければならなかった。」と書いている。

又、「普通、五、七、五に則って読めば〃ヅ〃であるが、作者のぼくの中では〃アタマ〃としていた。」とも書いている。窓秋の言語感覚、韻律への鋭敏な感性は言うを俟たないが、「ヅ」という濁音による「五、七、五」では無く、「あ」音の重なりを選びつつ、この「七、七、五」は、大きな「定型意識」によって支えられている。

たかや　そうしゅう　明治四三年、愛知県生まれ。新興俳句の魁として、独自の澄んだ作風を確立。戦後は「天狼」、「俳句評論」「未定」に拠る。句集『石の門』ほか。平成一一年没。

ノート　新興俳句運動の中でも、青春のリリシズムを代表する作家として、最も早く、俳句形式に新たな言語世界を打ちたてたのが高屋窓秋であった。言語によって「観念」を具象化させる、とでも言えようか。その世界は、抒情的でありながら透明である。「馬酔木」編集にも携わりながら、昭和一〇年、俳句との訣別を宣したのは、戦争前夜の時代的影響と言える。その直後の一一年に第一句集『白い夏野』刊行。一二年には第二句集『河』刊行。これは、時代の暗さを背負った戦争俳句の先駆的句集として記憶される。戦後、「天狼」創刊同人、三三年「俳句評論」創刊同人。「俳句評論」終刊後は、若手による同人誌「未定」に拠った。孤高、自身の俳句世界を貫いたと言える。『高屋窓秋全句集』等。

頭の中で白い夏野となつてゐる
降る雪が川の中にもふり昏れぬ
ちるさくら海あをければ海へちる
（『白い夏野』昭11）
山鳩よみればまはりに雪がふる
河ほとり荒涼と飢ゆ日のながれ
（『河』昭12）
嬰児抱き母の苦しさをさしあげる
弔旗垂れ黒き河なみはながれき
母の手に英霊ふるへをり鉄路
（『石の門』昭28）
薔薇ちさし小さし焦土にくるしき愛
木の家のさて木枯らしを聞きませう
石の家にぼろんとごつんと冬がきて
金色の羽凍み凍みし石の門
荒地ゆえ柩を発すいなびかり
鐘が鳴る蝶きて海ががらんどう
秋風やまた雲とゐる人と鳥
（『ひかりの地』昭45）

いと白く梨花の欠けゆくそは母か
あめつちの　蝶の毛深さ　ひかり来よ
蝶ひとつ　人馬は消えて　しまひけり
鳥の死のそは日月の森なりき
月夜にてのひらに火は冷たかり
（『高屋窓秋俳句集成』中補遺　平14）
秋の海にんげん少し魚をとる
言の葉や思惟の木の実が山に満つ
根の国へ白より外のわが生（よ）なし
核の詩や人肉ふたり愛し死す
冬の水わが身をながれ細りけり
野に出れば永きひかりを春の水
泉の詩火薬の匂ひほのかにす
花の悲歌つひに国歌を奏でをり
（『花の悲歌』平5）
核の冬天知る地知る海ぞ知る
黄泉路にて誕生石を拾ひけり

高柳重信

軍鼓鳴り／荒涼と／秋の／痣となる

（『黒彌撒』昭31）

たかやなぎ　じゅうしん　大正一二年、東京生まれ。「早大俳句」創刊。戦後、富澤赤黄男に師事。「俳句研究」編集長。句集『蕗子』『山海集』ほか。昭和五八年没。

鑑賞　重信の作品に季語のあるものは多くはないが、掲句の「秋」には磐石の重みがある。もっとも大気の澄んだ真っ青な秋天を、戦争が、血の臭気や断末魔の叫びが、汚し、犯してゆく。「荒涼と」の語は、すべてが終わってしまって、屍のみが残された景を想像させる。広島の、原爆によって銀行の石階に灼き付けられた人影も、まごうかたなく、その痣のひとつに他ならない。

昭和二九年の自衛隊発足時に作られ、軍隊や戦争に対する反感は明らかであるが、さらに「軍鼓」という古風な表現を用いて、現代の日本に限らず、古代中国でもローマでも、戦さの行われた所なら洋の東西や時代を問わない普遍的な世界が成立している。多行形式を初め、重信の作品はどれも独自の革新的なものだが、根底には、自らの感情を直接吐露せず「物に寄せて思いを陳ぶる」俳諧の態度が存在している。秋天の「痣」によって、思いがしんしんと伝わってくるのだ。

ノート　父の影響で中学時代より作句。戦後直ぐ、新興俳句の富澤赤黄男の作品に衝撃を受けて師事した。同時期に前衛歌人の塚本邦雄との交遊も始まり、既存の俳句に囚われない新たな形式の模索は、第一句集『蕗子』の多行形式となって結実する。カリグラムの表記法も用い、例えば、スペースの関係で原形を載せられなかったが「森の夜更け」の作品は、翅を拡げている蛾の形に活字が配列されている。隠喩と多行形式によってイメージを重層化させ物語的な詩の世界を作り上げていく方法は、花鳥諷詠派とも人間探求派とも全く異なる革新的な作品を生み出し、旺盛な評論活動ともあいまって、前衛俳句の中核として長く活躍した。後期には日本古来の地霊・言霊に関心を深めたが、六〇歳で急逝。

秀句選

※ここでの／は改行の位置を示す。

身をそらす虹の／絶巓／処刑台　（『蕗子』昭25）

ぽんぽんだりあ／ぽんぽんがある／るんば・たんば

「月光」旅館／開けても開けてもドアがある

夜のダ・カポ／ダ・カポのダ・カポ／噴火のダ・カポ

船焼き捨てし／船長は／／泳ぐかな

森の奥では／しすしすしす／ひとめをしのぶ／蛇性の散歩

遂に／谷間に／見出だされたる／桃色花火　（『伯爵領』昭27）

森／の夜／更けの／拝／火の彌撒／に／身を焼／く彩／蛾

孤島／／に／て／浪／の／呪／ひ／の／／孤／閨の／公／主

春光やキリン蕩児に似て歩む　（『前略十年』昭29）

猛獣です　蓬髪だけが育つのです

かの日／炎天／マーチがすぎし／死のアーチ　（『黒彌撒』昭31）

軍鼓鳴り／荒涼と／秋の／痣となる

まなこ荒れ／たちまち／朝の／終りかな　（『高柳重信全句集』昭47）

耳の五月よ／嗚呼／嗚呼と／耳鐘は鳴り

沖に／父あり／日に一度／沖に日は落ち

暗かりし／母を／泳ぎて／盲ひのまま

妹と／影を植ゑ／妹と／よぢれあふかな

飛騨(ひだ)の／美(うま)し朝霧(あさぎり)／朴葉焦(ほほばこ)がしの／みことかな　（『山海集』昭51）

鹿島香取(かしまかとり)も／殺(ころ)し疲(つか)れし／眼(め)も／あはれ

琴(こと)抱(だ)いて／無名(むめい)の／神(かみ)が／漂着(ひやうちやく)せり

倭國(わこく)擾乱(ぜうらん)／眞神(まがみ)／眞蟲(まむし)も／急(いそ)ぐなり

目醒(めざ)め／がちなる／わが盡忠(じんちゆう)は／俳句(はいく)かな

丹後(たんご)／せつなし／頭(あたま)たたいて／舌出(しただ)す遊(あそ)び　（『日本海軍』昭54）

身(み)の穴(あな)を／みな見(み)せて／歔(な)く／鹿島立(かしまだ)ち

如何如何(いかがいかが)と／伊吹(いぶき)は／雪(ゆき)の／問(と)ひ殺(ごろ)し

夜(よ)をこめて／哭(な)く／言霊(ことだま)の／金剛(こんがう)よ

凩のあとはしづかな人枯らし　（『山川蟬夫句集』昭55）

友よ我は片腕すでに鬼となりぬ

いまは最後の恐竜として永き春　（『山川蟬夫句集』以降）

竹下しづの女

短夜や乳ぜり泣く児を須可捨焉乎（すてっちまをか）

（『定本竹下しづの女句文集』昭39）

たけした　しづのじょ　明治二〇年、福岡県生まれ。吉岡禅寺洞に学ぶ。のち高浜虚子に師事。昭和九年「ホトトギス」同人。「成層圏」、のち九大俳句会を指導。句集『颯』。二六年没。

鑑賞　うっとうしく寝苦しい夜、乳が足りないのか赤児は泣きやまない。「乳（ち）ぜる」とは乳を催促するという意。乳をふくませてやってももう出ない。子供はますます泣きたてる。こんな時ほどせつないことはない。夜がしらじらと明けて来てしまった。夜通し抱いていた腕は勿論、肩から背にかけて痛みが抜けない。泣きたいのは母親の方だ。そんな時、思わず口走った口吻を思わせる句。

この表記に工夫がある。「須可捨焉乎」は反語表現であるから、いや捨てることはできないという意を含ませてある。しかも「すつべしや」と訓ませたら深刻になるところを、「すてっちまをか」と、咄嗟に出た口調を生かしている。

「短夜」という季題に、子育て最中の母親の本音を託し、新たな生命を吹き込んだ一句といえよう。この句をもって句歴わずか一年のしづの女は、大正九年八月女性で初めて「ホトトギス」の巻頭を得た。

ノート　鮮烈な登場をしただけに、その後の歩みに悩みは深かった。途中句作を中断したこともある。しかし、この情熱的で潔い女性に俳句はなくてはならぬ存在となった。殊に夫を四九歳で亡くしたのちには。長女は既に嫁していたが、四人の子女の養育がその肩に託された。市立図書館の司書として働きつつ句を詠み続けた。働く女性の句は、しづの女をもって嚆矢とする。

運命を恨まず、健気に生きた精神の高さと強さは、凛々しい作品に存分に反映されている。が、折に見せる母親の情が、その作品に潤いをもたらしている。又長男吉信（俳号竜骨）と同年代の学生俳句の指導にも貢献したが、竜骨は結核のため早逝し、若者達は戦争に巻きこまれて行った。

短夜や乳ぜり泣く児を須可捨焉乎（すてつちまをか）
処女二十歳（はたち）に夏痩がなにピアノ弾け
手袋とるや指輪の玉のうすぐもり
今年尚其冬帽乎措大夫（づま）
カルタ歓声（どよみ）が子を守るわれの頭を撲つて
ちひさなる花雄々しけれ矢筈草
畑打つて酔へるがごとき疲れかな
日を追はぬ大向日葵となりにけり
ことごとく夫（つま）の遺筆や種子袋
母の名を保護者に負ひて卒業す
吾がいほは豊葦原の華がくり
緑蔭や矢を獲ては鳴る白き的
汝儕（きやつら）の句淵源する書あり曝す
幾何を描く児と元日を籠るなり
紅塵を吸うて肉（しし）とす五月鯉

（『定本竹下しづの女句文集』昭39）

汗臭き鈍（のろ）の男の群に伍す
たゞならぬ世に待たれ居て卒業す

健次郎を七高に入れて（二句）

寮の子に樗よ花をこぼすなよ
汝に告ぐ母が居は藤真盛りと
苺ジャム男子はこれを食ふ可らず
苔の香のしるき清水を化粧室（トワレ）にひき
たゝまれてあるとき妖し紅ショール
悲憤あり吐きし西瓜の種子黒く
子といくは亡き夫（つま）といく月真澄
梅おそし子を病ましむる責ふかく
枯葦の辺に夜の路をうしなひぬ
梅を供す親より背より子ぞ哀（かな）し
欲りて世になきもの欲れと青葉木兎
天に牽牛地に女居て糧を負ふ
夕顔ひらく女はそのかされ易く

田中裕明

悉く全集にあり衣被

（『花間一壺』昭60）

たなか　ひろあき　昭和三四年、大阪府生まれ。波多野爽波門。「ゆう」創刊、主宰。句集『先生から手紙』『夜の客人』ほか。著作『癒しの一句』（森賀まりとの共著）ほか。平成一六年没。

鑑賞　田中家には全集がごまんとあるそうだ。俳人の全集に限らず、『花田清輝全集』『ベルグソン全集』『フロイト著作集』……、ジャンルも洋の東西も問わないようである。全集には主たる作品のほかに、書簡や年譜など個人的な情報までが収められ、全生涯と仕事が俯瞰できるようになっている。そうしたものと取り合わせる季語として「衣被」を考えたとき、意味するところは何だろう。極めて素朴な一皿であり、傍らの一壺の酒と秋気であり、そして何よりこの季語によって「句は現在と結ばれている」というのが、夫人ほか極めて近い人々の見解である（「静かな場所」ＮＯ．３）。

『田中裕明全集』というものを傍らに置く今となってみると、四五年の生涯で全集が出せる力量にも圧倒されるが、こんな四角の箱に全部納まってしまって、という感慨も抱く。衣被は皮に閉じられた、望月のような球体である。「閉じられたすべて」という要素で響き合う二物であるようにも思う。

ノート　高校生のころより作句。「青」に入会し波多野爽波の選を受ける。大学在学中に刊行した第一句集『山信』は墨書の原稿をコピーして作成した限定一〇部の私家版。卒業後、二二歳で角川俳句賞を受賞。順風満帆で密度の高い俳句人生を邁進する中、師の爽波急逝（平３）。三二歳で独り立ちすることとなる。「青」終刊後に創刊した「水無瀬野」を母体に、「ゆう」創刊（平12）。『ゆう』を創刊します」という柔らかな口調に始まる「創刊の言葉」は「写生と季語の本意を基本に詩情を大切にする」というものだった。このころ発病。入退院を繰り返しつつも旺盛な執筆活動を続け、平成一六年歳晩逝去。「長い厄年はこれで終わりに」とあとがきにしたためた『夜の客人』は、翌一月の刊行となった。

大学も葵祭のきのふけふ　（『山信』昭54）
雪舟は多くのこらず秋螢　（『花間一壺』昭60）
悉く全集にあり衣被
渚にて金澤のこと菊のこと
たはぶれに美僧をつれて雪解野は　（『櫻姫譚』平4）
春風にからだほどけてゆく紐か
水仙のすでに重さのなかりけり
牡丹を大きな水輪かと思ふ
箒木のあたりの夜の明けにけり　（『先生から手紙』平14）
どの道も家路とおもふげんげかな
雛より古き燈をともしけり
独り居といふこと子にも良夜かな
をさなくて昼寝の國の人となる
あつまれば昔のやうに野焼かな
茶摘女と同いどしなる茶の木かな

水遊びする子に先生から手紙
いつまでも旅の時間や水草生ふ　（『夜の客人』平17）
くらければ空ふかきより落花かな
つかはねば亡ぶ日本語曝しけり
一生の手紙の嵩や秋つばめ
空へゆく階段のなし稲の花
目のなかに芒原あり森賀まり
爽やかに俳句の神に愛されて
くらき瀧茅の輪の奥に落ちにけり
みづうみのみなとのなつのみじかけれ
大半の月光踏めば水でないか
詩の神のやはらかな指秋の水
教会のつめたき椅子を拭く仕事
谷底に迅き水あり朴の花
糸瓜棚この世のことのよく見ゆる

まっすぐな道でさみしい

（『草木塔』昭8）

たねだ　さんとうか　明治一五年、山口県生まれ。荻原井泉水に師事し、「層雲」に投句。のち出家し、托鉢生活をしながら自由律の句を詠む。句集『草木塔』ほか。昭和一五年没。

鑑賞　第一小句集『鉢の子』に収録された作品である。

この道を辿っているのは、作者の現実において目的のある旅ではなく、流浪である。生きている限りは歩き続けなければならない。それは作者にとっての日常であり、生活そのものだったが、まったく異なる人生を歩む者も、延べられた道をあてもなく歩かされているのと同じような孤独を背負っているということに、気付く瞬間がある。だからこの句は、様々な立場の人々の共感を得て、今まで生き続けてきたのだろう。

山頭火の句には〈笠へぽつとり椿だつた〉のように短律の、即物的で写生的な魅力を持ったものが多いが、この句も、「さびしい」と述べていながら、極めて即物的な把握の鋭さが感じられはしないだろうか。ある自作に対し「行乞途上における私の真実」と山頭火は述べているが、この句もまさにそうであろう。

ノート　種田山頭火は、裕福な家に生まれながら、一〇歳の時に母の自殺に遭い、三四歳で一家が破産するという不運に見舞われた。のみならず関東大震災で罹災、避難中に社会主義者と間違われて拘束されるという辛い経験もした。俳句を始めたのは二九歳の時。当時、俳句も自然主義文学の流れにあったと言える。同時代には荻原井泉水や尾崎放哉ら自由律俳句作家がいた。日本が第二次世界大戦への道を辿る重苦しい時代でもある。四三歳で出家得度、無常感の中で煩悩を断ち切れず、各地を漂泊、「ほんとうの自分の句をつくること」を目指した。いわば「自分探し」の生涯だったが、その作品は、森羅万象との存問にほかならず、その普遍性をもって現代人の心に受け入れられている。

けふもよく働いて人のなつかしや
（『草木塔』以前）

松はみな枝垂れて南無観世音
（『草木塔』昭8）

分け入つても分け入つても青い山

まつすぐな道でさみしい

生き残つたからだ掻いてゐる

どうしようもないわたしが歩いてゐる

すべつてころんで山がひつそり

しみじみ食べる飯ばかりの飯である

酔うてこほろぎと寝てゐたよ

自嘲
うしろすがたのしぐれてゆくか

鉄鉢の中へも霰

笠へぽつとり椿だつた

水音しんじつおちつきました

雪へ雪ふるしづけさにをる

こころすなほに御飯がふいた

やつぱり一人がよろしい雑草

けふもいちにち誰も来なかつたほうたる

あるけばきんぽうげすわればきんぽうげ

雲がいそいでよい月にする

月夜、あるだけの米をとぐ

ほつと月がある東京に来てゐる

ふくろうはふくろうでわたしはわたしでねむれない

信濃路
あるけばかつこういそげばかつこう

街はおまつりお骨となつて帰られたか

馬も召されておぢいさんおばあさん

母の四十七回忌
うどん供へて、母よ、わたくしもいただきまする

泊ることにしてふるさとの葱坊主

秋葉山中
石に腰を、墓であつたか

朝湯こんこんあふるるまんなかのわたくし
（『草木塔』以降）

もりもりもりあがる雲へ歩む

田畑美穂女

淡路島手にとる近さ櫻貝

（「ホトトギス」平6）

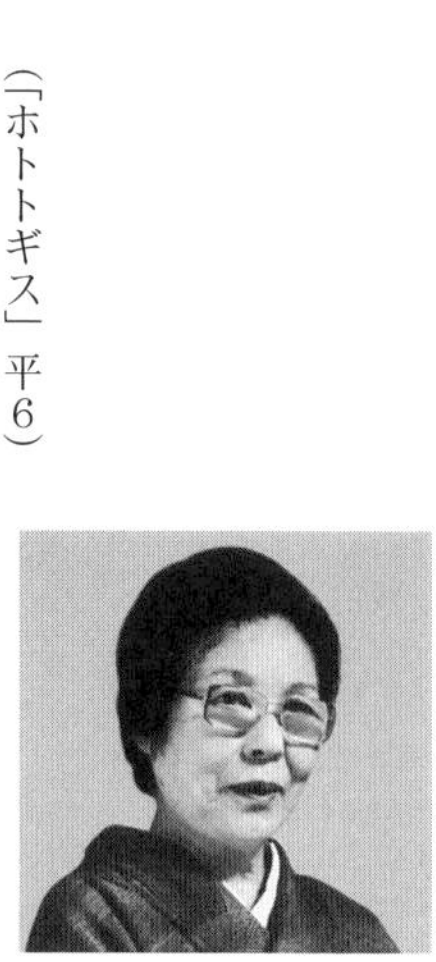

たばた　みほじょ　明治四二年、大阪生まれ。昭和一一年より句作。高浜虚子、高浜年尾、星野立子、稲畑汀子に師事。句集『美穂女抄』『吉兆』『なにわ住』ほか。平成一三年没。

鑑賞　作者は平成五年九月に大腿骨手術し、以後八年間の療養生活に入った。一番長く療養した地は須磨の藤江の浦で、病窓からは淡路島が大きく見えていた。

掲句は、その病窓に迫り来る淡路島を「手にとる近さ」と作者独特の感性で捉え、手元の小さな「櫻貝」を詠んだのである。島の堂々とした頑丈な姿と櫻貝の脆さとの対比に作者の心細さが窺える。また大小の対比、遠近の対比、更には島の緑と櫻貝の薄紅という色の対比、あるいは眼差しの上下など、さりげなく詠まれた句ではあるが、「淡路島」と「櫻貝」との対照が妙である。櫻貝の壊れやすい存在は儚く、夢幻の世界のようでもある。須磨は『万葉集』、『源氏物語』、『平家物語』などと縁の深い地であるから、古典好きの作者は掌の櫻貝を見ながら古の世界に遊んでいたにちがいない。櫻貝の写生とともにその季題の持つ働きを巧みに使い、エスプリの効いた作品に仕上げている。

ノート　田畑美穂女は大阪道修町の大きな薬種商の生まれ。三男四女の長女として育つ。明星派の歌人でもあった父、お茶や芝居好きの母、歌舞伎好きの祖母、という家庭環境が育んだ美穂女の文学好きは後年の俳句に大きく影響を及ぼした。

美穂女一六歳のときに店の番頭衣川冨夫と結婚し、家業を継いだ。船場の「いとさん」、「御寮人さん」としての年月は谷崎潤一郎の『細雪』の世界さながらの暮らしぶりであった。また美穂女の話す船場言葉は、虚子をして「フランス語のようだ」と言わしめたほど、はんなりとした魅力のあるものだった。俳句は、〈いつ渡そバレンタインのチョコレート〉のようにはんなりとした言葉を上手く用いて、作者の心の動きや姿を伸びやかに詠んだ。

落椿美しければひざまづく　（『美穂女抄』『吉兆』昭57）
生まれたる蟬にみどりの橡世界
吾も石か露の羅漢にとりまかれ
まつらねば雛が泣くといふ故に
涙不思議凍てし心のほぐれゆく
秋の蚊の人差し指に押さへられ
薄墨の桜まぼろしならず散る
月すでに海ひきはなしつつありぬ
顔見世に来て不景気の話いや
炉にかざす指輪に火色とびつきぬ
鎌倉の何から話そ桜餅　（『吉兆』昭57）
堕ちてゆくヒロインかなし金魚玉　（『美穂女抄』昭57）
春愁の頬杖といて立ちてさて
その音の落花つまだちつゝ走る　（『美穂女抄 二』平2）
いつ渡そバレンタインのチョコレート

睡蓮にかがめばよその子もかがむ
み吉野の花なればこそ踏みまよひ
わが足袋の白きばかりを見て急ぐ
懸想文賣の眼もとと二タ三言
仁と見え清と二字なる露の墓
親しげに次郎次郎とそれも柿
半分は男ともだち菊に酌む
何人にならうとおでん煮ておけば
好日の花の翳ならざるはなし　（『美穂女抄 二』以降）
ほととぎすかすめしま夜の后塚
淡路島手にとる近さ櫻貝
佐比売野のひつじ草とは淡き夢
ずんどうの神農の虎うしろむき
成人の日の美しき見舞客
さよならと顔あげしとき雪女郎

筑紫磐井

もりソバのおつゆが足りぬ高濱家

（『筑紫磐井集』平15）

つくし　ばんせい　昭和二五年、東京都生まれ。昭和四六年「馬酔木」投句。四七年「沖」入会。のち同人誌「豈」発行人。句集『野干』『婆伽梵』、評論集『定型詩学の原理』ほか。

鑑賞　〝定型は決して五七五にある譯ではなし、汝が心中にあり〟〝花鳥は心外にのみあるものではなし、目前の風流は即ち地獄にほかなりません〟（句集『花鳥諷詠』・宣言）。俳句には季語と定型があればよい、としたことの裏返しから、切れていいてもいなくても俳句であると主張したのは虚子である。これは、付句でも俳句になりうると定義したことになり、発句を独立させたのが俳句であるという正岡子規の主張と異なる。磐井は『近代定型の論理―標語、そして虚子の時代』で虚子の発言を実証的に研究することでその点を見出した。この句は虚子の定義では俳句ではないが、明確に「切れ」があり、読者に強い呼びかけがなされている。「高濱家」と対立しながらも近代以降形成された、「俳壇」というものへの風刺とも諧謔ともとれる表現を、あえて高濱家という言葉をもちいることによって、俳句の第二芸術性を含めて指弾する内容を含んでいて小気味よい。

ノート　常に俳壇をリードし続けている論客。初期の俳句には、古典を題材にした、豊穣で趣深い俳諧味に独特の姿勢があるが、そこに止まらず、自ら名乗るところの「分かりやすい前衛」という、新しい俳句表現スタイルに挑戦し、その異才ぶりは停滞することがない。そして近現代俳句史の中で唯一人、日本の詩歌全体を捉え直し、その構造的特質を解明しようとする。定型詩学三部作において、俳句の発生の理論的、実証的研究を明確にテーマに設定し、俳句と総称される、日本言語をベースに発生した世界最短定型詩の発展の未来を予測する論を展開し、その功績により正岡子規国際俳句EIJS賞を受賞した。今後その研究の発展と相まって、新しい俳句の可能性を徹底的に追及してゆくことが期待されている。

みちのくに戀ゆゑ細る瀧もがな　（『定本野干』平元）
雪の日に倦みて鸚鵡(あうむ)のものまねび
ほととぎす目を醒まされし方違(かたたが)へ
瓜買ふに笠の垂れ絹あげぬなし
風薫る伊勢へまゐれとみことのり
ぜろにもが裸でさらふ聖(さんと)の井　（『婆伽梵』平4）
江戸は春でんろく豆にとらやあやあ
八朔の意地はつてこそ戀なれや
海老様に蛇の目さしかく白雨かな
螢放生容貌(かほ)よかりしは不幸(ふしあはせ)
泣き方を教へてくれよほととぎす
もりソバのおつゆが足りぬ高濱家　（『筑紫磐井集』平15）
草田男をいぢめて樂し座談會
さうですか、第二藝術になりましたかと扇ぐなり
慶弔は文學なりや未だ迷ふ

俳諧はほとんどことばすこし虚子
をばさんが主宰と名告り笑はせり
さういへば玉藻といへるよき名あり
和をもつて文學といふ座談會
秋風が人を殺しにぶらりと来
來たことも見たこともなき宇都宮
阿部定にしぐれ花やぐ昭和かな　（『筑紫磐井集』以降）
涙にも笑ひこらへてトニー谷
犬を飼ふ　飼ふたびに死ぬ　犬を飼ふ
南国の鳥よりおしやれ主宰夫人
貧しくて美しき世を冀(こひねが)ふ
スポンサーのご好意によりまだ野球
良夜とは墨のひろがりはじめかな　（初期作品）
ちがふ世の水汲んでゐる青葉木菟
蒲の穂の遊びごころと思はずや

津沢マサ子

灰色の象のかたちを見にゆかん

（『楕圓の書』昭50）

つざわ　まさこ　昭和二年、宮崎県生まれ。「東火」「四季」「東虹」を経て「断崖」に投句、西東三鬼、高柳重信に師事。「俳句評論」同人。句集『楕圓の書』『華蝕の海』ほか。

鑑賞　この作品を読むたびに、これは夢見がちな気分を感じるべき作品なのだ、と思うのだが、実際に伝わってくるのは、作者が根底に持つ果敢な気性である。たとえば「象」を見に行く、というのにくらべて、「象のかたち」は茫洋としているし、灰色という色も、黒や白に比べれば、ずっと曖昧な色だ。たぶん、「見にゆかん」という言い方に、不確かで果てしないものに挑む、作者の勢いを感じてしまうのだ。そしてその結果、この人は、灰色で漠然と霞んでいるなにものかを、ただ見に行くのではなく、そこに自らの意思で、「象」の形を与えようとしているのではないか、と思い始める。それはまさに、芸術家の仕事として。

　津沢マサ子の作品には、鮮烈そして痛切というイメージがあるのだが、ここでは「灰色の象」というのがどことなく情緒的で、ロマンチックな風情があると思う。だが、その根底にはやはり、作家としての強い意志があるのだ。

ノート　平成一一年、津沢マサ子は自身が初めて句会に参加した日に入水自殺した詩人、原口統三の「夜明けの海はまだ暗く／夢のなかに幻の城は聳えていた」という一文を引用し、「その光景をいまもまだずっと見続けているような気がする」と書いた（『津沢マサ子俳句集成』自筆年譜より）。このとき、原口が亡くなってから、つまり津沢が俳句と出会ってから、すでに半世紀以上の歳月が経過している。多くの俳人が、それなりの振幅をもって俳句を作り続けていることを思えば、この変わらぬ目線は驚くべきものだ。津沢が、三橋鷹女、西東三鬼、高柳重信、三橋敏雄等、さまざまな俳人と係わりながら、いつもただ一人で書く人、というスタンスを感じさせるのは、なによりもこの眼差しのせいであろう。

青空と荒野を愛し子を抱かず（『楕圓の書』昭50）
日向水かの渤海をさまよわん
くらくらと髪結う愛の日を前に
晩夏の海は内股にこそ流れける
抱かれて痛き夏野となりにける
荒涼と生まれたる日の金盥
盗賊かもめを愛してきのう絶壁に（『華蝕の海』昭57）
柔かき毛布に柱哭く日あり
夏の野に手足はげしく流されぬ
空ふかく深く柱を傷つけぬ
仄暗き昼を桜に逢わんとす
板の間にわれもわが子も居らぬ夏
わが日を返せ夾竹桃のその色の（『空の季節』平4）
気がついたときは荒野の蝿だった
はんにちは母半日は涸れし川

一人ずつ消えてこの世は夏夕べ
まぼろしの川涸れるころ紐となる
銀紙を降らせ君との千年後
おどる枯れ木に踊りたくない昼のそら（『風のトルソー』平7）
誰もいない月日が見えて桃咲けり
日のように釦が一個落ちていた
なにを縫い何をえぐりて涸れし川
広すぎるなつぞら何を話そうか
汝と我そのどちらかは春のゆめ
劫(ごう)々とわが日はゆけり葉を落とし（『0への伝言』平16）
永遠のいまどの辺り蟬時雨
いつかあの虹になるはず鍋の弦
行く水や落ち葉浮こうと浮くまいと
鉤裂きに裂かれし夏が捨ててある
歳月は空気となりし冬青空

辻　桃子

虚子の忌の大浴場に泳ぐなり

（『桃』昭59）

つじ　ももこ　昭和二〇年、神奈川県生まれ。「青玄」「野の会」「俳句評論」「鷹」を経て、六二年「童子」創刊、主宰。生涯の師として波多野爽波に私淑。句集『桃』『饑童子』ほか。

鑑賞　ひなびた温泉宿の、濛々たる湯気に木の香が籠もるような風呂場だろうか、あるいは、近代的な旅館の、タイルが照明に輝く深夜の大浴場だろうか。いずれにせよ、自分一人しか居ない広大な浴槽を伸び伸びと泳ぐのは、実に気持が良い。プールや海で泳ぐのとは全く異なる、ゆったりとした戯れ。それは、俳句は花鳥諷詠を旨とする極楽の文学であると唱えた虚子の悠然たる宇宙と、みごとに重なってくる。

虚子は、人間が「生活に苦しまねばならぬもの、遂には死なねばならぬもの」（『俳句への道』）という悲惨な存在だからこそ、花鳥諷詠に遊ぶ極楽が必要であると述べる。季語の宇宙においては、悠久に続くかのような銀河も、一日の命もない蜉蝣（かげろう）も、時の流れの裡につかのま存在して滅んでゆく点では等価であり、仲間である。その季語＝花鳥と呼び交わし、慰藉されて、人間もまた、諸行無常を受け入れてゆける。掲句は、虚子に心酔した作者の至高のオマージュである。

ノート　早稲田大学在学中に、母の勧めで俳句を始める。楠本憲吉に師事し、「野の会」発刊と同時に創刊同人。染織デザインや詩も書いていた昭和四五年頃より「野の会」の作品に飽きたらず、高柳重信編集の前衛俳句誌「俳句評論」に入会。五四年、藤田湘子に師事、「鷹」に入会。高浜虚子の句に出会い、花鳥諷詠・客観写生の深さを知って、生涯の目標となる。五六年上梓の第一句集『桃』は、日常的な分かりやすい言葉で、俳諧味あふれる滑稽の世界を展開し、評判となった。この頃より波多野爽波に私淑し、六二年「俳句って楽しい」をキャッチフレーズに「童子」を創刊、主宰となる。平成一二年に、長年住んだ東京より津軽に転居し、重厚な風土を経験することにより、作品の奥行が増した。

虚子の忌の大浴場に泳ぐなり　（『桃』昭59）
胴体にはめて浮輪を買つてくる
雪の夜の絵巻の先をせかせたる　（『花』昭62）
黄金（くがね）の如生きよ一字金輪佛（いちじきんりんさん）涼し
魚籠置いてひるがほの花下敷きに　（『ゑのころ』平9）
巨いなる手の影涼み映画かな
此（コ）ノ命（イノチ）有（アリ）テ此（コ）ノ命（イノチ）終（ヲハ）ル鹿鳴けり　（『灯心蜻蛉』平11）
雪囲よりとぎ汁の流れけり　（『雪童子』平13）
うぐひすのケキョに力をつかふなり　（『饑童子』平14）
起し絵の波斯（ペルシャ）の姫の危ふかり
俳諧を阿呆とののしり棢を継ぐ
つながれて秋のボートとなりにけり
窓枠の卍を月の畳かな
蒲団敷く地獄極楽絵図の前
麦秋のソースじやぶりとアジフライ

毛虫這ふ『歎異抄』のみあればよし
雁風呂の底のかすかなぬめりかな
芭蕉とも杭ともみえて枯れてけり
浜町の女と晒鯨かな
七段の火宅の雛飾りけり　（『龍宮』平17）
ぬくまれば踊る豆腐や夕霧忌
天皇陛下に申訳なく春逝けり
めし粒のながれてゆきぬ黄のあやめ
うす紙のふくらむところ雛の鼻
遠足子お大師さまの足を見て
清盛の目をむいてゐる迎鐘
子規虚子の後輩にして汗臭し
もみがらの山よりほのほ出てきたる
夏炉して坐るやいなや虻叩く
風すぎる菊人形の前の水

辻田克巳

昼寝などしてゐるうちに逃げられし

（『昼寝』平9）

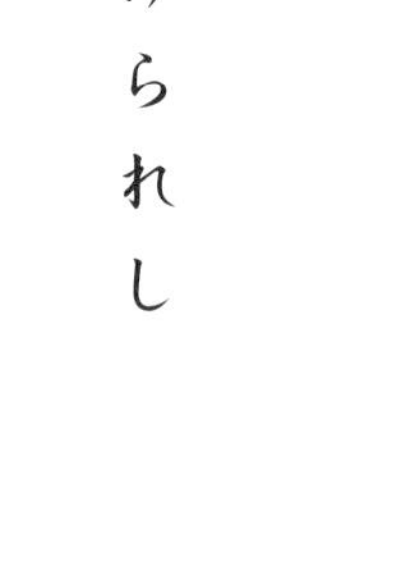

つじた かつみ 昭和六年、京都府生まれ。三二年「天狼」「氷海」に入会。山口誓子、秋元不死男に師事。平成二年「幡」を創刊、主宰。句集『明眸』『オペ記』『昼寝』『稗史』ほか。

鑑賞 この句調に何ともいえぬ味がある。「をかし」に通じる俳諧味とでも言おうか。「などしてゐるうちに」と、ゆるやかにのべている呑気さがいい。

いったい何に逃げられたのか、それを言っていない点がみそである。読み手の想像に委ねて、何の限定もこだわりもない。隙だらけのようであって実は豊かだ。

人であるとすれば、落語の世界のようだ。泥棒に逃げられたか、女房に逃げられたか、あるいは、と、さまざまに思いがふくらんでゆく。又、飼い犬や猫、鳥のようなものも逃げる。チャンスも逃げる。と言ってそれほど深刻なものではないことは「昼寝」という季題が語っている。

逃げられたことを一応惜しいとは思っているものの、それを悔やんでいる句ではない。ではもう昼寝などしないかと問われれば、やはりするだろうなあと答えるような、どこかとぼけたおかしみが漂っている。

ノート 京都大学文学部在学中に学内句会に出席、卒業後「天狼」「永海」に入門し、山口誓子と秋元不死男に同時に師事した。天狼青年句会の主要メンバーとして研鑽を重ねた頃の作はみずみずしい詩情に溢れる。

大の字を教ふ裸の父が子に　（『明眸』）
祇園囃子ゆるやかにまた初めより　（『同』）
色鳥やLESSON（レッスン）7（セブン）詩（うた）の章　（『同』）

若き父として、京都人として、又は英語教師として、多忙な日常から脈々と詩を汲み上げ続けた。明快で切れ味のよい作風から、後年は俳諧味を漂わせる味わい深い作風へと、じっくり重心を移して来た感がある。切れ味よりも言いまわしに、機知よりも飄々たる滋味に、作品の魅力も移りつつある。

秀句選

ピアノ曲雪はアレグロより速し　（『明眸』昭48）
毛布にてわが子二頭を捕鯨せり
地に深く居る満開の桜の根
封筒のなか明るくて風花す　（『オペ記』昭55）
爪揚げて男の空と思ひけり　（『頬杖』昭61）
ひぐらしの鳴く方へ椅子向けてあり
涸池の光りてそこに水のこる
ひろしまを縦断いまも早川　（『幡』平2）
七夕の竹となれずにやぶにゐる
栗めしを食べ五十五の児の如し
柊 を 挿 す 艮 の 雲 の 色
公魚にうす墨の縞あるあはれ　（『昼寝』平9）
昼寝などしてゐるうちに逃げられし
二階より素足下りくる春の朝
茄子畠ここまで帰り来ればもう

栗の虫すまなささうに出で来たる　（『焦螟』平14）
月祀るこどもの声もしてをりぬ
干菜湯を立て古妻をあたためむ
春寒のペン画の街へ麺麭買ひに　（『稗史』平16）
雪消えて森や林や田や畠　（『ナルキソス』平19）
鉄 眼 の 昔 日 の 闇 鉦 叩
木に脇があり股があり大根干す
子供など朝から居らずこどもの日
立ちながら飯食ふ人や十二月
すぐ横にくちびるがあり花火の夜
冬泉覗きて老のナルキソス
賀茂を涸れしめ東山眠らしめ
蟬時雨一分の狂ひなきノギス　（『ナルキソス』以降）
母の日の地球を雲の母包み
鳴く雁を仰ぐ六才ともなれば

対馬康子

引鶴の天に抱き上げられしかな

（『天之』平19）

つしま　やすこ　昭和二八年、香川県生まれ。中島斌雄に師事し「麦」入会。同時に山口青邨、有馬朗人に学ぶ。「天為」創刊に参画、平成一三年より編集長。句集『愛国』『天之』ほか。

鑑賞　渡り鳥として飛来した鶴が、北を指して帰ってゆく。春とはいえ、まだごく浅いころの青く透いた空を、白い光の粒となって。鶴は何千キロもの距離を、中継点で休息をとりながら飛び継いで行く。それは逞しいとも雄々しいとも言える営為である。が、その姿はなぜあのようにかそけく、美しく、消え入るように映るのだろう。その声はなぜあれほど悲しく尾をひいて耳に残るのだろう。

引鶴はまた、人が逝くことと重ね合わせて詠まれることもある。「天に抱き上げられ」るとは、まさに天に召される印象だ。どなたか近い人が亡くなられたのかもしれない。その人は真っ白な鶴になぞらえられるような、気品に満ちた人であったことだろう。あるいは、まだ何色と決まる前の真っ白な存在のまま、その生を閉じることになった人かもしれない。哀切であるが、美しい哀悼の一句と読める。見送る作者の思いも、澄んで突き抜けている。

ノート　小学校高学年の頃より書き始めた詩は、高校卒業までに大学ノート何冊にもなったという。目覚めの早い文学少女であった。高校、大学と文芸部に籍を置き、詩や短文を書く一方、東大学生俳句会の西村我尼吾との出会いがきっかけとなって俳句を始める。卒業後我尼吾と結婚、第一子の妊娠から出産に至る思いを「月の子」と題して百句作る。第二子は夫の米国留学に伴った現地在住中に誕生。第一句集『愛国』（昭61）はこれらの時期の作品を収める。夫の赴任によるタイ・バンコク行がきっかけとなり、朝日新聞国際衛星版に「アジア俳壇」を創設。国内に留まらぬグローバルな視点を備えた作家として活躍。現在有馬朗人主宰の「天為」編集長として、多彩にして多才なメンバーを仕切っている。

秀句選

手鏡の背中恐ろし夏の恋　（『愛国』昭61）
蛇打たれ笑い崩るる如く死す
教会の奥ほど氷雨激しかり
告白を始める息をして泳ぐ
キャンドルになりたき黒人少女のイヴ
十月の雨の匂いがして受胎
胎動は氷河きらめくときにあり
乳与う胸に星雲地に凍河
マフラーをはずせば首細き宇宙
手袋の五指恍惚と広げおく
号泣の眼の端をゆくかたつむり　（『純情』平5）
国の名は大白鳥と答えけり
髪洗うたび流されていく純情
新緑や愛されたくて手を洗う
恋人も枯木も抱いて揺さぶりぬ

夜光虫乳房ふくらむ頃に見し
いつもかすかな鳥のかたちをして氷る
朝顔という月光を巻きつけて
月光やあの手も燃えてしまいけり
平原にあり漆黒の椿の実　（『対馬康子集』平15）
オルガンのペダルを踏んで枯野まで　（『天之』平19）
蝶探す辞書の手垢の濃きところ
遍路笠一人はピエロかも知れず
異国の血少し入っている菫
初雪は生まれなかった子のにおい
引鶴の天に抱き上げられしかな
白服の胸を開いて干されけり
思いきり水飲んで蛇穴に入る
死と生と月のろうそくもてつなぐ
象使い銀河に集い来て眠る

津田清子

無方無時無距離砂漠の夜が明けて

（『無方』平11）

つだ　きよこ　大正九年、奈良県生まれ。昭和二三年、橋本多佳子の七曜初句会に出席。「七曜」同人。四六年「沙羅」創刊、主宰。のち「圭」創刊。句集『礼拝』『二人称』『無方』ほか。

鑑賞　作者は七二歳のとき、アフリカ・ナミブ砂漠へ旅した。砂漠の夜明け。眩い天と砂の大地の無窮の広がりがあるばかりである。方角も、時間も、距離も存在しない。それらはすべて人間が生きてゆくうえでの方便として、あるいは絶対的な虚無に耐えられず、人間が基準を定め時空を区切ってきたものである。しかし砂漠に在って、作者はそのような人知を完全に超越し隔絶した、一瞬が永遠であり、一アトムが全体である完璧な時空、輝く荒涼を体感したのである。無が一切でもあるその地では、人間も原初の全き自由と孤独の中に放り出されて在る。その中で作者は赤裸々な己と向き合い、存在の根源へと鋭く深く思索の錘を垂らしたであろう。

　この句を収める『無方』のあとがきに「最大の悲哀は、私自身に私自身が未だに解らないということである。（中略）句集名の『無方』は『荘子』の秋水篇から拾った。（中略）とらわれなき無限定の生き方を夢みるものである」とある。

ノート　国民学校教師であった津田清子は、昭和二〇年結核のため退職（のち全快、小学校教師に復職）。前川佐美雄に短歌を学ぶが、同二三年橋本多佳子に出会い師事し、山口誓子の直接指導も受ける。冴えて鋭利な感受性と強靱な構成力で、抽象概念を詩的言語に昇華させ、思考の骨格を緊密に組んで核とした、極めて斬新な硬質の抒情を打ち出した。

　しかしそれは言葉と方法論が先行するのではない。その根底には、我は何ものかという激しい自己探求が常に存在する。それゆえに清子は哲学、思想、宗教への深く切実な関心を抱き、生まれ住む地、奈良の古代へと飛翔する。清子は詠むべき終生のテーマを、広大無辺の時空の中で己の感性と認識を恃み、たゆまず掘り下げ、ひたすら俳句に刻印してゆく。

虹二重神も恋愛したまへり　（『礼拝』昭34）
紫陽花剪るなほ美(は)しきものあらば剪る
雪と雪の相剋かぎりなく白し
生命(いのち)つよかりしよ猪(しし)の内臓(わた)の湯気
向日葵の一茎一花咲きとほす
刹那々々に生く焚火には両手出し
梅雨晒し被爆聖像石に帰す
命綱たるみて海女の自在境
お花畠地の貧しさに嶮しさに　（『二人称』昭48）
石の島石死んで石蕗花盛り
ブルドーザー雲の峯まで平らさむと
ふかき罅もちて流氷つながれり　（『縦走』昭57）
奥吉野峯雲ふやすエネルギー
枯木道修道服の裾ゆたかに
白木蓮花の気息の通ひあふ　（『葛ごろも』昭63）

遠花火一つづつ炸ぜ答一つ
寒雀鬼の俎とも知らず
濁世絶つ障子が白し別火坊
磨崖佛落葉の私語を聞き流し　（『七重』平3）
げんげ野の礎石を跳びて遊ぶ子よ
巖頭の氈鹿(かもしか)跳ぶか退くか
稲食うて弱音を吐くな稲雀
わが砂漠出発点か終点か　（『無方』平11）
砂漠に立つ正真正銘津田清子
唾すれば唾を甘しと吸ふ砂漠
無方無時無距離砂漠の夜が明けて
砂漠戒第一条眼を瞑るべし
潮満ちて海鼠最も油断の刻
チョウザメの春浮袋とり替へねば
いなびかり海の花道誰か来る

坪内稔典

魚くさい路地の日だまり母縮む

（『猫の木』昭62）

鑑賞　ささいな事柄から蘇る、記憶の風景というものがある。この句では、港町に漂う魚の匂い。日本人なら誰でも、たとえば海のない山村や都市郊外のニュータウンでしか暮らしたことのない人でも、「魚くさい路地」と読んだ瞬間、鄙びた海辺の町の佇まいや、そこで暮らす人々の日常を思い浮かべるのではないだろうか。言葉は、そういう媒体なのだ。

この路地はノスタルジックだが、美しいわけでもなく、薄汚れていて、故郷といっても人に自慢できる場所ではない。母は、「縮む」という表現がぴったりなぐらい、年老いて小さくなってしまった。この作品の根底には、自分が捨てて省みなかったものに対する愛惜と、後ろめたさを感じる。それは読者である私が、ばらばらに並べられたこれらの言葉から、勝手な物語を作ってしまっただけのことなのだが、それでもこの作品は、素顔の坪内氏にもっとも近いという気がする。そんな説得力のある作品なのである。

つぼうち　ねんてん　昭和一九年、愛媛県生まれ。「日時計」「黄金海岸」等を経て、五一年より「現代俳句」編集。のち「船団」創刊。『俳人漱石』『カバに会う』、句集『落花落日』ほか。

ノート　坪内稔典は、俳人であり、また正岡子規や夏目漱石の研究家である、というばかりではなく、俳壇の内外での多彩な活躍でも知られている。そしてまた、彼は卓越した演出家でもあって、つねに俳壇を、俳人を、自分自身を演出し、俳句というジャンルを活性化しようと試みている。彼が俳句は片言の詩であるとか、楽しい遊びであるとか言い放つとき、あるいは句会で、「おもしろい」とか「おもしろくない」という発言を繰り返すとき、じつは俳句の生息する空気を入れ替えようとしているのだ、ということがわかる。ときにはその演出のために、読者には彼本来の姿が見えにくくなることもあるが、そのようにして現代俳句の世界を果敢に広げている人なのである。

鬼百合がしんしんとゆく明日(あす)の空　（『春の家』昭51）
春の風ルンルンけんけんあんぽんたん
春の暮御用〳〵とサロンパス　（『落花落日』昭59）
晩夏晩年角川文庫蠅叩き
三月の甘納豆のうふふふふ
十二月どうするどうする甘納豆
桜散るあなたも河馬になりなさい
君はいま大粒の雹、君を抱く
牡丹雪ぼくもあなたもかりんとう
水中の河馬が燃えます牡丹雪
魂のひとり遊びの葉鶏頭　（『猫の木』昭62）
帰るのはそこ晩秋の大きな木
父と子と西宇和郡のなまこ噛む
家々は闇のかたまり牡丹雪
十月の木に猫がいる大阪は

がんばるわなんて言うなよ草の花
そのことはきのうのように夏みかん
せりなずなごぎょうはこべら母縮む　（『百年の家』平5）
ほとけのざすずなすずしろ父ちびる
愛はなお青くて痛くて桐の花
夢違観音までの油照り
小錦のだぶだぶと行く残暑かな
七月の夕風キリンの卵から　（『ぽぽのあたり』平10）
たんぽぽのぽぽのあたりが火事ですよ
世界との距離か白バラまで数歩　（『月光の音』平13）
炎天の男錨の匂いして
ころがして二百十日の赤ん坊
横ずわりして水中の秋の河馬
波音が月光の音一人旅
ふわふわの闇ふくろうのすわる闇

寺井谷子

襟足の奥の瞑さよ白魚飯

（『未来』平10）

鑑賞　着物姿の女性のうなじ。半襟に囲まれた頸から背にかけてのあたりは微妙にほの暗く、そこから下は着物に隠れる。鏡の中の自身の姿か、それとも他の女性の襟足か。いずれにしても、「襟足の奥の瞑さ」を瞬時に切り取った犀利な視線と秀抜な把握。この把握は直感であり、同時に認識であろう。直感と認識が一体となって対象を一気に全的に捉えるという営為は、俳句の本質であり、究極の理想である。

女性の身体、女性という存在の持つ不可解さ、妖しさ、あやうさ……その他ありとあらゆる属性が「奥の瞑さ」という表現に埋蔵されている。しかも前にしているのは白魚飯。春の初めの、繊細であえかな魚。「白魚」の白という字が、襟足の白さを、その奥の身体の白さをひそかに引き出し、清潔なエロティシズムも匂い立つ。このいくつもの色調が絢爛と絡み合って重層的な構造を生み、美しくも深みと凄みのある独創性豊かな一句として、印象鮮烈である。

てらい　たにこ　昭和一九年、福岡県生まれ。横山白虹の四女。四一年から父の主宰誌「自鳴鐘」に拠り、のち編集・発行人。句集『笑窪』『以為』『未来』ほか。現在「自鳴鐘」主宰。

ノート　寺井谷子はともに俳人である両親、横山白虹・房子のもとで一〇歳から俳句を作り始めた。白虹は新興俳句運動の中心的人物の一人であり、谷子は新興俳句の近代的理知的でみずみずしい詩精神と、新興俳句が獲得したイメージの技法や社会的視座を、現在の我が身において止揚し、継承している。谷子は日本の伝統的な美意識をも存分にわがものとし、季語を深耕して清艶な風姿を持つ新しい古典的世界も拓きつつ、俳句という定型における自らの女性性の追求という明確なテーマを、あくまで日々の暮らしの現場から、自身の身体をくぐらせた言葉で表現している。これらの集積こそが稀有の止揚を可能にし、シャープな現代性と深い認識に満ちた谷子の存在感を決定的なものにしている。

まぼろしの蝶生む夜の輪転機　（『笑窪』昭61）
春の夜の浴槽（ゆぶね）に胎児との浮力
酔眼に夜を一本の捕虫網
月光を父の後ろに居て浴びる
青春の辞書の汚れや雪催
水音のどこから夢の業平忌　（『以為』平5）
気管支を痛める恋や竹の秋
産むというおそろしきこと青山河
錦木の仙骨となり父を愛す
蟻地獄死ぬ時の貌考える
隣へ貸す八月十五日の大鍋
天山へ蝶の柩を注文す
世紀末の水透明に少女佇つ　（『未来』平10）
聖五月邪険な恋をしていたり
鉄線花我が転生に猫もよし

わが筑紫の血や荒れはじむ麦の秋
藻の花や今水中も光充ち
貝掘りのすたすたと行く沖に空母
くちなしの闇に別れて織るなり
襟足の奥の瞑さよ白魚飯
あの世への入口あたり風鈴吊る
粥柱ひんがしは雪西は雨　（『人寰』平13）
黒髪に曳く恩愛や籠枕
ゆうぐれのこの世へこぼれ雛あられ
人寰や虹架かる音響きいる
東京熱砂ペットボトルが壊されて
秋灯かくも短き詩を愛し
岩一つ責められている雪解川　（『母の家』平18）
母の家まで六百五十歩春の雨
もう少しの力空蝉砕けるは

寺田京子

日の鷹がとぶ骨片となるまで飛ぶ

（『日の鷹』昭42）

てらだ　きょうこ　大正一一年、北海道生まれ。「水声」「水輪」等の同人。加藤楸邨に師事、昭和二九年「寒雷」同人。四五年「杉」創刊同人。句集『冬の匙』『鷺の巣』ほか。五一年没。

鑑賞　晴れ渡った冬の大空を鷹が飛ぶ。無辺の空間に陽光を浴びて飛翔する一羽の鷹のみが描かれた、簡潔にして雄渾な世界である。その鷹の闘志と矜持と孤独。それらを一身に抱え、鷹は精悍に高くどこまでも、いのちをすり減らしつつ飛び続ける。その姿には俗なるものを峻拒（しゅんきょ）するかのような凄絶な意志さえ感じられ、それゆえに悲しみもまた透けて見える。飛びつくし、燃焼しつくして、いつの日かいのち果て、骨片となって虚空を舞い枯野に散る。

ここに登場する鷹は京子自身にほかならない。京子が悲願ともするような、かく生き、かく死にたしと願う究極の理想の姿であろう。「骨片となるまで」という、大胆にして強い思いのこもった彫りの深い措辞が圧巻である。〈冬の鷹二つ耳もち生き残る〉〈夕焼の奥に鷹おり撃たれけむ〉など、京子には鷹の句が多いが、鷹のイメージを京子は師である加藤楸邨から与えられたという。

ノート　女学校時代に始まる胸部疾患により二十余年の療養生活を送り、その後放送ライターとして自立したが、五四歳で亡くなった寺田京子。闘病中に死と孤独を見据えた強い精神力や、自身のいのちについての冷静な認識と鋭敏な直感は、純粋に激烈に燃焼する生への衝迫へと、常に京子を突き動かしていたであろう。

自らの生きる現実に足を踏まえての、厳しい自己省察と自己客観視。研ぎ澄まされた感性による緊密で鮮やかな把握。それらに立脚した切れ味鋭い硬質の言語による強靱で骨太な造型は、既成の俳句的情趣を超えた、乾いて高い透明度を保ったうえでの哀切な女情の発露があり、華麗かつ清冽な詩情をたたえている。

秀句選

ダリヤの市敵のごとくに大鏡
をんな臭きわれのほとりの日の氷
種蒔くや見てゐて乳房の奥鳴らす
冬満月われの匂ひの中にねむる
死なさじと肩つかまるゝ氷の下
少女期より病みし顔映え冬の匙
未婚一生洗ひし足袋が合掌す　（『冬の匙』昭31）

さくら散る他人に家中磨かれて
母代りとなりて、妹栄子を嫁がす　七句（のうち一句）
嫁がんと冬髪洗ふうしろ通る
末枯やねむりの中に生理くる
ばら切つてわれの死場所ベッド見ゆる
踏切りいつも生きねばならぬ青嶺見ゆ　（『日の鷹』昭42）

満月なり河が目ひらき耳ひらき
ひとの夫欲しと青麦刈られおり
美容室もつとも冬灯飼い馴らす

頭上よりシャワーみえざる鷹が飛ぶ
樹氷林男追うには呼吸足らぬ
セルを着て遺書は一行にて足りる
流氷を見にゆく男をまじえずに
日の鷹がとぶ骨片となるまで飛ぶ
さくらの旅終るわが家がまつくらに
ドラマに死を書きこみ四方霜くるか
病歴ががらんがらんと冬の坂
百夜飼い百夜怒りの冬の鷹　（『鷺の巣』昭50）

見えざるものすべてが見たし破魔矢うく
鷺の巣や東西南北さびしきか
一生の嘘とまことと雪降る木　（『雛の晴』昭58）

めちやくちやに晴れし雛の飾られぬ
桜の芽生涯かけて人捜し
鳶がくる空のふところさくら餅

寺山修司

かくれんぼ三つかぞえて冬となる

（『花粉航海』昭50）

鑑賞　もういいかい。まあだだよ。かくれんぼの鬼になった子供は手で目隠しをしたまま、待ち遠しく三つ数える。再び目を開けると誰もいない。そのときの心細さは誰にも覚えがあるだろう。子供は淋しさを降り払おうとするかのように仲間を探し始め、やがて追いかけっこが始まり、笑い声が不安を拭い去ってしまう。それが普通の子供の世界だ。

だが、この句には仲間の気配がしない。子供は永遠に一人ぼっちだ。誰も現われずしんと静まり返ったまま、辺りはいつの間にか淋しい冬景色に変わっている。

寺山修司は早くに父を失い、働く母とも別居を余儀なくされて育った。そうした家庭の事情が言いようのない不安感をもたらし、こうした句を生んだのかも知れない。同じ傾向の作品に、〈秋風やひとさし指は誰の墓〉〈枯野ゆく棺のわれふと目覚めずや〉〈目かくしの背後を冬の斧通る〉〈月蝕待つみずから遺失物となり〉などがある。

てらやま　しゅうじ　昭和一〇年、青森県生まれ。短歌・演劇等で活躍。十代より句作。「牧羊神」創刊。のち句作を離れ五八年「雷帝」を企画するが同年没。句集『花粉航海』ほか。

ノート　寺山修司は表現のジャンルを取り払い、多方面で活躍した越境者だった。少年時代に俳句にのめりこんだのを皮切りに、詩人、歌人、小説家、エッセイスト、評論家、作詞家、劇作家、映画監督、演出家など、既成の枠に収まらない活躍を続けた。その作風もまた、〈林檎の木ゆさぶりやまず逢いたきとき〉のように青春の香り漂うものから、〈お手だまに母奪われて秋つばめ〉のように母への屈折した思いを虚構化して詠んだもの、そして上に挙げた〈かくれんぼ〉の句のように不安や喪失感を味わわせるものまで多彩である。

修司は四七歳の若さで肝硬変のために世を去った。二十代以降中断していた俳句に復帰しようとしていた矢先の、惜しんでも余りある死であった。

目つむりていても吾を統ぶ五月の鷹
ラグビーの頬傷ほてる海見ては
林檎の木ゆさぶりやまず逢いたきとき
午後二時の玉突き父の悪霊呼び
土曜日の王國われを刺す蜂いて
桃うかぶ暗き桶水父は亡し
暗室より水の音する母の情事
大落暉わが愚者の船まなうらに
便所より青空見えて啄木忌
冬墓の上にて凧がうらがへし
花売車どこへ押せども母貧し
わが夏帽どこまで転べども故郷
秋風やひとさし指は誰の墓
かくれんぼ三つかぞえて冬となる
お手だまに母奪われて秋つばめ
（『花粉航海』昭50）

母とわが髪からみあう秋の櫛
私生児が畳をかつぐ秋まつり
黒人悲歌桶にぽつかり籾殻浮き
枯野ゆく棺のわれふと目覚めずや
たんぽぽは地の糧詩人は不遇でよし
ひとりの愛得たり夏蝶ひた翔くる
鳥影や火焚きて怒りなぐさめし
ランボーを五行とびこす恋猫や
目かくしの背後を冬の斧通る
眼帯に死蝶かくして山河越ゆ
少年のたてがみそよぐ銀河の橇
月蝕待つみずから遺失物となり
どくだみや畳一枚あれば死ねる
（自選句集『わが高校時代の犯罪』昭55）
されど銀河父にもなれず帰郷して
冬鏡おそろし恋をはじめし顔
（未刊句集『わが高校時代の犯罪』昭60）

富澤赤黄男

蝶墜ちて大音響の結氷期

（『天の狼』昭16）

鑑賞 昭和一〇年、日野草城を主宰として創刊された「旗艦」は、当時の新興俳句運動の拠点の一つとなった。創刊同人として富澤赤黄男も参加、〈南国のこの早熟の青貝よ〉〈戀びとは土龍のやうに濡れてゐる〉等を発表。召集によって出征の後は、戦場より多くの作品を寄せた。掲句は、一六年一月号の「旗艦」掲載の作品。前年春に病の為一時帰郷療養、新興俳句の盟友達の検挙の報に接する。一六年五月「旗艦」終刊。友人水谷砕壺の尽力で、句集『天の狼』刊行、出版記念会。そして再動員令を受けている。

抗いがたい「結氷期」という状況の中に出現する、「蝶」というかそけき存在。「落ちて」ではなく「墜ちて」による崩壊の様。「大音響」と書かれながらまるで真空の静けさ。この句の背後には、戦争の泥沼へと進む当時の日本の社会情勢がある。社会情勢のみでなく、そこに生きる者の内面。それを、あくまでも「言葉」の構築によって結晶化させようとする。

とみざわ　かきお　明治三五年、愛媛県生まれ。日野草城の「旗艦」創刊に拠り、無季作品、評論等で活躍。戦後は「太陽系」「詩歌殿」「薔薇」に拠り、独自の作風を追及。昭和三七年没。

ノート 新興俳句運動が生みだした作家の中でも、俳句に新たな詩性を注ぎ、独自の輝きを持つ作家の一人である。昭和一二年日中戦争に出征後、「戦闘」の場から多くの作品を「旗艦」に寄せた。当時多くの「戦場俳句」が掲載され始めていたが、その中に於いて、屹立した力を持つ作品を残した。病を得て帰国、召集解除後、再召集までの一年半の間に、第一句集『天の狼』が刊行されている。戦後は詩、短歌、俳句の総合誌「詩歌殿」を編集、高柳重信に擁されて「薔薇」主宰となった。「言語」を通して如何に精神の内奥を描くかに挑戦し続けたが、それは又、戦争体験を内在させた精神の廃墟と、鬱屈した情念の形象化でもあった。「俳句評論」創刊同人となるも、晩年は句作を絶った。

秀句選

南国のこの早熟の青貝よ　（『定本・富澤赤黄男句集』昭40）
戀びとは土龍のやうに濡れてゐる
妻よ歔(な)いて熱き味噌汁をこぼすなよ
賑やかな骨牌(かるた)の裏面(うら)のさみしい繪
落日をゆく落日をゆく真赤(あか)い中隊
やがてランプに戰場のふかい闇がくるぞ
鷄頭のやうな手をあげ戰死(し)んでゆけり
戞々とゆき戞々と征くばかり
一本の凄絶の木に月あがるや
困憊の日輪をころがしてゐる傾斜
戰闘はわがまへをゆく蝶のまぶしさ
一輪のきらりと花が光る突撃
椿散るああなまぬるき昼の火事
蛇よぎる戰(いくさ)にあれしわがまなこ
蝶墜ちて大音響の結氷期

爛々と虎の眼に降る落葉
影はただ白き鹹湖の候鳥(わたりどり)
石の上に　秋の鬼ゐて火を焚けり
あはれこの瓦礫の都　冬の虹
大露に　腹割つ切りしをとこかな
乳房や　ああ身をそらす　春の虹
月光の　女の肢の　汚れたり
寒い月　ああ貌がない　貌がない
稲光り　わたしは透きとほらねばならぬ
切株は　じいんじいんと　ひびくなり
黒い手が　でてきて　植物　をなでる
草二本だけ生えてゐる　時間
首のない孤獨　鷄　疾走るかな
ひとつの存在(ザイン)——砂に埋れた木の十字架
零(ゼロ)の中　爪立ちをして哭いてゐる

富安風生

夕顔の一つの花に夫婦かな

（『村住』昭21）

とみやす　ふうせい　明治一八年、愛知県生まれ。高浜虚子に接し、「ホトトギス」に投句。東大俳句会結成に参画。昭和三年「若葉」主宰。句集『草の花』『十三夜』ほか。五四年没。

鑑賞　夕顔は夏の夕暮どき白い五弁の花をひらく。翌朝にはしぼんでしまう儚い花である。『源氏物語』の昔から短命な美の象徴として文学の題材ともなってきた。黄昏時の庭の夕顔棚に初めて咲いた花か、鉢植の花か、いずれにしてもたった一つの花に夫婦の心が集中している。子供のない夫婦の淋しさのようなものも漂う句である。

夫婦というものは重なり合う異心円のようなもので、年輪を加えるほどそれぞれの世界は大きくなり、重なりあう部分の比率が少なくても濃ければいいというようになる。要（かなめ）のところで心のつながりがあれば、四六時中共にいなくても関係は安定する。そんな要のところに白い夕顔のひとつの花があるという夫婦。昭和一九年、疎開先での作である。

〈走馬燈へだてなければ話なし〉〈法師蟬煮炊といふも二人きり〉〈しみじみと妻といふもの虫の秋〉など、風生には妻を詠んだ佳句が多い。

ノート　三三歳からのスタートは、当時の同年代の俳句作者たちに比べると遅い出発だった。しかし、水原秋櫻子、山口青邨、山口誓子、高野素十らと共に東大俳句会の発足に関わるなど、俳句への熱の入れ方は決してひけをとらなかった。五一歳で逓信次官となるが、翌年官界を退いてから後は四十年余りにわたって俳句一筋の生活を貫いた。「仕事を大切に、俳句も真剣に」という後進への訓（おし）えは、自らの現役時代に身につけた生き方であろう。

三十代から九十代まで、それぞれの年代で佳句を残したことは特筆すべきことだ。特に艶なる老境の句、老と死を見つめた句に気品と厚みがある。悠揚迫らぬ句風でありながら表現にはこまやかな工夫を怠らなかった。

秀句選

蝶低し葵の花の低ければ　（『草の花』昭8）

みちのくの伊達の郡の春田かな

よろこべばしきりに落つる木の実かな

走馬燈へだてなければ話なし

何もかも知つてをるなり竈猫　（『十三夜』昭12）

母の忌やその日のごとく春時雨

街の雨鶯餅がもう出たか　（『松籟』昭15）

まさをなる空よりしだれざくらかな

虫の音も月光もふと忘るる時

石蕗黄なり文学の血を画才に承け

作らねど句は妻もすき菠薐草

小鳥来て午後の紅茶のほしきころ　（『冬霞』昭18）

夕顔の一つの花に夫婦かな　（『村住』昭21）

鮭あはれ老の手だれの簎（やす）を受く　（『母子草』昭23）

抱一の観たるがごとく葛の花

蟻地獄寂（じゃく）莫（まく）として飢ゑにけり　（『朴若葉』昭30）

一生の楽しきころのソーダ水

かげろふと字にかくやうにかげろへる　（『晩涼』昭32）

赤富士に露滂沱たる四辺かな　（『古稀春風』昭32）

あはあはと富士容あり炎天下　（『愛日抄』昭36）

狐火を信じ男を信ぜざる

生くることやうやく楽し老の春　（『喜寿以後』昭40）

三月の声のかかりし明るさよ　（『米寿前』昭46）

冬草や黙々たりし父の愛

こときれてなほ邯鄲のうすみどり

月に執す五欲の外の慾をもて　（『年の花』昭48）

死を怖れざりしはむかし老の春　（『齢愛し』昭53）

春惜しむ心と別に命愛し

朴枯葉枝と訣るる声耳に

九十五齢とは後生極楽春の風　（『走馬燈』昭57）

友岡子郷

ただひとりにも波は来る花ゑんど

（『翌』平8）

ともおか　しきょう　昭和九年、兵庫県生まれ。「ホトトギス」「青」等に投句。飯田龍太に師事、のち「雲母」同人。四三年「椰子」創刊。句集『遠方』『日の径』ほか。

鑑賞　句集『翌』は平穏な三年とその翌年の句を収める。すぐ目の前のことに生きるすべてを費やすとき、人はしばしば自分と季節のめぐりとのかかわりを見失う。掲出句は阪神淡路大震災を詠んだ五九句にすぐ続くものであり、覆いを外された朝の窓のように輝く一句である。

暮らしの傍らにある海だろう。作者の自註によるとここは三重県の安乗岬。豌豆の花は華やかではないが明るい。「花ゑんど」とは親しくなつかしい響きである。春という季節は、時がめぐり移ったことを強く意識させる。

自分自身を「ただひとり」と感じたとき、作者は忘れていた我をこの世界のなかにもう一度取り戻したのだろう。波は穏やかに寄せて、きらきらと日差しを返している。そしてささやかなこの一人へも「波は来る」。果たされる約束のように。湧き上がる小さな確信にひとり微笑んでいるようだ。祈りのあとのような読後感がある。

ノート　つねに実作者として求めてやまぬ志を保ち、「俳句とは何か」を問い続けることはたやすいことではない。現代俳壇における論客の一人であり、言葉による表現者として、拠るべき場所と志向する詩を自覚する氏の言はひびく。

「俳句表現というものは、いっさい自力によってかなうものではなく、ひそかに自然の力の与するものだ」は俳論集『天真のことば』より。

俳句を作りはじめたきっかけは、学生時代に読んだ長谷川素逝の句集『ふるさと』という。〈夕刊のあとにゆふぐれ立葵〉などその世界は年を経てやさしく懐かしい。長く教職にあり、初期の代表句に〈跳箱の突き手一瞬冬が来る〉がある。

秀句選

くだもの屋九月の空となりにけり　（『遠方』昭44）

生徒率（ゐ）て海越ゆるべく夏帽子

未婚の夏過ぎぬ木馬の緋の手綱

卓に白墨立て教へ子と夏嶺恋ふ

柳散る直路直歩のかなしみ湧き

跳箱の突き手一瞬冬が来る　（『日の径』昭55）

吾子よ宙のつばめの胴を摑（つか）めるか

草中に裂帛の百合子のめざめ

幼き問ひと涼風にむせぶ日ぞ

走馬灯草いろの怨（をん）流れゐる

船数へながらすすきの銀の中

八月広島もちの木はふと暗し

奥空にうすうすと嶮貝割菜　（『未草』昭58）

雪中の自転車永く生きたしや　（『春隣』昭63）

雪晴の牛の乳房の満のとき　（『風日』平6）

白波は流人の囲ひきりぎりす

水よりも鮒つめたくて夕永し

八月といふ巨軀の近々とあり　（『翌』平8）

平成七年　阪神淡路大震災
倒・裂・破・崩・礫の街寒雀

ただひとりにも波は来る花ゑんど

おのづから雲は行くもの青林檎

うぶごゑのごとくに芒湧くところ　（『葉風夕風』平12）

朝の舟梨のはなびらのせゆきぬ

金魚田百枚夕焼けも百枚ぞ

夕刊のあとにゆふぐれ立葵

澄むものはたやすく濁り青ぶだう　（『雲の賦』平17）

日が出でて日の沈むまで桜貝

みちをしへばかりとびゐて明日は明日

波はみな渚に果つる晩夏かな

松は知の謐（しづ）けさに冬来たりけり

中尾寿美子

ガラス植ゑし塀の月光猫あゆむ

（『天沼』昭37）

なかお　すみこ　大正三年、佐賀県生まれ。「水明」を経て、「氷海」同人。秋元不死男に師事。「狩」同人を経て、「琴座」入会、同人。句集『天沼』『老虎灘』ほか。平成元年没。

鑑賞　少し前まで、塀の上にガラスの破片を突き刺してある家をよく見かけた。防犯のためのものなので、ガラスはみな鋭角で、切り立つように並んでいた。そんなところを歩くのは、どんな動物にとっても危ない。でも、猫なら、そんなことは平気。月の光を浴びて、しなやかに進む猫。まるで、むかし読んだ童話に登場した、昼間はかわいいペットの顔をしているくせに、夜になると悪魔のところに戻っていく悪い猫みたいだ。

中尾寿美子の代表作としてまず挙げるべきは、後期の、自由奔放で前衛的ともいえる作品であろう。それでも私は、不思議に初期の、この作品に心引かれてしまう。おそらくここには、中尾らしい詩的な感性がすでにはっきりと現れていて、俳句以外の場面では平凡な女性として一生を過ごしたであろう彼女が、一人の俳人として飼っていた一匹の、美しく不敵な猫の姿がごく自然に、しかしはっきりと見えるからだ。

ノート　今も昔も、俳句を詠む人間は星の数ほどいるが、俳人と呼ばれるのはごく一部だ。それは詩人と呼ばれる少数の人たちと同じ、つまりそのような作品を書くことのできる人だ。中尾寿美子の俳句は、平凡な主婦の趣味として始まった。彼女は終生、声高な主張や俳壇での華やかな活動とは無縁であったが、確かに俳人と呼べる存在であった。唯一、経歴に、その作品にふさわしい大胆さをもって記録されているのは、所属誌「狩」を離れ、永田耕衣主宰「琴座（りらざ）」に投句を始めた、という件だろうか。誰の紹介もなく一投句者として、というのは彼女らしい矜持であろう。以後の作品はまさに自由自在、大胆なポエジーに溢れているが、その素質は処女句集『天沼』時代からのものだ。天性の詩人だったのである。

ガラス植ゑし塀の月光猫あゆむ　（『天沼』昭37）
春眠や積木の家は屋根もたぬ
金魚玉仮縫の針全身に
猫が吐くまみどりの草遠枯野
黴のアルバム母の若さの恐ろしや
冬森は風のこもり場昏るるべし
寒昴いま少年にくらい智慧　（『狩立』昭44）
使ひつづけて減らぬ指先クリスマス
愛の終りの枯野のごとき空港よ
仏壇の水の減りゆく蝶の昼
著莪の花石を出てゆく野の仏　（『草の花』昭50）
喪服より風吹きわたる芒原
七月や深井戸に水起ちあがり　（『舞童台』昭56）
さらさらと水遠ざかる夏蒲団
蝶々のあしあと残る山の空

眼帯の中は海なり桜桃忌
鰯雲しづかに塔の動く日よ
走るのが好きで走ればで芒かな
はればれと水のむ吾は芹の類
愛はいま冬の菫にさしかかり
白桃や海より海を抱きとり　（『老虎灘』昭61）
はじめから烟りでありし冬の姥
旅人はぱつと椿になりにけり
魂魄のそよりと膝を立てし春
一瞬のわれは襤褸や揚雲雀
次の間にときどき滝をかけておく
立泳ぎして友情を深うせり
天元に白桃ひとつ泛びゐる
蜩や百年松のままでいる　（『新座』平3）
老斑を金箔となす鯨鍋

露万朶真赤になりてうつむきぬ

（『浮巣』昭63）

なかおか　たけお　昭和三八年、東京都生まれ。五八年「青」に入会。「青」終刊後、平成四年「藍生」「椰子」に入会。句集『浮巣』『水取』『一碧』ほか。

鑑賞　波多野爽波の門戸をたたいたときは二〇歳の大学生。句集『浮巣』の序文で爽波はこの句を第一にあげて、「まこと小柄な、一見して弱々しい純情そのものの青年はまさにこの一句そのものであったように思う」と書いた。このこともあって当時から、この句は代表句であるとともに彼の自画像として読まれていたところがある。

　すっきりと汚れのとれた朝の大気が冷えて、緑の草に露が降りる。恥ずかしさにうつむいた少年は、もう一言口をひらけばくずれ落ちてしまいそうだ。こぼれそうな万朶の白露と響きあうのは、この景色の、次の瞬間へのあやうさだろう。爽波は「写生」「多作多捨」を繰り返したが、目に見えたそのままを描写することをよしとしたわけではない。この句も「露万朶」と「真赤になりてうつむきぬ」との間に飛び越えたものがある。爽波が若い中岡に期待したのは、まさにそこだったと思われるのだ。

ノート　俳句を始めたのは十代の初めという。だが最も大きかったのは波多野爽波との出会いだろう。爽波が「青」で多作多捨とともに繰り返し説いたのが、古典秀句を数多暗記するという「多読多憶」であり、素直に従った数少ない一人が中岡毅雄である。句集『水取』は奈良東大寺の修二会の行事を詠みつくしたもの。生来の粘りづよさが凝縮した一冊だ。

　その作風は写生という、視覚に中心をおいたものだが、古典へ繋がる安定感がある。〈よりそへば雪のにほひのかぎりなし〉〈雪の日のそれはちひさなラシャ鋏〉（『一碧』）など、ときに感情をそのままとらえたような繊細さが混じることが魅力。

露万朶真赤になりてうつむきぬ　（『浮巣』昭63）
捩れゐるブリキの屑や猫の恋
玄関のまつくらがりに竹落葉
血天井浮巣はとほく揺れゐるも
風花の毛鉤に触れて消えにけり
寝積みて遊興の絵はみづいろに
孑孒にみるみる涙あふれけり
何となく湯女の来さうな枝豆よ
家中の柱の見ゆる夏炉かな
大文字の大が小さく寂庵に
水尾のごとくに冷やかに見つめられ
一塊の朧の闇や二月堂　（『水取』平11）
雨を来し修二會の僧の素足かな
十一面称賛椿赫赫と
満目の闇満目の落椿
修二會の燈いくたび油つがれけむ
水取の桶を覆へる榊かな
夕空を鋭く鶴の流れけり　（『一碧』平12）
星消えてゆき鴨の声みづみづし
よりそへば雪のにほひのかぎりなし
草笛の船霊さまを呼びにけり
船虫に目の澄んでゆくばかりなり
突堤のあをぞら冬に入りにけり
さくらんぼ二階へ運びゆきしまゝ
昼のランプに冬鷗冬鷗
返り花ひとりになればまたひとつ
雪の日のそれはちひさなラシャ鋏
波少し入れて濯ぎぬ浅蜊籠
月山のこゝにも草を刈りしあと
嘶きに秋の白波たゞ遥か

中島斌雄

鯉裂いて取りだす遠い茜雲

（『肉声』昭54）

なかじま　たけお　明治四一年、東京生まれ。中学時代に「鶏頭陣」に拠る。大学時代高浜虚子の指導を受ける。昭和二一年「麦」創刊。句集『樹氷群』『光炎』ほか。昭和六三年没。

鑑賞　夏の日の夕暮れ、釣られたばかりであろうか、俎板の上に横たわる鯉。腹の辺りに一直線に刃を入れる。魚の生々しい臓の色。死によって取り出されたそれは指先より瞬時に遠い茜雲となる。この句について斌雄は、当時主張していた「俳諧自由」の論の実践例の一つであると記している。「『鯉裂いて取りだす』のは、当然鯉の臓腑と思われるのだが『茜雲』に急転される。そして『鯉裂く』人物――作者の痛みと哀しみとが、きびしく拡大されるのである。」（「麦」昭56・1月号「私の俳句作法」）。現代の俳諧自由とは何か、ということを求め続けた斌雄の詩精神は、眼前の景の描写に留まらず、常に「内面の具象」へと重畳を課した。鯉という魚が持つ力強い身の質感、そして過ぎ去った時間の中で鮮やかに彩る遠い日の夕焼け雲。取り出された茜雲には、人間が人間であるがために、身の内に抱える永遠の孤独さえも感じさせる。静かに暮れていく一日、そして人生もまた。

ノート　戦後まもない昭和二一年「麦」は創刊された。中島斌雄は、社会性俳句や時代思潮へも積極的に評論や実作を展開し、若い世代の育成に努めた。社会へのヒューマンな目線、清冽なリリシズム、知的で硬質な叙情に斌雄俳句の真髄がある。俳句理論を打ち立てるだけでなく、その理論に基づいて作品を提示することにより、終生新しみを追及し続けた。芭蕉の俳諧に対する専門家としての深い学術的蓄積をふまえて、実作者としてそれを体系化し、進化させるために「胸中山水」や「関係性の構築」などの新しい概念を確立することにより、現代俳句分析に不可欠な、画期的分析フレームワークを提供した。『現代俳句の創造』（毎日新聞社・昭56）は俳句分析を志す者が必ず通らねばならない基本書といえる。

初暦イエスパウロの道(ことば)あり　（『樹氷群』昭16）
蜥蜴かなし尾の断面も縞をもつ
朝焼へ朝焼へ兵の貨車退(すさ)る
靖国神社秋季臨時大祭
花火高し遺族の折に鮭一片
傷の指しづかに疼む秋の蝶　（『光炎』昭24）
一湾の月下なりけり夜光虫
裂け目より石榴真二つ汝(な)と分かたん
冬の鳥射たれ青空青く遺る
春干潟生くるものみな砂色に
塵労の胸より雲雀鳴きのぼる　（『火口壁』昭30）
草田男氏を訪ねしが
置手紙西日濃き匙載せて去る
子へ買ふ焼栗(マロン)夜寒は夜の女らも
雲秋意琴を売らんと横抱きに
稲架の棒芯まで雨を吸ふ頃ぞ
爆音や乾きて剛(つよ)き麦の禾(のぎ)　（『わが噴煙』昭48）

星がともだち石焼いもを石から掘り
抽斗(ひきだし)に樹林の暮色冬の雷
涸れ川を鹿が横ぎる書架のうら
わが噴煙描き晩夏の髭伸ばす
肉声の鴉はやさし海の雪　（『肉声』昭54）
冬銀河けぶる左右に女弟子
凱旋門敗者もくぐる雷を追い
象の皺一日だけの雪降れり
山中に銀河を語る大銀河
鯉裂いて取りだす遠い茜雲
鱒となり夜明け身を透く水となり
酒のまぬ生涯の谿夕ざくら　（『牛後』昭56）
蛇呑んで原野〝俳諧自由〟なり
師よ友よ昔日の雷野をわたる
エビネラン一角獣をさしまねき　（『牛後』以降）

中田美子

夏空や砂漠の神に強き脚

（『惑星』平14）

なかた　よしこ　昭和三四年、大阪府生まれ。平成三年より俳句を始める。五年「草苑」入会。一〇年、俳句雑誌「quatre」創刊に参加。「草苑」終刊により一八年「草樹」入会。句集『惑星』。

鑑賞　「砂漠」と「神」という言葉が並ぶとき、まず想像に浮かぶのはエジプトだ。彼の地は、南北に貫くナイル川の緑を除いて、国土の九七パーセントが砂漠であるという。そして、荘厳なるピラミッドを遺した王朝時代には、日本の八百万の神々にもおとらず、自然現象・天体・動物・石・樹木など、いたる所に神が存在した。神々のほとんどは獣頭人身で、浮彫りでも彫像でも、確かに逞しい両脚を誇示している。今でも砂漠に立てば、風塵を巻き起こしながら疾駆していく古の神の幻が見えるような気がする。

云うまでもなく、季語は日本の風土を基盤とした、われわれの文化に独自なものだが、現在のように海外詠が盛んになってくると、その際に季語をどうすべきかが問われてくる。この作者には無季の作品も多いが、掲句の場合は、「夏空」を配して見事に詩にしている。灼熱の砂漠の、最も暑い時節。まるで季語「夏」の純粋結晶に包まれているかのようだ。

ノート　三二歳で宇多喜代子に師事し、俳句を始める。二年後に「草苑」に入会、宇多の師である桂信子にも師事。既成の俳句世界にまったく捉われない、かといって、肩肘張って新しさを目指すのでもない、のびやかで爽快な句風。第一句集『惑星』の「跋」に、宇多喜代子は「中田さんの詩嚢には、たとえば他ジャンルの表現レベルがいまどのあたりに来ているか、状況はどうなっているか、ということに対する理解と批評精神が自然なかたちで入っている」と記し、これからの俳句に、とても大事なことであると指摘する。同句集の〈六月はヒマラヤ杉のよい姿勢〉〈春の水黒い目玉の動きだす〉などの佳句は、作者の明朗な個性をくっきりと伝える。平成一〇年より、四人による同人季刊誌「quatre」を発行。

秀句選

六月はヒマラヤ杉のよい姿勢
台風をみんなで待っている感じ
塔を見たはずのところにねこじやらし
アメリカの大きな鹿の話かな
新緑が人のすきまを埋めてゆく
恋人と骨のかけらを取り換える
友情よアスパラガスに塩少々
耳朶をそろえて並ぶ冬の駅
家系図のはじめに青きバクテリア
春の風スフィンクスのひとかけら
鎖骨よりのびる首すじ花の雨
夏空や砂漠の神に強き脚
寺の名を凍れる月と答えたり
冬空の低きにありて鳥の胴
惑星に太古の配置春隣

（『惑星』平14）

声だして届ける大気桃の花
虹彩に夏の光の満ちてゆく
目をあけて眠る魚よ梅雨の月
暖房の音につながる耳と耳
象と来て象だけ帰る雨季の寺
葉桜や鏡の中の鏡の中へ
空港に箱の連なる秋の昼
ものの種深き地底をめざしたり
朧夜の繭のようなるのどぼとけ
紙箱の中の空気や梅雨晴間
劇場に昼の静けさ春埃
魚たちに流氷の空動き出す
春の雲音もなく行く飛行船
星消えるときのざわめき夏始
凩やフセインの廟折りたたむ

（『惑星』以降）

永田耕衣

少年や六十年後の春の如し

（『闌位』昭45）

ながた　こうい　明治三三年、兵庫県生まれ。「山茶花」「鶏頭陣」「鶴」「天狼」等を経て、昭和二四年「琴座」創刊、主宰。「俳句評論」同人。句集『加古』『與奪鈔』ほか。平成九年没。

鑑賞　この作品を読むたびに、子供のころに読んだ本を思い出す。それは雪の山で遭難した少年が、すでに老人になった数十年後の自分自身に助けられる、という不思議な物語で、吹雪の中という異空間が、時空を超えた場所に、まるで巨大なタイムマシンのように存在していた。さすがは永田耕衣、ここでは俳句が、時間旅行の乗り物にさえなっている。

この句の意味を、言葉どおり、理屈で追ってみるとどうだろう。老いた作者が、少年を見つめている。彼は六〇年前の自分を思い起こし、少年の、これからの六〇年を思う。不思議に、少年が老いてゆくという感じがしないのは、それが「春の如し」だから。それでも六〇年という歳月は、少年の若さと並べられると、気が遠くなるようだ。目が眩むような歳月と、春爛漫の風景。そのうち言葉の意味はもうどうでもよくなり、春の中で一体になっている、老人と少年の姿だけが、心に満ちてくる。

ノート　世に個性派といわれる俳人は数多いが、永田耕衣ほど強烈な個性を発揮した作家は類がない。その個性は既成の俳句どころか、日本語にさえ飽き足らず、勝手に言葉を作り出してしまうという自在さである。書画にも豊かな才能を発揮し、棟方志功、河井寛次郎、須田克太らと交遊し、城山三郎の小説『部長の大晩年』のモデルにもなった。すべてにおいて「俳人」の枠組みを超えた人であった。作品としての完成度は、中期の句集『驢鳴集』『吹毛集』などの作品に軍配があがるが、晩年の句集にある、心の赴くまま、肉体の刻むリズムのままに、つぶやくように、歌うように作られた俳句は、驚嘆に値するものだ。「出会いは絶景なり」との言葉が有名だが、耕衣の生涯こそ、まさに「絶景」であった。

田にあればさくらの蕊がみな見ゆる　（『加古』昭9）
父祖哀し氷菓に染みし舌出せば　（『與奪鈔』昭35）
夢の世に葱を作りて寂しさよ　（『驢鳴集』昭27）
戀猫の戀する猫で押し通す
かたつむりつるめば肉の食ひ入るや
行けど行けど一頭の牛に他ならず
いづかたも水行く途中春の暮
天心にして脇見せり春の雁　（『吹毛集』昭30）
近海に鯛睦み居る涅槃像
後ろにも髪抜け落つる山河かな
泥鰌浮いて鯰も居るというて沈む　（『悪霊』昭39）
夢みて老いて色塗れば野菊である
少年や六十年後の春の如し　（『闌位』昭45）
男老いて男を愛す葛の花
手を容れて冷たくしたり春の空　（『冷位』昭50）

秋雨や好きで混じつて匙が降る　（『殺佛』昭53）
コーヒー店永遠に在り秋の雨
死ぬほどの愛に留まる若葉かな　（『殺祖』昭56）
脳髄の香を持ち歩く晩夏かな
春風という肉体の行きずりぞ　（『物質』昭59）
晩年や左眼の涙を右眼容れ
歳影（としかげ）やうどん屋を出る用の人　（『葱室』昭62）
空蟬に肉残り居る山河かな
河骨や天女に器官ある如し　（『人生』昭63）
あんぱんを落として見るや夏の土
人寂し優し怖ろし春の暮　（『泥ん』平2）
夕顔の白いむかしの箸の数
老幼を愛する如し冬の空　（『狂機』平4）
白梅や天没地没虚空没　（『自人』平7）
枯草の大孤独居士ここに居る　（『陸沈考』平14）

中原道夫

飛込の途中たましひ遅れけり

（『アルデンテ』平8）

なかはら　みちお　昭和二六年、新潟県生まれ。能村登四郎に師事し、五七年「沖」に投句。五九年、同人。平成一〇年「銀化」創刊、主宰。句集『蕩児』『顱頂』『アルデンテ』ほか。

鑑賞　読んだ瞬間、呆気に取られる句。よく知られている通り、「飛込」は水泳の競技の一つで、高飛込と飛板飛込がある。飛込は助走、踏切、空中姿勢、入水の正確さなどを競う競技であり、一瞬の美が求められる。選手が位置につく。助走から踏切へのごく短い瞬間の後、選手は体を伸ばしたまま、あるいは体を抱えるなどして空中演技をしつつ、水中へとさっと飛び込む。この句に登場する選手は、おそらくはそれなりに見事な演技をしたのだろう。しかし、体だけが先に演技を終えてしまい、「たましひ」は遅れを取ってしまった。体は空中を華やかに舞っている、体について行けない「たましひ」は、さてどうしたものかと一瞬迷っている。その様子を読者は想像する。むろん、虚構であるが、もしかするとこういうこともあるかもしれないと思わせる力を、この句は有している。「たましひ」という厳粛な語に俳諧味を与えた作品として忘れがたい。

ノート　第一句集『蕩児』を引っさげて、中原道夫は彗星のごとく俳壇に登場し、それに続く第二句集の評価によって、「現代の俳諧師」「平成の俳諧師」と呼ばれるようになった。実在の季語ももちろん愛するが、虚の季語や虚構もこよなく愛し、虚と実の谷間を自在に行き来する姿は、まさしく「俳諧師」と呼ぶにふさわしい。道夫俳句を語る際には、使用漢字の難解さと凝った構成や内容が必ず取り沙汰される。しかし、それは本業の広告デザイナーとしての美意識の所産であり、道夫俳句の芯にあるものは切なき「抒情」である。その抒情を表面に出すことをいさぎよしとせず、華麗な言語技術によって読者をしばしば惑わすのは、平成の俳諧を志す者の含羞ゆえというしかない。

白魚のさかなたること略しけり
あぶな絵にいやにちひさき螢籠
初夢のいくらか銀化してをりぬ
颱風の目つついてをりぬ豫報官
蠅叩餘計な死後を作りたる
擂粉木のあたまを遣ふはるのくれ
絨毯は空を飛ばねど妻を乗す
飛込の途中たましひ遅れけり
瀧壺に瀧活けてある眺めかな
褒美の字放屁に隣るあたたかし
山眠る柩にならうとする木木も
火宅より火宅へ氷柱届けらる
借りて來し猫なり戀も付いて來し
忿(いか)り少しく打水展く高さあり
油壓もて日月あがる松の芯

（『蕩児』平2）（『顚頂』平6）（『アルデンテ』平8）（『銀化』平10）

高跳びの空じれつたくしておかむ
誰そ彼をいちはやく知る氷柱かな
ささがきにいのちも削れ蝶の晝
まくらやみ持ちあげてゐる泉かな
爾來一筋蟻穴を出でてより
命日のかち合ふ火鉢ふたつみつ
うたかたのかたち欲りゆく石鹼玉
にはとりの血は虎杖に飛びしまま
雪暮れや憎くてうたふ子守唄
日の丸は洗ひに出さず稲の花
膾にも枕にもなれざるか菊
とみかうみあふみのくにのみゆきばれ
竹馬や黄泉はぬかると云ふ晴子
春深しどの家も間引く子のをらず
慘たるは金魚に深く裂けたる尾

（『歴草(そふき)』平12）（『不覺』平14）（『巴芹』平18）

中村草田男

玫瑰や今も沖には未来あり

（『長子』昭11）

鑑賞 掲句の「今も」は、第一義的には、作者が少年であった頃に、海原のはるか彼方を見やって未来を夢みていた記憶を現出する役割を負っている。しかし、この「今も」は、単に一個人の思いにとどまることなく、私たちの文化の根底に流れるものにまで届いている。

私たちは、北方からであろうと南方からであろうと、この島へ海を渡ってやって来た民族なのだ。柳田国男や折口信夫を待つまでもなく、母郷としての海の記憶は、未だに色濃く民族の無意識のうちに宿っている。常世やニライカナイ、竜宮を初めとして、藤村の「椰子の実」の唄や童謡「海」、最近のジェロの「海雪」に至るまで、私たちは海原へ熱い思いを捧げてきた。海境（うなさか）という古代以来の言葉に象徴されるように、海の沖は死者と生者の世界の境、時が生れてくる母胎でもあり、還ってゆく故郷でもある。玫瑰（はまなす）の強い香気と美しい紅が、そんな私たちの海への憧憬をまばゆく荘厳している。

なかむら　くさたお　明治三四年、中国厦門（アモイ）生まれ。昭和四年「ホトトギス」に入会。高浜虚子に師事し、九年同人。二一年「萬緑」創刊、主宰。句集『長子』『萬緑』ほか。五八年没。

ノート 東大在学中より高浜虚子に師事し、「ホトトギス」で四Sに続く有力俳人として活躍。第一句集『長子』は、瑞々しい感覚とエネルギーに充ちた青春俳句集。当時盛んとなった新興俳句・無季俳句に対しては、有季定型の立場から強烈に批判したが、虚子のスローガン「花鳥諷詠・客観写生」が、安易に受け止められれば自己不在・人生逃避に陥る危険性も熟知しており、「芸と文学」という俳句観を唱え、俳句表現の特性に基づく芸と、人間の思想性や生き方との融合を終生、追究した。石田波郷・加藤楸邨と共に人間探求派に位置づけられる。戦時中、作品傾向に対して圧迫があり「ホトトギス」への投句を断念。戦後、主宰誌「萬緑」を創刊、「いかに生くべきか」の探求と共に、作品の観念性が強まってゆく。

蟾蜍長子家去る由もなし　（『長子』昭11）

玫瑰や今も沖には未来あり

六月の氷菓一盞の別れかな

香水の香ぞ鉄壁をなせりける

秋の航一大紺円盤の中

曼珠沙華落暉も蘂をひろげけり

冬の水一枝の影も欺かず

降る雪や明治は遠くなりにけり

妻二タ夜あらず二タ夜の天の川　（『火の島』昭14）

雪女郎おそろし父の恋恐ろし

妻抱かな春昼の砂利踏みて帰る

蒲公英のかたさや海の日も一輪

金魚手向けん肉屋の鉤に彼奴を吊り

萬緑の中や吾子の歯生え初むる

玉虫交る土塊どちは愚かさよ

少年の見遣るは少女鳥雲に　（『萬緑』昭16）

膝に来て模様に満ちて春着の子　（『来し方行方』昭22）

白鳥といふ一巨花を水に置く

勇気こそ地の塩なれや梅真白

みちのくの蚯蚓短かし山坂勝ち

空は太初の青さ妻より林檎受く

種蒔ける者の足あと洽しや

炎熱や勝利の如き地の明るさ

天餌足りて胸づくろひの寒雀　（『銀河依然』昭28）

いくさよあるな麦生に金貨天降るとも

厚餡割ればシクと音して雲の峰

獣屍の蛆如何に如何にと口を挙ぐ　（『母郷行』昭31）

真直ぐ往けと白痴が指しぬ秋の道　（『美田』昭42）

旧景が闇を脱ぎゆく大旦　（『時機』昭55）

「日の丸」が顔にまつはり真赤な夏　（『大虚鳥』平15）

中村苑子

春の日やあの世この世と馬車を駆り

（『水妖詞館』昭50）

なかむら　そのこ　大正二年静岡県生まれ。昭和二四年「春燈」入会。三三年、高柳重信の要請により翌年創刊の「俳句評論」発行責任者となる。句集『水妖詞館』『花狩』ほか。一三年没。

鑑賞　中村苑子の作品には、「生と死」が同じ世界に在る。〈凧（いかのぼり）なにもて死なむあがるべし〉〈死後の春先づ長箸がゆき交ひて〉〈桃のなか別の昔が夕焼けて〉〈生前も死後も泉へ水飲みに〉など、風を孕み上りゆく凧にも「死」へ駆けゆく姿を思い、骨を拾う長箸を見つめるのは死者の眼差し。「別の昔」は幼い頃であり、同時に今が仮の世の思いでもあろう。「生前も」は最後の句集『花隠れ』の作。それは、生涯を通じてのテーマでもあった。掲句は、それらの原点として、生者と死者が軽々と遊び、睦む苑子の世界を顕す。麗かな春の日、「馬車」という懐かしき乗り物。「馬車を駆り」という心躍る思い。それをしも「あの世この世」と設定することによって、苑子の世界が拡がる。

　大正モダニズムの空気の中に育ち、文学に惹かれる早熟な少女。この時代の、「個」そして「光と闇」を強く抱え込んだことは、苑子の源となっていよう。

ノート　少女時代からの文学への希求、夫の戦死、敗戦という激動の中に俳句を始め、「春燈」に入会したのは苑子三六歳の時であった。遅い出発とは言え、戦後俳壇の活力の中で、それまでの文学的素地を開花させることとなった。加えて、昭和三二年に高柳重信の要請で行を共にするようになり、「俳句評論」「俳句研究」という高柳重信の仕事を支え続けた。このことは、畏敬の先達三橋鷹女に近く在って、苑子独自の世界の確立を目指すことに大きな力となった。

　苑子作品において、俳句は常に「創る」「書く」という作業であった。日常生活の片々を書くことは無い。「死と生」「死とエロス」……女性という「性」の側からの強固な視点で多くの佳品を遺す。

貌が棲む芒の中の捨て鏡
鈴が鳴るいつも日暮れの水の中
おんおんと氷河を辷る乳母車
人妻に春の喇叭が遠く鳴る
青芦原母はと見れば芦なりけり
桃の木や童子童女が鈴生りに
春の日やあの世この世と馬車を駆り
凧（いかのぼり）なにもて死なむあがるべし
死後の春先づ長箸がゆき交ひて
汐木積み水の匂ひのもの焚ける
黄泉に来てまだ髪梳くは寂しけれ
（『水妖詞館』昭50）

翁かの桃の遊びをせむと言ふ
枯萩の白き骨もて火を創る
桃のなか別の昔が夕焼けて
言霊（ことだま）も花も絶えたる木を愛す
（『花狩』昭51）

蝉の穴覗く故郷を見尽して
わが墓を止り木とせよ春の鳥
（『中村苑子句集』昭54）

落石か我か墜ちゆく青峠
五六人沖の満月へと泳ぐ
枯野光わが往く先をわれ歩く
麗かや野に死に真似の遊びして
（『吟遊』平5）

死に侍るは誰か鵺（ぬえ）かや春の闇
余命とは暮春に似たり遠眼鏡
影と往き影のみ帰る花の崖
帰らざればわが空席に散るさくら
梁（うつばり）に紐垂れてをりさくらの夜
他界にて裾をおろせば籾ひとつ
俗名と戒名睦む小春かな
うしろ手に閉めし障子の内と外
生前も死後も泉へ水飲みに
（『花隠れ』平8）

中村汀女

あはれ子の夜寒の床の引けば寄る

（『汀女句集』昭19）

なかむら　ていじょ　明治三三年、熊本県生まれ。「ホトトギス」などに投句、高浜虚子に師事。同人を経て、昭和二二年「風花」創刊、主宰。句集『春雪』『汀女句集』ほか。六三年没。

鑑賞　夜寒を覚えた夜更、先に寝ていた子供の寝床を自分の蒲団の方へ引き寄せた。するといとも易々と寄った。その時胸をついた思いが「あはれ」である。何と軽い、いたいけな、たよりない、従順な存在であることよ、との思いがこの一語にこめられている。

子供の蒲団を自分の蒲団とぴったりつけておきたいのは、子供が寝冷えしないように、夜中に起きた時にすぐに手が届くようにという親ごころからだが、夜寒の頃の母親自身の心もとなさもあることだろう。並んで寝る子供の寝床との間に溝があるのは、本能的に不安なのだ。子育てをした母親の誰もが体験していることだ。日常のごくささいな事柄を詠んだにすぎない句だが、「夜寒」の感覚が実にこまやかに表現されている。体感だけでなく、幼児を育てている最中の母親の情が、この季題に託されている。

夫の赴任先仙台に移り住んだ年の秋の作である。

ノート　女性俳句の歴史の中で、中村汀女ほど安定感のある存在はない。穏健な生活と三人の子育ての歳月の中から生まれた句の数々は、多くの一般女性達の共感を呼んだ。ふつうの暮らしをしているふつうの女性が俳句を楽しみ、こんなにも詩情豊かな作品を示してくれたことに共鳴するように、俳句に目覚めた女性は多い。いわば女性俳句の初期のリーダー的存在であり、今日の隆盛の基を築いた一人でもある。

高浜虚子が提唱した台所俳句の最も忠実な具現者であった。さらに汀女によってその火種が大きく育てられ、日常や母性が詩的な昇華を見たといえよう。男性には思いもつかぬ所に、同性でさえ気づきもしなかった所に、汀女は俳句の灯をつけて見せてくれた。

さみだれや船がおくるる電話など
とどまればあたりにふゆる蜻蛉かな
地階の灯春の雪ふる樹のもとに
遠けれどそれきりなれど法師蟬
肉皿に秋の蜂来るロッヂかな
末の子が黴と言葉を使ふほど
稲妻のゆたかなる夜も寝べきころ
咳をする母を見上げてゐる子かな
春の海のかなたにつなぐ電話かな
秋雨の瓦斯が飛びつく燐寸かな
掛乞に幼きものをよこしたる
ゆで玉子むけばかがやく花曇
あひふれし子の手とりたる門火かな
あはれ子の夜寒の床の引けば寄る
咳の子のなぞなぞあそびきりもなや

（『汀女句集』昭19）

春泥に振りかへる子が兄らしや
遠雷や睡ればいまだいとけなく
子等のものからりと乾き草枯るる
子を守りて母うつつなき飛燕かな
夫と子をふつつり忘れ懐手
たらちねの蚊帳の吊手の低きまま
秋暑き汽車に必死の子守唄
夏帯やわが娘きびしく育てつつ
母我をわれ子を思ふ石蕗の花

（『花影』昭23）

外にも出よ触るるばかりに春の月
次の子も屠蘇を綺麗に干すことよ

（『都鳥』昭26）

滴りの思ひこらせしとき光る
白玉や人づきあひをまた歎き

（『紅白梅』昭43）

聞き置くと云ふ言葉あり菊膾
霜白し独りの紅茶すぐ冷ゆる

（『薔薇粧ふ』昭54）

夏井いつき

抱えゆくヒロシマの日の楽譜かな

（『伊月集・梟』平18）

なつい　いつき　昭和三二年、愛媛県生まれ。黒田杏子に師事。「藍生」創刊より入会。平成九年俳句集団「いつき組」代表。俳人協会会員。句集『伊月集』。

鑑賞　小磯良平の代表作「斉唱」。乙女たちの歌う姿を描いたその画面全体から立ちのぼる、精神性に満ちた高い香気と清冽な詩情、そして澄明で真率な祈りの気配。小磯良平は昭和一六年にこの絵を描く前、すでに二度戦線派遣画家として戦地を歩いてきた。戦場というものを見届けたうえで描いた「斉唱」であった。

夏井いつきのこの作品からは「斉唱」が連想される。「広島忌」ではなく「ヒロシマの日」という表現が、現代性と世界的な広がりを持つが、その日楽譜を抱えて並木の蔭を、あるいは橋の上を行く若者の姿が、身近に爽やかに見えてくる。どこまでも清潔に、等身大の言葉で一句全体が紡ぎ出されているからである。楽譜はバッハか、ディストラーか、それとも「イマジン」か。いずれにしても、人類の悲惨の極みを通奏低音とした、鎮魂と平和への祈りと希望の旋律が、この一句からさりげなく衒いなく、みずみずしく流れ出ている。

ノート　夏井いつきは平成二年、黒田杏子主宰の「藍生」に創刊とともに入会した。初めていつきと対面したときの印象を、黒田杏子は「ダイナマイトを抱えたような主婦とも私には思えた」と書いている。いつきはテレビ番組の子どものための俳句道場で躍動し、俳句集団「いつき組」組長として、各地で「句会ライブ」を展開するなど、極めて新しいタイプの、才気溢れる行動する俳人として際立った存在である。

そしてその俳句世界も、知的で明確な言葉によって描かれた、繊細にして大胆な、生彩に富んだものである。しかし、いつきの原点は冷静な観察と写生であり、それを踏まえて、常にあくまでも自身に即した言葉で、自己に忠実に詠む。そこには、新しい俳人なればこその新しい俳句が拓かれてゆく。

遺失物係の窓のヒヤシンス
からつぽの春の古墳の二人かな
抱きしめてもらへぬ春の魚では
花びらを追ふ花びらを追ふ花びら
うぐひすに見せてはならぬ鏡かな
幻聴やたかみにくらき桐の花
麦秋の櫂を濡らしてもどりたる
日盛や漂流物のなかに櫛
木の葉ちる明るさに君あらはれよ
赤ん坊ひよいとかかへて紅葉山
母が吾をまたいでゆきぬ年の暮
大年の夕日見にくる奴らなり
荒星の匂ひのセロリ囓りたる
ふくろうに聞け快楽のことならば
木枯を百年聞いてきた梟

（『伊月集・龍』平11）
（『伊月集・梟』平18）

雪片にふれ雪片のこわれけり
荒星や老いたる象のような島
風花も独楽もひかりとなりたがる
みな春の雪を見上げて歩き出す
愛の日のばりばり潰す段ボール
問い詰めればぱふんと春の魔法瓶
鳩の目に金のまじれる桜かな
八重桜わが身をたたむ箱欲しき
野茨や寓話のような月である
夏蝶に空気のたゆんたゆんかな
ふりむいて薔薇のようなる口火切る
のうぜんに火薬を詰めておきました
抱えゆくヒロシマの日の楽譜かな
露草に生きてはいける痛みかな
子規の日をすぎて芒の日々ありぬ

夏石番矢

未来より滝を吹き割る風来たる

鑑賞 未来ほど、時代によって異なった様相を呈するものもあるまい。ある時代が前へ進む力に溢れた幸福なものであれば、未来は薔薇色に輝く。その逆であれば、未来は到来しない方がよい、忌むべきものとなる。

この句の未来は前者のイメージである。轟々となだれ落ちる滝を吹き割る爽快な風を、夏石番矢は明るい未来からの風だと了解した。理性で考えれば未来から風が吹くはずはないが、過去—現在—未来と続く時間を一望する詩人の直観が、この句を壮大な輝かしいものとしている。華厳の滝でも那智の滝でも、あるいは日本を飛び出して、高さ千メートル近い南米のエンジェル・フォールでもよい。滝が大きければ大きいほど、風力も句の魅力も増大する。

番矢は、『現代俳句キーワード辞典』（立風書房）で、「あたかも「未来」が現在の世界を作りなおす意志を、「風」であらわしたかのようだ」と自解を加えている。

（『メトロポリティック』昭60）

なついし　ばんや　昭和三〇年、兵庫県生まれ。高柳重信に師事。「俳句評論」を経て、五三年「未定」創刊。平成一〇年「吟遊」創刊、代表。句集『猟常記』『神々のフーガ』ほか。

ノート 夏石番矢は平成一〇年に国際俳句雑誌「吟遊」を創刊したのに続き、一二年には世界俳句協会（ＷＨＡ）を共同設立した。これまでに日本のほかスロヴェニア、ブルガリアなどで世界俳句大会を開催し、海外の俳句作家との交流を推進するほか、講演、多言語による俳句朗読・出版など、従来の俳壇の枠を越えた活動を展開している。『俳句のポエティック　戦後俳句作品論』（静地社）など評論も多い。

『現代俳句キーワード辞典』では従来の季語ではなく、愛、赤ん坊、曙といった「有季・無季の次元を超越した」「キーワードという詩的中核語」を基軸に秀句を分類し、「季節感を突きぬけた世界観や宇宙観、あるいは人間観」を問う詩のアンソロジーを試みている。

冬の朝階段の音にもうひとりの我　（『うなる川』平13　『夏石番矢全句集　越境紀行』所収）

緑蔭に男は優しき潜水艦

降る雪を仰げば昇天する如し　（『猟常記』昭58）

家ぬちを濡羽の燕暴れけり

階段を突き落とされて虹となる

未来より滝を吹き割る風来たる　（『メトロポリティック』昭60）

街への投網のやうな花火が返事です

千年の留守に瀑布を掛けておく

天(テン)ハ固体(コタイ)ナリ山頂(サンチヤウ)ノ蟻(アリ)ノ全滅(ゼンメツ)　（『真空律』昭61）

新大陸(シンタイリク)ノ中心(チユウシン)ノ砂漠(サバク)ニ深(フカ)ク句点(クテン)ヲ打(ウ)テ

不可逆性虚血性銀河(フカギヤクセイキヨケツセイギンガ)ニ帰(カヘ)ラナム

夢に見よ身長十億光年の影姫　（『神々のフーガ』平2）

月は日を我は汝を追う風の国

日本海に稲妻の尾が入れられる

龍の骨より生まれては笑う我　（『人体オペラ』平2）

すなあらし私の頭は無数の斜面

涙腺を真空が行き雲が行く

いのちひしめく雲のやちまた涼しけれ　（『楽浪』平4）

みなかみに声の列柱あり薄暮

嵐があやす千年杉を捨てて来た　（『巨石巨木学』平7）

智慧桜黄金諸根轟轟悦予(ちえざくらおうごんしょこんごうごうえつよ)

日曜のミラボー橋を羽毛飛ぶ　（『地球巡礼』平10）

パリは無数のあなぐら行方不明は神のみならず

道は羊へ大西洋へ石の家

天へほほえみかける岩より大陸始まる

父母老いて播磨に蛸の甘さかな　（『漂流』平13　『夏石番矢全句集　越境紀行』所収）

金箔をすかせば見える鬼の国

ニューヨーク夕日に遊ぶほこり恐ろし　（『右目の白夜』平18）

青草は天使の輝き手術を決める

砂の城にて幽霊夢見るひまわり畑　（『連句　虚空を貫き』平19）

行方克巳

生涯のいま午後何時鰯雲

（『昆虫記』平10）

鑑賞 一生を一日に喩えるとしたら何歳で午後を迎えるか。その実感は人によって違うが、いずれにしても中年を過ぎた頃の感慨が「いま午後何時」であろう。若い頃は午前であることを疑っていなかった。が、中年を越えると生涯の持ち時間ということを考えるようになる。同年の死を身近に見ることもある。いつの間にか自分は生涯の午後にいることに気づくのだ。

鰯雲は秋空に広がるうろこのような雲。この雲が上空に見えると、たとえ昼間の気温が高くとも、秋の到来を実感する。ついこの間まで暑い暑いと思っていたのに、紛れなく季節は移りつつある。そんな時、人は改めて空を眺めて佇み、人生の感慨にふけるものだ。自分の人生の季節に思い至り、一生涯の午後何時頃だろうと考えたりする。生命力旺盛な午前中には気がつかなかったことにも気づく。生涯のある時の思いと、鰯雲とが響き合ってこそ成り立つ句。

なめかた　かつみ　昭和一九年、千葉県生まれ。慶大在学中、俳句研究会に所属。「若葉」で富安風生、清崎敏郎に師事。平成八年西村和子と「知音」創刊。句集『知音』『祭』ほか。

ノート 中学の頃短歌と出会い、大学入学と同時に「慶大俳句」に入会、清崎敏郎に師事した。初期の作品には抒情的なものが多く、孤独なるロマンチシズムを特徴とする。〈何となくひとりになって虫を聞く〉〈汗のてのひらを泳がす無言劇〉〈雪のふることのこんなになつかしく〉しらべのよさは短歌を愛した心根のあらわれと言えよう。

第二句集及び主宰誌「知音（ちいん）」の由来となった作品は、芸術の真の理解者を求める祈りがこめられている。夜通し奏で続ける虫の音に、句を詠みつづける自らが投影されてもいる。対象を見つめ、その本質に迫らんとする作句姿勢は、そのまま自己凝視につながる。最近の作に共通する自我意識の高まりが新たな地平を予感させる。

まっすぐにふりて杭にたまる雪　（『無言劇』昭59）
髭の先までごきぶりでありにけり
枯れ切りしものに触るるはあたたかき
椎の花夜目にもをとこ盛りかな
虫の夜の知音知音と鳴けるかな　（『知音』昭62）
切先の我へ我へと青芒
螢籠よりもさびしく夜明けたり
さびしさのかぎりを飛んできちきちは
花の下骸骨踊り餓鬼笑ひ
しゃぼん玉吹きつつ風を連れありく
泛かみ出て母の遠さよ鴉　（『昆虫記』平10）
海棠の雨に愁眉をひらきたる
少女はも珊瑚の色に日焼して
春眠の如くに涅槃したまへる
夜桜の一樹の化粧濃かりけり

掌の深みに落ちて恋螢
父の日や父よりうけし後生楽
生涯のいま午後何時鰯雲
濤声もみどりなすなり鑑真忌　（『祭』平16）
白鳥の野行き山行きせし汚れ
春月の暗き処を海といふ
曼珠沙華わが血も傾きたるものを
城を盗らずをみなをとらず花の雨
祭浴衣老獪にして汗かかず
風の樹と風の噴水日曜日
椎の実や見えざる轍われを轢く
焚火かき立ててをりたる棒もくべ
千秋といふはいちにち落葉踏む
皿二つそらまめとそらまめの皮
武者ねぶた瞋恚も恋も真赤ぞよ

成田千空

冬の雷あまり激しく正座する

（『忘年』平12）

なりた せんくう　大正一〇年、青森県生まれ。昭和一八年、青森俳句会に参加。のち「暖鳥」創刊同人。中村草田男に師事し、「萬緑」同人。句集『地霊』『人日』ほか。平成一九年没。

鑑賞　激しく轟き渡る冬の雷に、厳しく荒々しい風土がまず思われる。雷そのものは夏の季語であり、一般的には冬は雷の少ない季節だが、日本海側の地方では、冬、雪が降り出すときに雷が鳴ることがある。

成田千空は津軽の地に生きた。冬であればこそひときわ暗く重い、のしかかるような雲から閃光が走り、雷鳴は天空と大地を揺るがして炸裂する。その光と大音響のただなかに身を置いて、じっとみじろぎもせず全身で受け止める千空。やがてその畏怖すべき圧倒的な大自然の力に、天からの何事かの啓示、あるいは己に対する峻厳な叱咤を感じ取って、思わず座り直す。敬虔な思いを抱き正座するのである。冬の雷であればこそ、求心的で重量感と深みのある想念の存在というものが思われる。

篤実謙抑で度量の広い、重厚な思弁を抱え持つ人の姿が浮き彫りにされてくるような作品である。

ノート　昭和一六年、成田千空は肺結核を患い、働いていた東京から青森に帰郷、ほとんど同時に俳句と出会う。大野林火『現代の秀句』を読んで中村草田男に惹かれ、草田男の「萬緑」創刊とともに入会。「津軽の人間の表現には抜き差しならない風土の影響があります」（聞き手・黒田杏子『証言・昭和の俳句』）と語った千空の創作は、自らの母胎である津軽の風土に徹底的に根ざしている。しかし千空にとって風土とは素材ではなく、自身の鬱然として生々しい身体性であり、自己探求の拠り所であり、ひろやかでおおどかで、しかも存在感のある普遍的な言語世界へと昇華されるものであった。平明で柔らかな言葉から成るその作品からは、奥行き深い人間性の温もりとふくよかな品格が滲み出ている。

秀句選

北津軽移住
大粒の雨降る青田母の故郷(くに)　（『地霊』昭51）
子は額(ぬか)で押しゆく母の麦車
炎ゆる砂地掠めしつばめ懐かしや
大望に遠く杭ぜに菜屑溜る
機械は主軸油びかりに揚雲雀
藁塚(にほ)幾座厠に気張る声すなり
防雪林吾(あ)を持つ母のいまも貧し
仰向けに冬川流れ無一物
滾々と雪ふる夜空紅きざす
風三日銀一身の鮭届く　（『人日』昭63）
白鳥の花の身又の日はありや
野は林檎鈍行列車声に満つ
八雲立ちとどろきわたる佞武多かな　（『天門』平6）
早苗饗のあいやあいやと津軽唄
山鴉一と声寒くオカアサン

大空に力をもらひ雪卸す
びんばふが苦にならぬ莫迦十二月　（『白光』平9）
雄(を)の馬のかぐろき股間わらび萌ゆ
鬱蒼と東北は雨草田男忌
夏掛の山繭いろに熟睡(うまい)妻
成人の日をくろがねのラッセル車
白光の天上天下那智の滝
降る雪の舞ふ雪となり花となる　（『忘年』平12）
冬の雷あまり激しく正座する
骨肉の骨を拾ひてあたたかし
雪よりも白き骨これおばあさん　（『十方吟』平19）
おむすびは心のかたち雪のくに
人日や力をつくしめしを食ふ
うすべりに残るはらから盆供養
寒夕焼に焼き亡ぼさん癌の身は　（『十方吟』以降）

鳴戸奈菜

形而上学二匹の蛇が錆はじむ

（『天然』平4）

なると　なな　昭和一八年、京城（現ソウル市）生まれ。永田耕衣に師事し「琴座」入会、のち同人。「豈」同人を経て、平成一〇年「らん」を創刊。句集『天然』『月の花』『微笑』ほか。

鑑賞　形而上学は、長い、果てしない問いかけである。対峙する蛇は、死と再生のシンボル。連想するのは、お互いの尻尾を噛み合ったまま動けなくなった、古い物語の蛇だ。完璧な、美しい円環をつくりながら、錆びてゆく二匹の蛇。蛇たちは、自分たちの発した問いによって、その動きを封じられてしまったのだろうか？

たとえば作者は、古い哲学書を手に取っていたのかもしれない。禍々（まがまが）しく施された蛇の装飾は、すでに錆び始めている。だとしても、この作品を支配しているのは、「形而上学」という言葉の力だ。人が、古代からずっと、発せずにはいられなかった、「なぜ」という問いかけ。蛇が二匹なのは、その問いかけが矛盾に満ち、世界が混沌としているから。

世界はどうしようもなく錆び始めているのかもしれないが、人は今も、形而上学に強い憧れを抱き続けている。そのような輝かしさが、この作品を照らしているのだ。

ノート　永田耕衣という強烈な個性を持った俳人に師事したばかりではなく、その言説を集めた『田荷軒狼箴集』を纏めるなど、永田耕衣研究でも充実した仕事をしている鳴戸奈菜は、そのような場合にありがちな、師の強烈な個性に押しつぶされるということもなく、しっかりと自分の作品を作り続けている。知性と天性のバランス感覚のなせる技であろう。そのせいだろうか。評論やエッセイなどは特に、名前をみなければ女性が書いたのか男性が書いたのかよくわからない、というような雰囲気がある。その作品の多くは、俳句という枠を超えて、広く深い世界を詠もうという意欲に満ちていて、「女性」の枠にはまらない、新しい時代の女性俳人として、楽しみな存在である。

梨の木に水のぼりゆく春の空　（『イヴ』昭60）
春の闇瑪瑙をひとつ孕みけり
牡丹見てそれからゴリラ見て帰る
韓国（からくに）の愁いの滝というを見し
囁きぬ空蟬のこと舟のこと
青大将この日男と女かな
今年また上手に桜咲きにけり　（『天然』平4）
山科に螢の似合う人がいる
恋すればきさらぎ柳行李かな
八十八夜畑のように眠らんか
天の河ひとりの時はふたりなる
ダンテの忌髪に野薔薇や星や百足
昼顔の午睡の夢に窓がある
人妻に蝶やトンボの影さして
形而上学二匹の蛇が錆はじむ

亀鳴くと双の乳房に墨を入れ　（『月の花』平8）
流星を咥えしたたる秋田犬
銀漢の奥のさみしき人通り
青年を見詰む口中に生卵
さびしさに蛇や蜻蛉を生んでみる
白桃の紅らむ頃を夜汽車かな
許せ瀧に映りて昇る顔容（かんばせ）ぞ
秋の夢浮標（ブイ）よりロープ外れおり
犬という命と並び日向ぼこ
仁和寺のごときが眠る春景色　（『微笑』平13）
桃の花死んでいることもう忘れ
双蝶は蝶であること忘れおり
合歓の花この世のような景色かな
恋人よ雪が時間が降りつもる
戸口まで道が来ており冬の月

西村和子

くべ足して暗みたりけり花篝

（『心音』平18）

にしむら　かずこ　昭和二三年、神奈川県生まれ。慶大俳句に入会し、清崎敏郎に師事。五六年「若葉」同人。平成八年「知音（ちいん）」創刊、代表。句集『夏帽子』『窓』『心音』ほか。

鑑賞　いかにも俳人好みの感覚で、花篝（はなかがり）の花篝たるところをうまく捉えている。くべ足された薪が炎を伏せて、不意に篝火が暗んだ。その一瞬の暗みをどうこう述べている訳ではないが、篝火の衰えに乗じるかのように夜桜の背後に潜んでいた漆黒の闇が、突如口を開けて身ほとりに忍び寄ってきた、そういう不気味な気配を感じたのではあるまいか。しかしそこには、再び篝火が燃え上がれば真闇の恐怖などたちどころに消え去るのだという安心感のようなものが働いている。「たりけり」という完了・回想を表わす助動詞の連語を用いて花篝の炎の変化を詠み込むことによって、夜桜の持つ艶めいた雰囲気を巧みに醸し出している。作者のしずかな心の昂ぶりが伝わってくる作品である。

余談になるが作者の句歴は随分長い。大学時代の作という〈月見草胸の高さにひらきけり〉と、近作の掲句を読み比べてみると、作者の俳句人生の年輪が感じられて興味深い。

ノート　西村和子は関東生まれの関東育ち。直向（ひたむ）きで明るく大らかな人柄は、日々の俳句の取り組み方にも現われている。

小さいころから文学好きで、俳句を始めたのは一五歳の高校時代という。慶応大学文学部国文科時代、卒業後の会社勤め時代、結婚後の子育て時代、と何れの時代も俳句と共にあり、現在は俳壇で大いに注目されている作家の一人である。

第一句集『夏帽子』では第七回俳人協会新人賞を、第四句集『心音』では第四六回俳人協会賞を受賞。また、夫君の転勤に従って住まった関西で物した『虚子の京都』では第一九回俳人協会評論賞を受賞するなど、俳句、評論ともに優れた業績がある。また『季語で読む源氏物語』も文学の造詣の深さを表わす好著である。

秀句選

月見草胸の高さにひらきけり　（『夏帽子』昭58）

囀に色あらば今瑠璃色に

泣きやみておたまじゃくしのやうな眼よ

螢籠吊るす踵を見られけり

熱燗の夫にも捨てし夢あらむ

桐の花らしき高さに咲きにけり　（『窓』昭61）

明易や愛憎いづれ罪ふかき　（『かりそめならず』平5）

この町に生くべく日傘購ひにけり

運動会午後へ白線引き直す

寒禽のとりつく小枝あやまたず

ひととせはかりそめならず藍浴衣

鉾を待つ窓に親戚中の子よ

虫籠に虫ゐる軽さゐぬ軽さ

紙風船息吹き入れてかへしやる　（『心音』平18）

蓮見舟声をひそめて乗り合はす

小説はつづき雪林昏れにけり

黒谷の松吹く雪となりにけり

くべ足して暗みたりけり花篝

もの言はぬもののみ残り原爆忌

脈々と湧き刻々と泉古り

創刊の言をこころに初句会

五月幟男（を）の子は家をはなれゆけ

初桜立ち出でて子はふり向かず

見るうちに祭の橋となりにけり

水音と虫の音と我が心音と

朴落葉して林中に二人きり　（『心音』以降）

林檎剥き分かつ命を分かつべく

うつしみは涙の器鳥帰る

さくら咲く生者は死者に忘れられ

我をのみ待つらむひとり霊祭

野澤節子

さきみちてさくらあをざめゐたるかな

（『飛泉』昭51）

鑑賞　咲き静まってまだひとひらもこぼさぬ満開の桜の美しさは緊迫感に満ち、どこかに翳りが潜んでいる。それは翳りなどというなまやさしいものではなく、最も熾烈に燃えさかっている生命が必然的に秘める暗い情動や闇、と呼んだ方がよい、戦慄すべき魔の領域に属するものかもしれない。あるいは、微塵の疵も弛みもない完璧な美の頂点に立った瞬間に兆す、頽廃や衰退へのかすかな、しかし確実なプロローグの遠鳴りかもしれない。いずれにしても、「あをざめゐたる」という鋭い直感的把握が一句の核心である。

生命や美の孕む暗い情動や衰退にまで踏み込み、掴み取ってくる作者の、対象を真正面から見据える強靱な凝視力と、野性的とも言えるほどに無垢で猛々しい感性。それらを鎮めかつ一方で煽るかのような、平仮名ばかりの表記である。平仮名の柔らかい曲線が、あくまで流麗に、呪術のように妖しく、落花のありさまを先取りして幻視させるかのようだ。

のざわ　せつこ　大正九年、神奈川県生まれ。昭和一七年「石楠」入会。大野林火に師事。「濱」に参加、のち同人。四六年「蘭」創刊、主宰。句集『未明音』『鳳蝶』ほか。平成七年没。

ノート　一三歳で肺浸潤・胸椎カリエスの診断を下された野澤節子が完全治癒となったのは二十数年後。長く厳しい闘病生活中に俳句と出会う。短い詩型にこめられた精神の凛々たる気魄に魅せられたという。節子の根底にあるのは、孤独と強烈な自我意識にひたと向き合い、いかに生きるべきかというのっぴきならない懊悩や葛藤を抱え、烈しくいのちの根源に迫ろうとする剛毅にして雄勁な形而上志向と、自然界と交感しあう霊的とも言えるほどの並外れた鋭い感受性である。

いのちの根源、その深淵には官能と闇がひしめく。その両者を節子自身その身に生々しく湛えていればこそ、対象のいのちと高い次元でかぐわしく華麗に響きあい、強い精神力をもって緊密で硬質な艶のある詩の世界を拓いていった。

秀句選

荒涼たる星を見守る息白く　（『未明音』昭30）

われ病めり今宵一匹の蜘蛛も宥さず

冬の日や臥して見あぐる琴の丈

春昼の指とどまれば琴も止む

芝焼いて曇日紅き火に仕ふ

天地の息合ひて激し雪降らす

春燈にひとりの奈落ありて坐す

白桃のうす紙の外の街騒音　（『雪しろ』昭34）

はじめての雪闇に降り闇にやむ　（『花季』昭41）

からまつ散る縷々ささやかれゐるごとし

せつせつと眼まで濡らして髪洗ふ　（『鳳蝶』昭45）

火傷して繚乱と挿す冬の芥子

帯締めて春著の自在裾に得し

薄氷を昼の鶏鳴渡りゆく

冬山中煙の束の炎（ほ）の初め

糸吐きて蚕が薄明に隠れきる

さきみちてさくらあをざめゐたるかな　（『飛泉』昭51）

春暁の嗚咽に似たる目覚めかな

那智山九句（のうち一句）

水現れて檜山の暮天曳き落つる

唐招提寺讃月会七句（のうち一句）

大寺の月の柱の影に入る　（『存身』昭58）

闘鶏のばつさばつさと宙鳴れり

帯かたき和服一生粉雪ふる

一柱（ちゅう）の焔めくれて十二月　（『八朶集』昭58）

身のうちへ落花つもりてゆくばかり

一山のこらへきれざる花ふぶき

水ありて魚を泳がすさくら季（どき）

あけぼのの春あけぼのの水の音　（『駿河蘭』平8）

緋襷の火傷はふかしほととぎす

焼きのぼる火や山頂に相擁す

古希といふ発心のとき花あらし

野見山朱鳥

春落葉いづれは帰る天の奥

（『愁絶』昭46）

のみやま　あすか　大正六年、福岡県生まれ。昭和二〇年、高浜虚子に師事、のち「ホトトギス」同人。戦後、「菜殻火」創刊、主宰。句集『曼珠沙華』『天馬』『運命』ほか。四五年没。

鑑賞　掲出の句は昭和四四年の作。夫人によって没後まとめられた句集『愁絶』に収められている。死の前年この句に寄せた「病人の感傷的詠嘆と受取られようが、そのつもりはない」（「天の奥」『現代俳句全集』）という言葉がある。「天の奥」にあるものは失われ消えゆく死ではない。

常盤木の葉は秋冬には散らないで、春になってから若葉と交代し知らない間に木立の土を覆っている。季節が移り行き、明るくなってゆく空の下でひっそりと散り敷く落葉のありように心添うものがあったのだろう。

「自然の神秘は遠い天の距離にある存在に向かって繋がっている。人間の内部もまた永遠の距離にある存在に向かって繋がっている」（「菜殻火」昭和三〇年一〇月号）。

天とは澄みわたった空のはるかにあって、その奥は計り知れない。そこにすべての生命がひとり帰ってゆく場所があると信じていたのだ。「いづれは帰る」は約束である。

ノート　画家を志し、俳句とともに多くの作品が残る。肺を病み、療養の中で俳句と出会い高浜虚子に師事。第一句集『曼珠沙華』に寄せた「曩に茅舎を失ひ今は朱鳥を得た」というただ一行の虚子の序文は〈火を投げし如くに雲や朴の花〉などの鮮やかな句とともに深く記憶されることとなった。

初期の「見る意志が錐のように尖ってきて物を貫き通すまで見続けるという写生法」（「天の奥」同）は、画家としての元来の才を強く感じる。客観写生には収まらず鬼才ともよばれたが、晩年の詩境はやわらかい言葉で澄んだ。

その生命の鮮烈さ、志の高さは多くの俳人に強い影響を与えた。句集のほか、すぐれた俳論集、版画集がある。

犬の舌枯野に垂れて真赤なり　（『曼珠沙華』昭25）
二階より枯野におろす柩かな
蜩に打つ小石天変地異となる
火を投げし如くに雲や朴の花
曼珠沙華散るや赤きに耐へかねて
花散りしあとに虚空や曼珠沙華
冬浪の壁押しのぼる藻屑かな
身二つとなりたる汗の美しき
阿蘇山頂がらんどうなり秋の風
菜殻火やイエスの如くわれ渇す
曼珠沙華竹林に燃え移りをり
林檎むく五重の塔に刃を向けて
手鏡の中を妻来る春の雪　（『天馬』昭29）
炎天を駆ける天馬に鞍を置け
夏山に魂を置き忘れけり

胸の上聖書は重し鳥雲に
わが影を金のふちどる泉かな
生涯は一度落花はしきりなり　（『荊冠』昭34）
荊冠によきからたちの花咲けり
運命の一糸乱れず枯木星
冬蜂の胸に手足を集め死す　（『運命』昭37）
疲れ鵜の一羽が鳴けば皆鳴くよ
みなうしろ姿ばかりの秋遍路　（『幻日』昭46）
遠きより帰り来しごと昼寝覚　（『愁絶』昭46）
わが影を遠き枯野に置き忘れ
春落葉いづれは帰る天の奥
つひに吾れも枯野のとほき樹となるか
眠りては時を失ふ薄氷
冬の暮灯もさねば世に無きごとし
絶命の寸前にして春の霜

能村登四郎

火を焚くや枯野の沖を誰か過ぐ

（『枯野の沖』昭31）

のむら　としろう　明治四四年、東京生まれ。「馬酔木」に投句、水原秋櫻子に師事。戦後、同誌同人。昭和四五年「沖」創刊、主宰。句集『枯野の沖』『天上華』ほか。平成一三年没。

鑑賞　「咀嚼音――それは／生きる限りつゞく／人間の悲しみの韻である」と自ら記した人間味溢れる第一句集『咀嚼音』、そして当時隆盛だった社会性俳句の範疇に入れられてしまった第二句集『合掌部落』の後、作者は長いスランプに陥った。見たものを正確に表現するそれまでの詠み方から、読者それぞれが持つ想像力を喚起させる句はできないかという苦闘が始まった。その苦闘と反故の山の中から、ふっと心の底から湧いてきたのが掲出句だという。火を焚く、そしてその時、「枯野の沖」を誰かがよぎったような――もちろん、これは現実の景ではなく、心象風景だと見たほうが作品に奥行きが生まれる。芭蕉の辞世の句を引くまでもなく、「枯野」は生と死の行き交う場所だと見ることも可能である。海ではない「枯野の沖」をよぎってゆく名前のない人物は、その顔すら定かではない。登四郎の作風の転換点ともなった本作品は、のちに主宰誌「沖」にその名を長くとどめることになる。

ノート　第一句集における教師生活の哀歓を詠った世界から、第二句集は各地の旅吟に、そして長いブランクを経ての第三句集はイメージの拡大へと、能村登四郎の作風は変遷をたどった。他の俳人に比べ、開花の時期が遅れた登四郎は、老年になってから大作をどんどん発表する等、作風が定まって以後の創作意欲には目をみはるものがある。しかし、生涯にわたって用いた季語の数やその範囲は、思いのほか狭い。同じ季語を毎年使い、「白」への執着でもわかるようにつねに似た語彙を選び、わが裡を流れる血を意識する――登四郎の求めたものは、もちろん花鳥諷詠ではなく、人間社会全般でもない。登四郎の願いは、自分の選び取った語彙や季語の中で、ひたすら自己を追求することにあった。

ぬばたまの黒飴さはに良寛忌　（『定本　咀嚼音』昭49）
老残のこと伝はらず業平忌
八月二十五日　長男爽一急逝
逝く吾子に万葉の露みなはしれ
ふかく妻の腕をのめり炭俵
子にみやげなき秋の夜の肩ぐるま
白地着て血のみを潔く子に遺す
金沢はわが父の生れし地。
汗ばみて加賀強情の血ありけり　（『定本　合掌部落』昭52）
暁紅に露の藁屋根合掌す
火を焚くや枯野の沖を誰か過ぐ　（『定本　枯野の沖』昭51）
今日の雲けふにて亡ぶ蟻地獄
春ひとり槍投げて槍に歩み寄る
一月の音にはたらく青箒　（『民話』昭47）
くらがりに水が慄へる星まつり　（『有為の山』昭53）
誰の忌か無数の蝶のうち横切り　（『冬の音楽』昭56）
男梅雨かな三日目は蘆伏して

鶏頭をあさき夢見のあと倒す　（『天上華』昭59）
ほたる火の冷たさをこそ火と言はめ
削るほど紅さす板や十二月
螢袋に指入れて人悼みけり　（『寒九』昭62）
身を裂いて咲く朝顔のありにけり
初あかりそのまま命あかりかな
瓜人先生羽化このかたの大霞
遠くより見る雪の日のあそびかな　（『菊塵』平1）
紐すこし貰ひに来たり雛納め
夏掛けのみづいろといふ自愛かな
厠にて国敗れたる日とおもふ
霜掃きし箒しばらくして倒る　（『長嘯』平4）
長子次子稚くて逝けり浮いて来い　（『易水』平8）
一条のけむり入りたる夏氷
裏返るさびしさ海月くり返す　（『芒種』平11）

橋　閒石

階段が無くて海鼠の日暮かな

（『和栲』昭58）

はし　かんせき　明治三六年、石川県生まれ。寺崎方堂に師事、「正風」に入る。昭和二四年「白燕」創刊、主宰。「俳句評論」同人。句集『雪』『朱明』『和栲（にぎたえ）』ほか。平成四年没。

鑑賞　不思議な静けさを感じる作品である。海鼠（なまこ）というのは、一種独特のその姿のせいか、太古から地球最後の日まで、ただそこにある、という存在のように見える。たとえば、海岸沿いの道から砂浜に下りる階段を下りて、砂浜をぶらぶらと散歩をしているうちに、階段からすっかり遠ざかってしまう。そんなとき、海鼠が例の不気味な姿でそこにいれば、全世界から取り残された気分になってしまうかもしれない。

一方、この作品には不思議な開放感もあって、それは、人間の時間や、思惑を超えたところにゆったりと広がる、海鼠が生きる世界のものだ。行けるはずのない異次元に、ふと迷い込むような夕暮のひととき。静かだが、けっして冷たくないのは、海鼠の存在感だろうか。階段が無い、どこにも行けない、という閉塞状況が、別の観点から見れば、大いなる自由となる。作者が、さまざまな試行錯誤の果てに行き着いた、見事な俳句世界だ。

ノート　俳諧・連句を学んだ橋閒石は、英文学者であり、同時に俳壇の最先端で現代俳句を書いた。その若き日の尖鋭的な作品も魅力的だが、老境にさしかかっての、静かで奥深い俳句にも特別な魅力がある。俳諧と英文学、そして現代俳句という、一見矛盾するようなさまざまなジャンルでの仕事が、それぞれ必然的な要素となって実を結んだのである。六八歳の句集『荒栲（あらたえ）』の後記には、「喜びも歎きも、安らぎも苦しみも、病み衰えまで含めてのいっさいに遊ぶことを、ひたすらに願ってきた」と記されているが、そのような願いが少しずつ結実し、「たまたま浮き出た微かな模様のひとつ」が折り重なったかのように、軽やかで重層的な作品となったのである。まさに独自の道を歩んだ俳人であった。

炎天を来て鍵穴に鍵を充つ　（『雪』昭26）

元日の象見るといふ吾もゆく

秋風を来てみほとけにかいななし　（『朱明』昭29）

涸れ沼の月は痩せゆくばかりなり

夕焼くる身や軟骨の数百片

鴉啼く砂丘にて懐中時計とまり　（『無刻』昭32）

身を起す窓へ枯野はせりあがり

蛇首をもたぐ喪服のきらめきに

土を出る蟬に記憶のうすみどり

夢の橋を九つ渡り蛇屋の前　（『風景』昭38）

沖の帆へ伸ばす羚羊のような脚

逃亡者入れて痒がる五月の山

ゆったりと氾濫の昼駄菓子かじる　（『荒栲』昭46）

渡り鳥なりしと思う水枕

針の目を駱駝が抜ける瑠璃の春

初花や鬼門の方に人の声　（『卯』昭53）

木霊より軽き子を抱く冬隣

蝶になる途中九億九光年

階段が無くて海鼠の日暮かな　（『和栲』昭58）

三枚におろされている薄暑かな

雪ふれり生まれぬ先の雪ふれり

陰干しにせよ魂もぜんまいも　（『虚』昭60）

足袋を穿くだけの十万億土かな

時間からこぼれていたり葱坊主　（『橋閒石俳句選集』昭62）

噴水にはらわたの無き明るさよ　（『微光』平4）

体内も枯山水の微光かな

蝌蚪の水地球しずかに回るべし

ラテン語の風格にして夏蜜柑

銀河系のとある酒場のヒヤシンス

大旱やエンサイクロピディヤブリタニカ

橋本榮治

肉食うてなにを耐へゐる残暑かな

（『逆旅』平14）

はしもと　えいじ　昭和二三年、神奈川県生まれ。五三年「馬酔木」入会、水原秋櫻子に師事。六二年、同誌同人、平成九年より編集長。句集『麦生』『逆旅』『放神』ほか。

鑑賞　「肉食うて」と、現世的でエネルギッシュな場面がまず呈示される。元気をつけて精力的に日々の営みを乗り切ろうという壮年期の男性の姿勢。しかし次の瞬間、「なにを耐へゐる」と、そういう自分に苛立つような根源的な自問が湧く。その葛藤を「残暑かな」が引き取る。梅雨明け直後の溌剌とした勢いのある暑さと異なり、疲労感とやりきれなさがよどむ残暑の中に、壮年期の男性の苦さ、悲哀、孤独感などがないまぜになった複雑な重い感慨が混沌と渦巻く。

しかし、いわば負の情念の累積が根底にありつつ、この一句を読み終えたとき、どこかにデモーニッシュな鬱蒼たる生命力のうごめきや、人間の息吹に触れたという確かな手応えが残る。〈内剛のわれマーラー派夜長来る〉とかつて詠んだ作者ならではの、重厚で懐深く存在感のある自画像である。と同時に、人は誰もが何ものかに耐えつつ生きていると思い至るとき、この一句の包含する広い世界に佇ちつくす。

ノート　二九歳で「馬酔木」に投句を始めて福永耕二の指導を受け、その後「馬酔木」編集長も務めた橋本榮治の世界は多彩である。太々とした自我意識と洗練された美意識で、身辺や家族を抒情豊かに詠うが、一方で死についての想念と、「何」という語のかなりの多用に見られるような、存在の不条理についての深々とした思念を常に秘める。そしてストイックに、志高く、強靱な自己凝視を怠らない。芸術全般や歴史、民俗に関する並々ならぬ深い造詣を持ち、対句、漢語表現、リズム、卓抜な比喩等、あり余る修辞と構成の技巧を駆使して、「何か」を探しての度重なる旅を詠む。しかし、それらは常に榮治個人の内面へと収斂してゆき、それゆえに普遍的な世界へと出てゆくというダイナミックな往還がある。

マスクして世に容れらるる言吐かず
まつすぐに降る雪はなく積もりをり
棒切のごとき記念樹卒業す
喪の列の深息が呼ぶ綿虫か
白波も錆びゆくものか日は秋へ
翼もて覆ひきれざるものへ雪
色あふれゐて金魚田の水暗し
淡路島まで海の揺れゐる夕桜
われら棲む水の惑星梅雨来たる
涅槃図の余白の我を思ふべし
救世いまだ観音春の闇にあり
東京都檜原村の夏炉かな
眠りても底冷に置く耳ふたつ
洛中を過ぎゆくものに水と月
たんせたんせ雪より白きあまえつこ

（『麦生』平7）

（『逆旅』平14）

口中に甘き舌ある桜の夜
虫のこゑ歳々にして今日のこゑ
秋深みゆく鳥は鳥樹々は樹々
アバドいま秋思のかたち緩徐章
大航海時代終りし鯨かな
木々の黙極まれば雪さらに雪
皿に盛るバジルバジリコ夏来る
原子炉を見たる一夜の蛍かな
肉食うてなにを耐へゐる残暑かな
一歩さへ成しがたきとき春風来
仏生む空也の口の春の闇
行く春の手をつなぎゐる淋しきか
いちにちをおろおろ生きて桜桃忌
露草の露こぼしつつ逢ふ日かな
老人はとしとりやすし小鳥来る

（『逆旅』以降）

橋本多佳子

月光にいのち死にゆくひとと寝る

（『海燕』昭16）

はしもと　たかこ　明治三二年、東京生まれ。山口誓子に師事。昭和二三年「天狼」創刊と共に同人。二五年「七曜」主宰。句集『海燕』『紅絲』『海彦』ほか。三八年没。

鑑賞　昭和一二年、橋本多佳子は夫豊次郎を喪い、四人の娘と遺された。若くして嫁し、掌中の珠とも愛された日々。今その命を喪おうとする中での絶唱である。「いのち死にゆくひとと寝る」――多佳子三八歳。結婚生活二〇年の様々な想いと、出来得るならば、逝かんとする夫の「命」を握りしめ、ひき戻したい激情。それらすべてが「月光に」と委ねられ、まるで宗教画のような静謐な世界を形成している。

大正期の初学時代を経て、昭和一〇年になると、山口誓子との出会いによって、自身の意志で俳句と向き合うようになっていく。その中での夫の病。そして死。この一句を書いた時、多佳子にとって、それまでの「俳句」と、以後の「俳句」は明確に異なっていたであろう。橋本多佳子の代表句といわれるものは、二六年に刊行された『紅絲』に集中していると言えるが、「俳人・橋本多佳子」の出発は、この一句に源を発するといえよう。

ノート　大正一一年、その住まいに、北九州来訪の高浜虚子を迎え、その縁で、杉田久女に手ほどきを受け、「ホトトギス」「天の川」に投句。竹下しづの女、横山白虹と交流。大阪に転居後、昭和一〇年に山口誓子に出会い、終生の師とした。「ホトトギス」から「馬酔木」へ移る。二一年より西東三鬼、平畑静塔らと奈良の日吉館での「奈良句会」で切磋琢磨の時代を送る。二三年、誓子を中心とする「天狼」創刊と同時に同人となる。同年、榎本冬一郎と共に「七曜」創刊、後、「七曜」主宰。女性俳人多佳子への道を歩みつつ、「天狼」の橋本多佳子であり、山口誓子の弟子であることを終生貫いた。誓子の「内部構造」を基本として、「いのちに触れたもの」を求め続け、昭和の女性俳人としての一峯を築いた。

曇り来し昆布干場の野菊かな　（『海燕』昭16）
雪しまきわが喪の髪はみだれたり
月光にいのち死にゆくひとと寝る
しづめたる食器泉の辺に読める　（『信濃』昭22）
母と子のトランプ狐啼く夜なり
泣きしあとわが白息の豊かなる　（『紅絲』昭26）
星空へ店より林檎あふれをり
蛇を見し眼もて彌勒を拝しけり
凍蝶を容れて十指をさしあはす
雪はげし抱かれて息のつまりしこと
雄鹿の前吾もあらあらしき息す
夫恋へば吾に死ねよと青葉木菟
愛されずして油虫ひかり翔つ
祭笛吹くとき男佳（よ）かりける
蟇（ひき）をりて吾が溜息を聴かれたり

恋猫のかへる野の星沼の星
螢籠昏ければ揺り炎えたたす
乳母車夏の怒濤によこむきに
炎天の梯子昏きにかつぎ入る
いなびかり北よりすれば北を見る
嘆きゐて虹濃き刻（とき）を逸したり　（『海彦』昭32）
髪乾かず遠くに蛇の衣懸る
月一輪凍湖一輪光りあふ
一粒を食べて欠きたる葡萄の房
百足虫の頭（づ）くだきし鋏まだ手にす
鵜舟に在りわが身の火の粉うちはらひ　（『命終』昭40）
蜘蛛の囲の蝶がもがくに蝶が寄る
白炎天鉾の切尖深く許し
雪はげし書き遺すこと何ぞ多き
雪の日の浴身一指一趾愛し

長谷川　櫂

億万の春塵となり大仏

（『虚空』平14）

はせがわ　かい　昭和二九年、熊本県生まれ。平井照敏の「槇」に入会、のち退会。飴山實に師事。「古志」創刊、主宰。句集『古志』『虚空』ほか。著作『一億人の俳句入門』など。

鑑賞　「バーミヤン大仏破壊を嘆く人に」と前書がある。平成一三年タリバーン政権によりバーミヤンの大仏が爆破されたき、多くの人が怒り悲しんだが、作者はそうは感じなかったという。ひとつには仏教は物にこだわらないことを第一義としているから。また、爆破されて塵となった大仏は、ひとつひとつの塵に姿と心を宿して、宇宙全体に遍在することとなったが、それこそが大仏の本願であったろうから。このエッセイ（一五年二月一三日朝日新聞）を読んだとき、私は心から驚いた。時事や思想は俳句に詠みにくいものと認識していたが、それは詩型の問題ではなく、単に自分の中でこなれていない素材・テーマは扱いかねるということに等しかったのか、と。俳句もまた、深く知り考えることと無縁ではないのだ。浅瀬に跳ねる雑魚を掬うことはたやすいが、深海に潜って一粒の真珠を得ることは苦しい。それに耐えられる呼吸法を身につけた人の、非情にして有情の一句かと思う。

ノート　初期のころより将来性を嘱望されていたが、その方向性を決定づけたのは、飴山實を師と仰いだことにある（平元）。これほど資質に共通するものが多く、かつそれぞれに個性的な師弟は稀であろう。俳論集『俳句の宇宙』（平元）で第12回サントリー学芸賞、句集『虚空』（平14）で第54回読売文学賞、第1回中村草田男賞を受賞、と受賞歴華々しく、また『古池に蛙は飛びこんだか』（平17）で俳壇に論議を引き起こし、『「奥の細道」をよむ』（平19）では芭蕉の「かるみ」を再定義して瞠目されるなど、論・作ともにとどまるところを知らない。平成五年「古志」創刊、主宰。平成一二年より飴山實のあとを承け、朝日俳壇選者。NPO法人「季語と歳時記の会」の代表をつとめる。

秀句選

春の水とは濡れてゐるみづのこと　（『古志』昭60）

邯鄲の冷たき脚を思ふべし

冬深し柱の中の濤の音

雪の港かすかにきしみゐたりけり

目を入るるとき痛からん雛の顔　（『天球』平4）

運ばるる氷の音の夏料理

だぶだぶの皮の中なる蟇

葉先より指に梳きとる蛍かな

夏の闇鶴を抱へてゆくごとく　（句集未収録）

粽解く葭の葉ずれの音させて　（『果実』平8）

湯に立ちて赤子あゆめり山桜

まろび寝によきかなかなの廊下かな

淡海といふ大いなる雪間あり　（『蓬萊』平12）

竹伐つて月の光に打たせあり

なきがらを霞の底に埋めけり　（『虚空』平14）

虚空より定家葛の花かをる

高きよりこの世へ影し今年竹

千年をまた一つより始めけり

億万の春塵となり大仏

龍天に登りし村の大霞

ありし人そこにあらざり籠枕

花守のつひのかたみの返り花

天地をわが宿にして桜かな　（『松島』平17）

花ちるや遊行の果の石一つ

洛中は花洛外は花の雲　（『初雁』平18）

淋しさの底より湧ける泉かな

天の川この世の果に旅寝して

したたかに墨を含める牡丹かな

初山河一句を以つて打ち開く

夢の世に並びて二つ露の石

長谷川かな女

水中花菊も牡丹も同じ色

（『川の灯』昭38）

鑑賞　あとは咲いてのお楽しみとばかりにじっと見詰めていた水中花が、花を開くと菊の花びらも牡丹の花びらも同じ色だった。面白いかどうかは読み手の好むところとして、努めて客観的に詠まれている点は、俳句の本来あるべき姿勢を示した一句と評価できよう。私はこの句の中にいささか虚子の評したかな女像を理解した、という気持がした。何度となく口ずさんでいると、水中花をじっと見詰めるかな女の眼が浮かんでくる。菊の花も牡丹の花も同じ色に開いたことにちらとがっかりしたのだろうか。それとも造花としての哀れさを美しいと見たのだろうか。水中花の虚構の世界に何を見ていたのだろう。ここにはそういう女性らしい感情は一切述べられていない。細やかな観察とさっぱりした表現、これがこの句の真骨頂となっている。

　掲句はいつも心の中に残っていて、水中花を見るたびにふと心に浮かんで来る、そういう懐かしさを持っている。

はせがわ　かなじょ　明治二〇年、東京生まれ。高浜虚子に師事し婦人俳句会で研鑽。夫・零余子創刊「枯野」同人。昭和五年「水明」創刊、主宰。句集『龍膽』『雨月』ほか。四四年没。

ノート　長谷川かな女は江戸情緒たっぷりの日本橋の商家に生まれた。明治四二年に英語の家庭教師であった富田諧三（長谷川零余子）と結婚。この頃から「ホトトギス」に投句し、高浜虚子の婦人俳句会で活躍した。

　かな女は聡明で気配りの働く女性だったといわれる。大正初期に虚子の下に集まった女性俳人の中心的存在となり、虚子の信頼も厚く、女性でただ一人『進むべき俳句の道』の中で取り上げられ、将来を大いに嘱望された。

　かな女を始めとして近代女性俳人の先駆けをなした、阿部みどり女、室積波那女、星野立子等はみな八十代、九十代まで現役で活躍した。これも女性俳人隆盛に繋がった要因の一つといえる。

時鳥女はもの〻文秘めて　（『龍膽』昭4）
羽子板の重きが嬉し突かで立つ
願ひ事なくて手古奈の秋淋し
龍膽の太根切りたり山刀
呪ふ人は好きな人なり紅芙蓉
冬ざれて焚く火に凹む大地かな
冬そうびかたくなに濃き黄色かな
牡丹みな崩る〻強き日あたれり　（『雨月』昭14）
生れたる日本橋の雨月かな
びしびしと枯枝折つて天のあり
西鶴の女みな死ぬ夜の秋　（『胡笛』昭30）
ちちははの役をひとりに秋袷
残菊や一管の笛に執着し
頂の瘤に雲這う富士遅日　（『川の灯』昭38）
湯豆腐の一と間根岸は雨か雪

雪女郎添寝す笹のうすみどり
水中花菊も牡丹も同じ色
ママと書きママと書き月見草の夕
膝かけの下にかくすは恋慕の手
夜の雪となる焼跡を通りすぎ　（『牟良佐伎』昭44）
カンナ立ち廢兵いまだ巷にあり
草の實に佇ちし二人が喜壽の今日
歎異抄に二月耐へゐぬうつ伏して
前掛が隠す惣菜柿照葉
舟虫に海女が置き去る藁草履
ホテルの灯摑みて出でし夏手袋
面白くて傘をさすならげんげん野
芭蕉忌の紫苑ぐさりと剪り終る
青柿落ちる女が堕ちるところまで
陽の條のゆらぐ厄日の窓格子

波多野爽波

冬空や猫塀づたひどこへもゆける

（『舗道の花』昭31）

鑑賞 そこに寝ていたかと思うとふといなくなる。気分屋で勝手気まま。猫とはそういうものである。この年九月より胸部疾患のため自宅療養中であった。家の中から冬空を眺める毎日。「どこへもゆける」のひらがなの七音が、しなやかな胴体や空中の尾のひらめきを思わせる。〈裏庭に冬空の立ちはだかれる〉〈冬の空昨日につづき今日もあり〉など『舗道の花』には他にも冬空の句があるが、掲出句がこれらと違うのはこの猫の存在である。たとえば、〈夜の湖の暗きを流れ桐一葉〉（『湯呑』）に対し、渚に流れ着いた一枚の葉を見ているうちに、夜の湖上を漂う「かしこの桐の一葉を瞬時にまなうらに見て取ったのである」という自解がある。この句の猫も塀の上にはいないかもしれない。想像力が開放されたとき、思いがけない一句を得る。爽波はそれを「授かりもの」と呼んだ。

はたの そうは 大正一二年、東京生まれ。「ホトトギス」に投句。高浜虚子に師事し、昭和二四年、同誌同人。二八年「青」創刊、主宰。句集『舗道の花』『湯呑』ほか。平成三年没。

ノート 高浜虚子の晩年の直弟子であり、終生変わらず虚子を師と仰いだ。「写生の世界は自由闊達の世界である」をエピグラムとし多作多捨を唱え、これを最もよく実践したのは他ならぬ波多野爽波である。その句作りは徹底した現場主義であり、『三冊子』の「物のみへたる光、いまだ心にきへざる中にいひとむべし」を「技術論」とする言が残る。短時間の集中によって自分の意識するところを超えたものを俊敏につかまえるというやり方は「俳句スポーツ説」と名前がついた。主宰誌「青」創刊は三〇歳。終刊まで薄い雑誌であったが、常に若い俳人が出入りする活発な場であり、多くの才能を育てた。盟友であった三島由紀夫との交流が知られている。

鳥の巣に鳥が入つてゆくところ

冬空や猫塀づたひどこへもゆける

誰よりも早く秋めく心かな

春暁のダイヤモンドでも落ちてをらぬか

金魚玉とり落としなば舗道の花

（『舗道の花』昭31）

本開けしほどのまぶしさ花八つ手

シーソーの尻が打つ地の薄暑かな

（『湯呑』昭56）

美しやさくらんぼうも夜の雨も

夜の湖の暗きを流れ桐一葉

白粉花吾子は淋しい子かも知れず

芹の水照るに用心忘れた鶏

鶏頭に手を置きて人諭すごとし

吾を容れてはばたくごとし春の山

鶴凍てて花の如きを糞りにけり

墓参より戻りてそれぞれの部屋へ

帚木が帚木を押し傾けて

掛稲のすぐそこにある湯呑かな

沈丁の花をじろりと見て過ぐる

蓑虫にうすうす目鼻ありにけり

あかあかと屏風の裾の忘れもの

山吹の黄を挟みゐる障子かな

骰子の一の目赤し春の山

（『骰子』昭61）

大根の花まで飛んでありし下駄

大金を持ちて茅の輪をくぐりけり

冬ざるるリボンかければ贈り物

ついて来る人はと見れば吾亦紅

（『一筆』平2）

いろいろな泳ぎ方してプールにひとり

鉦叩虚子の世さして遠からず

チューリップ花びら外れかけてをり

（『一筆』以降）

茎といふ大事なものやさくらんぼ

馬場移公子

寒雲の燃え尽しては峡を出づ

（『峡の雲』昭60）

ばば　いくこ　大正七年、埼玉県生まれ。昭和二一年、金子伊昔紅門に入り、「馬酔木」に投句。水原秋櫻子に師事し、同誌を代表する女性俳人。句集『峡の音』ほか。平成六年没。

鑑賞　昭和一九年、夫の戦死により、作者は秩父の蚕種屋を営む生家に戻った。以後、その峡谷を出ることなく、生涯を終えた。この句にもあり、また生前に残した二冊の句集名にもある「峡」は、馬場移公子の生涯と作品を語る際に絶対に外せないキーワードである。どこへ行くにも人の目の枷がある山あいの村、その中の旧家である実家に身を寄せ、峡を出ることもかなわない自分。それら全てを受け入れながら、ほとばしるような情熱の残り火のようなものを、作者は作品にした。自然を詠みながらも、移公子が詠んだものには、自身の境涯が色濃く投影されている場合が多い。掲出句も同様である。夕映えに輝く冬の雲もやがては「燃え尽して」この峡谷を出てゆく。この句は「燃え尽しては」の「は」が重要である。そこには、たとえ燃焼しつくしたとしても、やはりこの谷に戻ってくる雲と自分の運命のようなものが籠められているのだろう。

ノート　わずか四年間の結婚生活の後、馬場移公子は秩父の生家に帰った。むろん、夫の戦死がその理由であるが、たとえ生家が裕福だったとはいえ、再び嫁すこともなく峡の村に住み続けることには精神的な困難が伴ったようである。自らを「徒食」といい、あるいは農民達の妻に比べて綺麗な自分の手を恥じた句などが句集には見られる。秩父の山奥での暮しと蚕種屋という滅びゆく家業を通して、自然と人間とのかかわりを詠いあげた作者は、「馬酔木」の中でも独自の地位を確立することとなった。作品を貫いているのは、若くして未亡人となり、寂しい山村で生涯を終えようとしている孤独感であり、また、その孤独感を詩的に昇華させ得る郷里の自然の厳しさであった。

峡の空せまきに馴れて星まつる
（『峡の音』昭33）
萩咲きぬ峡は蚕飼をくりかへし
十六夜の桑にかくるゝ道ばかり
一日臥し枯野の音を聴きつくす
手向くるに似たりひとりの手花火は
いなびかり生涯峡を出ず住むか
白地着て高原にわが暮れのこる
昨日見し山のポストを霧に探す
ほとゝぎす夕冷え胸の奥よりす
野分中汲み来し水の揺れやまぬ
別れ蚊帳上体月の中に覚む
亡き兵の妻の名負ふも雁の頃
雪来ると薪積みし手の匂ふなり
閉す門の内にあふれて枯野星
曼珠沙華濁流峡を出でいそぐ

魂棚を結ふにも力つくすなり
流燈のゆきて闌けり峡の闇
寒雲の燃え尽しては峡を出づ
（『峡の雲』昭60）
巌壁より投げて七夕竹流す
野の涯のこゑなき夜火事見つつ咳く
草深く盆の水仕の灯を流す
鳥雲に縫針のまた折れる日よ
頭上にのみ星は混みをり春隣
喪の底に月日失せをり初蛙
春疾風少年何に釘を打つ
枯蟷螂種火のごとき朱をのこす
雪催ひまこと狢の鳴く夜にて
桑の闇唐黍の闇宵祭
暗がりのこゑ確かむる宵まつり
雪折れを焚きてあてなき湯の沸ける

林田紀音夫

鉛筆の遺書ならば忘れ易からむ

（『風蝕』昭36）

はやしだ　きねお　大正一三年、京城（現ソウル市）生まれ。工業学校在学時に俳句を始める。昭和二八年、金子明彦らと「十七音詩」創刊。句集に『風蝕』ほか。平成一〇年没。

鑑賞　無季俳句を作り続けた林田紀音夫の代表句。最後の兵隊として入営、敗戦。戦後の混乱の中、国民総じて意に満たぬ暮らしの中にあって、その下層に身を置かざるを得なかった、それも繊細な神経と学力を持つ若者。職を求め続けつつ、胸部疾患病後の身で謄写版を切る仕事を続けた。濃く生じた絶望感は、常に「死」と隣り合わせでもあったろう。紀音夫の作品の大半を占める「死」の影。すぐに忘れられてしまうだろう己が死への認識。そのことが、遺書にしても「鉛筆（書き）の遺書ならば」という思いを生む。誠に切ない一句である。しかし、現実の紀音夫は、苦労の末に、不足無い生活を確保した。支えたのは、少年時代から熱中した「俳句」であったといえる。若くして「遺書」を書いた紀音夫の悲哀と虚無は、その作品を貫く。そして、社会、その中での場、そこに在る人間の悲哀を客観視し得る静かな勁さが彼の句業を貫く。

ノート　「林田紀音夫の俳句における精神史は、（中略）新興俳句を知った瞬間からはじまるのである」と金子明彦は書いた。下村槐太の「金剛」、日野草城の「青玄」、そして同人誌「十七音詩」創刊、そして終刊。以後は「海程」「花曜」などの俳誌に拠り、作品を発表し続けた。紀音夫は、第二句集『幻燈』を手に、「わが国の思想史とも言える季語を歯を食い縛ってでも避けようとした」と、たった一人の弟子である福田基に語ったという。新興俳句を祖とする無季俳句。遅れて来た者として、「ペシミズム」「組織の中に生きる小市民の意識を掘り下げる」などと評されつつ、人間の存在の悲哀と寂寥を、「無季」という最も難しい位相を選び、そこに在って、書き続けたと言える。

月光のをはるところに女の手
胸部疾患にて臥床
死ぬわれに妻の枕が並べらる
湯に沈む善なる手足仕事なし
妻よ十三夜旅ゆくごとく寄れ
月になまめき自殺可能のレール走る
鉛筆の遺書ならば忘れ易からむ
隅占めてうどんの箸を割り損ず
死顔のなほ人に逢ひ葬られず
ナパーム弾も諾ひし果て馘首さる
受けとめし汝と死期を異にする
黄の青の赤の雨傘誰から死ぬ
舌いちまいを大切に群衆のひとり
寿司くう老婆に隣し妻に先立つか
マラソンのおくれた首を消さずに振る
風蝕の都市女らがぞくぞく生え

（『風蝕』昭36）

引廻されて草食獣の眼と似通う
消えた映画の無名の死体椅子を立つ
洗つた手から軍艦の錆よみがえる
愛と同量の飢え暗澹と開渠を下る
この身よりひろがつて海となる流失
星はなくパン買つて妻現われる
騎馬の青年帯電して夕空を負う
馘首の前の空がある拭かれた窓
いつか星ぞら屈葬の他は許されず
ねむる子の手に暗涙の鈴冷える
鏡の全身立ちどまりはらはらと風化
死者の匂いのくらがり水を飲みに立つ
父の高さへ草のみどりの幼女来る
箸を割る多数の中のおくれた手
泰山木の花の明るさ悲傷の街

（『幻燈』昭50）

（『林田紀音夫全句集』平18年）

原子公平

白鳥吹かれ来る風媒の一行詩

（『原子公平句集』昭43）

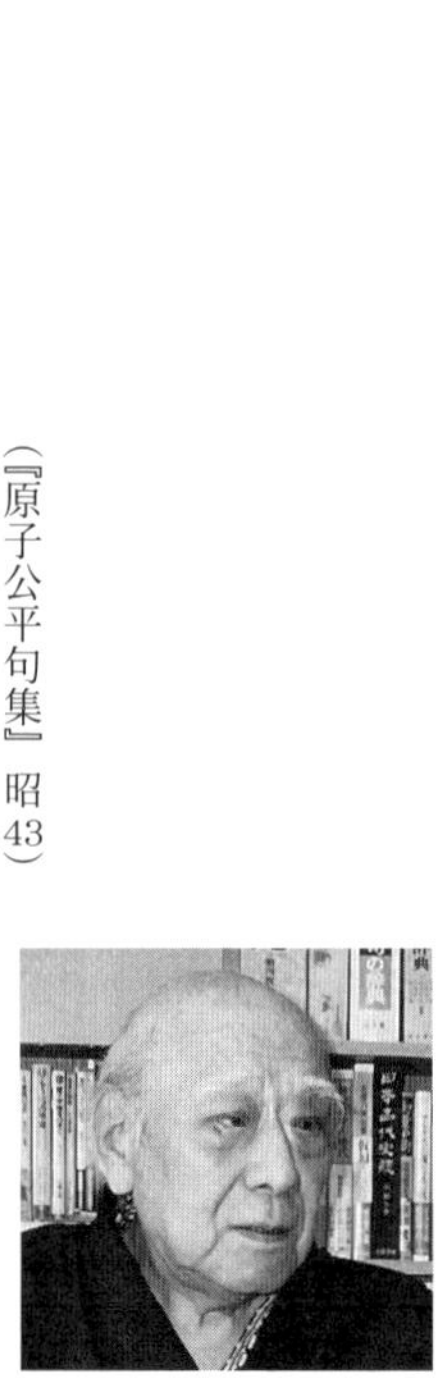

はらこ　こうへい　大正八年、北海道生まれ。昭和一四年より俳句を始め、加藤楸邨、中村草田男に師事。後に「海程」に拠る。四七年「風濤」創刊。平成一六年没。

鑑賞　掲句は昭和三二年から四八年の作品群の初めの方へ置かれた一句。昭和二十年代終わりから三十年代へ掛けて、社会性俳句への言及が始まり、原子公平はその一翼を担っていた。石原八束は「畏友原子は社会性俳句派のポレミック・ライターである。」「いわば写実手法によらないで、（中略）寓意とも象徴とも暗喩とも言える手法によって詩心のトランスポーゼがなされているところに、彼の創意の内質を見てとってよいであろう」と書く。

「白鳥」の大きく白い存在感。しかしそれはゆらゆらと「吹かれ来る」存在でもある。眼前の白鳥が、「風媒」という語によって、自身の目指す「一行詩＝俳句」のイメージへと昇華される。「風媒」の花の果敢なさと、しかしどこかで根付く強さを公平は俳句に求めたのであろう。社会性俳句派といわれた公平は、西洋的抒情をその背骨とした作家であったと言える。

ノート　幼時に小児麻痺に罹患、高校時代に、中学同級の沢木欣一によって俳句の道に進んだ。加藤楸邨に師事、「寒雷」同人。戦後、澤木欣一、細見綾子らと「風」創刊。社会性俳句を推進し、句と俳論に活躍した。中村草田男の「萬緑」同人。後に「風」「秋」「海程」同人。仏文出身、出版編集者として、俳人の著書を多数出版し、自身、多くの評論も書き、「社会性俳句の風潮」や「山本健吉の時評」などで、社会性俳句論争のきっかけを作ったりした。

初期の〈紫陽花に手を冷やさんと思ひけり〉の抒情性と柔軟、繊細な感覚を根幹とした上で、知識人としての生活感を詠み続けた。四七年「風濤」主宰。酒を愛し〈良く酔えば花の夕べは死すとも可〉などの句を遺した。

殺したる蛇の長さを計りをり
母の瞳にわれがあるなり玉子酒
恋の書を支へて片手炭火欲る
紫陽花に手を冷やさんと思ひけり
友へ文白ら息こめて封をなす
戦争と平和と暮の餅すこし
戦後の空へ青蔦死木の丈に充つ
「ダビデの石」青林檎を手に収めたり
馬立ちて枯野の人を四肢の内
街の縮図が薔薇挿すコップの面にあり
残暑の雲浚渫船に人見えず
過去は未来の逆説秋風光り過ぐ
白鳥吹かれ来る風媒の一行詩
細胞感のみの赤子を青田に抱く
旱雲犬の舐めたる皿光る

（『海は恋人』昭和62）

海軍のような青空苺を染め
赤城山中にてひそかに結社決意
人を信じて組む谷ぐるみ青胡桃
残光の星人われら枯野を往く
月面に人居りわれらには寒月
金魚鉢透かしてあの世濡れて来る
良く酔えば花の夕べは死すとも可
机上に光るマラルメの詩と凍る蜜柑
ランボーは遠いおとうと目刺で酒
殺意の抜けた空敗戦の日の散髪
紫陽花へ身の鈴の鳴る歩を運ぶ
水仙や眼は愛にして濡れるなり
試歩で越す落花流転の一途の川
水無月のわが水系に酒満ちたり
李白思えばすぐ酔う雪のひとり酒
秩父山中秋日瀞（とろ）なす山に遇う

日野草城

ものの種にぎればいのちひしめける

（『草城句集（花氷）』昭2）

ひの そうじょう　明治三四年、東京生まれ。高浜虚子に師事。昭和四年「ホトトギス」同人。一〇年「旗艦」、二四年「青玄」創刊、主宰。句集『草城句集』『昨日の花』ほか。三一年没。

鑑賞　植物は、とても小さな種子によってその命を伝えてきた。ときどき不思議に思うのは、巨大な樹木もちっぽけな草も、種そのものの大きさはたいして違わない、ということだが、よく考えれば種子は植物のミニチュアではなく、むしろ遺伝子情報の記憶装置なのだから、それ自体の大きさなどは、もともと問題外なのである。小さな種子に内蔵された、スーパーコンピューター並の、膨大な生命の記憶。

この作品は、そんな種子の持つ測り知れない生命力を、日野草城らしい明るさで謳い上げた一句である。そして、読むたびに思うのは、草城という作家が俳句にもたらした真の新しさは、「ミヤコホテル」のエロチシズムでも、タイピストやサラリーマン、といった素材の新鮮さでもなく、じつはこの明るさだったのではないか、ということだ。そしてそれは今も、新興俳句運動そのものの輝しさとして、私たちを魅了し続けているのだ。

ノート　弱冠一九歳で「ホトトギス」雑詠巻頭を占め、二八歳で同人に推された日野草城は、京都大学を卒業、サラリーマンとしても順調なキャリアを重ねた。俳句においては都会的でモダンな素材を積極的に導入し、新興俳句の旗手として活躍したが、連作「ミヤコホテル」の発表など、一連の活動が、「ホトトギス」同人除籍へとつながっていくことにもなった。彼にはそれさえも輝かしい経歴の一端である。第二次世界大戦中は厳しい言論・思想の統制によって作家として沈黙を余儀なくされ、戦後、「青玄」を創刊し、俳壇に復帰するものの、肺結核によって亡くなるまで、十年もの闘病生活を強いられた。俳人として、また一人の人間として、その生涯はまさに、静と動、光と影を駆け抜けるものであった。

秀句選

春暁やひとこそ知らね木々の雨　（『草城句集（花氷）』昭2）

春の夜のわれをよろこび歩きけり

春の夜や檸檬（レモン）に触るる鼻のさき

ものの種にぎればいのちひしめける

白南風（しろはえ）や化粧にもれし耳の陰

ところてん煙のごとく沈みをり

サイダーのうすきかをりや夜の秋

茅渟（ちぬ）の海春の大潮みちにけり　（『青芝』昭7）

夏の雨きらりきらりと降りはじむ

タイピストコップに薔薇をひらかしむ

残菊のなほはなやかにしぐれけり

白魚や黒きまなこを二つづつ　（『昨日の花』昭10）

宝恵駕の妓（こ）のまなざしの来てゐたる

春眠や鍵穴つぶす鍵さして

をさなごのひとさしゆびにかかる虹

をみなとはかかるものかも春の闇

伊勢えびにしろがねの刃のすずしさよ

毎日の景色が雨に濡れてゐる　（『転轍手』昭13）

ひと拗ねてものいはず白き薔薇となる

山茶花やいくさに敗れたる国の

春の宵妻のゆあみの音きこゆ　（『旦暮』昭24）

新緑やかぐろき幹につらぬかれ

草も樹もしづかにて梅雨はじまりぬ

望の夜もともしび明く病みにけり

わがいのちいよよさやけし露日和

高熱の鶴青空に漂へり　（『人生の午後』昭28）

おのれ照るごとくに照りて望の月

新涼やさらりと乾く足の裏

先生はふるさとの山風薫る　（『銀（しろがね）』昭31）

思ふこと多ければ咳しげく出づ

平畑静塔

藁塚に一つの強き棒挿さる

（月下の俘虜』昭30）

ひらはた　せいとう　明治三八年、和歌山県生まれ。「京鹿子」などに投句。昭和八年「京大俳句」を創刊。戦後「天狼」創刊に同人参加。句集『月下の俘虜』『壺國』ほか。平成九年没。

鑑賞　晩秋の景。大きな藁塚は、心棒を使って藁束を積み上げてある。豊かな収穫を思わせる美しい風景が、胸の中に広がってくる季語である。その藁塚の心棒を「一つの強き棒」と表現した。というより、その存在を作者は強く感じとった。作者は、農に従事する人々、ひいては人間の生の逞しさ、頼もしさを、この一本の棒に感じ取ったのだろうか。作者自身はこの句を、「所謂根源俳句と写生」という評論の中で、「藁塚の中心に立つ一本の棒、それが強靱鮮烈に塚の中に刺し通ることが、藁塚なる姿の核心と見てとったのである」と自解している。この「核心」は、人間の営みの象徴にほかならないと思うが、それは、意図したものではない。あくまでも作者の写生の目が事実を写し取ろうとした時に、物の本質を突いたのだ。「強き棒」は、主観の表現だが、作者にとっては写生に基づく写実であり真実だったろうと思われる。ダイナミックな作品である。

ノート　精神医学を専攻し、医師として勤務していた平畑静塔は、昭和一九年に応召して中国に渡り、帰還したのちは教授や院長などを歴任した。俳句は在学中に誘われて、「京鹿子」「馬酔木」「ホトトギス」に投句。やがて、「京大俳句」を創刊し、新興俳句運動に携わるが、戦時中に弾圧を受け、検挙される結果となった。その後作句活動に復帰し、数々の評論も手掛ける。中でも「生活を俳句に引き寄せるということ(多くの人は俳句を生活に引き寄せるというが)だけではなくして、自己の生命を俳句にすりかえてしまうことなのである」という「俳人格」は俳句史上に残る評論である。プロレタリア文学の流れを汲む生活詠から、風土、風俗に取材して歩く旅吟と、内なる必然から作風が転じていった。

秀句選

滝近く郵便局のありにけり　（『月下の俘虜』昭30）
徐々に徐々に月下の俘虜として進む
我を遂に癩の躍の輪に投ず
藁塚に一つの強き棒挿さる
葡萄垂れさがる如くに教へたし
狂ひても母乳は白し蜂光る
黄落や或る悲しみの受話器置く
わが仔猫神父の黒き裾に乗る
胡桃割る聖書の万の字をとざし
鳩踏む地かたくすこやか聖五月
一本の道を微笑の金魚売　（『旅鶴』昭42）
ぴりぴりと近江の蝌蚪が動きだす
汗かきて大坂の母甘酸つぱ
稲を刈る夜はしらたまの女体にて　（『栃木集』昭46）
三鬼の死
もう何もするなと死出の薔薇持たす

火を焚きて美しく立つ泉番
雨神輿われは濡れたる百合起す
炉火赤し檜山杉山淋しかろ
たけのふしながくひとつぶづつしぐれ
壺の國信濃を霧のあふれ出づ　（『壺國』昭50）
細道は鬼より伝授葛の花
八十八夜茶山に蝶の手毬かな
アラスカ
この世にて会ひし氷河に嗚呼といふ
親鸞の許せし鮭の気絶棒　（『漁歌』昭56）
蝶を追ふ多佳子大姉の先んじて
座る余地まだ涅槃図の中にあり
身半分かまくらに入れ今晩は　（『矢素』昭60）
一縷にて天上の凧とどまれり
歩き来て白鳥われの前に立つ　（『竹柏』平7）
乳のます慈母秋晴に子と一つ

廣瀬直人

夕暮は雲に埋まり春祭

（『帰路』昭47）

ひろせ　なおと　昭和四年、山梨県生まれ。飯田蛇笏・龍太を師と仰ぎ、編集に携わる。「雲母」終刊後、「白露」創刊、主宰。句集『帰路』『矢竹』ほか。著作『飯田龍太の風土』ほか。

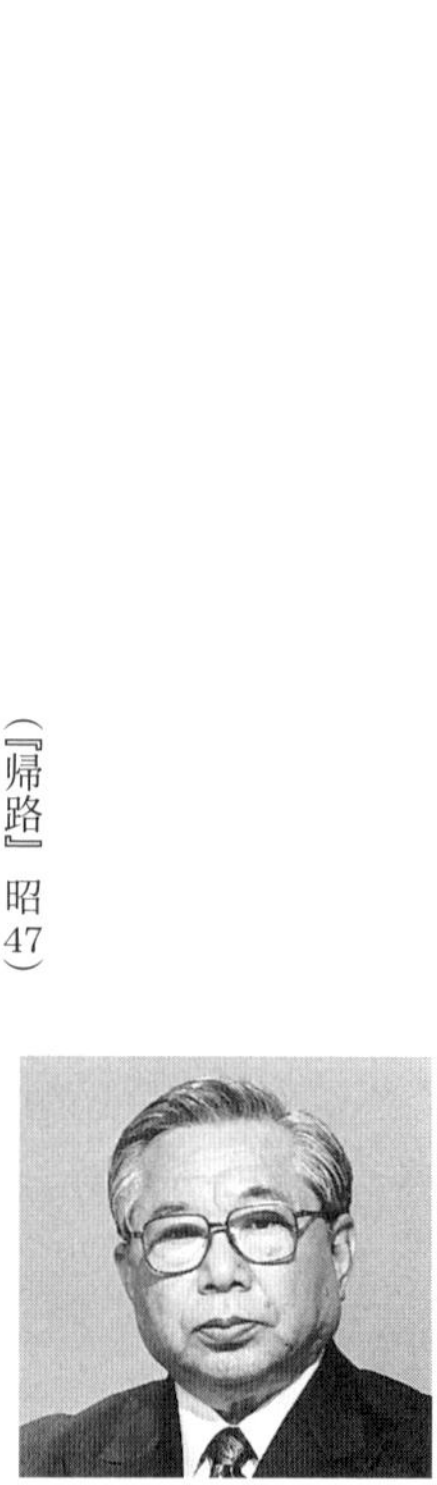

鑑賞　春は農事の始まりの季節。田や畑にあらためて神を迎え入れ、豊作を願う。同時に、蠢動を始める悪霊を祓い鎮める。それが春祭だ。期待と希望を籠めて、大人も子どもも、一村をあげておおいに賑わう。作者は甲斐に住まう人。甲斐は雲の湧くところだという。夕暮どきはことに、手を伸ばせば触れるほど空一面を覆い尽くすのだろう。昼の色をとどめる真白の雲も、ほのぼのと茜色に染まった雲も、農事の始まりを寿ぐようだ。「雲に埋まり」には真綿にくるまれたような幸福感を感じる。

師の飯田龍太は『帰路』の前書で、作者の作品を、常に清潔に、絶えず着替えなければならない「肌着」に喩えた。そしてその特色を、「有季定型をキッチリ」守りつつ、質を厳密に選び抜いている、と指摘した。作者の俳句の肌着はその体温をも伝える。それは格調高くまとった上着の上からも感じられる風合いを醸し出している。

ノート　祖父の影響で、中学時代から俳句に興味を抱く。飯田蛇笏の「雲母」に入会（昭22）。東京高等師範学校卒業後、帰郷して県立高校教諭となる。蛇笏逝去（昭37）の後、主宰を継承した龍太を師とし、編集に携わるとともに、龍太俳句の敷衍（ふえん）に努める。「雲母」が九〇〇号を以て終刊（平4）した後、後継誌として「白露」を創刊、主宰となる（平5）。廣瀬直人の俳句は一貫して自然とその中における生活をテーマとし、有季定型の正統を守る。また師への思いが郷土への思いに重なることが、作品に厚みと力強さをもたらしている。「雲母」の終刊は、事前に誰にも知らされなかったというが、直人という確たる継承者がいたからこそ決断もでき、果たし得たのであろう。

電柱の影が田に伸び冬旱
夕暮は雲に埋まり春祭
餅搗きの音にしばらく耳応ふ
急流は戸口を走り竹の秋
蝸牛桜は雲の湧く木なり
秋冷の道いっぱいに蔵の影
正月の雪真清水の中に落つ
稲稔りゆつくり曇る山の国
秋天や木から草から鳥迅し
蛇笏忌の夕日眼玉のごとくなり
昼間見し田のひしひしと冷奴
葱伏せてその夜大きな月の暈
どこからも川現はるる秋の風
雨音を野の音として夏座敷
鳥雲に入る駒ヶ嶽仁王立ち

（『帰路』昭47）
（『日の鳥』昭52）
（『朝の川』昭61）

色惜しみつつ夜明けつつ黒葡萄
真葛原ゆらゆら母の胎内も
船客に法衣紛るる南風
日脚伸ぶ母を躓かせぬやうに
てのひらに鉄棒の錆夏めく日
隙間なく風吹いてゐる花李
山国にがらんと住みて年用意
あをあをと山ばかりなり雁渡し
煮え立ちてはるけき色の薺粥
鼬ども覗いてゐるか盆供養
郭公や水の底まで石畳
杉菜伸び放題今日も死の報せ
元日のぷつつり割れる淵の泡
帰り花空は風音もて応ふ
冬来るぞ冬来るぞとて甲斐の鳶

（『遍照』平7）
（『矢竹』平14）

深見けん二

人はみななにかにはげみ初桜

（『花鳥来』平3）

ふかみ　けんじ　大正一一年、福島県生まれ。高浜虚子、山口青邨に師事。「ホトトギス」同人。平成三年「花鳥来」を創刊、主宰。句集『父子唱和』『花鳥来』『日月』ほか。

鑑賞　「はげむ」とは気力をはげしくする、目的に向かって心を奮い立たす、精を出す、という自発的な心の動きだ。はげます、とか、はげまされるといった表現よりもひたすらなるものがこめられている。しかも自分だけでなく「人はみな」と言っているところに、人間を肯定する思い、性善説を信じる心が表われている。

桜の蕾がふくらんで、初めての花がひらくのを目のあたりにする時、花もまた一心に咲くことを目ざしてはげんでいることに思い至る。寒い冬の間も地中から養分を吸い上げ、花となって咲く力が、樹液とともに脈々と枝々を走り、時が至って花ひらく。この句は人間讃歌でありながら、人間を含む大いなる自然への讃歌でもある。自然即ち四季の恵みであり、我も人も又四季の巡りの中で生かされる存在である。ある人は仕事に、ある人は子育てに、勉学に、芸術に、手仕事に、はげむ姿は初桜のように清新で美しい。

ノート　一九歳で高浜虚子に師事、大学卒業後は上野泰らと「ホトトギス新人会」を結成、虚子の最晩年まで薫陶を受けた一人であるだけに、花鳥諷詠、客観写生の真髄を身をもって実践している。虚子の作品の幅広さ、深さを後進に伝えることにも力を惜しまない。『虚子の天地』『虚子『五百句』入門』など、虚子の謦咳に接した人々が少なくなってゆく今後、ひたすら虚子に学んだ弟子の著作として貴重だ。

最近の作には季題の恩寵を意識し、俳句作者の信念としての花鳥諷詠を、思想にまで高めたいという志を感ずる。

〈俳諧の他力を信じ親鸞忌〉ここで言う「他力」とは、季題の内包する豊かな自然界、文学的伝統、民族の血。定型によって生じる響き、暗唱性、さらには読み手の想像力か。

青林檎旅情慰むべくもなく　（『父子唱和』昭31）
鴨流れゐるや湖流るるや
抱けば吾子眠る早さの春の宵
父の魂失せ芍薬の上に蟻　（『雪の花』昭52）
人ゐても人ゐなくても赤とんぼ
ものの芽の一つ一つは傾ける　（『星辰』昭58）
かなかなや森は鋼のくらさ持ち
草に音立てて雨来る秋燕
人はみななにかにはげみ初桜　（『花鳥来』平3）
ちちははも神田の生れ神輿舁く
枯菊を焚きて焔に花の色
囀の一羽なれどもよくひびき
一片の落花のあとの夕桜
声揃へたる白鳥の同じかほ　（『余光』平11）
凍蝶のそのまま月の夜となりし

薄氷の吹かれて端の重なれる
秋風や草の中なる水の音
枝々に重さ加はり夕桜　（『日月』平17）
あをによし奈良の一夜の菖蒲酒
真ん中の棒となりつつ滝落つる
俳諧の他力を信じ親鸞忌
糸瓜忌や虚子に聞きたる子規のこと
先生は大きなお方龍の玉
日陰より眺め日向の春の水
海に日の沈みてよりの夏料理
ゆるむことなき秋晴の一日かな
水影をゆらりと置きし初紅葉　（『水影』平18）
花待てば花咲けば来る虚子忌かな
ふくれたるところより餅ふくれけり　（『蝶に会ふ』平21）
蝶に会ひ人に会ひ又蝶に会ふ

福田甲子雄

亡きひとの名を呼び捨てに冬河原

（『藁火』昭46）

ふくだ　きねお　昭和二年、山梨県生まれ。「雲母」に入会、飯田龍太に師事。のち同誌編集同人。平成五年「白露」創刊同人。句集『藁火』『白根山麓』『草虱』ほか。一七年没。

ノート　福田甲子雄は風土性を強く意識しかつ実践した作家であり、一貫して描いたのはその土地に生き継いでゆく人間である。飯田龍太に「風土というものは眺める自然ではなく、自分が自然から眺められる意識をもったとき、その作者の風土となる」（『龍太俳句教室』）という言葉があり、その姿勢を力強く後押しするものであったろう。

遺句集『師の掌』には亡くなる数日前の作として〈わが額に師の掌おかるる小春かな〉がある。蛇笏、龍太という傑出した師とともに歩みきた歳月への思いがふるえるように伝わってくる。〈菜耳を勲章として死ぬるかな〉（『草虱』）もよくその人を表す。実のある深い決意である。

鑑賞　上着の前を閉じて寒風に身を縮めゆっくりと歩く。河原の空はがらんとして高く水も涸れ、乾いた石がごろごろと続いているのだ。福田甲子雄の故郷甲府白根町は、冬の冷たさの一際厳しいところである。遠景には山々が続き、その頂は白い雪に輝いていているだろう。

「呼び捨て」は、青春時代に共有した時間を思わせる呼び名だ。時間を越えて、お互いに通い合っていたものを瞬時に取り戻す。この句では、作者は、自分の中に生き続ける彼と、彼とともにあった自分を確かめているようだ。

憚ることない呼び捨てが、ここでは取り換えのきかないものとして選ばれている。その率直にはわずかな屈折も感じられて、男臭く不器用であたたかい。喪失感が濁りなく伝わってくる。

秀句選

藁塚裏の陽中夢みる次男たち
行く年の追へばひろがる家郷の灯
蜂飼の家族をいだく花粉の陽
いくたびか馬の目覚むる夏野かな
満月の屋根に子の歯を祀りけり
亡きひとの名を呼び捨てに冬河原
身のうちに山を澄ませて枯野ゆく
生誕も死も花冷えの寝間ひとつ
あるだけの明るさを負ひ麦運び
竹を伐る音真青に雨のなか
水番の莚の上の晴夜かな
斧一丁寒暮の光あてて買ふ
稲刈つて鳥入れかはる甲斐の空
雪となる大樹の下の飾売り
灯を消して韓国岳の鹿を寄す

（『藁火』昭46）
（『青蟬』昭49）
（『白根山麓』昭57）

残る歳過ぎたる歳も霜のなか
父の髭切りて小春の地に落す
鑑真の眼か堂守の埋火か
田を植ゑる一人が赤し甲斐の空
思はざる山より出でし後の月
いろいろの死に方思ふ冬木中
まづ風は河原野菊の中を過ぐ
父抱いて雪来る山を拝みけり
麦秋の煉瓦は耐へる色ならむ
ずぶ濡れの空栴檀の実の奥に
死者にまだ人あつまらぬ寒夜かな
霜をゆく少女は鈴に守られて
葈耳を勲章として死ぬるかな
野兎の肢ぴんと張るむくろかな
わが額に師の掌おかるる小春かな

（『山の風』昭62）
（『盆地の灯』平4）
（『草風』平15）
（『師の掌』平17）

藤田湘子

あめんぼと雨とあめんぼと雨と

（『神楽』平11）

ふじた しょうし 大正一五年、神奈川県生まれ。水原秋櫻子に師事。「馬酔木」同人、のち編集長。昭和三九年「鷹」創刊、のち主宰。句集『途上』『春祭』『神楽』ほか。平成一七年没。

鑑賞 「雨」と「あめんぼ」という二つの名詞しかない、シンプルきわまりない作品だ。しかしながら、四回繰り返される「アメ」と「ト」の音によって、つぎつぎ繰り出されるまっすぐな雨脚、池の面に引きも切らず開いてゆく水輪、広がる波紋にあおられて跳ねるアメンボの細身、すべてが目の前にあるかのように、くっきりと際立って見えてくる。言葉が、意味に終わらずに「物自体」として始動してくる。

高浜虚子が追究した「写生」の方法による俳句の、究極の姿のひとつが、掲句のような、言葉が物と化している作品に他ならない。虚子自身の〈流れ行く大根の葉の早さかな〉の句も、そしりを免れなかったように、この種の作品は意味偏重の立場からは「只事俳句」とみなされる。だが、言葉が意味を超えることは、詩の存在意義の重要な局面である。俳句という世界最短の詩形は、短さゆえに、意味と音調が奇蹟的な一致を果たした時、言葉を物として呈示することができる。

ノート 水原秋櫻子に師事、一八歳より「馬酔木」に投句。昭和三〇年刊の第一句集『途上』は、清新な感覚と青春性にあふれ、抒情俳句史上の一頂点を成す。その後、兄事した石田波郷の影響から、抒情に留まることなく作品世界を拡げてゆく。三二年「馬酔木」編集長となるも、「鷹」創刊が秋櫻子の誤解をまねき、四三年に「鷹」主宰として独立。その頃より、当時は批判的な眼差しが大勢であった高浜虚子に注目し、「愚昧論ノート」により虚子再評価の一翼を担う。五八年より、毎日一〇句ずつの作句を全て「鷹」に発表する「一日十句」を三年間試み、同時に、季語を基盤としたなかに、自らの抒情や生き方をも包摂する広闊な作品を構築してゆく。生前最後の句集『神楽』は、その集大成といえる。

雁ゆきてまた夕空をしたたらす　（『途上』昭30）
あてどなく急げる蝶に似たらずや
愛されずして沖遠く泳ぐなり
逢ひにゆく八十八夜の雨の坂
音楽を降らしめよ夥しき蝶に
月下の猫ひらりと明日は寒からむ　（『雲の流域』昭37）
気泡となりバンドの男帰る霧　（『白面』昭44）
海藻を食ひ太陽へ汗さゝぐ
口笛ひゆうとゴッホ死にたるは夏か
枯山に鳥突きあたる夢の後　（『狩人』昭51）
七月や雨脚を見て門司にあり
孔雀よりはじまる春の愁かな
筍や雨粒ひとつふたつ百
揚羽より速し吉野の女学生　（『春祭』昭57）
うすらひは深山へかへる花の如

物音は一個にひとつ秋はじめ　（『一個』昭59）
わが裸草木虫魚幽（くら）くあり　（『去来の花』昭61）
黄沙いまかの楼蘭を発つらんか　（『黒』昭62）
月明の一痕としてわが歩む　（『前夜』平5）
水草生ふ後朝（きぬぎぬ）のうた昔より
巣立鳥明眸すでに岳を得つ
七五三水の桑名の橋わたる
ゆくゆくはわが名も消えて春の暮　（『神楽』平11）
天近き田も水足らひほととぎす
あめんぼと雨とあめんぼと雨と
天山の夕空も見ず鷹老いぬ
春の鹿幻を見て立ちにけり
滅びても光年を燃ゆ春の星　（『てんてん』平18）
一塊のででむし動くああさうか
枯山へわが大声の行つたきり

文挟夫佐恵

九十の恋かや白き曼珠沙華

（『青愛鷹』平18）

ふばさみ　ふさえ　大正三年、東京生まれ。昭和九年「愛吟」、一九年、飯田蛇笏の「雲母」入会。三六年「秋」創刊に参加。石原八束没後、主宰。現名誉主宰。句集『黄瀬』『井筒』ほか。

鑑賞　曼珠沙華は、秋彼岸の頃に畦や土手のほか墓地などに群がって咲く。死人花、幽霊花といった不吉な異名を持つ花である。

若い時分の一途で狂おしい恋には、曼珠沙華の毒々しい真紅がよく似合うだろう。だが、齢九〇に達した女のひそやかな恋にふさわしい色は何か。

数こそ少ないが、曼珠沙華には白い花もある。紅い花とは似ても似つかない、静かで清らかで、一瞬百合と見間違えてしまいそうな花だ。

老いらくの恋にはそうした花がふさわしい。そう思いつつ、幾ばくかの恥じらいを込めて、文挟夫佐恵はこの句を詠んだのだろう。若い時分の性愛もさることながら、このような句に昇華するのならば、年をとってからの精神的な恋愛も悪くはないと思わせる。

老いてなお華やぎを漂わせる名句である。

ノート　〈青葉木菟おのれ恃めと夜の高處〉〈青林檎ひとつのまこと双掌もて〉（『黄瀬』）といった知的で洗練された美意識に貫かれた作風を展開してきた夫佐恵だが、その句業は『青愛鷹』に至って、〈上品（じやうぼん）の恋の淡さの冬桜〉〈黄落や七情残る身を埋めむ〉〈風花や候文の恋ありき〉〈香水は「毒薬（ポアゾン）」誰に逢はむとて〉のように、老艶と呼ぶべき境地に達した。

一方で、夫佐恵にはヒューマニスト的な面もある。かつて〈炎天の一片の紙人間（ひと）の上に〉（『黄瀬』）と詠んで人間の運命を翻弄する戦争の酷さを批判し、東部ニューギニアで戦死した兵士達へ思いを寄せたエッセイ『サビシイ』を新聞に発表したが、『青愛鷹』でも〈骨箱に白紙一片遺品寒ム〉〈戦死とは何なりし満つ霜の声〉など戦争を詠んだ句が多い。

秀句選

青葉木菟おのれ恃めと夜の高處
鰯雲美しき死を夜に誓ふ
炎天の一片の紙人間（ひと）の上に
月見草ぽあんと開き何か失す
炎天に嘆き一すぢ昇り消ゆ
（『黄瀬』昭41）

雁渡し北見青透く薄荷飴
冬に入るぐうたら山のまろやかに
葛切の舌にはかなき午後三時
（『葛切』昭49）

ドビュッシイろろんろろんの春の月
桃咲いて遠き昨日のともるなり
身に落花ふところ奥の煙霞癖
二卵性双生児（にぬふたご）三文安よさくらんぼ
（『天上希求』昭56）

祭見にあひると亭主置いてゆく
秋澄むや天上希求埋葬図
凌霄花（のうぜん）のほたほたほたほたりほたえ死
（『井筒』平7）

螢火とひとつ家の灯といづれ濃き
石神井（しゃくじい）の浮巣浮島憂きは老
梅園の奥光琳図顕ちにけり
まむし草疎んじをれば挑みけり
炎天やピカソゲルニカ残したる
（『時の彼方』平9）

煤逃げの家にも世にも帰り来ず
満月の桜入水をそのかす
尾花沢西瓜といふを真ッ二つ
（『青愛鷹』平18）

風花や候文の恋ありき
香水は「毒薬（ポアゾン）」誰に逢はむとて
忘るなと青やかな世に蟇（ひき）出づる
クラリネット吹け寒き世は嫌ひなり
達治忌や太郎次郎は常童（とこわらべ）
蚊帳といふ森失せて彼の魑魅（すだま）らも
九十の恋かや白き曼珠沙華

古沢太穂

ロシヤ映画みてきて冬のにんじん太し

（『三十代』昭25）

ふるさわ　たいほ　大正二年、富山県生まれ。「寒雷」創刊とともに加藤楸邨に師事。昭和二六年「道標」創刊、のち主宰。句集『三十代』『捲かるる鷗』ほか。平成一二年没。

鑑賞　観てきたのは『シベリア物語』だという。この句は昭和二三年の作品。戦後の貧しさはあっても、平和と解放感を噛みしめつつ、エネルギーに満ちた映画を観た充足感と高揚感に溢れて帰宅した目に、厨房にある太々とした人参の朱色が生き生きとたくましく映る。この人参は清新で明るく、希望と力感に溢れた詩情を、そして当時の時代精神を象徴するかのようだ。人参は冬の季語であるが、あえて冠した「冬の」という一語が、この作品に厳しく内省的な季節ならではの厳然とした底力と思念の重みをもたらしている。また、破調のリズムにも朴訥なリアリティーが豊かにこもる。

〈桐の花湯あがりの子は栗のように〉〈歯こまかき子の音朝餉のきうり漬〉など、太穂には日常生活のさりげないさまざまな場面を、豊かな情愛と優しいこまやかな眼差しですくい取った佳品が多いが、この句の人参もまたそういう太穂であればこそ捉ええた、温かみのある実在感に満ちている。

ノート　東京外国語学校でロシア語を修めた古沢太穂は、戦時下胸部疾患で療養中に心の底の思想的な痛みを抱えつつ、最も寡黙な形式として俳句を選んだ。コミュニストとしての思想信条や生き方に根ざした創作活動を展開。特に社会性俳句の代表的作家としての太穂の価値を決定づけたのは、内灘試射場反対闘争に参加したときの一連の作品である。これは決して思想の皮相な敷衍（ふえん）ではなく、自ら現場に身を置き、身体を賭けて把握した言葉による俳句ならではの表現である。

そういう太穂の原点に確固としてあるのは、小さきものに注がれる誠実で素朴な温かさに満ちたヒューマニズムと、繊細でものやわらかな抒情である。それらが社会的視野と思想の裏打ちを得て、太穂独自の世界が築かれていった。

飢ふかしコンクリートの崖干潟へ垂る
（『三十代』昭25『古沢太穂句集』昭30）

ロシヤ映画みてきて冬のにんじん太し

子も手うつ冬夜北ぐにの魚とる歌

子供の前夏みかんに汁(つゆ)充満す

父子(おやこ)風邪兎のたつる音に伏す

クレーン仰ぐみな年つまる男たち

外は飛雪帰る風呂敷かたく結ぶ

啄木忌春田へ灯す君らの寮

実の向日葵少年グローブに油ぬる

梟や肩さむしとて寝がえるに
（『古沢太穂句集』昭30）

やつにも注げよ北風(きた)が吹きあぐ縄のれん

白蓮(しらはす)白シャツ彼我ひるがへり内灘へ

妻病むや夜寒の子らと塩買いに

巣燕仰ぐ金髪汝(なれ)も日本の子

孤児たちに映画くる日や燕の天

汽罐車の黒さ秋風暮るる中

みたび原爆は許すまじ学帽の白覆い

中田島砂丘
いくども砂照るビキニ忌後(ご)の風紋
（『捲かるる鷗』昭54）

九十九里夜泊
千鳥も老いも夜明けの素足九十九里

二十数年ぶりに内灘へ
蜂飼いのアカシヤいま花日本海

内灘闘争で倒れた直江博君の墓
はまなすや砂丘にたたかい砂丘に墓

怒濤まで四五枚の田が冬の旅

二月十七日は「おこない」の日、湖北浄光寺
十一面さまや餅花手ちぎりに

北海道へ
吹雪の海越すチーズ一塊をポケットに
（『火雲』昭57）

吹雪く日ぐれは車窓へ寄り寝行商婦

赤城さかえ逝く
もうむくろに今日ぼろぼろの雲とつばめ

本漁ればいつも青春肩さむし

デモを映し冷凍魚らの眼ビキニデー
（『うしろ手』平7）

霜の土昭和無辜(むこ)の死詰めて逝く

雪呼びいる初綿虫を掌に開き
（『うしろ手』以降）

古舘曹人

繍線菊やあの世へ詫びにゆくつもり

（『繍線菊』平6）

ふるたち　そうじん　大正九年、佐賀県生まれ。山口青邨門。長く「夏草」の編集に携わり、青邨死後「夏草」の終刊を担う。句集『砂の音』『繍線菊』ほか。著作『木屋利右衛門』ほか。

鑑賞　生きているうちにこんなことをしてやればよかった、あんなことを言ってやればよかった、と繰り返し悔やみ、泣くことにも疲れたある日、ふと口をついて出たつぶやきのような句だ。繍線菊はバラ科の低木。梅雨に向かうころ、薄紅色の小花を多数、雲のように開く。逝ったひとの好んだ花だったのかもしれない。作者の視線にやわらかく触れてきて、亡き人のひととなりを思わせる、心にしみる花なのだろう。

作者は平成四年、一人娘を、そして妻を亡くした。一家の長として強い自分が庇護してきた家族に、実は自分のほうが守られていたと気づくことになってしまった。それを亡き妻に告げたいという気持ちが「詫びにゆく」であろう。この句は同時に、悲しみの昇華でもある。「つもり」と自分のなすべきことを定めることができたからこそ、すでに意識しているいずれ自分にもやってくるその日まで、生きてゆくことができるのである。

ノート　山口青邨のもとからは何人もの逸材が巣立ったが、古舘曹人はいわばその「長兄」である。最晩年の青邨から「夏草」の事後を託され、「弟妹」に一誌を興す形での独立を促して「夏草」の幕を引いた。平成三年五月号を以て「夏草」終刊。自らは青邨の評伝を書き上げた後、句作の筆を折る（平6）。「捨てるために作る」と言った曹人の作句法は厳格である。季題を目の前にして、有季と定型だけを心がけ、二時間で百句、次から次へ作っていく。すると百句のうち十句ほどが残るのだそうだ。これは七〇歳以降の作句法というから、第七句集『繍線菊』（平6）はまさに曹人作句理論の集大成とみなすことができる。これを以て最終句集と自ら言い切ることのできる所以であろう。

虫の戸を叩けば妻の灯がともる　（『ノサップ岬』昭33）
蟷螂の一枚の屍（し）のうすみどり　（『海峡』昭39）
海鞘をむく鬼畜の手して女なり
苺つぶす舌を平に日本海　（『能登の蛙』昭46）
水仙のうしろ向きなる沖つ濤　（『砂の音』昭53）
炉のあとに土の寄せある鹿火屋かな
滝の壁鎧のごとく濡れにけり
蜻蛉のあとさらさらと草の音　（『樹下石上』昭58）
一燈に二人はさびし蕪鮓
そちこちに縄垂れてゐる春障子
鉾の稚児帝のごとく抱かれけり
田植機を押してうしろを見せにけり
山眠るひとつの庭に矮鶏と犬　（『青亭』平1）
舞ひもどるとうしみとんぼ梅雨の石
初萩のすでにとどきて石の上

拗ねものの菅笠ふかし踊りけり
京を出てすでに山陰線の枇杷
心太みじかき箸を使ひけり
雨ながら十々里（とどり）が原の花きぶし
畳から柱の立ちし大暑かな　（『繍線菊』平6）
市ヶ谷に虹の大きな人出かな
芙蓉焚くいよいよ山の眠るとき
朝顔や大津百町濤の上
雁の声直哉の一間一間かな
泣くときも泣き止むときも梅の花
繍線菊（しもつけ）やあの世へ詫びにゆくつもり
魞解いて畳の上に濤の声
鮞（はららご）に眼鏡外してなさけなし
土下座して彼岸の篝焚きにけり
米粒に跼んで拾ふ朝曇

星野立子

囀をこぼさじと抱く大樹かな

（『続立子句集 第二』昭22）

ほしの たつこ 明治三六年、東京生まれ。高浜虚子の次女。「ホトトギス」に投句。昭和五年、初の女性主宰誌「玉藻」を創刊。句集『立子句集』『笹目』『実生』ほか。五九年没。

鑑賞 大木のなかにたくさんの小鳥が盛んに囀（さえず）っている。茂った葉叢に隠れて、鳥の姿は見えない。囀も、大樹が形作る不可視の球体に包み込まれて、その寧らぎの空間の裡に、おおらかに響いているかに感じられる。囀は、たんなる鳴き声ではない。自らの命の炎をこの世に残すために相手を求める恋の叫びである。その叫びを地母神のように懐に抱きかかえる大樹は、まごうかたなく、有情の存在だ。

「山川草木悉有仏性（しつう）」という言葉は、天台密教の完成者である良源によって表現された天台本覚論の思想だが、インド仏教では有情のものは動物までであり、仏性の範囲を植物や山や川にまで広げたのは、日本において開花した思想であるという。高浜虚子の主唱した「花鳥諷詠」もまた、この世に存在するありとあらゆるものを有情と感受する点において、この思想の一翼を担っている。掲句に実現した宇宙は、その珠玉の一例に他ならない。

ノート 高浜虚子の次女。虚子の勧めで二三歳で俳句を始める。季節の自然を生き生きと摑み取る詩人の資質は、虚子の唱えた「花鳥諷詠」の核心を衝くものであった。長女出産後、俳句を離れがちになるのを惜しんだ虚子の慫慂（しょうよう）によって、昭和五年、俳誌「玉藻」を女性として初めて主宰。第一句集『立子句集』に対し、虚子より「写生といふ道を辿つて来た私はさらに写生の道を立子の句から教はつたと感ずることもあつた」との賞賛を受ける。その後も季語と心が一体と化した作品を生み出し、年齢とともに、季節の歓びを謳うことの多い作風から、季のあわれをも表すように句境が深まってゆく。昭和を代表する俳人の一人として、中村汀女・橋本多佳子・三橋鷹女と共に四Tと称され、女性俳句の確立に貢献。

まゝごとの飯もおさいも土筆かな
大仏の冬日は山に移りけり
蝌蚪一つ鼻杭にあて休みをり
つんくと遠ざかりけりみちをしへ
今朝咲きしくちなしの又白きこと
しんくと寒さがたのし歩みゆく
昃(ひかげ)れば春水の心あともどり
電車いままつしぐらなり桐の花
娘等のうかくあそびソーダ水
女郎花少しはなれて男郎花
穂芒の解けんばかりのするどさよ
鶺とぶ色となりたる如くかな
いつの間にがらりと涼しチョコレート
父がつけしわが名立子や月を仰ぐ
考へても疲るゝばかり曼珠沙華

（『立子句集』昭12）

暁は宵より淋し鉦叩
囀をこぼさじと抱く大樹かな

（『続立子句集 第一』昭22）

杉の間を音ある如く夏の蝶
吾も春の野に下り立てば紫に

（『笹目』昭25）

美しき緑走れり夏料理
下萌えぬ人間それに従ひぬ
蓋あけし如く極暑の来りけり
久闊や秋水となり流れゐし
障子しめて四方の紅葉を感じをり

（『実生』昭32）

恐ろしき緑の中に入りて染まらん
雛飾りつゝふと命惜しきかな

（『春雷』昭44）

秋風のそこに見えをり音立てゝ

（『句日記Ⅰ』昭48）

月の下死に近づきて歩きけり
芝焼いてまこと賢き月出でぬ

（『句日記Ⅱ』昭49）

露の世の間に合はざりしことばかり

星野 椿

鉄棒に一回転の花の空

（『華』平2）

ほしの つばき 昭和五年、東京生まれ。星野立子の長女。祖父は高浜虚子。四五年頃より作句。母立子没後「玉藻」の主宰を継承。句集『早椿』『華』『波頭』『マーガレット』ほか。

鑑賞 公園の満開の桜の下で、ぐるんと鉄棒を回る。それに従って、咲き満ちている花の宇宙もぐるんと一回りする。このような、良い意味であっけらかんとした句は、近代の文学意識にがんじがらめになっている者には、到底、作ることができない。単純明快で、なんの衒いもない俳句は、この作者の真骨頂といえよう。佳句を作ろうなどとは思わず、只事俳句を懼（おそ）れず、〈多作多捨水涸れる事無かりけり〉と作り続けて、ときたま、掲句のような突き抜けた句が生れる。

この桜はまた、和歌以来の伝統である滅びの美とは無縁の、ただ明るい桜だ。母・星野立子が亡くなった際の句にも〈母逝けり桃の節句の一時半〉があるが、この影の無さは尋常ではない。目に入ったものを淡々と詠む、その態度が、もっとも諸行無常の存在であるはずの花や死を対象にした場合まで、一貫しているのだ。意味を脱ぎ捨てて事実のみをさらりと述べる、俳句のポスト・モダンの一つのありようともいえる。

ノート 高浜虚子の次女で、初めての女性主宰者として「玉藻」を創刊した星野立子の一人子。病気がちだった椿のために立子は鎌倉に転居、祖父・虚子の近くで、身ほとりにいつも俳句のある生活となる。初めは俳句を嫌っていたが、一八歳の時、虚子たちと共に北海道に赴き、同行した京極杞陽に勧められて初めて句会に出席。〈ファウストのマーガレットに又会ひし〉を虚子に賞賛され俳句を始める。立子逝去の後を受けて、昭和五九年より「玉藻」主宰。立子の柔軟で素直な詩心を受け継ぎ、楽天的な資質とあいまって、おおらかで親しみ易い作風。平成一二年に「鎌倉虚子立子記念館」を設立。第二句集『華』の「あとがき」に「私の進むべき道は伝統を守り抜くことであり、花鳥諷詠の道を貫くこと」とある。

秀句選

ファウストのマーガレットに又会ひし
紫陽花のパリーに咲けば巴里の色
金風に未来の事を托しけり
極楽の文学こゝに夕牡丹
虚子の世をこゝにも継ぎて鐘供養
ふくらんできて啓蟄の朝の風
小鳥来て幸福少し置いてゆく
ペン捨てて春爛漫の野に出でん
地引網卯浪ひきずり上げにけり
立春や月の兎は耳立てて
今日よりも明日が好きなりソーダ水
守り継ぐ一灯のあり去年今年
お施餓鬼に五山の僧の皆集ふ
観世音雪解明りをまとひ立つ
雪見酒なんのかんのと幸せよ

（『椿　四季集』平20）

久闊の声に覚えやサングラス
鎌倉を愛して住んで野路の秋
送火や誇りと思ふ幾仏
寒明けて我が運勢も上り坂
虚子の星立子の星よ夕端居
福引の七十番の大当り
遠岬より待春の波頭
月を待つシャンパンの栓ぽんと抜き
拓本をとりに那智まで秋高し
寒紅やそのカクテルを私にも
紫に上る時雨も京らしく
摩周湖の隅まで晴れて夏の蝶
山菜を茹でてゐる間もほととぎす
運勢は神に任せて初鏡
朝顔の蔓を離れて濃紫

細谷源二

地の涯に倖せありと来しが雪

（『砂金帯』昭24）

ほそや　げんじ　明治三九年、東京生まれ。「句と評論」同人、新興俳句弾圧事件で検挙される。終戦直前に北海道に入植。「氷原帯」創刊、主宰。句集『砂金帯』ほか。昭和四五年没。

鑑賞　働く者としての側から工場生活を詠み、新興俳句運動の新鋭として注目されていた細谷源二が、第二次新興俳句弾圧事件によって、突然検挙されたのは昭和一六年二月。その前年一〇月に、第二句集『塵中』が刊行されたばかりであった。ポケット版ながら、初版三千部、一六年に入って五百部の追加出版がなされたというから、如何に、当時、働く者としての哀歓への共感が大きかったかが想像される。予想だにしなかった検挙、二年半の留置。加えて東京大空襲の直撃。そのような中、北海道十勝への入植。待っていたのは泥炭地と白樺の林であったという。呆然とする中での終戦。一日一日の暮らしの中で、北海道の冬は早々に覆いかぶさって来たであろう。東京生まれの東京育ちにとって、それが如何なる暮らしであったか、想像に難くない。「北の涯」ではなく、「地の涯」の思い。美しい言葉に誘われて夢見た「倖せ」は影さえも見えず、雪原の上には更に雪が霏々（ひひ）と降る。

ノート　十代で文芸誌「労働芸術家」を創刊。二七歳で俳句に転じ、「句と評論」同人となった。新興俳句運動に参加、工場生活を詠んだ第一句集『鐵』、第二句集『塵中』によって新興俳句の新鋭としての地位を得た。昭和一六年、新興俳句弾圧事件により藤田初巳、中台春嶺等と共に検挙。以後、生活激変の中、開拓移民団として北海道十勝に入植。後、旋盤工の職を得た。二二年「北方俳句人」創刊、翌年これを終刊し、「氷原帯」創刊、主宰となった。一貫して、「働く者の俳句」を提唱し、俳句革新を目指した。「北海道タイムス」「北海道新聞」の俳壇選者として、北海道の地に、「花鳥諷詠」とは一線を画す「働く者の歌」を根付かせた業績は大きい。昭和四五年『細谷源二全集』を刊行。その一ト月後に没。

鉄工所巨き扉をあけぬ戦車見ゆる　（『鐵』昭13）
冬の馬鋼鉄を輓けり輓きつ息吹き
鉄工場真夜の職工立ちねむる
鉄工葬おわり真赤な鉄うてり
公傷の指天に立て風の中
工場体操わが影若き技師に踏まれ
上海陥落工場野球よく晴れたり
職工出征だあんと鉄をまた断つ音
千人針妻ら街娼のごと佇てり
さっきなぐった徒弟が足もとを掃きにくる　（『塵中』昭15）
はたらいていれば雅叙園ともるかな
地の涯に倖せありと来しが雪　（『砂金帯』昭24）
父の死や布団の下にはした銭
生きんとし日の出のごとく木を伐りに
家まづしおお煌々と夜の列車

吾が葬の日は焚き合えよ朱なる火を
丁丁（ちょうちょう）と妻を打つわれより弱き故に
馬糞るいるい銭に辞儀していでたれば
売り尽し幼にのこる秋の母
耕馬ゆえだんだん強く打たれたる
望めく雪のランプをまたともす
泥炭地さまようことを蝶もなす　（『餐燈』昭28）
檻の鷹食うとき森の眼をなせり
虹の短冊にいつか木炭で詩を書こう
今年また山河凍るを誰も防がず　（『飲食の火』昭31）
一箇の冬日宙にあり卓上にりんごあり
雪にあきあきして万の鴉に火をつけとばす
情死しようか凍死するには髭剛（こわ）き　（『細谷源二全句集』中『瓦礫』昭45）
蝶が毎日運ぼうとして果たせぬ石
霧一枚くぐると貧家二枚くぐると断崖

正木ゆう子

春の月水の音して上りけり

（『静かな水』平14）

まさき　ゆうこ　昭和二七年、熊本県生まれ。能村登四郎に師事。四八年、兄の勧めで「沖」入会。福永耕二、坂巻純子に親しむ。のちに「紫薇」同人。句集『水晶体』『静かな水』ほか。

鑑賞　春の空気はたっぷり水蒸気を含み、月もうすぼんやりと滲んだように見える。実際の月には水も空気もないが、それが地球の空に昇る様子を「水の音して」と言いとめた感性が非凡である。夜空に、そして水に心身を浸していくように、安らぎが広がっていく。

芸術選奨文部科学大臣賞を受賞した第三句集『静かな水』は、〈水の地球すこしはなれて春の月〉に始まり掲出句に終わる。この句集には他にも〈月のまはり真空にして月見草〉〈平均台端までゆけば星月夜〉〈石鹸は滑りオリオン座は天に〉〈いま遠き星の爆発しづり雪〉などの句があり、宇宙が主題の一つになっているが、なかでも月への思いは深い。

掲出句には、単なる宇宙感覚というよりも、女性である正木ゆう子の身体に根ざしたもっと生々しい不思議な感覚がある。巫女が神と一体化して言葉を授かるように、ゆう子は月や水と一体化して俳句を授かる。

ノート　俳句にしても文章にしても、ゆう子の書くものは柔らかくてどこか寂しい。柔らかさは、熊本の江津湖を眺めて育った生い立ちによるのかも知れない。寂しさは、現在にとどまらず時間を俯瞰してしまうために湧く感情である。永遠を夢想すれば、どのような生の営みも滅びの前段階でしかなく、否応なしに老いや死や自然への回帰へと思いは至る。

ゆう子を俳句の世界へ誘い、共に俳句を作り続けた兄浩一が四九歳の若さで病死したことも、生と死、宇宙と人間、永遠と一瞬についての考えを深める機会となったようだ。若い日のゆう子は〈婚てふ遠きわたくし朧の木〉と詠み、年月を経て〈やがてわが真中を通る雪解川〉と詠んだ。雪解川の響きの中に永遠と合一するゆう子がいる。

いつの生(よ)か鯨でありし寂しかりし　（『水晶体』昭61）
わが行けばうしろ閉ぢゆく薄原
螢狩うしろの闇へ寄りかかり　（『悠 HARUKA』平6）
かの鷹に風と名づけて飼ひ殺す
花冷や柱しづかな親の家
螢火や手首ほそしと掴まれし
たくさんの百合添へて死を頂戴す
着膨れてなんだかめんどりの気分
泛く薔薇に茎のありける深空かな
水の地球すこしはなれて春の月　（『静かな水』平14）
オートバイ内股で締め春満月
引力の匂ひなるべし蓬原
朧夜のこの木に遠き祖先あり
揚雲雀空のまん中ここよここよ
ヒヤシンススイスステルススケルトン

四国上空雲をゆたかに空海忌
月のまはり真空にして月見草
地下鉄にかすかな峠ありて夏至
虚木綿(うつゆふ)の隠(こも)れとほたるぶくろかな
死を遠き祭のごとく蝉しぐれ
しづかなる水は沈みて夏の暮
いま遠き星の爆発しづり雪
やがてわが真中を通る雪解川
春の月水の音して上りけり
あさがほの蘂さし出づるところ白　（『静かな水』以降）
進化してさびしき体泳ぐなり
蝉すでに老いて出でたる蝉の穴
冬眠の蛇(じや)身(しん)ときをり鱗立つ
薄氷のところどころの微笑かな
ひかりより明るく春の泉かな

松本たかし

白焔の縁の緑や冬日燃ゆ

（『火明』昭32）

まつもと　たかし　明治三九年、東京生まれ。高浜虚子に師事、昭和四年「ホトトギス」同人。川端茅舎、高野素十らと親交。二一年「笛」を創刊、主宰。句集『鷹』『石魂』ほか。三一年没。

鑑賞　松本たかしの三〇句を選ぼうとして、よく諳んじていたものがほとんど第一句集に収録されていることに気付いた。いずれも写生を学ぶ時、手本となる格調高い句である。

この句は晩年の作であり、没後に刊行された句集に収められている。そのため、私にとってはたかしの再発見ともいえるような出会いだった。一読、たかしの師である高浜虚子の〈旗のごとなびく冬日をふと見たり〉を連想し、文芸に携わる者が、一瞬に垣間見たもの、おそらく芭蕉の言う「ものの見えたる光」を捉えた一句なのだろうと思ったのである。光そのものを詠んでいるからというのではない。「その時その場でなければ感じられない、二度とはくり返すことの出来ない純粋な経験が、即座に一つの作品に結晶するといふこと」とたかし自身が書いているように、この白金に燃え立った冬日の描写は鋭く、凄まじいほど繊細で、読者に強い憧憬を抱かせる。

ノート　松本たかしは、能役者の家系に生まれ、五歳で家元について能の稽古を始めた。しかし、病弱な体質のために、成人する頃には能を断念している。療養の折、俳句を始め、虚子に就いて学び、早くから虚子主宰の「ホトトギス」で活躍した。同時期活躍した作家には川端茅舎がいた。虚子の唱えた「花鳥諷詠」「客観写生」の精神を全うし、「ホトトギス」の作家の中でも作品の格調の高さは際立っている。伝統芸能に親しんだ環境が、おのずから作品の世界に奥深さを与えていて、写実でありつつ、どこかシュールな世界を内包しているように感じる。

仕る手に笛もなし古雛
物の芽のほぐれほぐるる朝寝かな
一つづつ田螺の影の延びてあり
ひく波の跡美しや桜貝
羅をゆるやかに著て崩れざる
金魚大鱗夕焼の空の如きあり
十棹とはあらぬ渡しや水の秋
雨音のかむさりにけり虫の宿
我去れば鶏頭も去りゆきにけり
くきくきと折れ曲りけり蛍草
玉の如き小春日和を授かりし
とつぷりと後ろ暮れゐし焚火かな
水仙や古鏡の如く花をかかぐ
日の障子太鼓の如し福寿草
鴨を得て鴨雑炊の今宵かな

（『松本たかし句集』昭10）
（『鷹』昭13）

鎌倉山
起ち上る風の百合あり草の中
チチポポと鼓打たうよ花月夜
庖丁を取りて打撫で桜鯛
渋柿の滅法生りし愚かさよ
夢に舞ふ能美しや冬籠
鶴ケ岡八幡大祓
一円に一引く注連の茅の輪かな
するすると涙（なむだ）走りぬ籠枕
露涼し神も朝扉を開け給ふ
飯田蕉梧堂に泊る
あたたかき深き空洞の炬燵かな
預けある鼓打ちたし冬の梅
雪だるま星のおしやべりぺちやくちやと
春潮の底とどろきの淋しさよ
思ふどち紫苑の晴にうち集ひ
白焔の縁の緑や冬日燃ゆ
撫で下す顔の荒れゐる日向ぼこ

（『野守』昭16）
（『石魂』昭28）
（『火明』昭32）

眞鍋呉夫

雪女溶(と)けて光の蜜となり

（『雪女』平4）

まなべ　くれお　大正九年、福岡県生まれ。小説を書きながら俳人の父の影響で作句。新興俳句の俳人として「芝火」「新大陸」に参加。戦後は檀一雄に兄事。句集『花火』『雪女』ほか。

鑑賞　日が射すと、積もっていた雪が溶け始める。雪が溶けるのなら、雪女も溶けてきらきら輝き出すだろう。そこまででも十分にポエジーを感じさせるが、更に、雪女は輝きながら「光の蜜」になったというのである。

溶けてゆく雪女は女人という存在の儚さを思い起こさせ、雪女と情を交わしたかのような「光の蜜」という表現は、〈花冷のちがふ乳房に逢ひにゆく〉や〈花よりもくれなゐうすき乳暈(ちがさ)かな〉などの美しさ、色っぽさと似通う。

眞鍋呉夫には他にも雪女の秀句がある。〈雪女見しより瘧(おこり)をさまらず〉は人間を凍死させる雪女の魔性を彷彿とさせ、〈雪女ちよつと眇(すがめ)であつたといふ〉は恐ろしい雪女をちょっぴりユーモラスに描き、〈うつぶせの寝顔をさなし雪女〉の雪女は何とも言えず愛らしい。〈雪をんな魂触れあへば匂ふなり〉の「匂ふなり」は、この世の男と異界の女との恋情を漂わせて哀しくも美しい。

ノート　『雪女』の後記で、眞鍋呉夫は「雪女」や「鎌鼬」などの幻想的な季語が生まれた背景に「われわれの生命の母胎としての人智を超えた自然への畏敬」があるとし、こうした季語は「われわれの蜉蝣の生命を長大な時空に向かって解き放つための卓抜な発明であり、昇華装置にほかならない」と書いている。自然への畏敬の念を失った現代文明はいずれ「自他の生命に対する軽視と、自然の激烈な復讐を招来する」という予言は、荒廃する現代社会や深刻化する一方の環境破壊・温暖化問題を思うと、恐ろしいほど当たっている。

雪女の句に代表される比類のない句境は、自然への畏敬の念と〈いのち得て恋に死にゆく傀儡(くぐつ)かな〉のような艶っぽさとが結びついたところに生まれた。

いのち得て恋に死にゆく傀儡(くぐつ)かな
雪女見しより瘧(おこり)をさまらず
雪女溶(と)けて光の蜜となり
恋の汗つめたくなりし御身(おみ)拭ふ
朧夜の髭(ひげ)根(ね)がはえたドラム罐
花冷(はなびえ)のちがふ乳房に逢ひにゆく
花よりもくれなゐうすき乳暈(ちがさ)かな
春深くケサランパサラン増殖す
ケサランパサランは白粉を食ふ虫なりといふ
大昼寝湖の底抜けんとす
親殺し子殺しの空しんと澄み
月天心まだ首だけがみつからず
望(もち)の夜のめくれて薄き桃の皮
わが夢にきらめく雁の泪(なみだ)かな
露の戸を突き出て寂し釘の先
月光に開きしままの大鋏

（『雪女』平4）

月に透き感じる竹となりにけり
草市で買ふやはかなきものばかり
びしよぬれのKが還つてきた月夜
棺負うたままで尿(しと)する吹雪かな
初夢は死ぬなと泣きしところまで
花ひらくごとくに水の湧いてをり
たましひの白桃に似し打身かな
露ふたつ契りしのちも顫へをり
釘隠良夜の釘を隠しをり
塵泥(ちりひぢ)の翳(かげ)きはまれる良夜かな
瀧壺に良夜の水がまくれこみ
雪を来て恋の躯(からだ)となりにけり
雪女いま魂(たま)触れ合うてゐるといふ
雪をんな魂触れあへば匂ふなり
去年今年海底の兵光りだす

（『眞鍋呉夫句集』平14）

黛まどか

サーフボード立て掛けてある襖かな

（『花ごろも』平9）

まゆずみ　まどか　昭和三七年、神奈川県生まれ。六三年「河」入会。平成六年、女性だけの俳句結社「東京ヘップバーン」を設立。句集『B面の夏』『京都の恋』『忘れ貝』ほか。

鑑賞　サーフボードは黛まどかの作品において、〈虹仰ぐサーフボードを砂に立て〉に始まり、掲句、そして〈夏惜しむサーフボードの疵なでて〉など、大きな役を担っている。サーフボードを季語とするなら「夏」と思いがちであるが、このスポーツに近ければ近い程、一概に「夏」と決めにくいものであろう。「サーフボード」は、まどか作品ではすぐ傍らにあるものとして認識される。

そのサーフボードが日本間の襖に立て掛けられている。いささか古びた襖。長さ三メートル、幅五〇センチ余りの原色や様々な柄が描かれたボード。いささか身を縮めた感じが、「立てる」ではなく「立て掛けてある」によって伝わる。浜近くの開放的な住居ではなく、ひそとした日本家屋の奥の一室に見出すサーフボード。その違和が、住む人＝サーフボードの持ち主の佇まいを想像させ、更にはひそかなドラマまで発展させてくれそうである。

ノート　俳人黛執を父とし、二十代半ばで「河」に入会、吉田鴻司に師事。平成六年、三十代初めに「B面の夏」五〇句で第四〇回角川俳句賞奨励賞受賞。女性のみの俳句雑誌「月刊ヘップバーン」（平8）創刊代表。これは、働く三十、四十代の女性を中心とし、「俳句の横書き」掲載というスタイル、若い世代が感じる「新しい季語」の活動などで話題となった。一四年、句集『京都の恋』で第二回山本健吉文学賞の俳句部門を受賞。マスメディアでの多方面の活躍は、働く独身の女性たちに俳句を身近に感じさせた。

出発点の〈旅終へてよりB面の夏休〉が喧伝されるが、同時期の〈春濤の昂ぶることもなく崩れ〉に、本質的な静かな眼差しを感じる。

秀句選

モンローと名付けられたる猫の恋
春濤の昂ぶることもなく崩れ
泳ぎ来て果実のやうな言葉投ぐ
虹仰ぐサーフボードを砂に立て
富士山を入れて撮れよとサングラス
噴水に主役脇役ありにけり
旅終へてよりB面の夏休
（『B面の夏』平6）

紅葉狩りとはひたすらに歩むこと
掃き寄せし塵の中より冬の蜂
空青すぎて桜貝こはれさう
（『夏の恋』平8）

夏惜しむサーフボードの疵なでて
貝がらの九月の雨を溜めてをり
イヤリング失くして戻る業平忌
（『花ごろも』平9）

萩すすき紅さすための薬指
サーフボード立て掛けてある襖かな

雪女まぎれてゐたり上野駅
花見んと花屑に置く旅かばん
（『ららら奥の細道』平10）

ややありて流れはじめし雛かな
（『忘れ貝』平18）

日溜りのあと月光のすみれかな
指輪はづして花冷の指残る
鑑真忌波のひとつが巌を越え
まつさきに橋の灯ともる巴里祭
らいてう忌舳先に浴びて波しぶき
七夕の空を映して忘れ潮
昼の虫鳴くだけ鳴かせ廓跡
降る雪に傘傾けて久女の忌
寒晴の逃げも隠れもできぬ空
かまいたち鉄棒に巻く落とし物
日本刀見せられてゐる冬座敷
冬の月そこまでと言ひどこまでも

水原秋櫻子

瀧落ちて群青世界とどろけり

（『帰心』昭29）

みずはら　しゅうおうし　明治二五年、東京生まれ。高浜虚子に師事するが、のち「ホトトギス」を離脱。昭和九年「馬酔木」主宰。句集『葛飾』『霜林』『帰心』ほか。五六年没。

鑑賞　秋櫻子は、大正一一年に「馬酔木」に発表した「『自然の真』と『文芸上の真』」の主張にも明確に表れているように、自らの美意識に基づいた世界を構築する作家である。絵画にも造詣が深く、俳句のジャンルに新鮮な色彩感覚を導入することに成功した。清冽な「青」はまた、秋櫻子がもっとも好んだ色のひとつでもある。掲句も、あたかも東山魁夷の滝の絵のように、読み手の脳裏に鮮烈な「青」が展開する。

那智の滝に旅した際に作られたことを知らなくても、この「滝」は眼も眩むような高みからまっしぐらに落ちてくる。「群青世界」という一語によって、滝だけではなく、上を覆う真っ青な空から、周りを取り囲む万緑の樹々まで、見えるかぎりの空間すべてが一体となって、交響曲をひびきわたらせる。視覚的にも聴覚的にも、圧倒的な宇宙が聳え立つ。作品に描かれた存在以外の一切の夾雑物を許さない掲句は、秋櫻子の作品の美の結晶として、代表作の名にふさわしい。

ノート　高浜虚子に師事、短歌より摂取した古語や典雅な調べを駆使し、万葉調と評された風景俳句を成して「ホトトギス」に清新な抒情をもたらし、山口誓子・高野素十・阿波野青畝と共に四Sと称された。虚子は、初めは秋櫻子の作品を推賞していたが、客観写生に徹する素十を、主観を大事にする秋櫻子より一段高く評価したことから両者に亀裂が生じ、第一句集『葛飾』刊行後の昭和六年、秋櫻子は「馬酔木」主宰として独立する。当時、一大権威であった虚子との訣別は若き俳人達の共感を呼び、以後「馬酔木」は俳句革新の拠点となるが、新興俳句が無季を主張すると、一線を画して有季定型に徹した。八九歳での逝去まで二〇の句集を上梓し、俳句の世界に近代的な美意識を確立した功績は計り知れない。

来しかたや馬醉木咲く野の日のひかり　（『葛飾』昭5）
馬醉木より低き門なり浄瑠璃寺
金色の佛ぞおはす蕨かな
梨咲くと葛飾の野はとの曇り
葛飾や桃の籬も水田べり
高嶺星蚕飼の村は寝しづまり
夜の雲に噴煙うつる新樹かな
青春のすぎにしこころ苺喰ふ
啄木鳥や落葉をいそぐ牧の木々
むさしのの空真青なる落葉かな
白樺を幽かに霧のゆく音か　（『新樹』昭8）
わがいのち菊にむかひてしづかなる
雪渓をかなしと見たり夜もひかる　（『秋苑』昭10）
狂ひつつ死にし君ゆゑ絵のさむさ　（『岩礁』昭12）
瑠璃沼に瀧落ちきたり瑠璃となる　（『蘆刈』昭14）

初日さす松はむさし野にのこる松
山茱萸にけぶるや雨も黄となんぬ　（『古鏡』昭17）
この沢やいま大瑠璃鳥のこゑひとつ　（『磐梯』昭18）
門とぢて良夜の石と我は居り　（『重陽』昭23）
野の虹と春田の虹と空に合ふ　（『霜林』昭25）
冬菊のまとふはおのがひかりのみ
伊豆の海や紅梅の上に波ながれ
べたべたに田も菜の花も照りみだる
薔薇の坂にきくは浦上の鐘ならずや　（『残鐘』昭27）
山櫻雪嶺天に声もなし　（『帰心』昭29）
瀧落ちて群青世界とどろけり
朝寝せり孟浩然を始祖として　（『旅愁』昭36）
蜻蛉うまれ緑眼煌とすぎゆけり　（『緑雲』昭46）
羽子板や子はまぼろしのすみだ川　（『餘生』昭52）
餘生なほなすことあらむ冬苺

三橋鷹女

鞦韆は漕ぐべし愛は奪ふべし

（『白骨』昭27）

みつはし　たかじょ　明治三二年、千葉県生まれ。原石鼎「鹿火屋」入会。「鶏頭陣」「紺」に参加。戦後は「薔薇」「俳句評論」に参加。句集『向日葵』『魚の鰭』ほか。昭和四七年没。

鑑賞　三橋鷹女の代表句であり、二〇世紀を代表する名句の一つである。「漕ぐべし」「奪ふべし」と畳みかける圧倒的なリズム感、そして鞦韆から奪う愛へという発想の鮮やかな飛躍は半世紀以上を経てなお古びない。だが、この句は若さの激情に任せて詠んだものではない。

この句をなしたとき鷹女は既に五十代前半であり、句集『白骨』には、秀句選で挙げた作品以外にも、〈老いざまや万朶の露に囁かれ〉〈菜の花やこの身このまま老ゆるべく〉〈死ぬること独りは淋し行々子〉など老いや死を意識した句が見受けられる。

女は誰でも死なない限り老婆へと変貌しなければならないが、その運命に抗うかのように激しい愛をうたうことによって、今この時を生きようという切実な思いを句に託したのであろう。個性的で多彩な幻想世界を展開した鷹女らしい生命讃歌である。

ノート　鷹女には〈日本の我はをみなや明治節〉〈髪おほければ春愁の深きかな〉（『向日葵』）など女性としての自負心やナルシズムを詠んだ句や〈汗の香の愛しく吾子に笑み寄る〉（『白骨』）といった吾子俳句もあるが、その本領は豊かな想像力を駆使し、強烈な個性に裏付けられた、華麗にして妖艶な作風にある。橋本多佳子、中村汀女、星野立子と共に四Tと称された鷹女だが、この点で他の追随を許さない。

『羊歯地獄』の自序に「一句を書くことは　一片の鱗の剥脱である／一片の鱗の剥脱は　生きてゐることの証だと思ふ／一片づつ　一片づつ剥脱して全身赤裸となる日の為に／『生きて　書け――』と心を励ます」とある通り、生涯に渡って凄まじい作家魂を持ち続けた俳人だった。

秀句選

夏痩せて嫌ひなものは嫌ひなり　（『向日葵』昭15）
初嵐して人の機嫌はとれませぬ
煖炉灼く夫よタンゴを踊らうか
ひるがほに電流かよひゐはせぬか
天地ふとさかしまにあり秋を病む
詩に痩せて二月渚をゆくはわたし
この樹登らば鬼女となるべし夕紅葉　（『魚の鰭』昭16）
笹鳴に逢ひたき人のあるにはある
百日紅何年後は老婆たち　（『白骨』昭27）
千万年後の恋人へダリヤ剪る
月見草はらりと地球うらがへる
炎天を泣きぬれてゆく蟻のあり
女一人佇てり銀河を渉るべく
白露や死んでゆく日も帯締めて
老いながら椿となつて踊りけり

鞦韆は漕ぐべし愛は奪ふべし
白骨の手足が戦ぐ落葉季
かなしびの満ちて風船舞ひあがる
鴨翔たばわれ白髪の嫗とならむ　（『羊歯地獄』昭36）
青葡萄天地ぐらぐらぐらぐらす
絶壁に月を捕へし捕虫網
墜ちてゆく　炎ゆる夕日を股挟み
はるかな断き一本の橅を抱き　（『橅』昭45）
老鶯や泪たまれば啼きにけり
巻貝死すあまたの夢を巻きのこし
荒海にめしひて鯛を愛すかな
藤垂れてこの世のものの老婆佇つ　（『三橋鷹女全句集』昭51）
うつうつと一個のれもん妊れり
千の虫鳴く一匹の狂ひ鳴き
寒満月こぶしをひらく赤ん坊

三橋敏雄

鈴に入る玉こそよけれ春のくれ

（『眞神』昭48）

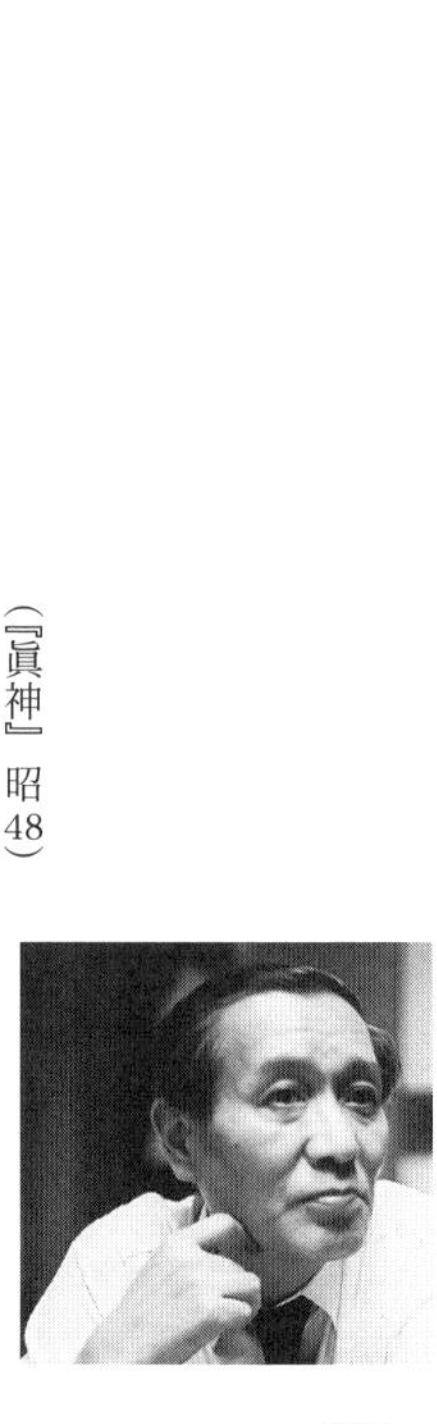

みつはし　としお　大正九年、東京生まれ。渡辺白泉、西東三鬼に師事、「京大俳句」に参加。戦後「俳句評論」同人。「壚坶（ロム）」創刊。句集『まぼろしの鱶』『疊の上』ほか。平成一三年没。

鑑賞　なんと官能的な句だろうか。思えば私たちは古から、「鈴」を神々との通い合いを可能にしてくれる可憐な存在として、いとおしみ、慈しんできた。縄文時代にすでに土鈴の発掘例があり、銅鏡の周りに小鈴をめぐらした鈴鏡（れいきょう）は日本独自のものだ。猿楽に始まる聖なる演目の三番叟や神前の巫女舞は、必ず神楽鈴を高らかに奏する。神社で拝む際には大きな鈴を振るし、財布や携帯電話に鈴を付けている人も多い。

「玉」という言葉も、美しいもの、大切なものに対して使われ、魂もひとつの玉である。そのなかでも、それ自体ひとつの玉に他ならない鈴に抱かれる玉は、こよなく好いものであるという。これまた、虚ろなるものにこそ神が宿るという、太古からの心情をみごとに捉えている。「春のくれ」の季語から、鈴を張ったような春の海原に、夕日がゆっくりと入ってゆく景も浮かんでくる。太陽ももちろん玉であるし、地球もまた、沢山の命の玉を宿らせた大いなる鈴に他ならない。

ノート　新興俳句に魅せられ、渡邊白泉に師事、一連の戦火想望俳句が山口誓子の絶賛を博し、十代で脚光を浴びた。のち西東三鬼にも師事、「京大俳句」に参加したが、反戦色を強めた新興俳句弾圧の京大俳句事件に遭遇し、白泉も三鬼も検挙され、発表の場を喪（うしな）う。以後、大戦中は古俳諧の研究に没頭、昭和三〇年に句作を再開した時には、詩的な世界の裡にも季語の真髄を捉える作風を獲得していた。戦後、練習船の事務長を長く勤め航海に従事、海風が吹き渡るような気息の大きな作品を生み出してゆく。俳句は花鳥諷詠に限定されるものではなく、多様な表現の可能性を持つという意識のもとに、無季においても世界の実存に迫る名句を生み出した。最期まで反戦の想いを貫き、戦死者への鎮魂の句も多い。

かもめ来よ天金の書をひらくたび
（『まぼろしの鱶』昭41）
少年ありピカソの青のなかに病む
いつせいに柱の燃ゆる都かな
世界中一本杉の中は夜
昭和衰へ馬の音する夕かな
（『眞神』昭48）
鉄を食ふ鉄バクテリアの鉄の中
日にいちど入る日は沈み信天翁
絶滅のかの狼を連れ歩く
晩春の肉は舌よりはじまるか
鈴に入る玉こそよけれ春のくれ
撫でて在る目のたま久し大旦
卓上の石炭一箇美しき
（『鷓鴣』昭54）
老い皺を撫づれば浪かわれは海
手をあげて此世の友は来りけり
（『巡禮』昭54）
顔押し当つる枕の中も銀河かな

裏富士は鷗を知らず魂まつり
長濤を以て音なし夏の海
（『長濤』昭57）
井戸は母うつばりは父みな名無し
（『疊の上』昭63）
戦争と疊の上の団扇かな
汽車よりも汽船長生き春の沖
戦争にたかる無数の蠅しづか
あやまちはくりかへします秋の暮
海へ去る水はるかなり金魚玉
大正九年以来われ在り雲に鳥
家毎に地球の人や天の川
当日集合全国戦歿者之生霊
（『しだらでん』平8）
石段のはじめは地べた秋祭
みづから遺る石斧石鏃しだらでん
こちら日本戦火に弱し春の月
山に金太郎野に金次郎予は昼寝
（『しだらでん』以降）

三村純也

虫送すみたる稲のそよぎかな

（『常行』平14）

みむら　じゅんや　昭和二八年、大阪府生まれ。中学時代より作句。四七年「山茶花」に入会、下村非文に師事。平成九年「山茶花」を継承、主宰。句集『蜃気楼』『常行』ほか。

鑑賞　晩夏から秋の初めにかけて稲の害虫を追い払うために行われるのが「虫送」。松明（たいまつ）をかかげて鳴り物を大きく鳴らしながら村はずれの山河や海へ虫を追い出す。子供たちは「稲虫送らんか」などと囃したてる。

それが済んだあとの稲のそよぎを詠んだものだが、心なし前日までの吹かれようとは違う。害虫や悪霊を追い払ったあとの、人の安堵感がそう思わせるのかも知れない。いずれにしても微妙な変化を感じ取った句である。誰の目にもはっきりと見てとれるような違いではない。虫送そのものにしても害虫駆除剤を散布するではなし、火や音の力で稲の敵が退治できるはずのものではない。それでも昔からの習わしを行うところに、日本人の季節のけじめや、祈りや、外敵に対する穏やかな対処法などが表われていると言えよう。科学や理屈では説明し難い眼前の景の変化、季節の移りゆきを実感させてくれる俳句だ。

ノート　十代にして「山茶花」に入会、下村非文に師事し、その紹介により清崎敏郎、稲畑汀子の指導を併せて受けるという、伝統俳句の申し子のような経歴。さらに国文学の研究者として学識を広げ、赴任地の富山県魚津市での五年間の生活が句境を大いに進展させた。下村非文の後継主宰石倉啓補の指名を受け、四十代半の若さで「山茶花」の主宰となったのも、運命づけられていたことのように見える。

〈自問して答はひとつ秋深し〉は、実生活者として、俳句作者として、又一誌の主宰として最も多忙な時期にさしかかった頃の作。一人秋の深まった夜更に自問する時、人は心の奥なる声を聞く。たったひとつの答は俳句への情熱に違いない。創作者の孤独に通じる句だ。

秀句選

桜貝ひとつ拾ひてひとつきり
メロン皿ギリシャ神話を描きたる
眉の根に泥乾きゐるラガーかな
泥地獄抜けしラガーの一文字
阿の石榴吽の石榴とたわわなる
（『Rugby』平元）
チューリップ畑の中の一軒家
蜃気楼将棋倒しに消えにけり
風の盆中稲もすでに穂を垂らし
一昨日の昨日の今日の鴨の数
雪しづれたりしづりたり杉林
競ふとも見えぬ遠さのヨットかな
鮭遡上もつとも鳶の知れりけり
雪嶺の我も我もと晴れ来たる
湯上りの項匂ふよ地蔵盆
父となり母となりたる初写真
（『蜃気楼』平10）

桶にして肥立ち見舞の寒の鯉
夜桜の根の摑みゐる大地かな
見えてゐる先もまだまだ干潟とや
筒鳥の風の遠音となりにけり
雨蛙鳴くカキクケコカキクケコ
昼寝の子起きしにあらず裏返る
幽霊が出る教室も夏休
虫送すみたる稲のそよぎかな
手花火を持たせて膝に抱き取りて
蓼咲いて余呉の舟津は杭一つ
（『常行』平14）
狼は亡び木霊は存ふる
あれを買ひこれを買ひクリスマスケーキ買ふ
火を躍り越え狼の襲ひ来る
振米の音の止みたる深雪かな
雪女郎血の髻を提げゐたり
（『常行』以降）

宮坂静生

濁りこそ川のちからや白絣

（『春の鹿』昭63）

みやさか　しずお　昭和一二年、長野県生まれ。高校在学中に藤岡筑邨、富安風生、のちに藤田湘子に師事。「鷹」同人を経て、「岳」主宰。句集『青胡桃』『春の鹿』『山の牧』ほか。

鑑賞　普段は流れているのかいないのか分からないような町の川でも、台風襲来時には濃褐色に濁り、すさまじいまでの速さとなる。轟音をたてて渦巻く川面は、猛々しい野獣のようだ。さらに増水すれば堰を切ってあふれ、田畑や家々まで押し寄せるかもしれない。人間の制御の及ばない混沌としたエネルギー、それは、近代の理性的な価値観からすれば、否定されるべきもの、負の存在である。

しかし、雅やかな和語の使用しか許さなかった連歌が、俗語や漢語を取り入れて俳諧になった時、獲得した最大のもののひとつが、このような混沌としたエネルギーなのである。四季の風物を対象としても、和歌は美しいものしか詠まなかった。俳諧は、例えば芭蕉の〈生きながら一つに氷る海鼠かな〉のように、醜いものの生の輝きをも鑽仰する。掲句は、句会に初めて出された時「川のいのちや」であったのを、当時の師の藤田湘子の示唆により「ちからや」になったという。

ノート　一四歳から俳句を始め、藤岡筑邨・富安風生に師事。第一句集『青胡桃』は昭和三九年、二七歳で上梓された。四三年、藤田湘子に出会い、師事。翌年「鷹」の同人となり、平成六年まで在籍。長野県松本市発行の「岳」主宰。故郷であり、生活の場でもある信州の自然を深く愛し、詠み続ける。昭和六三年上梓の第四句集『春の鹿』の頃より、作品の深みが増し、重厚な世界を展開する。評論の面でも、その土地の自然の「貌」が見える句を、縄文以来の原始的身体感覚を活かして詠むという「地貌論」を提唱。『語りかける季語　ゆるやかな日本』では、地域に根ざした季語一七八項目を例句を挙げて解説し、読売文学賞を受賞した。俳文学者として正岡子規・高浜虚子にも造詣が深い。

秀句選

信濃追分
吾亦紅霧の奥にて陽が育つ　（『青胡桃』昭39）
寒鯉の水の筋金呑みしごと
大日向開拓地　満州より帰途、足手まといとなりて自害さす
白萩や妻子自害の墓碑ばかり
捨てマッチ地に燃え青春は霧か　（『山開』昭和54）
死にがたしとて蓑虫のあつまれる
信濃柿もろともに山寂びにけり　（『樹下』昭58）
年の夜やポストの口のあたたかし　（『春の鹿』昭63）
天の川からさんさんと檜の香
春の鹿まとへる闇の濃くならず
濁りこそ川のちからや白絣
一日がたちまち遠し山ざくら　（『火に椿』平7）
律といふ子規の妹木の実降る
滴りの金剛力に狂ひなし　（『山の牧』平12）
秋耕の畝が入りくる家の中
落蟬の仰向くは空深きゆゑ

はらわたの熱きを恃み鳥渡る
人参も青年も身を洗ひ立て
良寛の手毬は芯に恋の反古
絶壁をなす六月の麦の丈　（『鳥』平15）
志賀高原横手山
山頂の一紺に立ち夏闌けぬ
撃たれんと群をはなれて鴨撃たる
わらび折るたび新しきわれなりし
乗鞍高原
大滝の全長水を切り落とす　（『宙』平17）
白菜を翼はづせるごとく剥く
地面から宙がはじまる福寿草
雛ふたつ孵りわが家の燕の日
人生は短か秋刀魚は長すぎる
沖縄忌幼子に海しかと見せ　（『宙』以降）
千鈞の種放たんと猫じやらし
逝く母を父が迎へて木の根明く

村越化石

わが夜長森の夜長とつながれり

（『八十路』平19）

むらこし　かせき　大正一一年、静岡県生まれ。療養中に俳句を学ぶ。戦後、大野林火に師事。二四年、林火主宰の「濱」に入会、二八年同人。句集『獨眼』『山國抄』『端坐』『筒島』ほか。

鑑賞　やや冷えた闇の静寂が広がる空間。ひとを深い物思いに誘うようにゆったりと流れる時間。作者はひとり豊かな沈黙の中で深々とした想念を抱きつつ端座し、真の闇に包まれて眠る森の存在に思いを致す。そして、森の底知れぬ大いなる闇と自らの闇とを一体化して捉えている。

しかし一方でこの句は、鬱勃（うつぼつ）たるエネルギーと沈潜した生命力が激しく渦巻く気配を秘めている。秋の森、そこには鮮やかな紅葉があり、諸々の生き物たちが冬に立ち向かうべく、翌春の再生に備えるべく、営々と生きている。森に生きるそういうあらゆる生き物のいのちと自身のいのちとが直結していると、作者は直観し、確信しているのである。

一六歳でハンセン病の宣告を受け、四八歳で失明した村越化石の、これは全身全霊をもってした大自然との交感であり、一体化であり、化石にしか詠えない、暗い闇の部分もひっくるめての生きとし生けるものへ捧げる生命讃歌である。

ノート　昭和一六年以降、国立療養所草津栗生楽泉園に暮らす化石は、同二四年から大野林火の指導を受け、〈寒餅や最後の癩の詩つよかれ〉という苛烈にして不屈の意志と覚悟をもって真正面から己の生を見据えた。失明というさらなる大きな試練をも太い呼吸で受け止め、冷厳な自己凝視を経て、諦観や暗鬱な姿勢は微塵も持たず、真の闇を知る者こそが体感しうる清澄な光の中で森羅万象を捉えてゆく。

旧制中学在学中に離れた故郷に、母に、深い思いを寄せ、また永住の地となった草津の雪に風に、一木一草に、限りない愛惜の情を注ぐ。その作品は単なる風景描写ではなく、その中心に確実に化石その人の温もりがある。明るく健やかな生の肯定があり、生命の尊厳への敬虔な祈りがある。

除夜の湯に肌触れあへり生くるべし　（『獨眼』昭37）
もの蒼む梅雨や片眼を失くし佇つ
どこ見ても青嶺来世は馬とならむ
鳥けもの喜雨山中に出で逢へや　（『山國抄』昭49）
闘うて鷹のゐぐりし深雪なり
松虫草今生や師と吹かれゆく
落葉踏み天を鏡と思ひけり　（『端坐』昭57）
柚子匂ふはるかより母現れ給へ
天が下雨垂れ石の涼しけれ
籠枕眼の見えてゐる夢ばかり
いま汲みて提げゆく水の立夏かな　（『筒鳥』昭63）
筒鳥や山に居て身を山に向け
山眠り火種のごとく妻が居り
向ふから俳句が来るよ冬日和　（『石と杖』平4）
物として寒の畳に坐しゐたり

今日会ひて今日去る人と春惜しむ
永き日のうしろへ道の伸びてをり　（『八十八夜』平9）
望郷の目覚む八十八夜かな
生きてゐることに合掌柏餅
わが前をわが杖行きて春の道　（『蛍袋』平15）
生ひ立ちは誰も健やか龍の玉
跪きたきふるさとの冬菜畑
病む者に身寄り得しごと百合咲きぬ　（『八十路』平19）
郭公に目覚めて今日の生命置く
見えぬ眼の目の前に置く柿一つ
裸木の側にしばらく居てやりぬ
生き生きて生きて今あり手に団扇
わが夜長森の夜長とつながれり
諦めず生き来し命地虫出づ
故郷を想ひ朧に籠りをり

本井 英

息の音のさよならさよなら夜は短か

（『夏潮』平12）

もとい えい　昭和二〇年、埼玉県生まれ。高校時代より清崎敏郎に師事。のち、星野立子、高木晴子に師事。「惜春」副主宰を経て、平成一九年「夏潮」創刊、主宰。句集『夏潮』ほか。

鑑賞　句集『夏潮』の扉には「故ジャンヌ・マリー本井久美子に献ず」という前書が記されている。掲句は愛妻の闘病生活中の作であろうが、こういう主観の利いた句はその背景を知っていないと、なかなか解釈し難いところがある。

激しい苦痛が去って眠りにおちた妻の寝息は、二人の上を通り過ぎた歳月を思い出させ、「さよならさよなら」と別れの言葉を告げているかのように聞こえる。安らかな寝顔は看病疲れの作者にも束の間の安堵をもたらしはするが、すぐ覗いても見えない死の世界が傍にあるような不安に胸が締め付けられる、そんな短夜が今夜もまた更けていくのである。大体このような心情を述べているのではないかと思う。

掲句は深い哀しみを詠みながら、あまり悲壮感のない透き通った作品になっている。その不思議な雰囲気はどこから来ているのかは分らないが、私はそこに却って作者のやり場のない切なさを見る思いがする。

ノート　本井英は慶応大学大学院博士課程で国文学を専攻し、その専門的知識を俳句や評論に生かし、優れた作品を生み続けている。

そのほかに高浜虚子の研究家としてもよく知られている。著書には『高浜虚子』や虚子のヨーロッパ渡航記『渡仏日記』を辿った旅行体験記『虚子「渡仏日記」紀行』などがある。さらに、明治四一年に一か月間毎日行われた虚子の鍛錬句会「日盛会」を平成の代で行ったり、『白露物語』の虚子の足跡を辿る満州旅行をしたり、とアイディアと行動力の持主である。さきの「日盛会」を発展させて、平成一九年に俳誌「夏潮」を創刊、主宰した。その誌上には「虚子への道」と題した虚子研究の成果が毎月発表されている。

秀句選

初凪や小さなドイツ料理店　（『本井英句集』昭61）

品川のホームに見かけ夏帽子

網戸抜けゆける煙草の煙かな

天井を見て卒業の歌うたふ

立子先生逝去

雛の日に逝き給ふとは雛を見て

寒木瓜の蕾むむむと赤きかな　（『夏潮』平12）

かなかなのかなかなかなとこみあげて鳴く

土用波一角崩れ総崩れ

一の字の震へるやうに鳥渡る

裸子の尻らつきようのごと白く

誘うたと尾花誘はなんだと萩は

神が来し海上の道岬椿

男とは老いておとなし梅を仰ぐ

妻帰天

息の音のさよならさよなら夜は短か

吾を離れゆく螢火を追はずをり

妻知らぬセーターを着て町歩く

笹子来てをるよと告げむ人もがな

ごきぶりの世や王もなく臣もなく　（『夏潮』以降）

首筋のかしこさうなる蜥蜴かな

もう誰も帰つてこない秋の暮

蛇行して干潟を流れゆけるかな

ストローを色駆けのぼるソーダ水

先生と声かけてきし浴衣かな

トラックに男やまもり御祭礼

空蝉のどう辿りけむ葡萄の葉

明易や妻の寓居を訪へる夢

貫道するものは一なる西行忌

鯛になら生まれてもいいと言ふ

湯に放つ菊の軽さよ菊膾

羽子板に江戸の舞台のあれやこれ

森　澄雄

磧にて白桃むけば水過ぎゆく

（『花眼』昭44）

もり　すみお　大正八年、兵庫県生まれ。「寒雷」創刊と同時に投句。加藤楸邨に師事。戦後「寒雷」編集同人。昭和四五年「杉」創刊、主宰。句集『雪櫟』『浮鷗』『鯉素』ほか。

鑑賞　難しい言葉は一つも使われていない。場面も、誰にもすぐに想像が可能な、何処といって変哲もない情景である。だが、この一句を前に、われわれ読者は、完璧な結晶体の内部に連れ去られるような思いがする。ひとつひとつの言葉が緊密に絡み合い、有機的に働いて、言葉の背後に拡がる文化的水脈までも豊かに取り込んでいるのだ。

「磧（かわら）」は、賽の河原を思い出すまでもなく、現し世と彼の世の境として位置づけられてきた。「河原者」と呼ばれた中世の芸人達も、芸という虚によって彼岸と此岸を行き来できる存在と思われていたのだ。また、『方丈記』にも記されたように、川の流れは、過ぎ去りゆく時間の象徴、目に見える無常そのものに他ならなかった。磧に坐して、二度と還ることのない水の流れを目にする時、磧の石とは対照的に柔らかく、流れ去ることのない水をたっぷり抱えている「白桃」は、瑞々しく、かつ傷つきやすい、われわれの生そのものとなる。

ノート　昭和一五年、加藤楸邨の「寒雷」創刊時より師事。大学を繰上げ卒業となり、南方に派兵されて死線をさまよい、終戦の翌年に復員した。第一句集『雪櫟』は、自ら「貧しい生活の記録」と記す、戦後の妻子を伴った教員生活を中心の作品のなかに、気品ある詩情を湛える。五〇歳で上梓した第二句集『花眼』により、季語を核とした広やかな時空間を展開、無常を見据えた遥かなものへの思いの裡に、ふくよかな官能性を湛える独自の句風を確立し、飯田龍太と並んで伝統派の雄となった。五一歳で主宰誌「杉」を創刊。芭蕉の〈行春を近江の人とおしみける〉の句への思いから、度々通うこととなった近江は、第三句集『浮鷗』以来、澄雄俳句の心の故郷であり、ここを舞台に多くの優れた作品を生んでいる。

冬の日の海に没る音をきかんとす　（『雪櫟』昭29）
除夜の妻白鳥のごと湯浴みをり
磧にて白桃むけば水過ぎゆく　（『花眼』昭44）
雪嶺のひとたび暮れて顕はるる
さくら咲きあふれて海へ雄物川　（『浮鷗』昭48）
秋の淡海（あふみ）かすみ誰にもたよりせず
雁の数渡りて空に水尾もなし
いろの浜
白をもて一つ年とる浮鷗
ぼうたんの百のゆるるは湯のやうに　（『鯉素』昭52）
西国の畦曼珠沙華曼珠沙華
若狭には佛多くて蒸鰈
さるすべり美しかりし與謝郡　（『游方』昭55）
火にのせて草のにほひす初諸子
風呂吹や忙は心を亡ぼすと
観音の腰のあたりに春蚊出づ　（『空艪』昭58）

億年のなかの今生実南天　（『四遠』昭61）
はるかまで旅してゐたり昼寝覚
妻がゐて夜長を言へりさう思ふ　（『所生』平元）
八月十七日、妻、心筋梗塞にて急逝。他出して死目に会へざりき……
木の実のごとき臍もちき死なしめき
「はなはみないのちのかてとなりにけり　アキ子」とともに墓碑銘となす
なれゆゑにこの世よかりし盆の花　（『餘日』平4）
やすらかやどの花となく草の花　（『白小』平7）
子が食べて母が見てゐるかき氷
しづかさの枝のべてみな山ざくら
二月二十八日誕生日　喜寿
ありがたき春暁母の産み力　（『花間』平10）
存へて浮世よろしも酔芙蓉
われもまたむかしもののふ西行忌　（『天日』平13）
古人みな詠ひつくせり秋の風　（『虚心』平16）
美しき落葉とならん願ひあり
大いなるわれも浮雲春の雲　（『深泉』平20）
妻ありし日は女郎花男郎花

森賀まり

かすかなる空耳なれどあたたかし

（『瞬く』平21）

もりが　まり　昭和三五年、愛媛県生まれ。波多野爽波、大串章に師事。「青」終刊後「百鳥」入会。「静かな場所」代表。句集『ねむる手』『瞬く』。著作『癒しの一句』（田中裕明との共著）。

鑑賞　誰か、おそらくすでに亡きひとを懐かしむ句である。そのひとの声を聴いたような気がして、はっとする。無論それが空耳であることは自分がいちばんよく知っている。けれども、かすかとはいえ、今たしかに耳に触れた懐かしい声のぬくもりが、全身に浸透していくのである。あたたかい灯がともるとともに、悲しみもまた広がる。

この句は森賀まりの名を冠して読むとき、夫恋のうた以外のなにものでもなくなる。夫・田中裕明がかつて詠んだ〈母の耳父の耳よりあたたかし〉も心にあったかもしれない。ふたりの長女が断乳のころ、眠るための儀式として母の耳を引っ張りながら親指を吸うことをしていたそうで、それが父の耳ではどうしてもだめだったことを無念に思う句、と聞いている。かつて長女が選び取った耳と却下した耳は生身の耳だったが、この句の耳は空耳である。「空」の文字がかなしい明るさに澄み、あたたかさがますます心にしみる。

ノート　現代詩から俳句に移り、波多野爽波の「青」に入会。「俳句を実際に作るようになって、季節が初めて季節として感じられるようになった。生活のひとつひとつがただ一度だけこの季節と出会う」と語り、詩人は俳人となった。当時の「青」には大峯あきら、宇佐美魚目がおり、同世代には田中裕明、岸本尚毅がいた。裕明と結婚して三女の母となるが、平成一六年裕明逝去。五年に及ぶ闘病生活と裕明の結社誌「ゆう」を支えつつ「少し距離を置きたいから、私は『ゆう』の会員にはならない」と語っていたまりの作品には、日常を踏まえながらよそ見をしているような魅力がある。〈目のなかに芒原あり森賀まり　裕明〉。独自の作品世界を開きつつ、「静かな場所」代表として裕明の人と作品を語り続けている。

椅子あれば眠る夏帽かぶりしまま
風邪の子をふうつと掴みそこねけり
きぬかつぎ正座の蹠ふたつづつ
ねむる手に苺のにほふ子どもかな
寒林に泣き果てし子の軽くなる
（『ねむる手』平7）
了解と冬枯の木を降りてきし
伊予の蜜柑花のかたちに剥きたまへ
スケートの両手ただよひつつ止まる
ゆりかもめ預けし赤子抱きにゆく
はこべらや解答二つとも正し
いつまでも硝子の裏の蝸牛
蓼咲いていまは眼をつぶつてゐる
我を見ず茨の花を見て答ふ
（『瞬く』平21）
秋水にオーケストラの百五人
知らぬことば静かに流れクリスマス

合歓の花不在の椅子のこちら向く
秋の水こめかみに指あてて聴く
桐一葉ひとかたまりにわれと子と
瞬きに月の光のさし入りぬ
かすかなる空耳なれどあたたかし
まんなかに子どもをはさみ山桜
山法師一つの朝に夜の来ぬ
横顔の人ら入りゆく萩の家
小鳥来る目を開けてまだ横臥せに
家中のしんとしてゐる桜かな
いつせいに鉛筆の音雪の山
朧夜のマーマレードに深く匙
ひろびろと布団敷かるる春灯
自転車に乗ればひとりや桐の花
休日のはやき夕ぐれ夏蕨

矢島渚男

遠くまで行く秋風とすこし行く

（『船のやうに』平6）

やじま　なぎさお　昭和一〇年、長野県生まれ。「鶴」に投句、石田波郷に師事。「寒雷」を経て、四五年創刊の「杉」に同人参加。平成六年「梟」創刊、主宰。句集『采薇』『木蘭』ほか。

鑑賞　秋風は、古来詩歌に多く詠まれてきた題材。俳句の季題としても詠み継がれているが、壮んな夏から秋へと、そして秋から冬へと静かに衰えてゆくような季節の移ろいを感じさせて、しみじみとした情感がこもる。繰り返される滅びの歴史や、男女の心変わりを連想させることもあるだろう。時にはほっとするような風、爽快な風でもあるかもしれない。

掲句は、その秋風をリリックに擬人化して詠んだ。「遠くまで行く秋風」に、遥かな距離をというだけでなく、過去から未来へ遥かな時をゆくというニュアンスまで感じるのは、季題そのものが重ねてきた歴史を思うからかもしれない。この秋風は心安らぐ秋風であろう。その秋風に歩を合わせ、やがてとどまって見送る作者。そこに人間の生というものを重ね合わせる。口語調、リフレインの表現に、現代的で軽やかな叙情がある。

ノート　古典俳句を鑑賞するとき、その大らかで大胆な表現にたびたび驚かされる。当時一世を風靡したであろう機知の面白さは時を経て色褪せることもあるかもしれないが、野趣のある写実や素朴に詠い上げた叙情が思いがけず新しく私達の心に響くこともあるのである。矢島渚男には古典俳句についての研究、また伝統に基づいた季題解説など、質の高い著書が数多くある。古典俳句に精通した作者は当然、俳句という固有の表現にのせてどのように現代人としての情緒を詠ってゆくべきか、その可能性を自身の作品において探ってきたに違いない。渚男俳句の本質であろうリリシズムは、現代を生きる詩人の真摯で潔癖な精神の表出として普遍性を得ていると思う。

漉き紙のほの暗き水かさねたり　（『采薇』昭48）
熊笹に濁流の跡いわし雲
硝子戸に月のぬくもり枇杷の花
姫はじめ闇美しといひにけり　（『木蘭』昭60）
臍の緒を家のどこかに春惜しむ
もろどりの山深くゐて鑑真忌
数へ日のこころのはしを人通る
あゝといひて吾を生みしか大寒に
年の瀬や行くこともなき山の澄み　（『天衣』昭62）
梟の目玉見にゆく星の中
アルプスの濡身かがやく桃の花
凌霄やギリシャに母を殺めたる
栗飯に間に合はざりし栗一つ
敗戦日少年に川いまも流れ　（『梟』平2）
太初より昼と夜あり螢狩

節分や海の町には海の鬼
さびしさや撞けばのどかな鐘の音
刻々と瀧新しきこと怖し
ゐなくなるぞゐなくなるぞと残る虫
遠くまで行く秋風とすこし行く　（『船のやうに』平6）
船のやうに年逝く人をこぼしつつ
蜂に蜜我等にむすび林檎咲く
渡り鳥人住み荒らす平野見え
水仙が水仙をうつあらしかな
黒塗りの昭和史があり鉦叩　（『翼の上に』平11）
六月の太平洋と早起きす
やあといふ朝日へおうと冬の海
湿原に水澄む悲しみのやうに　（『延年』平14）
月明のとほくと話す桂の木
戦争がはじまる野菊たちの前

安井浩司

ひるすぎの小屋を壊せばみなすすき

（『阿父学』昭49）

やすい　こうじ　昭和一一年、秋田県生まれ。十代から作句、寺山修司編集「牧羊神」に参加。のち永田耕衣に師事。「琴座」「俳句評論」同人を経て、「騎」同人。句集『阿父学』ほか。

鑑賞　俳句という形式は、この作品がそうであるように、ときには前後の脈絡もなく、原因も結果も提示せず、突然「壊せば」と言い、続けて「みなすすき」ということができる。読者はそう読んでしまったあとで、まるでなにかの呪文を投げかけられたように、薄原にぽつんと建つ小屋を頭の中で組み立てる。それからあの小屋さえなければ、ここは一面の薄原になる、と今さらのように思いつく。そうやって、いわば作品の風景を追体験するのだ。読後の不思議な解放感は、この作品のように、一気呵成にすべてを壊してしまわないとやってこない。明るい日の光の中で、世界にぽっかりと穴が開いてしまった昼過ぎ。

小屋と同じように、いつか自分も、壊されて、跡形もなくなってしまうのだ、という思いがよぎる。それからやっと気づく。はじめから私は、そんな風にいなくなって、薄原の一部になってしまいたい、そう思っていたのだ、と。

ノート　安井浩司は秋田県能代市に生まれ、高校時代から作句を始めた。俳句研究誌「牧羊神」同人となって寺山修司らと関わった後、永田耕衣「琴座」、高柳重信「俳句評論」同人となる。初期の作品から現在に至るまで、その作品はつねに詩的で高度な実験精神に満ちているが、それらが単なる知的操作に終わっていないのは、作品の根底に、万人に通じる風土性が存在するからだ。生まれ育った秋田の風土が、その作品にしっかりと根付いているのである。俳人として立ち位置が明確な作家であるが、そんな予備知識を捨てて、〈万物は去りゆけどまた青物屋〉（『句篇』）のような作品を読んでみれば、その世界の大きさを、誰でも、ごく自然に受け止めることができるだろう。

大鵜ふところの毬の中(あた)るべし
ひるすぎの小屋を壊せばみなすすき
旅人よみえたる二階の灰かぐら
御燈明ここに小川の始まれり
まひるまの門半開の揚羽かな
死鼠を常(とこ)のまひるへ抛りけり
法華寺の空とぶ蛇の眇(まなこ)かな
枯萩を起せばもとの暗き家
藤の実に少しみえたるけさの我
枯蓮は日霊(ひる)のごとくに明るけれ
麦秋の厠ひらけばみなおみな
睡蓮やまひるの西施を少し視る
はこべらや人は陰門(ひなと)へむかう旅
稲の世を巨人は三歩で踏み越える
きみゆけば遠く空(くう)なる芭蕉かも
揚雲雀坐れる女の野服欲し
草刈女摂理はふかし藪を刈る
睡蓮やふと日月は食しあう
天蓋は吊り上げられて早稲の花
天狼星知らずに飯くう女ども
天上の鮫を庭師は切り落とす
柘榴種散つて四千の蟲となれ
花葡萄坐れる女の乳房三つ
つわぶきの葉や自らを裂く女
花曇る眼球を世へ押し出せど
花柘榴我は死なずかつ生きず
睡蓮に百の身振りをする母や
汝も我みえず大鋸(おが)を押し合うや
紅の花ふと大正午が坐りおる
有耶無耶の関ふりむけば汝と我

（『阿父学』昭49）
（『密母集』昭54）
（『霊果』昭57）
（『氾人』昭59）
（『汝と我』昭63）

山口誓子

夏草に汽罐車の車輪来て止る

（『黄旗』昭10）

やまぐち　せいし　明治三四年、京都生まれ。「ホトトギス」に投句。東大俳句会、「馬酔木」に参加。昭和二三年「天狼」創刊、主宰。句集『凍港』『黄旗』ほか。平成六年没。

鑑賞　「夏草」といえば、芭蕉の〈夏草や兵どもが夢の跡〉を思い出す人が多い。その芭蕉の句において「夏草」は、遠い昔に滅んだ者達と、今生きるもの達とをはっきりと対比させるために用いられていた。草のむせるような生命力と、戦の痕跡を残していない勇者達の歴史とが、無残といえるほど対照的に描かれていた。それに対し、誓子の句では、夏草の生命力の旺盛さは従来の句の通りであるが、それに取り合わされたものには微塵の感傷もない。句において歴史的背景を読者の胸に直接喚起させ、そこに詩性を見出す方法を誓子は取らなかった。人間などとても及ばぬ力を見せつける草と、近代文明の象徴ともいえる「汽罐車の車輪」を取り合わせることで、誓子は新しい俳句の世界を打ち出そうとした。黒く、そして非情なる車輪の持つたくましさは、盛夏を謳歌する草と対峙しつつ一歩も譲らない。誓子の代表句といわれるだけの衝撃をこの句は有している。

ノート　その実作のごく初期から、山口誓子は自覚的に作品をつくってきた。無自覚のまま作品をつくる中で、結果的にある作風が生まれるのではなく、さいしょに目標を掲げたうえで、そのための方法を模索するというかたちを具体的に示した。つまり、当時としてはきわめて現代的な作家だったといえる。誓子は、花鳥諷詠に傾きがちだったそれまでの俳人と異なり、詩や映画の技法を積極的に自作に取り込み、俳句に新しい時代ならではの風を吹き込もうとした。そして、主宰誌「天狼」に「酷烈なる俳句精神」を掲げ、自ら実践していった。新しい素材の開拓、即物具象、そしてそれに伴う知的な構成をもって、誓子は現代俳句の最も大きな潮流を作ったといえる。

学問のさびしさに堪へ炭をつぐ　（『凍港』昭7）

流氷や宗谷の門波荒れやまず

匙なめて童たのしも夏氷

かりかりと蟷螂蜂の皃（かほ）を食む

スケートの紐むすぶ間も逸りつつ

夏草に汽罐車の車輪来て止る　（『黄旗』昭10）

ピストルがプールの硬き面にひびき　（『炎昼』昭13）

夏の河赤き鉄鎖のはし浸る

蟋蟀が深き地中を覗き込む　（『七曜』昭17）

活けし梅一枝強く壁に触る

麗しき春の七曜またはじまる

つきぬけて天上の紺曼珠沙華

月光に障子をかたくさしあはす　（『激浪』昭21）

俯向きて鳴く蟋蟀のこと思ふ

海に出て木枯帰るところなし　（『遠星』昭22）

土堤を外れ枯野の犬となりゆけり

天よりもかがやくものは蝶の翅

炎天の遠き帆やわがこころの帆

鶫死して翅拡ぐるに任せたり　（『晩刻』昭22）

螢獲て少年の指みどりなり　（『青女』昭25）

秋の暮水中もまた暗くなる

雪すべてやみて宙より一二片

蟷螂の眼の中までも枯れ尽くす　（『和服』昭30）

海に鴨発砲直前かも知れず

全長のさだまりて蛇すすむなり

さくら満ち一片をだに放下せず　（『方位』昭42）

洛中のいづこにゐても祇園囃子

冬河に新聞全紙浸り浮く

美しき距離白鷺が蝶に見ゆ　（『青銅』昭42）

日本がここに集る初詣

山口青邨

たんぽゝや長江濁るとこしなへ

（『雪国』昭17）

やまぐち　せいそん　明治二五年、岩手県生まれ。高浜虚子に師事。東大俳句会を興す。「四Ｓ時代」を提唱。昭和五年「夏草」創刊、主宰。句集『雑草園』『雪国』ほか。昭和六三年没。

鑑賞　足元に咲く黄色いたんぽぽ、眼下には長江が濁った水面を湛え滔滔と流れている。昭和一二年二月、青邨は東京を発ちベルリン留学の途に上った。神戸から乗船し寄港地であった上海での作。歓迎句会で揚子江の堤防に立った。「私は悠久ということを眼のあたりに見た。百年河清を待つという言葉も思い出した。何千キロという長い河である。上流には矢のような急流の渓谷もあれば魔のような深淵もある。いまここに来て海に口を開いている。日夜土砂を流してここに吐く。永久に澄むことはあるまい」（『自句自解山口青邨集』）。遥かな時を刻みながら、絶えることなく続いていく長江の流れ。春浅い岸辺に咲くたんぽぽも冬の寒さを乗り越え、芽吹き、今また花を咲かせているのだ。「とこしなへ」という永久なる時間。それは中国大陸の歴史であり、受け継がれていく人間の営みへと思いをつなぐ。「ホトトギス」雑詠巻頭を飾り、海外詠の嚆矢となった名句である。

ノート　虚子門として徹底的に学んだ写生の基礎に立ち、工学博士として培われた観察眼は詩的で多彩。故郷みちのくの風土を根幹に、広汎な教養と気韻ある情感で自然を捉え、俳意あるユーモアセンスは卓抜。東京杉並の居は「雑草園」と称し青邨俳句の源泉であった。東大ホトトギス会を主宰し、学園紛争盛んなる時代においては、東大学生俳句会「原生林」の顧問として学生を指導した。晩年の青邨は発想と表現の自由の中に自在に羽ばたいていながら、その精神性の高さは眼を瞠るものがあり、今後の一層の研究が待たれるところである。また、多くの随筆、写生文を著し気体、液体、固体の三相をもじった『三艸書屋雑筆』を始め、『雑草園夜話』『伯林留学日記』など写生文の第一人者の呼び声が高かった。

をみなへし又きちかうと折りすゝむ　（『雑草園』昭9）
みちのくの町はいぶせき氷柱かな
みちのくの雪深ければ雪女郎
　九州羈旅
祖母山も傾（かたむく）山（さん）も夕立かな
香取より鹿島はさびし木の実落つ
人それぐ〵書を読んでゐる良夜かな
菊咲けり陶淵明の菊咲けり　（『雪国』昭17）
　中尊寺にて
人も旅人われも旅人春惜しむ
をばさんがおめかしでゆく海贏うつ中
みちのくの淋代（さびしろ）の浜若布寄す
たんぽゝや長江濁るとこしなへ
　伯林
舞姫はリラの花よりも濃くにほふ
銀杏散るまつたゞ中に法科あり　（『露団々』昭21）
外套の裏は緋なりき明治の雪
よろこびはかなしみに似し冬牡丹

寒鯉のかたまりをればあたゝかさう　（『花宰相』昭25）
黒き壺金（きん）冬（とう）心（しん）の梅を挿す
　座右ボナールの友情論あり
こほろぎのこの一徹の貌を見よ　（『庭にて』昭30）
　新潟県新津付近
雪の野のふたりの人のつひにあふ　（『冬青空』昭32）
唖蟬も鳴く蟬ほどはゐるならむ
春陰や大濤の表裏となる　（『乾燥花』昭43）
光堂かの森にあり銀夕立
初富士のかなしきまでに遠きかな　（『粗餐』昭48）
紅粉（べに）の花おはんの使来れば剪る
きしきしと牡丹莟をゆるめつつ　（『薔薇窓』昭52）
凍鶴の一歩を賭けて立ちつくす　（『不老』昭52）
　宮城県「県民の森」を逍遥
薔薇雲のさめゆくままに鳥渡る　（『繚乱』昭56）
月とるごと種まくごとく踊りけり　（『寒竹風松』昭59）
一樹にして森なせりけり百千鳥
願事のあれもこれもと日は永し　（『日は永し』平4）

山下知津子

男を死を迎ふる仰臥青葉冷

（『髪膚』平14）

やましたちづこ 昭和二五年、神奈川県生まれ。四八年「蘭」入会、のち同人。「街」同人を経て、平成一七年「麟」創刊。句集『文七』『髪膚』。

鑑賞 「男を迎える仰臥」＝エロス、「死を迎える仰臥」＝タナトス。ギリシャ神話の愛の神と死の神のいわば両極のそれぞれを迎え入れる「仰臥」という共通の姿勢。平らかなその姿勢の哀しさと厳しさ。「青葉冷」は、仰臥する女性の存在を包み、荘厳する。エロスとタナトスという「生きもの」の存在の両極は、常に曳き合い、結びつく。そして辿りゆくアガペーという無償の「神の愛」、などと思う。〈抱擁を解くや月光なだれ込む〉の、一つとなったものが二つに分かれ、そこを埋める「月光」も、「青葉冷」と同じように一つ一つであることの「存在の哀しみ」を伝える。

〈毛糸選る欲しき赤とはどれも違ふ〉〈闇のはくれんのけぞるもつつめるも〉〈囮鮎鰭むらさきに反転す〉の豊かな色彩感覚。そこには常に〈焙るといふ火からの距離や虎落笛〉〈襁褓干しをれば螢のふたつ来ぬ〉にうかがえる「生」の姿への深い眼差しがある。

ノート 昭和四八年二三歳の時に、野沢節子の「蘭」入会、十年後に「蘭」賞受賞。平成七年野沢節子の死に伴っての退会、今井聖の創刊の「街」への入会、七年後の退会。そして同人誌「麟」の立ち上げ、同じく同人誌「件」への参加。二十年を越える一師の許での研鑽と、自身で切り開くという山下知津子のきっかけとした歩みが見えてくる。

〈国捨てし少年冬の河馬の前〉〈李さんと玉砂利踏みつ灼けゐたり〉は、NGO「北朝鮮難民救援基金」という活動に関わる中での作品。「今、この時代を生きている自分の生活実感に即して骨太に、また自身の身体を一度くぐらせた言葉で、表現したい」という。一生活者として、一女性として、一人間として、困難な状況へも自然体で向き合う立ち姿を思う。

螢火やもつとも黒く近き山　（『文七』昭60）
合歓の花産みしことのみ確かにて
寄鍋の火を消しどこかたぎりをり
曙光まだ天にのみあり寒卵　（『髪膚』平14）
梨はをとこ葡萄はをんなの重さにて
毛糸選る欲しき赤とはどれも違ふ
開戦（中東湾岸）や手にざらざらと寒卵
男を死を迎ふる仰臥青葉冷
闇のはくれんのけぞるもつつめるも
国捨てし少年冬の河馬の前
藤垂れて一気に暗むうなじかな
囮鮎鰭むらさきに反転す
焙るといふ火からの距離や虎落笛
李（イー）さんと玉砂利踏みつ灼けゐたり
抱擁を解くや月光なだれ込む

日曜礼拝ひとりの裾にゐのこづち　（『髪膚』以降）
黄菖蒲や水辺明るく水暗き
椿咲き椿咲き闇増えにけり
如月や鴉の羽の根の白き
水仙に水仙打ちて火を鑽らむ
木枯や燠のごとくに一落款
肩先から少年春の闇に入る
ふたりからひとりの生まれ朧月
雨脚も日差しも刃金立葵
太秦の蟬の穴から蜥蜴の子
らしからぬふうこそよけれ月の客
たつぷりと闇を吸ひたる熟柿かな
蟷螂の輪郭毫もにじまざる
襁褓干しをれば螢のふたつ来ぬ
梟から猫にもどりてをりにけり

山田弘子

盛りとや言はん残菊とや言はん

（『残心』平18）

やまだ　ひろこ　昭和九年、兵庫県生まれ。四五年「ホトトギス」に投句、高浜年尾、稲畑汀子に師事。「ホトトギス」同人。平成七年「円虹」創刊、主宰。句集『残心』ほか。二二年没。

鑑賞　深まった秋の日差を浴びて菊が咲き群れている。よく見ると色は淡く、少し小振りな感じがしないでもないが、咲き振りは旺盛である。旺盛が極まって寧ろはかなさを感じさせるほどの見事さである。そういう菊の一叢に佇みながら、作者は「これをまだまだ盛りの菊であるというべきか、それとも咲き残った菊というべきか」と自問しているのである。

掲句は、その自問を「とや言はん」というリフレインを使って一見たやすく表現している。さらりと詠むことによって読み手を作者の自問の中へ誘い込もうとするのである。そこに作者一流の磨き抜かれた技の冴えがある。たぶん作者は、美しさを競う盛りのころの菊ではなく、盛りを過ぎて競うこともなく自分というものを見詰めるように咲く、晩秋の菊に深い感動を覚えたのであろう。ただしそれは熟年の感動というべきものかも知れない。人の生き方にも菊の咲き方とよく似たところがあるものだと思わせる作品である。

ノート　山田弘子の作品の魅力のひとつは、洗練された美しさにある。この洗練された美しさは、季節感の巧みな掬い方、選び抜かれた言葉の工夫、思い切った表現やリズム、といったものからきている。

これらの要素は、山田弘子本来の感性と、小学生時代から俳句に親しんだという長い鍛錬の道のりとが、深く関わっている。加えて、俳句に関することならどんなことにも東奔西走する貪欲な姿勢を備えている。こういうことがあわさって〈午後三時酔芙蓉なほゑひもせすん〉や〈島人も旅人もなく月に濡れ〉など、魅力ある弘子俳句が生まれるのである。

平成二〇年にはエッセイ集『草摘』を出版、益々活躍の場を広げていたが、惜しくも二二年二月に急逝した。

その次のすこし淋しき花火かな　（『蛍川』昭59）

入梅を告ぐオムレツの黄なる朝

ふるさとは植ゑしばかりの田の色に

雪女郎の眉をもらひし程の月

酒蔵は酒醸しつつ春の月　（『こぶし坂』平2）

鶴羽をひろげ朝かげ放ちけり

蟷螂のみどりみづみづしく怒る

午後三時酔芙蓉なほゑひもせすん

鴨鍋や甲斐甲斐しくて左利き

顔見世へむかし女になりにゆく　（『懐』平8）

みな虚子のふところにあり花の雲

鶏頭の赤が最も暗き庭

放心をくるむ毛布の一枚に

白玉やなつかしうして初対面

ふくべ棚声透くころとなりにけり　（『春節』平12）

遠ざかるごとく近づき春の山

いくらでも雨を抱けさう箒草

噴水の水をちぎつて止まりけり

秋の虹消えたる後も仰がるる　（『草蟬』平15）

うしほ舐めつつ海渡る鷹といふ

冬牡丹声うつくしき見舞客

夜もつづく白の緊張花辛夷

遺されし男友だち業平忌　（『残心』平18）

霜の夜は君が攫ひに来はせぬか

みよし野の花の残心辿らばや

唐辛子ひと筋縄でいかぬ赤

島人も旅人もなく月に濡れ

蓑虫の子に紅絹着せむ藍着せむ　（『残心』以降）

君子蘭にははじめから気合負け

羅に月光を波打たせをり

山田みづえ

ゆりの木の花ひとつづつ詩賜へ

（『草譜』昭63）

やまだ　みづえ　大正一五年、宮城県生まれ。昭和三〇年頃より作句。石田波郷に師事し、三二年「鶴」入会、のち同人。五四年「木語」創刊、主宰。句集『忘』『木語』『草譜』ほか。

鑑賞　ユリノキは、街路樹などにもよく見かける落葉高木で、公園のシンボルツリーとしても親しまれている。「ハンテンボク」とも呼ばれるのは、葉の形が半纏に似ているからで、「ヤッコダコノキ」ともいい、軍配にみたてて「グンバイノキ」ともいう。それを知っている人なら、初冬、この木の落葉を見てすぐユリノキと気づくだろう。そして、梢を見上げれば、果実が枯れて花のように見えるだろう。チューリップツリーという別名は花の形が似ているからだが、薄緑色で上向きに咲くので、花時を知らずにいることが多いかもしれない。花の中にクリーム色に近い黄色の輪があり、清楚で美しい。明治時代に渡来した木で自生しているものではないから、都会的な雰囲気がある。ゆりの木の花は新しい初夏の季語である。この季語自体が、作者に相応しいイメージでもある。掲句は、草木に関する知識の豊富な作者ならではの、自然への格調高い相聞である。

ノート　山田みづえは、国文学者山田孝雄の次女。俳句を始めたのは、離婚ののち会社員として自立してからで、石田波郷を師として俳誌「鶴」で研鑽、早くから俳壇に名を為した。女性としてこのような道を歩むのは、現在と違って困難な時代だった。しかしその苦渋に満ちた日々も、境涯性が強く重量感のある俳句作品として見事に昇華させている。「作者は、はげしい個性をもつて自己表白をする。そのためややもすればカタコトの独白に終る失敗をみることがある。俳句表現は完全でなければならぬ。」これは山田みづえの第一句集『忘』に波郷が書いた序文の一節である。波郷のもとで俳句のオーソドックスな技法を身につけた作者は、波郷の死後、一誌を主宰し、いきいきと自在な句境を展開している。

ふたゝび見ず柩の上の冬の蜂
悪女たらむ氷ことごとく割り歩む
たのしくなれば女も走るみそさざい
（『忘』昭41）

うまうまと独り暮しや冷素麵
梶の花わがいふなりに母仰ぐ
山彦は男なりけり青芒
烟るごと老い給ふ母菊膾
十一月廿一日、波郷先生死す
師は逝けり霜の春秋五十七
メーデーの行くさきざきの赤躑躅
神楽坂
六地蔵のひそひそ話雪の風
（『木語』昭50）

伊勢藤(とう)に酒中会百回春隣
北京(ぺいちん)の大緑陰に歩み入る
転居
自由が丘の空を載せゆく夏帽子
手の甲にぶつかつて一天道虫
省略とは点と線との吾亦紅
（『手甲』昭57）

ぽつぺんの中を誰彼吹き抜けぬ
長野原
澤音やみどりの紐の花胡桃
ゆりの木の花ひとつづつ詩賜へ
大年の青瞬かすカシオペア
白桃を完璧とこそ言ふべきか
（『草譜』昭63）

おしやれ眼鏡本読む眼鏡あたたかし
蓼科
いくたびも仔狐の来る星月夜
榲桲は慈愛のかたち朽ちつつ
白玉をつくりすぎたるをかしさよ
水をゆたかに硯を洗ふ筆洗ふ
（『まるめろ』平7　―榲桲改訂版―）

秋立つやおどろかれぬるわが齢(よわい)
はるばるといふやうに鳥渡り来る
（『昧爽』平11）

あらたまの闇ほのぼのと僧のこゑ
硬質のわが七月は来たりけり
あたたかし仙台弁の飛んで来し
（『中今』平17）

山本洋子

紅梅やゆつくりとものいふはよき

（『木の花』昭62）

やまもと　ようこ　昭和九年、東京生まれ。三四年「青」入会。のち「草苑」創刊に参加。五九年「晨」創刊、編集同人。桂信子、大峯あきらに師事。句集『當麻』『木の花』『桜』ほか。

鑑賞　何事もスピードアップがよしとされる現代、人々の話す速度もずいぶん速くなっている。日常会話は勿論、ラジオから聞こえて来る声も、テレビの画面に動く人々の語り口も。そんな時代にあって、紅梅の咲く頃、その花の下で、ゆっくりとした口調の人と話を交わしている。「ゆつくり」はゆったりとかおっとりとかいう言葉に通う言葉だ。こちらの気持までゆったり、おっとりしてくるような穏やかなひと時。

　紅梅は古くから日本人に、殊に女性たちに愛されてきた花だ。『万葉集』に詠まれた梅はすべて白梅だったという。平安時代になって、宮廷の女房たちが文学の担い手になった頃、紅梅の魅力が言われるようになった。「木の花は　濃きも薄きも紅梅」と、清少納言は『枕草子』に記している。この句の所収句集の名も『木の花』。千年の時を隔てた女性の美意識の響き合いを見る思いがする。ひらがな表記も女の声や語り口を想わせて効果的。

ノート　生まれは東京だが、関西での暮らしが長い。西の風土と伝統に培われた美意識がその作風を貫いている。「青」「草苑」「晨（しん）」と、所属した俳誌も交友関係も西の人々である。商社勤務を続けながら俳句にも真剣に取り組んだ歳月の中で、作品世界を涵養してきた。たおやかで柔らかな表現の芯に、凛と張りつめたものがある。烈しい自己主張はないが、しなやかな強さがある。

　〈夕顔ほどにうつくしき猫を飼ふ〉〈ふたつほど今津の瓜を買ひにけり〉など、軽やかに言いなしているが作者の美意識にかなう比喩であり個数である。〈一つ家にひとりで咲いて散る桜〉には隠れ里の隠れ家の、人目に汚れていない桜の美がひそやかに描かれている。

早き瀬に立ちて手渡す青りんご
しなやかなみどりを踏みぬ年木樵
人日の納屋にしばらく用事あり
紅梅やゆつくりとものいふはよき
夕顔ほどにうつくしき猫を飼ふ
母が家は初松籟のあるところ
室生川草にとびつき氷りけり
膝ついて見るは早苗の機嫌かな
松風の奥に蕨を摘みにゆく
泳ぎ子のすこし流され葛の花
祝ぎ事の夜更けに狐啼きにけり
北行きの列車短し稲の花
御僧とすこしはなれて雪女
秋風やにはかに機首をあげるとき
白菊の在所に入れば波の音

（『當麻』昭59）
（『木の花』昭62）
（『渚にて』平5）
（『稲の花』平11）

ふたつほど今津の瓜を買ひにけり
大阪の大きな夕日お取越
ヒマラヤの麓に古りし暦かな
夕顔の十咲く母の家を訪ふ
一つ家にひとりで咲いて散る桜
はくれんは生れる前に咲いてゐし
象谷に恋する蝶として生まれ
何処へも渡り廊下や秋の風
妹を泣かせてしまふ花野かな
ばつたんこ法鼓のごとくこだませり
みづうみに北指す流れ稲の花
旅の荷をあづけしところ荻の風
母佇ちしところにこぼれ萩の花
紅梅や声かけて入る母の家
花咲けばまたこられよといひたまひ

（『桜』平19）

横山白虹

ラガー等のそのかちうたのみじかけれ

（『海堡』昭13）

よこやま　はっこう　明治三二年、東京生まれ。「九大俳句会」創立。「天の川」編集長を務め、九州の新興俳句運動の旗手と呼ばれた。「自鳴鐘」創刊。句集『空港』ほか。昭和五八年没。

鑑賞　〈昭和九年二月十八日大阪花園に於て全日本対全豪州ラグビー試合を見る〉との前書が付く「ラグビー」五句中の一句。〈ラガー等に二つの国旗ひるがへり〉〈枯芝にいのるがごとく球据ゆる〉〈ラガー等の頬もぬれたり氷雨来て〉〈審笛（ふえ）なりて手をとり合へりぬれし手を〉の後に、掲句がある。日本に於ける初の外国チームとの試合を、ある新聞社が俳句作家を招待し、その作品を掲載した時のものである。

一高生時代から陸上競技などで活躍していた横山白虹はスポーツ全般を愛好したが、殊に「ラグビー」を好んだ。ラグビーという競技は、メンバーのそれぞれの「個」が、それぞれの特質を発揮しつつチームとしての力を発揮し、試合を展開していく、そのこともこの競技を愛した一因でもあろうか。

この一句は、ラグビーの「ノーサイド」の精神を顕すと共に、その精神や燃焼という、「青春」そのものの姿を描ききったと言えよう。

ノート　白虹の俳号は、東京一中時代に参加した「現代詩歌」の川路柳虹、「一高詩会」に指導を仰いだ北原白秋の両師から一字ずつを得てのものという。第一句集『海堡』に、山口誓子が「自分の俳句が従来の俳句と如何にして弁別さるべきかといふ問題に就いては明確なる意識を持たなかったのである。口惜しいことである。それを『詩性』のありなしだと説明したのは白虹君であった」と書くように、「詩」からの出発は、白虹作品の根底を形作っていよう。芝不器男、篠原鳳作、神崎縷々等の早逝を医師とし、俳友として見送った。主唱した「新情緒主義」は、都市生活者としての新たな情緒の発見を目指したものである。又、その活動は、医師、政治家、文化活動と多岐に亘った。

海苔干すや海堡に浪のおとろへず
（『海堡』昭13）
よろけやみあの世の螢手にともす
街上の雪はしきりに図書の舗
ラガー等のそのかちうたのみじかけれ
雪霏々と舷梯のぼる眸ぬれたり
鷹の羽ひろへり砂丘はれわたり
手術野に臍（ほぞ）があるなりひつそりと
讃歌（ぎたんじゃり）二句（のうち一句）
胸の上にこほろぎが鳴くと云ひて死にし
傷兵にヒマラヤ杉の天さむざむ
桐の実の鳴れり覆面の競走馬
（「空港」昭49）
蝕甚なりジレットの刃の水ぬぐふ
滝浴びし貎人間の眼をひらく
枯蓮はCocteauの指無数に折れ
夕桜折らんと白きのど見する
蝶消えて白き手が砂かきならす

霧青し双手を人に差しのばす
ニコよ！青い木賊をまだ採るのか
ニコは娘谷子の愛称なり
きらめきて月の海へとながるゝ缶
礫像に四囲の黄落とゞまらず
蛾が卵生みをり推理小説閉づ
梅寂し人を笑はせをるときも
蜂追ひし上着を肩にして歩く
春夜の街見んと玻璃拭く蝶の形に
藤棚の下の浄土のこみ合へり
原爆の地に直立のアマリリス
水着脱ぐにも音楽の要る若者達
東京やベッドの下に蜘蛛ひからび
原子炉が軛（くびき）となりし青岬
（「旅程」昭55）
隔絶や鴨の柔毛も水の上
渤海越ゆ十六日の月明に
（「旅程」以降）

鷲谷七菜子

雪の世に火を焚いてゐるうしろかげ

（『花寂び』昭52）

鑑賞　雪の降る中で誰かが火を焚いている。後ろ姿だから顔もわからない。行きずりの人かも知れない。ひょっとしたら、既にこの世に亡い人かも知れない。

多分薄暗くなりかけた時分だろう。火を焚いているからそう思うのではない。雪の「世」に、と雪にすっぽり包まれたような無音の世界の寂しさが、明るい光を許さないのだ。音を失ったモノクロの世界で、炎だけがちらちらと儚く動く。炎の熱さも感じられず、生き物の気配もしない。「うしろかげ」を見ている作者自身もすうっと消えている。作者の心象が色濃く投影されているのだろうが、この世の景色でありながら、そのまま彼の世へと繋がっているような趣がある。

第一句集『黄炎』のあとがきで、鷲谷七菜子は早くも「すべてのものは、虚無の海に漂う花びらのような儚さをもっている」と看破した。しんしんと冷えてゆく幻のようなこの句もまた、こよなく儚く美しい。

わしたに　ななこ　大正一二年、大阪生まれ。山口草堂に師事。「南風」に入会、のち同人。「馬酔木」同人。草堂没後「南風」の主宰を継承。句集『黄炎』『花寂び』『游影』ほか。

ノート　〈十六夜やちひさくなりし琴の爪〉〈春愁やかなめはづれし舞扇〉等の甘美な抒情や〈恋の果真向ふ雪に頬をさらす〉のような激しさから始まった七菜子の句業は、情を抑え物を凝視することで〈行きずりの銃身の艶猟夫の眼〉等の秀句を生み、更に〈能舞台朽ちて朧のものの影〉〈天空も水もまぼろし残り鴨〉〈しんしんと桜が湧きぬ墓の闇〉といった句を通して、この世を超えた遥かなものを描こうとした。

『游影』のあとがきで「確かなるものを求めて生きるむなしさを知った今、飛花落葉もまた影としてうつくしい。ならばいっそこの世を影と見さだめて、自在に雪月花の影とあそぶのもまた一興」と書いた七菜子は、この世に身を置きながら彼の世の広やかな虚無を見つめていた、と言うべきか。

野にて裂く封書一片曼珠沙華　（『黄炎』昭38）
栗咲く香この青空に隙間欲し
牡丹散るはるかより闇来つつあり
滝となる前のしづけさ藤映す　（『銃身』昭44）
行きずりの銃身の艶猟夫の眼
猟銃音散るは雪光と見たるのみ
能舞台朽ちて朧のものの影　（『花寂び』昭52）
冬耕の顔を上げては山の墓
行き過ぎて胸の地蔵会明りかな
たかし忌の自扇が打つ膝拍子
白毫寺坂なる露の跫音かな
老僧の眉がうごきて遠ざくら
日当れば湧きて浮寝の鳥の数
山河けふはればれとある氷かな
柿の冷え掌にうけて山しぐるるか

しんしんと桜が湧きぬ墓の闇　（『游影』昭58）
稲刈つて田の面けはしく暮れにけり
急流の真つ向にくる桜かな
日の当る山がきまりて冬紅葉
秋の日のほとけが巌に浮びけり
鹿の子のひとりあるきに草の雨　（『天鼓』平3）
開けはなつ閾の艶の夏祭
水に映れば紅梅に怨（ゑん）のいろ
年経たる小町のにほひ蓬原
仏間はまた熟寝（うまい）の間にて冬の月
一盞のはや色に出し夕霧忌　（『一盞』平10）
赤子なく家の大きな鏡餅
どことなく水滲み出て春の山　（『晨鐘』平16）
草深くなりたる家の幟かな
籠枕こころに高嶺ありし日や

秋の入水眼球に若き魚ささり

鑑賞　入水し、朽ち果てた死体の、眼球の部分に魚が入り込んでいる、という、考えてみれば残酷な句である。それなのに、作品を読んでまず目に浮かぶのは、公魚（わかさぎ）や鮎のようにほっそりとした、流線型の美しい魚の姿だ。作品全体に、不思議な美しさを感じ、当惑する。

入水しなければならなかった人間の苦悩は、その肉体の時間とともにすでに去った。死体に刺さっている若い魚は生きているのだろうか……と思うが、そんなことより、ある生命が生きて死に、ただの有機物になって別の生命を育む、という生命の循環に、すっかり魅せられている。入水という、いかにも人の世のものらしい死に方に、若々しい魚の姿が重ねられ、その再生のエネルギーが、作品全体に不思議な明るさと力をもたらしている。

作品に残酷さや非情さを感じない理由のひとつは、全体を貫く、淡々とした書きっぷりのせいであるかもしれない。

（『七十万年』昭43）

わだ　ごろう　大正一二年、兵庫県生まれ。橋閒石「白燕」同人、のち代表。他に赤尾兜子主宰「渦」「俳句評論」同人。句集『七十万年』『坐忘』、評論に『現代の諷詠』『俳句文明』ほか。

ノート　赤尾兜子、橋閒石という個性的な俳人たちと関わりつつ、独自のスタイルを貫いた和田悟朗の、第七回現代俳句大賞受賞の理由は、「広大な空間、時間を具象で創出する独自の作風で俳句革新の精神を貫き、実作・評論両面で優れた実績を残された」というものであった。的確な評価である。科学者でもある和田悟朗は、私にとってはいつも計測している俳人である。測っているのは、専門分野である水ばかりでなく、蝉の分布であったり地球の起源であったり目の前の道路であったりするが、彼の頭の中ではすべてのものが冷静に、正しく数量化され、その後で、豊かなポエジーとなる。計測し、夢見る詩人。その独自の視線が生きた洒脱なエッセイも数多く、魅力的である。

石である一夜のあとに身を飾る　（『七十万年』昭43）
秋の入水眼球に若き魚ささり
太陽へゆきたし芥子の坂を登り　（『現』昭52）
死なくば遠き雪国なかるべし
薪能少う舞うていたりけり
雪無尽人麻呂の山光りだす　（『山壊史』昭56）
椀中に豆腐崩れる冬景色
春の家裏から押せば倒れけり
病苦あり天地根元造りかな
親鸞と川を距てて踊るかな　（『櫻守』昭59）
東京を一日歩き諸葛菜
永劫の入口にあり山さくら　（『法隆寺伝承』昭62）
玉虫厨子いずこの山も故郷かな
太古より墜ちたる雉子（きぎす）歩むなり
万緑や山もろともに渡来せる

夏至ゆうべ地軸の軋む音すこし　（『少閒』平5）
葉櫻や人を拒まず輝かず
即興に生まれて以来三輪山よ　（『即興の山』平8）
わが庭をしばらく旅す人麻呂忌
寒暁や神の一撃もて明くる
ローマ軍近付くごとし星月夜
種蒔いて膨張宇宙とどまらず　（『坐忘』平13）
冬山の姿定まり坐忘かな
新年は吉野へ還る鴉かな
夕されば人と離るる春の鹿
藤の花少年疾走してけぶる
空中にとどまるやんま矢のごとし　（『人間律』平17）
舌を出すアインシュタイン目に青葉
物言えば耳に聞こえて秋の暮
人間であること久し月見草

渡邊白泉

戦争が廊下の奥に立つてゐた

（『渡邊白泉全句集』昭59）

鑑賞　昭和の俳句を辿る時、この一句に立ち止まらざるを得ない。この一句に向き合うことは、昭和の前期と後期を分ける「あの戦争」に向き合うことであり、且つ、国民一般にとって、気付けばそこに立っていたという、「戦争」というものとの関わりそのものを認識させられることでもある。〈銃後といふ不思議な町を丘で見た〉と共に、白泉の代表句である。「戦争が」「廊下の奥に立つてゐた」によって、「戦争」の気配から存在への変化、それを実感する瞬間というものが明確に書かれている。「廊下の奥」という設定は、人がそこへ進まざるを得ない場所でもある。我が家の廊下の奥に、ある時ふいに見知らぬ黒々とした存在が立っていた、という見事なメタファは、今も世界のどこかで行われている戦争、「平和憲法」に守られながら戦争から遠ざかっている日本の現状をも常に照らす。どのような時代であれ、そこを照射しつづける一句と言えよう。

わたなべ　はくせん　大正二年、東京生まれ。「句と評論」「京大俳句」で活躍、「天香」創刊参画。昭和一五年治安維持法違反嫌疑の「京大俳句」第二次検挙に遭う。昭和四四年没。

ノート　昭和六年、水原秋櫻子の「自然の真と文芸上の真」を契機に新興俳句運動は、一気に青年層に拡がっていった。この運動の輝かしいスターが高屋窓秋であり、篠原鳳作であり、渡邊白泉であり、西東三鬼であった。白泉の特質は、加藤郁乎言うところの「けわしいメタファ」であり、盟友窓秋の「彼の身心の内奥には、絶えず時代や社会への認識や予感がゆらめいていて、その痛恨の情動が、彼の悲歌を生むのでした」の言は、白泉の本質を突く。都会人としての知性と教養、批判精神は、治安維持法違反により検挙されての執筆禁止や「応召」の状況の中でも、〈夏の海水兵ひとり紛失す〉というような句を生み続けた。戦後、句は作っても俳句雑誌等での発表は行わなかった。

街燈は夜霧にぬれるためにある
鶏(とり)たちにカンナは見えぬかもしれぬ
われは恋ひきみは晩霞を告げわたる
あゝ夜の馬かと見れば松の影
繃帯を巻かれ巨大な兵となる
全滅の大地しばらく見えざりき
戦場へ手ゆき足ゆき胴ゆけり
提燈を遠くもちゆきてもて帰る
泣かんとし手袋を深く深くはむ
遠い馬僕見てないた僕も泣いた
憲兵の前で滑つてころんぢやつた
戦争が廊下の奥に立つてゐた
銃後といふ不思議な町を丘で見た
九段坂田園の婆汗垂り来(く)
能面のひと集まりて吾子を焼く

（『渡邊白泉全句集』昭59）

鳥籠の中に鳥飛ぶ青葉かな
兵舎の八階より飛下りし者あり
海軍を飛び出て死んだ蟇(ひきがえる)
夏の海水兵ひとり紛失す
戦争はうるさし煙し叫びたし
横浜空襲
爆撃や爽快にして恐ろしき
玉音を理解せし者前に出よ
終戦
新しき猿又ほしや百日紅
まんじゆしやげ昔おいらん泣きました
地平より原爆に照らされたき日
湧く風よ山羊のメケメケ蚊のドドンパ
極月の夜の風鈴責めさいなむ
行雁の僕を見てゆく一羽かな
わが頬の枯野を剃つてをりにけり
初富士の縞美しや恐ろしや
マリが住む地球に原爆などあるな

◉編集委員担当一覧

*印は秀句選の選句も編集委員が担当。なお、古舘曹人は黒田杏子、鷲谷七菜子は山上樹実雄が選句。

石田郷子――*石田波郷、*石橋秀野、大木あまり、櫂未知子、古賀まり子、仙田洋子、*種田山頭火、*平畑静塔、*松本たかし、矢島渚男、山田みづえ

奥坂まや――*飯島晴子、小川軽舟、小澤實、*桂信子、*加藤楸邨、*川端茅舎、*高柳重信、辻桃子、中田美子、*中村草田男、*藤田湘子、*星野立子、星野椿、*水原秋櫻子、*三橋敏雄、宮坂静生、森澄雄

櫂未知子――片山由美子、川崎展宏、岸本尚毅、*草間時彦、*久保田万太郎、澁谷道、鷹羽狩行、中原道夫、*能村登四郎、*馬場移公子、*山口誓子

黒川悦子――*阿部みどり女、*阿波野青畝、稲畑汀子、*京極杞陽、*杉田久女、*高野素十、*田畑美穂女、西村和子、*長谷川かな女、本井英、山田弘子

仙田洋子――有馬朗人、池田澄子、*清水径子、高野ムツオ、*寺山修司、夏石番矢、文挟夫佐恵、正木ゆう子、眞鍋呉夫、*三橋鷹女、鷲谷七菜子

高田正子――*秋元不死男、*安住敦、*飴山實、*右城暮石、金子兜太、黒田杏子、*田中裕明、対馬康子、*長谷川櫂、廣瀬直人、古舘曹人、森賀まり

対馬康子――*飯田龍太、*上田五千石、大屋達治、奥坂まや、後藤比奈夫、齋藤愼爾、*攝津幸彦、筑紫磐井、*中島斌雄、*山口青邨

寺井谷子――*赤尾兜子、宇多喜代子、*小川双々子、*尾崎放哉、*折笠美秋、角川春樹、黒川悦子、*篠原鳳作、*芝不器男、*鈴木六林男、*高屋窓秋、*富澤赤黄男、*中村苑子、*橋本多佳子、*林田紀音夫、*原子公平、*細谷源二、黛まどか、山下知津子、*横山白虹、*渡邊白泉

中田美子――阿部完市、柿本多映、加藤郁乎、久保純夫、*西東三鬼、津沢マサ子、坪内稔典、*中尾寿美子、*永田耕衣、鳴戸奈菜、*橋閒石、*日野草城、安井浩司、和田悟朗

西村和子――*石川桂郎、茨木和生、榎本好宏、*及川貞、大石悦子、岡本眸、*清崎敏郎、*鈴木真砂女、*高橋睦郎、*竹下しづの女、辻田克巳、*富安風生、*中村汀女、行方克巳、深見けん二、三村純也、山本洋子

森賀まり――石田郷子、*宇佐美魚目、大串章、大峯あきら、高田正子、友岡子郷、中岡毅雄、*野見山朱鳥、*波多野爽波、*福田甲子雄

山下知津子――*大野林火、鍵和田秞子、小檜山繁子、*佐藤鬼房、宗田安正、津田清子、寺井谷子、*寺田京子、夏井いつき、*成田千空、*野澤節子、橋本榮治、*古沢太穂、村越化石

あとがき

『現代短歌の鑑賞事典』、こういう本が俳句の分野でも作れたら、と考えていた。その私の心を知って頂けたかのように、ある日東京堂出版からご連絡を受けた。短歌の馬場あき子先生監修に対し、俳句の監修を担当してほしいとのことであった。私はその場で、俳句は宇多喜代子さんと黒田、このふたりですすめてゆきたいと申出て、了解を頂くことが出来た。

編集委員は短歌と同じく、俳句も全員女性でときめ、さっそく宇多さんと人選にあたった。検討の末、全員戦後生まれのメンバーでということを決めた上で、私たち二人のブレーンとして寺井谷子さんにも編集委員に加わって頂くことが出来た。当初、編集委員にお願いしたいと考えた方の中で、多忙その他の理由でお引受け頂けなかった方もおられる。

ご登場頂く俳人の人選は最終的に監修者と編集委員が一堂に会して討議、決定をした。この場は白熱化した。師系の異なる若い方々の率直な意見と見解にじかに触れて、私は大変に啓発され、ここちよい興奮を覚えた。年齢も俳歴もさまざま。けれども俳句に立ち向う情熱と各人の高い見識に感動を覚えた日の記憶は、おもい起こすたびに、私の胸を灯してくれる。

何とか設計図は出来た。しかしその具体化には時間がかかった。予期せぬ難問にも出会って、頭をかかえたことも幾度かあった。

執筆者ともなる編集委員は現在、俳句の実作者として日々全力を傾注している女性たち。勤めや家庭、結社の仕事に責任をもつとりわけ多忙な人たち。結局作業は予定を大幅に遅れて完了した。

最後に担当編集者・上田京子さんに感謝を捧げたい。この人の爽快で明晰な態度、緻密でねばり強い仕事のすすめ方は頼もしかった。

この本の完成によって、日本の国民文芸である短歌・俳句の世界がより多くの方々に親しまれること、さらに歌人と俳人との交流、親和力が高まることを期待、夢見ている。

黒田杏子

●監修——宇多喜代子

山口県生まれ。十代で俳句を始め、桂信子の「草苑」創刊に参加、同編集長を務める。「草樹」会員。現代俳句協会会長。句集ほか著述多数。

黒田杏子

東京都生まれ。大学入学と同時に山口青邨に師事。「夏草」終刊にあたり、平成二年「藍生」創刊、主宰。句集ほか著述多数。

●編集委員——石田郷子　奥坂まや
櫂未知子　黒川悦子
仙田洋子　高田正子
対馬康子　寺井谷子
中田美子　西村和子
森賀まり　山下知津子

現代俳句の鑑賞事典

二〇一〇年四月二〇日　初版印刷
二〇一〇年五月一〇日　初版発行

監修　宇多喜代子（うだ・きよこ）
黒田杏子（くろだ・ももこ）

発行者　松林孝至

発行所　株式会社東京堂出版
〒一〇一-〇〇五一
東京都千代田区神田神保町一-一七
電話〇三-三二三三-三七四一
振替〇〇一三〇-七-二七〇

印刷・製本　図書印刷株式会社

ISBN978-4-490-10779-1 C0592